BESTSELLERWORLDBOOK 59

부 활 上

톨스토이 지음 / 장정희 옮김

소담출판사

아름다운 세상, 아름다운 이야기는
먼 곳에 있지 않습니다.

VOSKESENIE

by L. N. Tolstoi

아, 만약 모든 것이 그날밤에 지녔던 그 감정대로
머물러 있었더라면!

제 1 부

1

　수없이 많은 사람들이 비좁은 공간에 모여서, 서로 아웅다웅하며 그네들이 살고 있는 땅을 못 쓰게 만들려고 아무리 애를 써도, 땅에서 아무것도 돋아날 수 없게 하려고 아무리 돌을 깔아도, 조그만 틈바구니로 올라오는 새싹을 아무리 짓이겨 버려도, 석탄이나 석유 연기로 환경을 아무리 오염시켜도, 자라는 나뭇가지를 꺾고 짐승과 새 들을 살 수 없게 쫓아 버려도──도시의 돌아오는 봄을 막을 수는 없다. 따스한 햇볕이 도시에 내리쬐면 풀은 생기를 되찾아 움트고, 뿌리만 남아 있던 가로수길의 잔디는 물론 포석(鋪石) 틈새에서도 여기저기 파란 새싹들이 돋아나고, 자작나무며, 포플러며, 벚나무에도 찐득하고 향그로운 새 잎이 펼쳐지고, 보리수는 막 벌어진 새 움을 터뜨렸다.

　까치와 참새와 비둘기는 봄을 맞아 즐겁게 둥지를 만들기 시작하고, 파리는 양지바른 벽에서 윙윙거리고 있었다. 풀도, 나무도, 새도, 벌레도, 아이들도 모두 즐거워 보였다. 그러나 사람들은──어른들만은──자기 자신을 속이고 괴롭히며, 남을 괴롭히는 불행한 짓을 그치지 않았다. 사람들이 신성하고 중요하다고 생각하는 것은 이 봄날의 아침도 아니고, 만물의 행복을 위해서 주어진 신의 세계의 아름다움도 아니고, 평화와 화합과 사랑으로 사람의 마음을 이끄는 그런 아름다움도 아니었다. 서로 상대를 지배하기 위해서 그들 자신이 생각해 낸 일들만이 신성하고 중요하다고 생각하고 있었다.

그래서 현(縣)의 간옥 사무실에서도 역시 신성하고 중요한 일이란, 살아 있는 모든 것에 봄의 감동과 기쁨이 주어졌다는 것이 아니라, 어젯밤에 받은 무슨무슨 사건이라 표기된 봉인과 번호가 찍힌 서류였다. 거기에는 오늘, 즉 4월 28일 오전 9시까지 구류중인 미결수 3명——여자 죄수 2명과 남자 죄수 1명을 지방 재판소에 출정시키라고 적혀 있었다. 여자 죄수 하나는 중요한 용의자로서, 나머지 두 죄수와는 따로 연행하지 않으면 안 되었다. 그래서 이 명령에 따라 4월 28일 아침 8시에, 악취가 물씬물씬 풍기는 어두컴컴한 여죄수 감방 복도로 간수장이 들어갔다. 그리고 그 뒤를 따라 소매 끝에 금줄을 두른 윗도리를 입고 피로에 지친 얼굴을 한, 백발이 희끗희끗 섞인 고수머리 여간수가 따라 들어갔다.

"마슬로바를 부르시려고요?"

당직 간수장과 함께 복도로 향한 한 감방 문 앞으로 다가가면서 여간수가 물었다. 간수장은 철거덕거리는 쇳소리를 내며 열쇠를 꽂아 감방 문을 열고는, 복도보다 더 한층 심하게 풍겨 나오는 악취를 정면으로 맡으면서 소리쳤다.

"마슬로바, 출정이다!"

그리고 곧 문을 닫고 안에서 나오기를 기다렸다.

감옥 뜰만 해도 도시에서 불어오는 시원한 봄바람으로, 생기를 주는 상쾌한 정원의 공기가 감돌았다. 그러나 이 복도에 풍기고 있는 것은 배설물과 부패물의 악취가 밴, 속이 뒤집힐 듯한 탁한 공기여서, 처음 들어오는 사람은 금방 답답하고 무거운 기분에 끌려들어가고 만다. 더러운 공기에 늘상 익숙해져 있는 여간수도 뜰을 지나 복도에 들어서는 순간 피로를 느끼며 무엇엔가 빨려들어가는 듯한 무거운 기분에 휩쓸리는 표정이었다.

감방 안이 떠들썩해지기 시작하고, 여자들의 거친 목소리며 맨발로 급히 왔다갔다하는 소리가 들렸다.

"빨리 해, 뭘 하고 있어! 이봐, 마슬로바!"

간수장이 감방 문을 향해 크게 소리쳤다.

2분쯤 지났을 때, 흰 윗도리와 흰 치마에 잿빛 겉옷을 걸친, 키는 별로 크지 않지만 가슴이 몹시도 풍만한 젊은 여자가 힘차게 문틈으로 나와서 휙 돌아서더니 간수장 옆에 섰다. 여자는 린네르 양말을 신고 그 위에 죄수용 털신을 신었으며 머리는 하얀 숄로 감싸고 있었는데, 그 밑으로, 물결치는 검은 머리 한 가닥이 흘러 나와 있었다. 그것은 분명히 일부러 멋을 부려 늘어뜨린 듯싶었다. 여자의 얼굴은 오랫동안 실내에만 갇혀 있던 사람들에게서 흔히 볼 수 있듯이 몹시 하얘서 움 속의 감자 싹을 연상케 하는 창백한 얼굴이었다. 조그맣고 통통한 손도, 겉옷의 큼직한 깃 속으로 보이는 희고 토실토실한 목덜미도 역시 같은 느낌이었다. 그 얼굴에서 특히 사람의 눈길을 끄는 것은 그 침울한 창백함과는 대조적으로 새까맣고 반짝반짝 빛나는, 약간 부은 듯해 보이는 눈이었는데, 한쪽은 약간 사팔기가 있었다. 그녀는 풍만한 가슴을 더욱 내밀다시피하면서 꼿꼿이 등을 펴고 서 있었다. 복도로 나온 그녀는 고개를 약간 뒤로 젖히고 똑바로 간수의 눈을 보면서, 뭐든지 시키는 대로 하겠다는 자세를 취했다.

간수가 문을 닫으려 하는 순간에 안에서 희끗희끗한 머리를 아무렇게나 뒤로 잡아당겨서 맨, 파리하고 매서워 보이는 쭈글쭈글한 노파의 창백한 얼굴이 쑥 나왔다. 노파는 마슬로바에게 뭐라고 말하기 시작했다. 그러나 간수는 막무가내로 노파의 얼굴을 향해 문을 확 닫았다. 순간 노파의 창백한 얼굴이 사라졌다. 감방 안에서 여자들의 울음소리가 들렸다. 마슬로바는 빙그레 웃으며 조그마한 살창문 쪽을 향해 돌아보았다. 노파는 안쪽에서 창문에 달라붙어 쉰 목소리로 말했다.

"첫째는 ……쓸데없는 말을 하지 않도록 해. 한 가지 말만 되풀이하고 밀고 나가면 된다."

"그야, 한 가지 말만 하고 있으면 이 상황에서 더 이상 나빠지진 않겠죠 뭐." 하고 마슬로바는 머리를 흔들며 말했다.

"한 가지지, 두 가지가 있을 턱이 있나!"

하고 간수장은 자못 상사답게 자기의 재치있는 말솜씨를 스스로 확인한 듯 한 마디 뇌까렸다.

"자, 따라와!"

살창문으로 보이던 노파의 두 눈이 사라졌다. 마슬로바는 복도 한가운데 나가자 종종걸음으로 간수장을 따라갔다. 그들은 돌층계를 내려가서, 여자 감방보다 더 악취가 지독하게 나는 떠들썩한 남자 감방 앞을 지나갔다. 살창문마다 유들유들 빛나는 사내들의 눈길에 쫓기면서 간수장과 마슬로바는 사무실로 들어갔다. 거기에는 총으로 무장한 2명의 호위병이 서 있었다. 책상에 앉아 있던 서기가 한 호위병에게 담배 냄새가 밴 서류를 건네면서 여죄수를 턱으로 가리키며 말했다.

"인수해 가시오."

병사는——곰보 자국이 있고 얼굴이 붉은 니지니노브고로드 출신의 농부이다——서류를 받아 외투 소매의 되접어 꺾은 자리에 집어 넣고 광대뼈가 튀어나온 추바슈 인 동료를 보며 여죄수 쪽을 향해 한쪽 눈을 찡긋해 보였다. 호위병들은 여죄수를 사이에 끼고 층계를 내려가 정문 쪽으로 걸어갔다.

정문 한쪽으로 나 있는 샛문이 열렸다. 그들은 샛문의 문턱을 넘어 바깥 뜰로 걸어갔다. 그리고 다시 감옥 안을 빠져 나가 시내의 포장도로 한복판을 걸어갔다.

마부들이며, 가게 주인 하녀와 직공, 관리 들이 가던 걸음을 멈추고 신기한 듯이 여죄수를 구경하였다. 그 가운데에는 고개를 설레설레 흔들면서 '나쁜 짓을 하면 저런 꼴이 되는 거야. 우리들처럼 성실하면 아무 탈 없을 텐데.' 하고 생각하는 사람도 있었다. 아이들은 무서운 듯이 여죄수 마슬로바를 바라보았지만, 그래도 병사들이 양옆으로 붙어 있으므로 이젠 아무 짓도 하지 못한다는 것을 알고 마음을 놓았다. 마을에 술을 팔러 왔다가 돌아가는 길에 후미진 식당에서 차를 마시고 있던 한 농사꾼은, 여죄수 곁으로 다가가 성호를 긋고 1코페이카짜리 동전을 쥐어 주었다. 여죄수는 얼굴을 붉히고 머리를 숙이면서 뭐라고 입 속으로 중얼거렸다.

　많은 사람들의 따가운 시선이 자기를 좇고 있다는 것을 느낀 여죄수는 머리를 움직이지 않고 살짝 곁눈질을 하였다. 그리고 자기가 뭇사람들의 관심의 대상이 되어 있다는 것에 기쁨을 느꼈다. 감방과는 비교할 수도 없는 상쾌한 봄날의 공기도 그녀의 마음을 환하게 해 주었다. 그러나 오랫동안 걸어 보지 못한 돌로 포장된 길을 딱딱한 죄수용 털신을 끌고 걷는다는 것은 여간 괴롭고 힘든 일이 아니었다. 그래서 그녀는 발끝을 보면서 되도록 가볍게 발을 옮겨 놓으려고 무척이나 애를 썼다. 밀가루 가게 앞에 이르니, 아무에게도 쫓겨 본 적이 없는 비둘기 몇 마리가 아장아장 걸어다니며 한가롭게 모이를 쪼고 있었다. 여죄수는 하마터면 그 비둘기 한 마리를 한쪽 발로 밟을 뻔했다. 비둘기는 날쌔게 날아올라, 부산하게 날갯짓을 후드득후드득 퍼덕이며 여죄수의 귓전을 스쳐 얼굴에 바람을 몰아붙이고 날아갔다. 여죄수는 생긋 웃었으나, 곧 자기 신세를 생각하고 무거운 한숨을 내쉬었다.

2

　여죄수 마슬로바가 자라 온 과정은 지극히 평범했다. 그녀는 남의 집 종살이를 하는 과부의 사생아로 태어났다. 그 과부는 여지주인 두 자매의 영지에서 가축을 돌보는 늙은 어머니와 살고 있었다. 이 과부는 해마다 아이를 낳았지만, 어느 마을에서나 흔히 그랬듯이 아이들에게 세례만 시켜 주고는, 바라지도 않았는데 태어난 필요없는 자식은 일에 방해가 된다며 젖을 주지 않고 내버려 두었기 때문에 아이가 굶어 죽곤 했다.

　이렇게 하여 다섯 아이가 죽었다. 모두 세례는 받았지만 그 뒤로 먹을 것을 제대로 주지 않아 죽은 것이다. 떠돌이 집시 사내한테서 낳게 된 여섯 번째 아이는 계집아이였다. 이 계집아이도 같은 운명을 밟을 수밖에 없었는데, 우연히 지주인 노처녀 자매 가운데 한 사람이 크림에서 소 냄새가 약하게 난다고 가축 지기를 꾸짖기 위해 축사에 들렀다가 이 계집아이의 목숨을 구하게 된 것이다. 축사에는 귀엽고 튼튼해 보이는 아기를 안은 산모가 누워 있었다. 이것을 본 여 지주는, 그 크림 문제와 산모를 축사 안에 들여놓은 데 대해 한바탕 꾸짖고 나서 돌아나가다가 무심코 갓난아기의 예쁜 얼굴을 보고는 그만 마음이 움직여 대모가 되겠다고 말했다.

그녀는 이 아이에게 세례를 받게 해 주고, 그 뒤에는 자기의 대녀가 불쌍한 생각이 들어, 그 과부에게 우유와 돈을 보내 주었다. 이렇게 하여 이 계집아이는 살아 남았다. 그래서 노처녀 자매는 이 아이를 '구원받은 아이(스파숀나야)'라고 부르기로 했다.

아이가 세 살이 되었을 때, 어머니는 병이 들어서 죽었다. 가축지기 할머니도 손녀딸 때문에 어찌할 줄 몰라하자, 늙은 여지주 자매가 맡아 기르게 되었다. 눈이 유난히도 까만 이 계집아이는 무척 명랑하고 귀여웠으므로 여지주 자매는 그 자라는 모습을 즐거움으로 삼고 지켜 보았다.

두 자매 중 동생인 소피아 이바노브나는 성격이 상냥했으며, 소녀에게 세례를 시켜 준 것도 바로 그녀였다. 언니 마리아 이바노브나는 성격이 동생보다 엄격한 편이었다. 소피아 이바노브나는 소녀에게 고운 옷을 입히고, 책읽기를 가르쳐 훗날 양딸로 삼고 싶어했다. 그러나 마리아 이바노브나는 소녀를 일 잘 하는 튼튼한 하녀로 만들 생각이어서 엄격하게 행실을 가르치고 꾸짖었으며, 기분이 나쁠 때는 때리기까지 했다. 이렇게 두 사람 사이에서 자란 소녀는 나이가 들자 반은 하녀 반은 양녀 같은 존재가 되었다. 그녀를 부르는 이름도 천한 카티카, 귀여운 카센카가 아닌 그 중간을 딴 카튜샤가 되었다. 그녀는 바느질도 하고, 방 청소도 하고 그릇 닦는 가루로 성상도 닦고, 커피를 볶아 가루로 빻아서 끓여 내기도 하고, 자질구레한 빨래도 했지만, 때로는 여주인들과 함께 앉아서 책을 읽기도 했다.

그녀에게는 여러 곳에서 혼담이 들어왔지만, 아무에게도 시집 가려 하지 않았다. 혼담의 상대가 모두 가난한 노동자들이어서 지주댁 생활의 편안함에 젖어 버린 그녀로서는 그러한 사람들과 산다면 퍽 고생스럽겠다는 생각이 들었던 것이다.

이런 생활은 그녀가 열여섯 살이 될 때까지 계속되었다. 그녀가 만 열여섯 살이 되었을 때 여주인 자매에게 조카뻘 되는 대학생인, 부유한 공작이 놀러 왔다. 카튜샤는 그에게 고백은 그만두고라도 자기 자신에게조차 똑똑히 말할 용기도 없으면서 그를 사모하게 되었다. 그로부터 2년 후, 이 조카가 전쟁터로 나가는 길에 고모네 집에 들러 나흘 동안 묵었는데, 떠나기 전날 밤 카튜샤를 유혹했다. 그리고 이튿날 아침 떠나기 바로 전에 그녀의 손에 100루블짜리 지폐 한 장을 쥐어 주었다. 그가 떠난 지 다섯 달 뒤 그녀는 자기가 임신한 것을 알게 되었다.

그 때부터 그녀는 주위의 모든 것이 싫어졌다. 그리고 그녀는 자기를 기다리고 있는 치욕을 어떻게 하면 떨쳐 버릴 수 있을까 하는 것에만 골똘한 나머지, 여주인들의 시중도 마음이 내키지 않아 소홀히 하게 되었을 뿐만 아니라——어째서 그렇게 되었는지 카튜샤 자신도 몰랐지만——울화가 치밀어 갑자기 분통을 터뜨리고 말았다. 그녀는 여주인들에게 몹시 난폭한 말로 쏘아붙였다. 그래서 나중에는 제 자신도 후회스러워 내보내 달라고 간청했다.

여주인들도 못마땅하게 생각하고 있었으므로 마침 잘 되었다 싶어 카튜샤를 내보내고 말았다. 그 집을 나온 카튜샤는 지방 경찰 지서장 집에 하녀로 들어갔는데, 거기서도 석 달밖에 살지 못했다. 지서장은 쉰을 넘긴 늙은이 주제에 그녀의 꽁무니만 쫓아다녔는데, 하루는 너무 끈덕지게 덤벼드는 바람에 그만 발칵하여 미친놈, 늙은 짐승이니 하고 욕을 퍼부으면서 느닷없이 그의 가슴을 떼밀었다. 그래서 그는 그만 뒤로 벌렁 나자빠지고 말았다. 그녀는 난폭하다는 이유로 지서장 집에서 쫓겨났다. 이미 배는 만삭으로 아이 낳을 날이 가까웠으므로 일자리를 찾아 나가고 싶어도 나갈 수 없게 되어 마을에서 술 도매를 하는 과부인 산파 집에 신세를 지게 되었다. 해산은 비교적 수월했다. 그런데 산파가 마을에서 병든 산모를 만져 카튜샤에게 산욕열을 옮겨 주었기 때문에 태어난 사내아이는 양육원에 보내지게 되었다. 아기를 데리고 간 노파의 말에 의하면 사내

아이는 그 곳에 도착하자마자 죽었다는 것이었다.

산파 집에 신세를 지러 갔을 때 카튜샤가 가지고 있던 모든 돈은 127루블이었다. 27루블은 그녀 자신이 번 돈이고 100루블은 그녀를 유혹한 공작에게서 받은 돈이었다. 그러나 산파 집을 나왔을 때는, 그녀의 손에 겨우 6루블밖에 남아 있지 않았다. 그녀는 돈을 아낄 줄을 모르는 성품이었으므로 자기도 쓰고, 청하는 사람에게는 아무나 빌려 주었다. 산파는 두 달 생활비——식사와 차값——로 40루블을 받았으며, 25루블은 태어난 사내아이를 맡기느라고 썼고, 나머지는 산파가 암소를 산다고 40루블을 빌려 간데다가 옷가지랑 차랑 과자랑 사느라고 15루블 남짓 써 버렸으므로, 카튜샤가 자리를 털고 일어났을 때는 거의 돈이 바닥이 나 있었다. 카튜사는 당장 일자리를 찾지 않으면 안 되었다. 마침 산림관 집에 일자리가 났는데, 산림관은 아내가 있음에도 불구하고 서장과 마찬가지로 첫날부터 카튜샤를 추근거리기 시작했다. 카튜샤는 이 사나이가 징그럽도록 싫어서 되도록 멀리 피하려고 애썼다. 그러나 사나이는 워낙 경험이 있고 교활해서——주인이기 때문에 언제든지 그녀를 마음먹은 곳으로 심부름을 보낼 수 있었다. 그리하여 기회를 엿보아 자기 뜻대로 그녀를 겁탈하고 말았다. 아내가 그것을 눈치챘다. 어느 날 밤, 남편과 카튜샤가 단둘이 있는 것을 발견하고 카튜샤에게 덤벼들었다. 카튜샤도 지지 않았다. 그리고 맞붙어 싸운 끝에 그녀는 월급을 한 푼도 받지 못하고 길거리로 쫓겨났다. 그래서 카튜샤는 시내로 나가 이모네 집에 몸을 의탁했다. 이모부는 제본소를 하고 있어 전에는 그런 대로 살림이 넉넉한 생활을 했으나 지금은 단골을 잃어 닥치는 대로 물건을 팔아서 술만 마시고 타락한 생활을 하고 있었다.

이모는 조그마한 세탁소를 운영하여 그 수입으로 아이들을 키우고 타락한 남편 뒷바라지를 하고 있었다. 이모는 카튜샤에게 자기 집의 세탁부가 되라고 권했다. 그러나 이모네 집에서 일하는 세탁부들의 괴로운 생활을 보고는 마음이 내키지 않아 직업 소개소를 돌아다니며 하녀 일자리를 찾았다. 중학생 아들 둘을 거느린 어느 부인 집에 일자리가 났다. 그녀가 들어가서 일주일 정도 지나자 이제 겨우 코밑에 수염이 나기 시작한 중학교 6학년짜리 큰아들이 공부는 하지 않고 카튜샤에게 귀찮게 굴어 잠시도 마음 편할 때가 없었다. 그의 어머니는 모든 것을 카튜샤 탓으로 돌리고 내쫓아 버렸다.

새 일자리는 좀처럼 구해지지 않았다. 그런데 직업 소개소에서 우연히 풍채 좋고 손에 보석반지와 팔찌를 낀 한 부인을 만났다. 부인은 카튜샤가 일자리를 찾고 있다는 것을 알고 자기 주소를 알려 주며 찾아오라고 했다. 카튜샤는 부인을 찾아갔다. 부인은 상냥하게 그녀를 맞아들이고는 맛있는 만두와 달콤한 포도주를 대접하면서 하녀에게 편지를 들려서 어디론지 심부름을 보냈다.

저녁때가 되자 머리를 희끗희끗하게 길게 기르고 흰 턱수염이 있는 키 큰 사나이가 방 안으로 들어왔다. 사나이는 곧 카튜샤 곁에 앉아 번들거리는 눈으로 히죽히죽 웃으면서 그녀를 찬찬히 뜯어 보기도 하고 농담을 걸기도 했다. 부인은 그를 옆방으로 불렀다. 그리고 "시골서 금방 데려온 싱싱한 애라우."라고 말하는 부인의 목소리가 카튜샤의 귀에 어렴풋이 들렸다. 그런 다음 부인은 카튜샤를 불러, 그는 작가이고 상당한 부자라서 그의 마음에 들기만 하면 돈은 조금도 아끼지 않고 줄 것이라고 말했다. 그녀는 그의 마음에 들었다. 노인은 가끔씩 만나 줄 것을 약속한 다음 그녀에게 25루블을 주었다. 이 돈은 이모네 집에 밀려 있던 밥값과 새 옷과 모자와 리본을 사느라고 하루 아침에 다 써 버리고 말았다. 이삼 일이 지나자 작가는 다시 그녀를 데리러 사람을 보냈다. 그녀는 따라갔다. 작가는 카튜샤에게 또 25루블을 주고, 따로 방을 얻어 이사할 것을 권했다.

작가가 얻어 준 집에 이사를 가서 사는 동안 카튜샤는 같은 건물 안에 사는 싹싹한 점원과 좋아하게 되었다. 그녀는 자신의 심정을 작가에게 고백하고 다른 조그만 방으로 옮겼다. 그런데 점원은 카튜샤에게 결혼 약속까지 해 놓고 말도 없이 사라지고 말았다. 아마 그녀를 버리고 니지니로 도망가 버린 모양이었다. 그리하여 카튜샤는 다시 외톨이가 되었다. 그녀는 그 방에서 혼자 살아 보려고 생각했지만 그것은 뜻대로 되지 않았다. 경찰관이 와서 매음 감찰을 받고 검진을 받지 않으면 계속해서 그 곳에 살 수가 없다고 말해 주었다. 그래서 그녀는 다시 이모네 집으로 돌아갔다.

이모는 그녀가 최신 유행 차림으로 멋있는 코트를 걸치고 예쁜 모자를 쓴 것을 보더니 생활이 매우 좋아진 줄 알고 조심스럽게 맞이하며 이제는 세탁부가 되라고 말하지 않았다. 카튜샤 역시 세탁부가 될 생각은 전혀 없었으며 혈색이 좋지 않고 팔이 가느다란 세탁부들의 힘든 생활을 보자 애처로운 생각마저 들었다.

그 세탁부들 중에는 이미 폐병에 걸린 여자도 몇 명 있었다. 여름이나 겨울이나 창문을 늘상 열어제치고 30도나 되는 비누 냄새 물씬 풍기는 김 속에서 빨래를 하거나 다리미질을 하고 있었는데, '하마터면 나도 저런 고된 생활 속에 빠질 뻔했구나.' 하고 생각하니 소름이 온몸에 쫙 끼치곤 했다.

그런데 마침 그 무렵, 후원자를 만나지 못해 곤경에 빠져 있는 카튜샤에게 창녀집에 여자를 알선해 주는 뚜쟁이 할멈이 눈독을 들였다.

이미 오래 전부터 카튜샤는 담배를 피우고 있었지만 최근 점원으로부터 버림을 받은 뒤로는 술도 배우게 되어 차츰 많이 마시게 되었다. 그녀가 술을 좋아하게 된 것은 그 맛을 알게 된 탓도 있었으나, 그보다도 술이 지금까지 겪어 온 모든 고통스러움을 모두 잊게 해 주었고 가슴에 맺힌 응어리도 풀어 주고 자기도 남못지 않다는 자부심을 가질 수 있게 해 주었기 때문이었다. 술을 마시지 않고는 도저히 그런 마음이 될 수 없었다. 술을 마시지 않았을 때는 늘 자신이 부끄러웠고 기분도 울적했다.

뚜쟁이 할멈은 이모에게 음식을 푸짐하게 대접하고 카튜샤에게는 술을 먹인 다음 시내에서 으뜸가는 술집에 들어갈 것을 권하면서, 그 곳의 좋은 점을 늘어 놓았다. 천한 하녀 신분으로 추근대는 남자들에게 놀림받고 가끔 은밀한 정사의 상대가 되느냐, 아니면 법률로 보장되어 있는 합법적이고 안정된 환경에서 떳떳하고 실속 있는 간음 생활을 하느냐, 카튜샤는 둘 중의 하나를 고를 수밖에 없는 처지에 놓였다. 그녀는 후자를 택했다. 그뿐 아니라 그녀는 그 길을 걸음으로써 자기를 유혹한 남자와 그 점원에게, 그리고 자기한테 나쁜 짓을 한 모든 사람들에게 복수하겠다고 결심하였다.

또 그녀의 마음을 유혹하며 마지막 결심을 하게 한 원인의 하나는——빌로드

건, 프랑스 비단이건, 견직물이건, 어깨와 팔이 드러나는 야회복이건——마음대로 예쁜 옷을 맞춰 입을 수 있다는 뚜쟁이 할멈의 말이었다. 그리고 검정 빌로드 장식이 달린 연분홍색 비단을 몸에 감은 자기 모습을 상상했을 때 카튜샤는 그만 참을 수가 없어 신분 증명서를 내주고 말았다. 그 날 밤 뚜쟁이 할멈은 마차를 불러 키타예바라는 여자가 경영하는 유명한 술집으로 그녀를 데리고 갔다.

그 때부터 신과 인간의 계율에 위배되는 카튜샤의 만성적인 범죄 생활이 시작되었다. 그것은 몇십만 명의 여자들이 국민의 행복을 배려하는 정부에 의해 쉽게 허가될 뿐 아니라, 오히려 그 보호 아래서 영위되고, 10명 가운데 9명까지는 괴로운 병에 걸려 나이보다 일찍 늙고 비참하게 죽어 가는 그런 비참한 생활이었다.

한밤중의 떠들썩한 연회가 끝나면 한낮이 지나도록 수렁에 빠진 듯한 깊은 잠을 잔다. 낮 2시나 3시가 지나서야 더럽고 칙칙한 잠자리에서 축 늘어진 몸을 부스스 일으켜 술이 깨도록 탄산수와 커피를 마시고, 화장옷이나 재킷이나 가운만 걸친 너덜너덜한 몰골로 나른한 듯 이 방 저 방을 돌아다니기도 했으며, 커튼 뒤에서 창 밖을 내다보기도 하고, 목이 잠긴 목소리로 동료들과 욕지거리를 하기도 한다. 그러다가 세수를 하고 화장을 하고 몸과 머리에 향수를 뿌린다. 옷을 가봉하고 그 때문에 술집 여주인과 다투기도 한다. 거울 앞에 앉아 얼굴을 다듬고 눈썹을 그린다. 그리고 정력이 넘치도록 기름진 음식을 먹는다. 그 다음 몸이 훤히 비치는 밝은 비단옷을 입고 화려하게 꾸며진 눈부시게 밝은 홀을 우아한 걸음으로 나간다.

손님이 온다. 음악이 울리고 춤을 추고 과자를 먹고 술을 마시고 담배를 피우고 손님을 맞이한다. 상대는 젊은이, 중늙은이, 애송이, 늙어빠진 노인, 독신자, 기혼자, 장사꾼, 점원, 아르메니아 인, 유대 인, 타타르 인, 부자, 가난뱅이, 건강한 사람, 상냥한 사람, 군인, 민간인 대학생, 고등 학생 등등——온갖 계급, 나이, 성격이 다른 사나이들이다. 이런 사람들의 고함 소리와 신소리, 싸움과 현란한 춤, 담배와 술, 저녁때부터 새벽까지 계속 울리는 음악, 아침이 되어서야 가까스로 해방이 되고 나면 무겁고 답답한 수렁 같은 잠. 이러한 생활이 날마다 되풀이된다.

주말에는 국가 기관인 경찰서에 간다. 그 곳에는 공무원인 관리들과 의사들, 즉 남자들이 때로는 점잖은 얼굴로 엄중히, 때로는 히죽히죽 웃으면서 반 장난 같은 태도로 죄악을 막기 위해, 사람은 물론이요 동물에게까지 자연이 부여해 준 수치심을 무시하고 여자들을 검진하여, 그녀들이 일주일 동안 공모자들과 합법적으로 범해 온 범죄를 다시 계속해도 좋다는 면허증을 준다. 그리고 다시 똑같은 일주일이 온다. 이것이 날마다 여름이고 겨울이고 평일이고 축제일이고 쉴틈 없이 되풀이되는 생활이었다.

이렇듯 카튜샤는 7년을 살았다. 그 동안 그녀는 두 번 술집을 바꾸고 한 번 병원에 입원했다. 술집에서 떠돈 지 7년, 첫 타락이 있은 후 8년째에, 다시 말하여 스물여섯 살이 되었을 때 그녀가 감옥에 들어가게 된 사건이 일어났다. 그리하여 살인범, 도둑 들과 다섯 달이나 한 방에 갇혀 있던 끝에 이제 가까스로 법정에 끌려 나오게 된 것이다.

3

카튜샤가 먼 길을 걷느라 지친 몸으로 호위병과 함께 지방 재판소 건물에 다가가고 있을 무렵, 그녀의 대모인 여지주의 조카로 그녀를 유혹했던 장본인인 드미트리 이바노비치 네흘류도프 공작은 스프링 장치가 잘 된 높직한 침대에서 아직도 폭신폭신한 깃털 이불에 감싸여 가슴의 주름이 단정히 잡혀져 있는 깨끗한 파자마 깃을 펼친 채 담배를 피우고 있었다. 그는 시선을 앞으로 모으고 지금부터 할 일과 어제 있었던 일을 생각하고 있었다.

그는 그 집 딸과 결국은 결혼할 것이라고 모든 사람이 예상하고 있는 부호이자 명문인 크르차킨 공작 댁에서 지낸 간밤의 일들을 생각하고 한숨을 쉬고는

다 피우고 난 담배를 버리고 은으로 된 담배 케이스에서 새로 담배를 꺼내려다 말고 침대에서 미끈한 흰 다리를 빼 내려서 슬리퍼를 더듬어 신었다. 그는 살찐 어깨에 비단 가운을 걸치고 육중하지만 빠른 걸음으로 침실에 붙은 엘렉시르, 오데콜로뉴, 머릿기름, 향수 등 인공적인 향기가 넘치는 화장실로 들어갔다.

거기서 그는 군데군데 땜질한 치아를 고급 치약으로 닦고는 향긋한 양치물로 입을 씻고 몸을 깨끗이 씻은 다음 차례차례 수건을 바꾸어서 몸을 닦기 시작하였다. 향긋한 비누로 깨끗이 손을 씻고 보기 좋게 기른 손톱을 조그마한 솔로 정성껏 닦고는 커다란 대리석 세면대에서 얼굴과 살집 좋은 목덜미를 씻고 나서 다시 옆방으로 들어갔다. 그 곳은 샤워실이었다. 거기서 살집 좋은 기름진 흰 몸뚱이를 찬물로 씻고 올이 굵은 고급 목욕 수건으로 말끔히 닦고 나서, 잘 다려진 산뜻한 속옷을 입고 거울처럼 반짝반짝 윤나게 닦은 구두를 신은 다음 화장대 앞에 앉아 별로 자라지 않은 곱슬곱슬한 검은 턱수염과 숱이 적어지기 시작한 이마 쪽의 머리를 두 개의 브러시로 빗기 시작했다.

그가 사용하는 모든 장신구는 속옷부터 옷, 구두, 넥타이, 핀, 커프스 단추에 이르기까지 모두 최고급품으로서, 눈에 띄지 않는 수수한 것이었지만 모두 값진 것이었다.

네홀류도프는 열 가지나 되는 넥타이와 핀 가운데 아무거나 손에 닿는 것을 집어서 매고——전에는 이것저것 고르는 것이 즐거웠으나 이제는 전혀 관심이 없어졌다——깨끗이 손질하여 의자 위에 가지런히 놓아 둔 옷을 입었다. 여전히 머리는 무거웠지만 산뜻한 향수 냄새에 싸여, 어제 하인 셋이서 바닥에 깔린 나무 모자이크를 반들반들하게 닦아 낸 길쭉한 식당으로 들어갔다.

식당에는 커다란 참나무로 짜여진 찬장이 놓여 있고 역시 큼직한 테이블이 사자발을 본뜬 네 개의 다리를 벌린 채 위엄있게 놓여 있었다. 테이블은 이 집 머리글자가 새겨진 풀을 먹인 빳빳한 얇은 식탁보로 덮여 있고 그 위에 향긋한 커피가 든 은 주전자, 마찬가지로 은제 설탕 그릇, 따끈한 크림을 담은 그릇, 갓 구운 빵과 기름에 튀긴 빵, 비스킷을 담은 바구니가 가지런히 놓여 있었다. 그 옆에는 배달된 편지와 신문과 신간 잡지 《두 세계 평론》이 놓여 있었다. 네홀류도프가 편지를 집으려 했을 때, 복도로 나 있는 문이 열리더니 가리마를 레이스로 된 머리장식으로 가린 상복 차림의 토실토실하게 살이 찐 중년 부인이 들어왔다. 이름은 아그라페나 페트로브나라고 하여 얼마 전 이 집에서 세상을 떠난 네흘류도프 어머니 시중을 들던 여자로 지금은 그대로 가정부로 남아 아들을 시중을 들고 있었다.

아그라페나 페트로브나는 네흘류도프의 어머니를 따라 10년 가량 외국에서 지낸 일이 있어 귀부인처럼 풍채와 태도가 반듯하였다. 그녀는 그가 어릴 때부터 네흘류도프 집안에 몸종으로 있어서 드미트리 이바노비치를 미첸카라고 부르던 소년 시절부터 알고 있었다.

"안녕히 주무셨어요, 드미트리 이바노비치."

"잘 잤소, 아그라페나 페트로브나? 무슨 색다른 일이라도 있소?"

하고 네흘류도프는 농담처럼 물었다.

"공작님 댁에서 편지가 와 있어요. 마님한테서인지, 아가씨한테서인지는 잘 모르지만 하녀가 벌써부터 제 방에서 기다리고 있습니다."

아그라페나 페트로브나는 편지를 건네 주며 의미 있는 미소를 지어 보였다.

"그래요? 어디 봅시다."

네흘류도프는 편지를 받아 들고 이렇게 말했으나, 아그라페나 페트로브나의 미소를 깨닫고 이맛살을 찌푸렸다.

아그라페나 페트로브나의 미소는 이 편지는 코르차킨 공작의 따님한테서 온 것이라는 뜻이었으며, 그녀는 네흘류도프가 그 아가씨와 결혼할 줄 알고 있었다. 그녀의 미소에 나타난 이 예상이 네흘류도프의 기분을 상하게 했다.

"그럼, 제가 잠시 기다리라고 말해 두겠어요."

이렇게 말하고 그녀는 잘못 놓인 식탁용 술을 집어 제자리에 놓은 다음 조용히 식당에서 나갔다.

네흘류도프는 그녀가 건네 준 향긋한 편지를 뜯어서 읽기 시작했다.

저는 공작님의 기억을 환기시켜 드릴 의무가 있기 때문에 그 맡은 일을 다하는 의미에서——끝이 고르지 않은 두꺼운 잿빛 종이에 뾰족한 글씨로 또박또박 씌어 있었다——말씀드려 두겠습니다. 공작님은 오늘, 4월 28일 배심원으로서 재판소에 나가시게 되어 있습니다. 그러니까 여느 때와 같은 경솔하신 버릇으로 어제 약속은 하셨지만, 저희들이나 콜로소프님과 함께 전람회 구경을 하러 가실 수는 없으십니다. 하긴 제 시각에 출정하지 못하신 벌로 말을 사시려던 그 3백 루블을 재판소에 벌금으로 바칠 생각이시라면 별문제없습니다만……, 저는 어제 공작님이 돌아가시자마자 곧 이 일이 생각났습니다. 아무쪼록 잊지 마시기를…….

공작 영양 M. 코르차킨

뒷면에는 프랑스 어로 이렇게 덧붙여져 있었다.

어머님께서 공작님께 전해 드리라는 말씀입니다만, 공작님의 식사는 밤 늦은 시각이더라도 오실 때까지 차려 두시겠답니다. 몇시가 되든지 꼭 오시도록 하세요.

네흘류도프는 약간 눈살을 찌푸렸다. 이 편지는 공작의 귀여운 딸인 코르차킨이 벌써 두 달 동안 그에게 전개하고 있는 교묘한 공작의 연장이며, 그 목적은 보이지 않는 실로 차츰 그를 자기에게 강하게 묶어 놓는 데 있었다. 그러나 이제 흥분으로 가득 찼던 청춘 시절이 지나, 덮어놓고 사랑의 포로가 될 수 없는 사람들이 결혼을 앞두고 늘 느끼는 그 망설임말고도 네흘류도프에게는 또 다른 한 가지, 설령 그렇게 결심했더라도 지금으로서는 도저히 청혼할 수 없는 중대한 이유가 있었다. 그 까닭은 그가 10년 전에 카튜샤를 유혹했다가 버린 것이 아니다. 그런 것은 기억에도 없었고 또 그것이 자기 결혼에 방해가 된다고는 꿈에도 생각하지 않았다. 바로 이 때 그는 어느 유부녀와 관계를 맺고 있었는데 그는 이미 관계를 끊은 것으로 알고 있었으나 여자 쪽에서는 아직도 미련을 버리지 못하고 관계가 끊긴 것을 인정해 주지 않고 있었던 것이다.

　네흘류도프는 여자에 대해서 몹시 소심했는데 이 소심한 점이 그 유부녀로 하여금 그를 마음대로 휘두르려는 마음을 갖게 했다. 그 여자는 네흘류도프가 선거 때 갔던 군(郡)의 귀족 회장 부인이었다. 여자 쪽에서 먼저 그를 유혹했는데 이 관계가 네흘류도프로서는 차츰 더 빠져 나올 수 없는 것이 되었으며 한편으로는 점점 더 싫증나는 것이 되어 갔다. 처음 네흘류도프는 그 유혹을 물리칠 수가 없었고, 그러는 동안 그녀에 대한 죄를 깨달으면서도 그녀의 동의 없이는 이 관계를 끊을 수가 없다는 것을 알게 되었다. 바로 이런 이유로 자기가 그것을 원하더라도 자기는 공작 딸 코르차킨에게 청혼할 자격이 없다고 생각하고 있었다.

　공교롭게도 식탁 위에는 이 여자의 남편한테서 온 편지가 놓여 있었다. 그 필체와 소인을 보자 그는 얼굴을 확 달아오르면서 순간적으로 위험이 닥쳐왔을 때 느끼는 감정의 소용돌이를 느꼈다. 그러나 그 긴장은 쓸데없는 걱정이었다. 상대방 남편, 즉 네흘류도프의 주요 영지가 있는 군의 귀족 회장은 5월 말에 임시 총회가 있음을 알리고 보수파의 맹렬한 반대가 예상되니 꼭 참석하여 학교와 철도 지선 부설 등 주요 안건이 가결되도록 강력한 지지를 부탁한다고 의뢰해 온 것이었다.

　귀족 회장은 자유주의적인 인간으로, 얼마 안 되는 동지들과 함께 알렉산드르 3세 시대에 대두된 반동에 항거하여 그 싸움에 깊이 개입하는 바람에 가정 생활의 어두운 그늘에 대해서는 아무것도 모르고 있었다.

　네흘류도프는 그를 생각할 때마다 느껴 온 괴로운 망상들이 하나하나 떠올랐다. 한 번은 남편에게 발각된 줄 알고 결투까지 각오했으며 결투할 때에는 하늘을 향해 권총을 쏘아야지 하고 결심한 일도 있었다. 또 그녀가 절망한 나머지 연못에 투신 자살하겠다고 뛰어나가는 바람에 그것을 말리려고 자기가 기를 쓰고 찾아다닌 일도 생각났다. '이렇게 된 이상, 그 여자의 회답이 올 때까지는 갈 수도 없고 아무 계획도 세울 수가 없다.'고 네흘류도프는 생각했다.

　그는 일주일 전에, 자기의 죄를 인정하고 어떠한 보상이라도 할 각오이며 그녀의 행복을 위해서 이 같은 관계는 더 이상 없었으면 좋겠다는 마지막 편지를 그녀에게 보냈다. 이 편지에 대한 회답을 기다리고 있었는데 아직 받지를 못했다. 그 쪽에서 회답이 없다는 것은 어떤 의미에서는 좋은 징조나 마찬가지였다. 그녀가 만약 관계를 끊고 싶지 않다면 벌써 회답을 보냈거나 아니면 전에도 있었던 일이지만 직접 네홀류도프를 찾아왔을 것이다. 네홀류도프가 떠도는 소문에 들은 바로는, 그 곳에 어떤 장교가 새로 나타나 그녀의 비위를 맞추고 있다는 것이었다. 그는 질투심에 괴로웠지만, 아울러 실컷 시달림을 당한 고통에서 가까스로 해방될 것 같은 희망도 보여서 안도의 숨을 내쉬었다.

또 한 통의 편지는 영지 관리인한테서 온 것이었는데, 상속권 확인도 있고, 앞으로의 경영을 어떻게 하느냐 하는 것도 결정해야 하니 네홀류도프가 꼭 와주어야겠다고 간청하고 있었다. 세상 떠난 공작 부인이 살아 있을 때와 같이 경영해 나갈 것인지 아니면 그가 공작 부인에게도 권해 왔었고 지금 젊은 공작에게도 권하고 있듯이 농기구를 늘려 농민들에게 나눠 준 토지를 모두 이 쪽에서 경작하느냐 하는 문제를 결정해 주었으면 하는 것이었다. 자기가 권하는 방법을 쓰는 편이 훨씬 더 수입이 오를 것이라고 관리인은 강조하고 있었다.

끝으로 매달 초하룻날까지 보내기로 되어 있는 3천 루블의 송금이 약간 늦어진 것을 사과하고 다음편에 보내겠다는 약속을 하였다. 그리고는 늦어진 까닭은 아무리 해도 농민들한테서 수금할 수가 없었기 때문이라면서 농민들이 이렇게까지 뻔뻔스러워졌으니 당국에 부탁하여 강제 징수라도 하지 않으면 안 될 것 같다고 한탄하고 있었다. 이 편지는 네홀류도프에게는 유쾌하기도 했고 불쾌하기도 했다. 유쾌했던 것은 큰 영지에 대한 자기의 지배력이 커진 것을 느꼈기 때문이고 불쾌했던 것은 젊었을 때 하버트 스펜서의 열광적인 신봉자였던 자기가 지금 대지주가 되고 보니, 정의는 토지 사유를 허용하지 않는다는 스펜서의 저서 《사회 평형론》의 그 명제에 새삼 놀랐기 때문이다.

청년의 곧은 기질과 정열에 이끌려 그는 토지란 사유의 대상이 되어서는 안 된다고 주장하기도 했고, 대학에서는 이에 관한 논문을 썼을 뿐만 아니라 그 무렵 실지로 토지 사유에 대한 자기 신념을 어기지 않으려고 약간의 토지를 농민들에게 분배해 주기도 했다(이것은 어머니의 토지가 아니라, 아버지가 물려준 그 자신의 토지이기는 했지만). 상속으로 대지주가 된 지금 그는 둘 중 어느 하나를 택하지 않으면 안 될 처지였다. 즉 아버지에게서 물려받은 2백 헥타르의 토지에 대해서 10년 전에 그랬듯이 사유를 거부하든지 아니면 암묵(暗默)의 양해로 자기의 그전 사상이 모두 잘못된 것이었다고 인정하든지.

전자를 택한다는 것은 거의 불가능한 일이었다. 토지말고는 그에게 아무런 생활 수단이 없었기 때문이다. 스스로 일해 돈 벌 생각도 없고 게다가 이제는 사치와 향락적인 생활에 젖어서 그것을 버린다는 것은 생각할 수도 없었다. 또 그렇게 해야 하는 까닭도 없었다. 이제는 젊었을 때 가졌던 결단력도, 남의 의표를 찌르려던 허영심도 열의도 다 소멸되었기 때문이다. 그렇다고 후자——즉 그가 청년일 때 스펜서의 《사회 평형론》에서 감화를 받았고 그로부터 상당한 시일이 지난 뒤 헨리 조지의 논문 속에서 그 빛나는 확고한 신념을 발견한 토지 사유의 불법성에 대해 부정한다는 것도 그로서는 도저히 생각할 수 없는 일이었다.

그래서 관리인의 편지를 읽고 불쾌한 기분도 들었던 것이다.

4

네흘류도프는 커피를 마신 후, 몇 시까지 재판소에 나가야 하는지 통지서를 볼 겸 공작 딸에게 회답도 쓸 겸해서 서재로 가기 위해 아틀리에를 지나야 했다. 아틀리에에는 그리다 만 그림을 뒤집어 놓은 이젤이 놓여 있고 몇 장인가의 습작이 걸려 있었다. 2년 동안이나 만지작거린 이 그림과 습작과 아틀리에 구석구석을 바라본 그는 이제 더 이상 그림을 그려도 소용이 없다는 무력감 내지는 상실감을 요즈음 절실히 느끼고 있었다. 그는 이러한 감정 변화를 너무 섬세하게 발달한 자기의 미적 감각 탓으로 돌리고 있었지만 그래도 역시 그러한 자기의 무기력을 깨닫는다는 것은 결코 유쾌한 감정은 아니었다.

7년 전 그는, 자기의 죽느냐 사느냐 하는 문제는 화가가 되는 데 있다고 단정하고 군복무를 포기했다. 그리고 예술가적인 높은 견지에서 다른 모든 활동을 약간 경시하기까지 했다. 이제 와서 보니 자기에게는 그럴 자격이 없다는 것을 깨달았다. 그러자 그림에 대한 모든 추억이 그에게는 언짢아졌다. 그는 침울한 마음으로 사치를 다한 아틀리에의 설비를 바라보고 완전히 기분이 씁쓸해져서 서재로 들어갔다. 서재는 널찍하고 천장이 높은, 온갖 장식과 설비와 편리한 장치가 잘 갖추어져 있었다.

그는 곧 커다란 책상의 '지급'이라 씌어 있는 서랍 속에서 재판소의 통지서를 찾아 내어 11시까지 가야 한다는 것을 확인한 뒤, 의자에 앉아서 초대에 대한 감사와 되도록 만찬 시간까지는 가도록 하겠다는 내용의 편지를 공작 딸에게 썼다. 그러나 다 쓰고 나서는 곧 찢어 버렸다. 글투가 너무 친숙하게 여겨졌기 때문이다. 다시 써 보았지만 이번에는 너무 쌀쌀하여 무례하게 느껴졌다. 그는 그것도 찢어 던져 버리고는 벽에 달린 초인종을 울렸다. 잿빛 옥양목 앞치마를 걸친, 구레나룻만 남기고 깨끗이 얼굴을 다듬은 중년 하인이 문 앞에 나타났다.

"마차를 불러 다오."

"네."

"그리고 저기 코르차킨 공작 댁에서 심부름 온 사람이 기다리고 있을 테니, 고맙다고 말하고 되도록 찾아 뵙겠단다고 전해 줘."

"네."

'예의가 아니지만 쓸 수가 없군. 어차피 오늘 만나니까 괜찮겠지.' 이렇게 생각하고 네흘류도프는 옷을 갈아 입으러 갔다.

그가 옷을 차려 입고 현관에 나서니 마차 바퀴에 고무를 끼운 여느 때의 그 마부가 벌써 기다리고 있었다.

"어젯밤에는 코르차킨 공작댁으로 갔더니 나리께서 막 돌아가신 뒤였습니다요."

마부가 셔츠의 하얀 깃 사이로 햇볕에 그을은 건강해 보이는 목을 반쯤 뒤로 돌리면서 말했다.

"제가 마차를 갖다 댔더니 문지기가 방금 돌아가셨다고 말하잖겠습니까."

'마부들까지도 나와 코르차킨 집안과의 관계를 알고 있구나.'하고 네흘류도프는 생각했다. 그러자 요즈음 줄곧 그를 괴롭히고 있는 공작 딸과 결혼을 할 것인가 안 할 것인가 하는 미해결 문제가 또다시 그의 앞을 가로막았다. 그는 요즈음 해결해야 하는 문제가 대부분 다 그렇듯이 이것 역시 어느 쪽으로도 결정을 지을 수가 없었다.

일반적으로 볼 때 결혼에는 다음과 같은 장점이 있다. 첫째, 결혼은 가정의 즐거움뿐만 아니라 불륜한 성생활을 없애 주고 도덕적인 생활의 가능성을 준다. 둘째, 이 점이 중요한 것인데, 현재의 무의미하고 텅 비어 있는 그의 생활에 가정이나 아이들이 어떤 의미로든 확신을 줄 것이라고 네흘류도프는 기대하고 있었다. 이것이 보통 생각하는 결혼에 대한 긍정적인 이유였다. 한편, 일반적인 입장에서 보는 결혼 반대의 이유는 첫째, 모든 독신 생활을 하는 노총각에게 그렇듯이 자유를 빼앗기지나 않을까 하는 두려움과 둘째, 여자라는 야릇한 존재에 대한 무의식적인 공포감이었다.

구체적인 예로써, 미시——코르차킨의 영양은 마리아라는 이름이었는데, 그런 특별한 계급의 모든 가정에서 그렇듯이 그녀에게도 이런 이름이 주어져 있다——와의 결혼의 좋은 점은 첫째로, 그녀는 집안이 좋고 차림에서부터 말솜씨, 걸음걸이, 웃는 모습에 이르기까지 모두 보통 처녀들보다 아름다웠다. 그렇다고 유달리 뛰어난 데가 있다는 것은 아니고 말하자면 품위가 있었다. 그는 달리 표현할 줄을 몰랐지만, 이 품위를 대단히 높이 평가하고 있었다.

둘째로는, 그녀가 다른 누구보다도 그를 높이 평가하고 있다는 점인데 이것은 그의 생각에 따르면 그를 이해하고 인정하고 있다는 것이었다. 그리고 그를 이해한다는 것, 즉 그의 높은 가치를 인정한다는 것이 그녀의 지성과 판단력의 올바름을 증명하고 있는 것이라고 생각하고 있었다. 그런데 미시와의 결혼이 망설여지는 이유는 첫째, 미시보다 훨씬 더 많은 아름다운 재능을 지닌, 따라서 그에게 좀더 어울리는 처녀가 나타날 가능성이 언제든지 있다는 것과 둘째, 그녀는 이미 스물일곱 살이 되었으니 아마 지금까지 몇 번 연애 경험이 있으리라는

것인데——이런 생각은 네흘류도프로서는 견딜 수 없는 고통이었다——그녀
가 비록 과거의 일일지라도 자기말고 다른 남자를 사랑할 수 있었다는 것은 그
의 자존심이 허락하지 않았다. 물론 그를 만난다는 것을 그녀는 예기치 못했을
것이다. 하지만 그녀가 어떤 다른 남자를 사랑했을지도 모른다고 생각하면 그것
만으로도 벌써 그는 심한 치욕감을 느꼈다.

그러므로 찬성의 이유와 반대의 이유는 비슷비슷했다. 적어도 그 이유 중에서
더 무거운 것을 가려 내는 일은 어려웠다. 그래서 네흘류도프는 스스로를 자조
하며 자기를 부리단의 노새(이솝 우화 속의 노새로 의지의 자유가 결핍된 것을 비유
함)에 견주었다. 그러면서도 여전히 그는 두 다발의 건초 중에서 어느 것부터
먹어야 하는지를 몰랐다.

"어쨌든 마리아 바실리예브나한테서 답장을 받고 그 여자와의 관계를 깨끗이
정리하지 않고는 어쩔 수도 없지."
하고 그는 혼자 중얼거렸다.

그리하여 결정을 미룬다 해도 상관없고, 그렇게 하는 것이 마땅하다는 이러한
생각이 그의 기분을 가볍게 했다.

"아무튼, 이 문제는 나중에 잘 생각해 보기로 하지."

마차가 어느 새 소리도 없이 재판소의 주차장에 미끄러져 들어갔을 때, 그는
이렇게 중얼거렸다.

'지금은 내가 언제나 해 왔고, 또 의무라고 생각하고 있듯이 성의를 가지고
사회적인 의무를 다해야 한다. 더욱이 이런 의무 가운데에는 더러 재미있는 일
로 기분 전환이 가능하거든.' 이런 생각을 하며 그는 문지기 옆을 지나쳐 재판소
현관으로 들어갔다.

5

네흘류도프가 들어갔을 때, 재판소 복도에는 벌써 사람들의 분주한 움직임으로 약간은 어수선한 분위기였다.

간수들이 명령서와 서류를 들고 이리저리 바쁘게 오가고 있고, 그들 가운데는 마룻바닥에서 발을 들어 올리지 않고 미끄럼타듯 뛰어가는 사람도 있었다. 정리들, 변호사들, 판검사들이 복도를 오가고 있었다. 청원인들, 감시가 붙지 않은 피고인들이 차례를 기다리면서 고개를 푹 숙이고 앉아 있었다.

"지방 법원 법정은 어디 있소?"

네흘류도프는 한 간수에게 물었다.

"어딜 찾으시나요? 민사 법정입니까, 형사 법정입니까?"

"나는 배심원인데."

"그럼, 형사 법정이군요. 처음부터 그렇게 말씀하시지 않고……. 여기서 오른쪽으로 가서 왼쪽으로 구부러지면 두 번째 문이 있는 곳입니다."

네흘류도프는 간수가 가르쳐 준 대로 걸어갔다.

두 번째 문 앞에는 두 사람의 남자가 재판 개정을 기다리며 서성거리고 있었다. 그들 중 하나는 키가 크고 뚱뚱한 상인처럼 보였는데, 겉보기에는 호인답게 생긴데다가 벌써 어디서 한잔 들이켜고 왔는지 무척 기분이 좋아 보였다. 또 한 사람은 유대 인 점원 같았는데, 그들은 양모 시세에 대해서 이야기하고 있었다. 네흘류도프는 그들에게 다가가서 여기가 배심원 대기실이냐고 정중하게 물었다.

"네, 여깁니다. 여기예요. 선생께서도 역시 배심원이신가요?"

호인답게 생긴 상인은 기분 좋은 듯이 눈을 껌벅이며 물었다.

"그럼 함께 수고하기로 하십시다."

네흘류도프가 고개를 끄덕거리자 상인은 다시 말했다.

"저는 제 2 급 상인 바클라쇼프올시다."

하고 그는 한손으로는 잡기 거북할 만큼 두둑하고 부드러운 손을 내밀며 말했다.

"수고하셔야겠습니다. 그런데 선생께선 누구신지요?"

네흘류도프는 자기 이름을 밝히고 배심원 대기실로 들어갔다.

배심원실은 그다지 크지 않았는데, 벌써 여러 종류의 사람들이 10명쯤 모여 있었다. 모두 방금 도착해서, 몇 사람은 의자에 앉아 있었고 몇 사람은 서로 힐끔힐끔 쳐다보면서 첫인사를 나누며 방 안을 거닐고 있었다. 군복을 입은 예비역 장교가 한 사람 있고 나머지는 프록코트나 양복을 입었으며 러시아식 외투를 입은 사람은 하나밖에 없었다.

대부분의 사람들이 자기 할 일을 접어 두고 와서 곤란하다는 말을 하고 있었지만 그러면서도 그들의 얼굴에는 사회적으로 중요한 일을 맡아 하고 있다는 일종의 만족감 같은 것이 엿보였다.

배심원들은 어떤 사람은 서로 정식으로 인사를 나누기도 하고, 어떤 사람은 그저 상대방이 누구라는 것을 알고는 날씨 얘기, 이른 봄철 얘기, 눈앞에 다가온 재판에 대한 얘기 등을 했다. 아직 인사를 하지 않은 사람들은 앞을 다투어 네흘류도프에게 자기 소개를 했다. 그와 알고 지내는 것을 큰 영광으로 생각하는 모양이었다. 네흘류도프는 언제나 처음 만나는 사람들 사이에서는 그러했지만 그것을 당연한 일로 받아들였다. 누군가 자기에게, 어째서 자기를 대부분의 사람들보다 높은 위치에 있는 것같이 생각하느냐고 묻는다면 아마도 그는 대답할 수 없을 것이다.

왜냐하면 그는 여태까지 이렇다 할 특별한 재능을 발휘한 적이 없었기 때문이다. 그가 영어, 프랑스 어, 독일어를 훌륭히 자유자재로 한다든가, 일류 가게에서 새로 사들인 셔츠며 옷이며 넥타이며 커프스 단추 따위로 몸을 단장하고 다닌다는 것들은 결코 그가 남보다 높은 위치에 있다는 증거가 될 수 없었다. 이것은 그 자신도 잘 알고 있는 부분이었다. 그럼에도 불구하고 그는 자신의 우월함을 아무런 여과도 없이 인정하고 있었으며, 다른 사람들이 자기에게 표시하는 존경의 몸짓을 당연한 것으로 받아들였을 뿐 아니라, 그렇지 않을 때는 모욕감까지 느끼기도 했다.

그런데 오늘 그는 배심원실에서 공교롭게도 그런 정중하지 못한 태도에 접하여 불쾌감을 맛보게 되었다. 배심원 중에는 마침 네흘류도프가 아는 사람이 하나 있었는데, 그는 표트르 게라시모비치——네흘류도프는 일부러 그의 성을 알려고 한 적도 없었거니와 모르는 것을 오히려 은근히 자랑으로 여기고 있었다——라는 전에 네흘류도프의 누님 집 가정 교사 노릇을 한 적이 있었다. 이 표트르 게라시모비치는 대학을 마치고 현재 어느 중학교 교사로 있는 사람이었다. 네흘류도프는 그의 버릇없는 태도와 자기 자신에 만족하고 있는 듯한 너털웃음과 네흘류도프의 누님이 말하는 그의 '공산주의자'적 행동을 언제나 못마땅하게 생각해 왔다.

"아이고, 당신도 끌려나오셨군요!"

표트르 게라시모비치는 껄걸 웃으면서 네흘류도프를 맞았다.

"피하실 수 없었던가요?"

"피할 생각은 하지도 않았소."

네흘류도프는 무표정하고도 침울한 목소리로 대꾸했다.

"허어, 그것 참 공민적인 미덕이시군. 하지만 이제 두고 보시오. 배는 고파오고 졸려서 눈은 자꾸 감기고 하면, 그 때는 아마 당신 입에서도 못 해먹겠다는 소리가 나올 겁니다."

하고 더욱 큰 소리로 웃어 대며 표트르 게라시모비치는 말했다.

'이러다간 이놈의 사제 아들놈한테 자네란 소릴 듣게 되겠는걸.' 하고 네흘류도프는 속으로 생각했다. 그리고 일가족이 모두 죽었다는 소식을 들었을 때나 지을 수 있을 몹시 침통한 표정을 하면서 중학교 교사 곁을 떠났다. 그리고는 키가 크고 풍채가 당당하며 수염을 말쑥하게 깎은 신사 하나가 무언가 열심히 떠들어 대고 있는 것을 둘러서서 듣고 있는 사람들 쪽으로 다가갔다. 이 신사는 현재 민사 법정에서 심의되고 있는 소송 사건을 마치 자세히 알고 있는 것처럼 이야기하면서 판사들과 이름난 변호사가 놀라운 수완으로 사건을 뒤집어 놓는 바람에 상대방의 늙은 귀부인은 잘못한 일이 없는데도 억울하게 엄청난 돈을 치러야만 하게 되었다는 것이었다.

"그야말로 천재적인 변호사라니까요!"

하고 그는 크게 말했다.

사람들은 감탄하며 듣고 있었다. 그들 가운데에는 자기 의견을 말하려는 사람도 있었으나 그는 모든 것을 정확하게 알고 있는 것은 자기밖에 없다는 듯이 그 신사는 다른 사람의 말을 가로막았다.

네홀류도프는 꽤 늦게 도착했는데도 오랫동안 기다려야 했다. 아직도 참석하지 않은 판사가 한 사람 있어 개정이 안 되고 있었다.

6

재판장은 일찌감치 재판소에 나와 있었다. 재판장은 키가 크고 풍채 좋은 사나이로 희끗희끗한 구레나룻을 기르고 있었다. 그는 아내가 있었으나 아내와 서로 경쟁이라도 하듯 방탕한 생활을 즐기고 있었다. 오늘 아침에도 그는 지난 여름 동안 그들의 집에 가정 교사로 있었던 스위스 여자로부터 편지를 받았다. 남러시아에서 페테르부르그로 가는 길인데, 오늘 시내에 있는 호텔 '이탈리아'에서 오후 3시부터 6시까지 그를 기다리겠다는 것이었다. 그래서 그는 지난 여름 별장에서 로맨스의 꽃을 피웠던 빨강머리의 클라라 바실리예브나를 6시까지 만나러 가기 위해 오늘의 재판을 일찌감치 서둘러 끝낼 작정이었다.

그는 자기 방으로 들어가 문을 걸어 잠그고, 서류장 아래칸에서 아령 두 개를 꺼내 들고는 아래위로, 앞뒤로, 좌우로 20번씩 흔들고 나더니 이번에는 아령을 머리 위로 쳐들고 3번 가볍게 무릎을 굽혔다 폈다 했다.

'냉수 마찰과 체조만큼 건강에 좋은 건 없거든.' 금반지를 낀 왼손으로 오른팔의 긴장한 단단한 근육을 주무르면서 그는 생각했다. 끝으로 팔의 회전 운동을 할 차례였으나──그는 오랜 시간 법정에 나가 앉기 전에 언제나 이 두 가지 운동을 했다──그 때 갑자기 문이 흔들리는 소리가 났다. 누군가 문을 열려고 하는 모양이었다. 재판장은 얼른 아령을 제자리에 놓고 문을 열었다.

"아, 실례했소."

하고 그는 말했다.

방 안에 들어온 사람은 배심 판사로 작달막한 키에 어깨를 쳐들고 핏기가 없어 보이는 얼굴에 금테 안경을 끼고 있었다.

"마트베이 니키티치는 아직 오지 않았군요.."

하고 그는 불만스레 말했다.

"아직 안 왔소."

재판장은 법복을 입으면서 대답했다.

"시간에 맞춰 온 예가 없으니까."

"어이가 없군. 부끄럽지도 않나?"

하고 판사는 담배를 꺼내 물며 화난 듯이 의자에 덜컥 소리를 내며 앉았다.

이 판사는 무척 정확한 사나이였다. 오늘 아침에도 아내와 언짢은 말다툼을 하고 나온 모양인데 아내가 한 달치 생활비를 약속한 날 전에 다 써 버린 것이 그 이유였다. 아내가 가불을 원했지만 그는 정한 일을 어길 수 없다고 딱 잘라 말했다. 그래서 한바탕이 싸움이 벌어지고, 그렇다면 저녁 식사 준비는 못 하겠으니 그렇게 알라고 아내는 위협했던 것이다. 그쯤 하고 그는 집을 뛰쳐나왔으나, 무슨 일이든 할 수 있는 여자라 정말 그 위협을 실행할지도 모른다고 그는 속으로 겁을 집어먹고 있었다.

'정말, 이 사람처럼 훌륭한, 도덕적인 생활을 하고 싶다.'

명랑하고 밝은 얼굴을 한, 몸도 마음도 건강해 보이는 재판장을 바라보며 그는 생각에 사로잡혔다. 재판장은 두 팔꿈치를 널찍하게 펴고서 희고 아름다운 손으로 희끗희끗한 털이 섞인 긴 구레나룻을 금실로 수놓은 옷깃 양쪽으로 쓰다듬어 붙이고 있었다.

'이 사람은 언제나 만족스러운 듯이 싱글벙글하고 있는데, 나는 1년 내내 이

렇게 우울하고 괴로운 생각만 해야 한단 말인가.'

이 때 서기가 무슨 서류를 들고 들어왔다.

"수고하네."

하고 재판장은 말하고 담배를 깊이 빨아들였다.

"어느 사건부터 시작하겠나?"

"네, 독살 사건이 좋을까 생각합니다."

서기는 아무래도 좋다는 듯이 말했다.

"응, 좋겠지. 독살 사건이라면 성가신 게 없어."

라고 재판장은 말하면서 이 정도의 사건이라면 4시까지 끝내고 법정에서 나갈 수 있겠다고 생각했다.

"그런데 마트베이 니키티치는 아직 안 왔나?"

"아직 안 오셨습니다."

"그럼 브레베는?"

"오셨습니다."

하고 서기는 대답했다.

"그럼, 그 사람을 보거든 독살 사건부터 시작한다고 말해 주게."

브레베는 이 공판에서 논고를 하기로 되어 있는 검사보였다.

복도에 나간 서기는 브레베를 만났다. 검사보는 어깨를 으쓱거리면서 제복 단추도 채우지 않은 채 손가방을 옆에 끼고 한쪽 팔을 걸어가는 방향과 직각으로 흔들면서 쿵쿵거리며 거의 뛰다시피하며 급하게 걸어오고 있었다.

"준비가 다 되었는지 물어 보라고 미하일 페트로비치께서 말씀하셨습니다."

하고 서기는 그에게 물었다.

"물론 나야 언제든지 준비가 되어 있지."

하고 검사보는 말했다.

"어느 사건부터 시작하는가?"

"독살 사건입니다."

"좋지!"

하고 검사보는 말했으나 사실은 조금도 좋지 않았다. 그는 어젯밤 거의 잠을 자지 못했다. 친구의 송별회가 있어 마구 술을 마시고 2시까지 게임을 한 다음 여섯 달 전까지 마슬로바가 있던 바로 그 술집에 들었으므로 독살 사건의 조서 내용을 통 읽어 볼 시간이 없어 지금부터 대강이라도 들여다볼 참이었다. 서기는 그것을 알고 있었기 때문에 일부러 이 사건을 먼저 처리하자고 재판장에게 말했다. 서기는 자유주의자라기보다는 오히려 급진적인 사상을 소유한 사람이었다. 브레베는 보수적인 사람이라 러시아에서 근무하는 모든 독일인이 그렇듯이, 열심히 러시아 정교에 귀의하고 있었으므로, 서기는 그를 좋아하지 않았고 그의 지위를 질투하고 있었다.

"그럼, 거세종파 사건은 어떻게 하지요?"

하고 서기가 물었다.

"내가 그건 할 수 없다고 말하잖았나!"

하고 검사보는 말했다.

"증인이 없는데 어떻게 해? 난 재판부에 못 하겠다고 솔직히 말하겠네."

"그렇지만 어차피……."

"나는 할 수 없다니까!"

검사보는 이렇게 말하고, 다시금 한쪽 팔을 내저으며 서둘러 자기 방으로 들어가 버렸다.

그다지 중요하다거나 필요하지도 않은 증인의 부재를 구실로 하면서까지 그가 거세종파 사건을 늦춰 온 까닭은 주로 지식층으로 구성된 배심원들에 의해 공판에서 무죄 판결이 날 가능성이 많았기 때문이다. 그래서 결국은 재판장과의 합의 아래 군청 소재지의 하급 재판소로 사건을 되돌려 보내게 되어 있었다. 그곳 배심원들은 대부분 농촌 출신이므로 유죄 판결의 가능성이 그만큼 컸기 때문이다.

복도는 차츰 분주해졌다. 그 중에서도 사람들로 가장 붐비는 곳은 민사 법정 주위였는데, 그 곳에서는 소송 사건에 특별한 관심을 가지고 있는 그 풍채 좋은 사나이가 배심원들에게 이야기한 바로 그 사건의 심리가 진행 중이었다. 휴정이 선포되자 그 법정에서 한 늙은 부인이 나왔다. 이 늙은 부인은 풍채 좋은 사나이가 말한 천재적인 변호사 때문에 재산을 아무 권리도 없는 원고측에 빼앗기게 된 사람이었다. 이런 사정은 재판관들도 알고 있었고, 또 누구보다도 원고와 그 변호인 자신이 더 잘 알고 있었다. 그러나 변호인이 너무도 빈틈없이 일을 조작해 놓아서 어쩔 수 없이 그 부인의 재산을 모두 몰수해 원고에게 넘겨 줄 수밖에 없었다. 늙은 부인은 몸집이 뚱뚱한데다가 화려한 옷차림을 하고 커다란 꽃이 달린 모자를 쓰고 있었다. 그녀는 문에서 나와 복도에서 걸음을 멈추고는 짧고 투실투실한 두 팔을 벌리면서 자기 변호사를 보고 "대체 일이 어떻게 되어 가는 거예요? 이런 기막힌 일이 또 어디 있어요!" 하고 같은 말만 되풀이했다. 변호사는 그녀의 모자에 달린 꽃만 멍청히 바라볼 뿐, 그 말에는 귀도 기울이지 않고 무엇인가를 골똘히 생각하였다.

늙은 부인의 뒤를 따라 민사 법정 문으로부터 넓게 파인 조끼 사이로 앞가슴을 내밀고 흐뭇한 얼굴을 번뜩이면서, 그 천재적인 변호사가 종종걸음으로 나타났다. 바로 이 변호사의 수완으로 모자에 꽃을 꽂은 늙은 부인은 돈이 한 푼도 남지 않는 거지꼴이 되게 생겼고, 그에게 1만 루블의 보수를 약속한 원고는 10만 루블 이상을 횡재하게 된 것이다. 모든 사람의 눈길이 일시에 그에게로 쏠렸다. 변호사도 그것을 느꼈는지 그는 '뭐 그렇게까지 감탄하는 얼굴들을 할 건 없어.' 하는 몸짓으로 사람들 앞을 성큼성큼 지나쳐 갔다.

7

그럭저럭하는 사이에 마트베이 니키티치도 출정했다. 목이 기다랗고 몸집이 호리호리한 정리가 옆으로 기우뚱하는 걸음걸이로, 아랫입술까지 옆으로 일그러뜨리며 배심원 대기실로 들어왔다.

이 정리는 대학 교육까지 받은 정직한 사람이었으나 술을 지나치게 좋아해서 어디서나 한 자리에 오래 눌러 앉지 못했다. 석 달 전에 아내의 보호자 격인 모 백작 부인이 이 재판소에 일자리를 만들어 주었는데 오늘까지 별탈없이 일하고 있어 그 자신도 무척 대견해하고 있는 중이었다.

"어떻습니까. 다 오셨습니까?"

정리가 코안경 너머로 둘러보며 말했다.

"다들 모인 것 같습니다."

활달한 상인이 말했다.

"그럼 이름을 부르겠습니다."

라고 정리는 말하고 호주머니에서 명부를 꺼내어 호명을 하고는 대답하는 사람을 하나하나 코안경을 통해서, 또는 안경 너머로 확인했다.

"5등관 이 엠 니키포르프 씨."

"네."

재판에 관한 모든 것을 자세히 알고 있는 풍채 좋은 신사가 대답했다.

"예비역 육군 대령 이반 세묘노비치 이바노프 씨."

"네."

예비역 장교복을 입은 호리하게 마른 사람이 대답했다.

"2급 상인 표트르 바클라쇼프 씨."

"네."

사람 좋게 생긴 장사꾼이 환하게 웃으며 말했다.

"네, 준비는 다 되어 있습니다."

"근위 중위 드미트리 네홀류도프 공작님."

"네."

하고 네홀류도프가 대답했다.

정리는 코안경 너머로 그에게 눈길을 보내며, 특히 정중하고 상냥하게 머리를 숙였다. 이렇게 함으로써 그를 다른 사람들과 달리 차별 대우한다는 것을 나타내려는 것 같았다.

"육군 대위 유리 드미트리예비치 단첸코 씨, 그리고 상인 그리고 리 예피모비치 클레쇼프 씨⋯⋯."

이 두 사람말고는 모두들 모여 있었다.

"그럼, 여러분, 법정으로 자리를 옮겨 주시기 바랍니다."

정리는 상냥하게 문 쪽을 안내하며 말했다.

사람들은 서로 길을 양보해 가며 대기실에서 복도로 나가 법정으로 들어갔다. 법정은 큼직하고 길게 생긴 홀이었다. 한쪽 끝은 층계가 삼단으로 된 높다란 단이 위치하고 있었다. 그 높은 단 위 한복판에는 검푸른 술이 달린 녹색 상보를 씌운 테이블이 놓여 있었는데, 테이블 뒤에는 참나무를 다듬어 만든 무척 높은 등받이가 붙은 안락의자가 3개 나란히 놓여 있었다. 그리고 의자 뒤의 벽에는 금빛 액자에 넣은 황제의 전신상이 걸려 있었다. 황제는 장군복에 훈장을 달고 한쪽 발을 뒤로 비스듬히 디디고서 한 손을 군도 위에 얹은 자세로 서 있었다. 오른쪽 구석에는 가시관을 쓴 그리스도 상을 모신 액자가 걸려 있고 그 밑에 성서대가 하나 놓여 있었다. 그 바로 오른쪽에 검사석이, 그리고 맞은편인 왼쪽 깊숙한 곳에 서기 책상이 있었다. 방청석 가까이에는 참나무로 된 도르래식 칸막이가 있고 그 뒤쪽에는 아직 빈 자리로 있는 피고석이 있었다. 단상 오른쪽에는 역시 높다란 등받이가 붙은 배심원들의 의자가 두 줄로 반듯하게 놓여 있고, 그 아래로 한 단 낮은 곳은 변호사석이었다.

이러한 것들은 모두 칸막이로 갈라 놓은 법정 앞부분에 배치되어 있었다. 긴 의자가 가득 놓여 있는 뒷부분은 모두 방청석으로 한 단씩 높아지면서 뒷벽까지 이어져 있었다. 방청석 앞쪽 긴의자에는 여직공 아니면 하녀인 듯한 여자 네 명과 직공 차림의 남자 두 사람이 앉아 있었다. 그러나, 그들은 이 법정의 묵직한 분위기에 눌린 듯 서로 조심스럽게 소곤거리고 있었다. 배심원들이 자리에 앉자, 곧 정리가 옆으로 쏠리는 듯한 걸음걸이로 한복판으로 걸어나가 방청인들을 위압하는 듯한 큰 소리로 외쳤다.

"개정!"

모두 일어서자 바로 앞 단 위에 재판관들이 나타났다. 먼저 멋진 구레나룻을 빗어 올린 늠름한 재판장이 들어오고 그 뒤에 금테 안경을 쓴 무뚝뚝한 판사가 나타났다. 그는 아까보다도 한층 더 얼굴 표정이 굳어 있었다. 그도 그럴 것이 개정 직전에 판사보로 있는 처남이 말해 주기를 그의 누이가 식사를 절대로 준비하지 않겠노라고 하더라는 것이었다.

"그러니 매형, 오늘 저녁엔 선술집에나 갑시다."

하고 처남은 능청스레 웃으면서 말했다.

"웃을 일이 아니야."

하고 판사는 말하면서 얼굴 표정이 더욱 어두워졌다.

맨 뒤에 나타난 사람이 바로 언제나 늦게 오는, 마트베이 니키티치 판사였다. 그는 턱수염이 탐스럽고 건장한 몸집에 눈꼬리가 처진 선량한 눈을 하고 있었다.

그는 만성적인 위장병으로 고생하고 있었는데, 의사의 권유에 따라 오늘 아침부터 새로운 건강 요법을 시작했으므로 그 때문에 여느 때보다 더 오래 집에서 꼼지락거렸다. 그에게는 늘상 스스로에게 여러 가지 질문을 던지고는 온갖 방법으로 그것을 점치는 버릇이 있었기 때문에 지금도 단상에 오르면서 무엇에 정신을 집중시키고 있는 듯한 묘한 표정을 짓고 있었다. 지금 그는, 만약에 판사실 문에서 법정 재판관석까지의 걸음수가 3으로 나누어진다면 새로운 치료법으로 위를 고칠 수 있고, 나누어지지 않는다면 고칠 수 없다는 점을 쳤다. 걸음수는 26이 되는 듯했으나 마지막에 일부러 걸음폭을 좁게 잡아 꼭 27걸음만에 자기 자리에 앉았다.

옷깃을 금실로 수놓은 법복을 입고 단상에 나타난 재판장이나 판사들의 모습은 매우 엄숙하고 위압감을 주고 있었다. 그들 자신도 그것을 알고, 세 사람 다 자신들의 위엄에 스스로 어색함을 느낀 듯 겸손하게 눈을 내리뜨고 녹색보가 덮인 테이블 앞에 조각 무늬가 달린 저마다의 안락의자에 얼른 앉았다. 테이블 위에는 독수리 문장이 새겨진 세모꼴 문진(文鎭)과 식당 같은 곳에서 과자를 담는 데 쓰는 유리 그릇, 잉크 스탠드와 펜, 질이 좋은 백지, 뾰족하게 깎은 여러 가지 연필 등이 준비되어 있었다.

재판관들과 함께 검사보도 들어왔다. 검사보는 여전히 서류 가방을 옆구리에

끼고 한쪽 팔을 크게 내저으며 창가에 있는 자기 자리로 바삐 가더니, 1분이라
도 아껴서 서류를 검토하려는 듯이 곧 일건 서류를 읽고 확인하는 데 열중했다.
이 검사보가 법정에서 논고를 하는 것은 이번이 겨우 네 번째였다.

그는 무척 허영심이 강해서 반드시 입신 출세하고야 말겠다고 굳게 결심하였
으므로 무슨 사건이든 자기가 논고를 맡은 사건은 모두 유죄로 판결이 내려져야
만 한다고 생각하는 사람이었다. 독살 사건의 요점에 대해서도 그도 거의 다 알
고 있었고 논고 초안도 이미 만들어 놓은 상태였지만 그래도 좀더 자료를 보탤
필요성을 느껴서 지금 서둘러 서류 속에서 중요한 것을 뽑고 있는 중이었다.

단상 반대쪽에 자리잡고 앉은 서기는, 낭독할 필요가 있을 듯한 서류를 다 준
비해 놓고는 어제 입수하여 읽어 본 판매 금지된 논문을 다시 한 번 훑어 보았
다. 그는 자기와 늘 견해가 같은 턱수염이 탐스러운 판사와 이 논문에 대해서
한 번 이야기해 보고 싶었기 때문에 그 전에 미리 내용을 잘 알아 두어야겠다고
생각했던 것이다.

8

재판장은 대강 서류를 읽어 본 후 정리와 서기에서 두세 가지 질문을 던지고
이상이 없다는 것을 확인하자 피고를 데려오라고 명했다. 살창 뒤에 있는 문이
활짝 열리더니 군모를 쓰고 칼을 뽑아 든 두 헌병이 들어왔다. 그 뒤에 주근깨
투성이의 얼굴을 한 빨강머리의 남자 피고 한 명이 먼저 들어왔고, 잇달아 두
여자 피고가 나타났다. 남자는 품도 기장도 맞지 않는 헐렁한 죄수복을 입고 있
었는데, 그는 법정에 들어올 때 두 손의 큼직한 손가락을 쭉 펴서 바지 솔기를
꼭 누르고 있었다. 남자 죄수는 그렇게 해서 긴 소매가 흘러내리는 것을 가까스
로 막고 있었다. 그는 재판관도 방청객도 보지 않고 똑바로 피고석만을 바라보
면서 주의 깊게 그 앞을 돌아 끝자리까지 가서 두 자리를 남겨 놓고 단정히 앉았

다. 그리고는 재판장을 똑바로 쳐다보면서, 마치 무엇을 속삭이듯이 볼의 근육을 실룩거리기 시작했다. 뒤따라 들어온 것은 역시 죄수복을 입은 중년 여자였다. 그 여자는 죄수용 스카프를 머리에 쓰고 얼굴은 잿빛으로 흐렸으며 눈썹도 속눈썹도 없이 눈만 빨갰다.

이 여자는 아무 일도 아니라는 듯 태연해 보였다. 자기 자리로 갈 때 죄수복이 무엇엔가 걸렸지만 놀라지도 않고 침착하게 그것을 벗기고는 자리에 가서 앉았다.

세 번째 피고가 바로 마슬로바였다.

그녀가 들어오는 순간 법정 안의 모든 사나이들의 눈이 일제히 그녀 쪽으로 쏠렸다. 그 빛나는 검은 눈과 하얀 얼굴과 죄수복 아래 풍만하게 솟아 오른 가슴에 사나이들은 한동안 넋을 잃었다. 헌병들마저 그녀가 곁을 지나 피고석으로 갈 때까지 완전히 넋을 빼앗겨 그녀가 앉고서야 비로소 자기 입장을 깨달았는지 재빨리 얼굴을 돌려 머리를 한 번 흔들고는 곧장 앞쪽의 창문에다 시선을 고정시켰다.

재판장은 피고들이 자리에 앉기를 기다리다가 마슬로바가 앉자 곧 서기 쪽을 향해 돌아보았다.

평상시의 공판대로 절차가 진행되었다. 배심원의 점호, 결석자에 대한 심의와 벌금 결정, 사퇴자에 대한 결의, 결원자의 보충 등이 끝나자 재판장은 작은 카드를 몇 장 접어서 유리 그릇 속에 넣더니, 금몰이 달린 법복 소매 끝을 조금 치켜올려 털이 많이 난 팔뚝을 드러내고 요술쟁이 같은 동작으로 카드를 한 장씩 꺼내 펴서 읽기 시작했다. 그런 후 재판장은 소매를 내리고 전속 사제에게 배심원 선서를 진행하도록 일렀다.

얼굴이 누렇게 뜬 것 같은 늙은 사제는 갈색 제의를 걸치고, 가슴에는 금빛 십자가와 조그만 훈장까지 달고, 역시 부은 발을 느릿느릿 제의 자락 밑에서 옮겨 성상 아래 놓인 성서대로 다가갔다.

배심원들도 일어나 함께 성서대 쪽으로 나갔다.

"이리로 오십시오."

사제는 까슬까슬한 손을 가슴의 십자가에 대고 배심원들이 다가오기를 기다리면서 말했다.

그 사제는 이미 46년 동안이나 이 직책을 맡아 왔으므로 이제 3년만 더 있으면 얼마 전 대성당의 주교가 거행한 것처럼, 성직 생활 50년 축하식을 할 작정이었다. 이 지방 재판소가 처음 세워졌을 때부터 줄곧 몸담아 온 그는 여태까지 몇만 명에 이르는 사람들의 선서를 집행했다는 것, 또 이미 늙을 만큼 늙었는데도 교회와 조국과 가족의 번영을 위해 여전히 자기 직무를 수행하고 있다는 것, 가족들에게는 현재 살고 있는 집말고도 유가 증권으로 3만 루블 이상의 재산을 물려줄 수 있다는 것 등을 무척 자랑스럽게 여기고 있었다. 재판소에서 그의 직무란 요컨대, 단적으로 선서를 금하고 있는 성서를 앞에 놓고 사람들에게 선서시키는 일이었으나, 그것이 옳지 못한 행위라는 생각은 한 번도 그의 머릿속에 떠오른 적이 없었다. 그런 문제로 해서 의기소침해하기는커녕 직무상 훌륭한 신사들과 사귈 수 있는 기회가 많기 때문에 이 일에 대하여 많은 애착심까지 느끼고 있었다. 오늘도 사제는 그 천재적인 변호사와 알게 된 것이 아주 기분이 좋았다. 모자에 커다란 꽃을 단 그 노부인 사건만으로도 1만 루블이나 보수를 받았다는 사실로 마음 속에 깊은 존경심이 일어났던 변호사였다.

배심원들이 층계를 거쳐 단상에 들어서자, 사제는 반백의 대머리를 한쪽으로 기울여서 때묻은 수단을 목에 걸고는 듬성듬성한 머리카락을 한 번 쓰다듬은 후 배심원들 쪽을 향했다.

"오른손을 드십시오. 손가락을 이렇게 하고…….'

손가락 마디마디가 움푹 팬 퉁퉁한 손을 들어 물건을 집을 때처럼 세 손가락을 합쳐 보이며 그는 쉰 목소리로 천천히 말했다.

"자, 내가 말하는 대로 따라 하십시오."

하고는 선서문을 낭독하기 시작했다.

"거룩한 복음서와 생명의 근원인 십자가 앞에서 전지전능하신 하느님께 맹세합니다. 이 사건을 심리함에 있어…….'

그는 한 마디씩 끊어 가며 말했다.

"아, 손을 내리지 마십시오. 그대로 들고 계셔야 합니다."

그는 손을 내린 한 젊은 배심원에게 주의를 주었다.

"이 사건을 심의함에 있어……."

구레나룻을 기른 풍채 좋은 신사와 대령, 상인, 그리고 그 밖의 몇몇 사람들은 그 어떤 특별한 만족감을 느끼기라도 하듯, 사제가 시키는 대로 손가락을 합친 오른손을 유난히 높이 쳐들고 있었으나 그 밖의 사람들은 그저 마지못해 하는 듯 시들시들한 태도였다. 그들 중에는 하여튼 나는 이렇게 진실되게 선서하고 있다는 듯한 표정으로 공연히 악을 쓰듯 큰 소리로 사제의 말을 되뇌는 사람이 있는가 하면, 또 어떤 사람들은 작은 소리로 중얼거리면서 혼자 차츰 뒤떨어졌다가 깜짝 놀라 엉뚱한 대목에서 얼른 뒤쫓아가기도 했다. 또 무엇을 떨어뜨릴까 걱정이라도 되는 것처럼 덤벼들듯이 힘껏 손가락을 합친 손을 높이 쳐들고 있는 사람과 어떤 사람은 손가락을 합쳤다 벌렸다 하기도 했다. 모두 어색한 분위기였다. 오직 이 일을 충실히 수행해 오고 있는 늙은 사제만이 자기가 매우 중요하고도 유익한 일을 하고 있다는 믿음을 갖고 있었다. 선서가 끝나자마자 재판장은 배심원들에게 의장을 선출할 것을 알렸다. 배심원들은 자리에서 모두 일어나 서로 앞을 다투어 회의실로 들어가기가 무섭게 거의 모두가 담배를 꺼내 피우기 시작했다. 누군가가 구레나룻을 기른 풍채 좋은 신사를 의장으로 선출하는 게 어떠냐고 말을 꺼내자, 모두 그 자리에서 찬성했으므로 피우던 담배를 비벼 끈 뒤 법정으로 되돌아갔다. 선출된 배심원 의장이 재판장에게 결과를 보고하고 일동은 다시 서로 다리를 넘어가듯이 하여 높은 등받이가 달린 의자에 두 줄로 자리잡고 앉았다.

모든 일이 순조롭고 재빠르게, 그리고 제법 엄숙하게 진행되었다. 그 규칙적인 정확함과 엄숙함이 자기들은 진지하고 중요한 공적 임무를 수행하고 있다는 의식을 뒷받침하여 사람들에게 어떤 만족감을 불러일으킨 듯했다. 네흘류도프 역시 그런 기분을 느꼈다.

배심원들이 모두 자리에 앉기를 기다려 재판장은 그들의 권리와 의무와 책임에 대해서 한바탕 연설했다. 연설하는 동안 재판장은 쉴새없이 자세를 고쳐 앉았다. 왼쪽 팔꿈치를 세우는가 하면 오른쪽 팔꿈치를 세우기도 하고, 의자 등받이에 기대는가 하면 팔걸이에 몸을 기대기도 하고, 서류 끝을 가지런히 간추리는가 하면 이번엔 종이 자르는 칼이나 연필을 손으로 만지기도 했다.

재판장 말에 의하면 배심원의 권리는 재판장을 통하여 피고에게 질문하거나 연필이나 종이를 가지고 있다가 메모하거나 증거물을 검사하거나 하는 일 등이었다. 그들의 의무는 한 점 부끄럼 없이 정당하고 공평하게 재판하는 일이며 책임은 평의의 비밀을 발설하거나 바깥 사람들과 통할 경우 처벌을 받는다고 했다.

모두들 조용하게 듣고 있었다. 술 냄새를 풍기는 상인은 나오는 하품을 참으면서 한 마디 한 마디에 옳은 말씀이라는 듯이 고개를 끄덕였다.

9

배심원에 대한 주의가 끝나자 재판장은 피고석으로 얼굴을 돌렸다.

"시몬 카르친킨, 일어서라."

하고 재판장이 말했다.

시몬은 소란스럽게 일어났다. 볼의 근육이 점점 더 심하게 떨리기 시작했다.

"이름은?"

"시몬 페트로프 카르친킨입니다."

그는 벌써 몇 번이나 입 속에서 되뇌이고 있었던 듯, 떨리는 듯 흥분한 목소리로 빠르게 말했다.

"신분은?"

"농부입니다."

"출생지의 현과 군은?"

"툴라 현, 크라피벤스키 군, 쿠반스카 면 보르키 마을입니다."

"나이는?"

"서른넷입니다. 출생은 18…….."

"종교는?"

"러시아 정교입니다."

"아내는?"

"결혼한 적이 없습니다."

"직업은?"

"네, 마브리타냐 호텔에서 객실을 담당하는 보조 사환으로 일하고 있었습니다."

"전에 재판을 받아 본 적은?"

"한 번도 없습니다. 저는 여태까지……."

"없단 말이지?"

"네, 아직 한 번도……."

"기소장의 사본은 받았는가?"

"받았습니다."

"앉아도 좋다, 예브피미아 이바노브나 보치코바."

하고 재판장은 다음 여자 피고 쪽을 돌아보았다.

그러나 시몬은 앉지 않고 보치코바 앞을 가로막고 서 있었다.

"카르친킨, 앉아라."

카르친킨은 못 들은 척 여전히 서 있었다.

"카르친킨, 착석!"

그래도 카르친킨은 그대로 버티고 서 있었다. 정리가 고개를 기울이며 찢어질 듯이 눈을 부릅뜨고 달려가 비통한 소리로,

"앉아, 앉으란 말이야!"

하고 엄격히 주의를 준 뒤에야 비로소 겨우 앉았다.

카르친킨은 일어설 때도 그랬지만 이번에도 소란스럽게 털썩 앉더니 죄수복 앞자락을 여미고, 또다시 소리 없이 중얼거리기라도 하는 것처럼 볼을 실룩거리

기 시작했다.

"이름은?"

재판장은 피고석은 쳐다보지도 않고 탁상에 놓인 서류를 뒤적여 무엇을 확인하면서 지겹다는 듯이 물었다. 재판장으로서는 늘상 있어 왔던 일이라 심의의 진행을 빨리하기 위해 두 가지 문제를 해치울 수도 있었다.

보치코바는 43세, 신분은 콜로므나 출신의 평민, 직업은 역시 마브리타냐 호텔 객실 담당으로 전과는 없으며 기소장의 사본을 받고 있었다. 그녀의 대답은 무척 또렷또렷하여 대답할 때마다,

"네, 그렇습니다. 예브피미아 보치코바입니다. 사본은 받았습니다. 그것이 자랑이니까요. 누가 비웃기만 해 보지요. 가만 안 둘 테니까."

하고 꼭 단서를 다는 듯한 사무적인 말투였다. 그녀는 신문이 끝나자 앉으라는 말도 하기 전에 얼른 앉아 버렸다.

"이름은 뭐지?"

여자를 좋아하는 재판장은 무언가 유난히 상냥하게 세 번째 피고 쪽으로 얼굴을 돌렸다.

"일어서야지."

하고 그는 마슬로바가 그냥 앉아 있는 것을 보고는 부드럽고 상냥하게 주의를 주었다.

재빠른 동작으로 일어선 마슬로바는 '자, 뭐든지 물어 보세요.' 하는 표정으로 풍만한 가슴을 펴고는 말없이 미소를 머금은 약간 사팔뜨기의 반짝이는 까만 눈으로 재판장 얼굴을 정면으로 바라보았다.

"이름이 뭐지?"

"루보비예요."

하고 그녀가 빠르게 말했다.

네흘류도프는 조금 전부터 코안경 너머로 신문받는 피고인들의 얼굴을 바라보고 있었다.

'아니다, 그럴 리 없다.'

그는 피고의 얼굴에서 눈을 돌리지 않고 생각했다. '그러나 이상하다. 루보비라니?' 그녀의 이름을 듣고 그는 고개를 양옆으로 갸웃거렸다.

재판장은 신문을 계속하려 했으나, 코안경을 낀 판사가 화난 듯이 뭐라고 중얼거리며 그를 말렸다. 재판장은 끄덕이며 피고 쪽을 보았다.

"루보비라니? 조서에 씌어진 이름과 다르지 않느냐?"

피고는 잠자코 있었다.

"나는 피고의 본디 이름을 묻고 있는 중이야."

"세례 이름이 뭐야?"

화를 잘 내는 판사가 물었다.

"전에는 카테리나라고 불렀습니다."

'그러나 그럴 수가 있을까?' 네홀류도프는 계속 생각했다. 그 여자라는 것을 더 의심할 생각이 없었다. 그 처녀다. 대학생이던 그 무렵 사랑한, 그렇지, 미친 듯이 넋을 잃은 뒤로 타는 정열에 쫓겨 유혹하고는 버린 고모집에서 양딸 대접을 받고 있던 그 하녀다. 그 뒤 그는 한 번도 그녀를 생각해 본 적이 없었다. 그것은 지나간 기억이 그에게는 너무 고통스러웠고 너무나도 생생하게 그의 마음의 상처를 드러내어, 인격의 고결함을 자랑으로 삼는 그가 그처럼 고결은커녕 비열하기 이를 데 없는 행동을 그 여자에게 똑똑히 보여 주었기 때문이었다.

그랬다. 틀림없는 그 여자였다. 그는 지금 한 사람 한 사람의 얼굴을 그려 보고 그것을 독자적인, 단 하나뿐인, 세상에 둘도 없는 그 사람만이 가진 신비롭다고밖에 할 수 없는 특징을 똑똑히 찾아 냈다. 얼굴이 부자연스럽게 희고 통통하게 살이 쪘지만, 그녀만이 가진 그 신비로운 특징은 그 얼굴에, 입술에, 약간 사팔뜨기 눈에, 그리고 특히 그 천진스러운 웃음을 담은 눈과 얼굴뿐 아니라 몸 전체에 넘치는 부끄럼 없는 표정에 잘 나타나 있었다.

"진작 그렇게 말해야지."

하고 재판장은 다시 특별히 부드럽게 말했다.

"아버지 이름은?"

"저는……, 사생아예요."

하고 마슬로바는 말했다.

"하지만 교부는 있겠지?"

"미하일로바입니다."

'대체 무슨 일을 저질렀을까?' 네흘류도프는 숨이 멎을 듯한 심정으로 계속 생각했다.

"성은?"

"어머니 성을 따라 마슬로바라고 합니다."

"신분은?"

"평민입니다."

"종교는 정교겠지?"

"네, 정교입니다."

"직업은? 무엇을 하고 있었지?"

마슬로바는 잠자코 있었다.

"무엇을 하고 있었지?"

하고 재판장은 되풀이해서 물었다.

"가게에 있었습니다."

하고 그녀가 대답했다.

"어떤 가게야?"

안경을 긴 판사가 매서운 눈초리로 물었다.

"어떤 가게인지 잘 아시면서."

마슬로바는 생긋 웃으며 이렇게 말했으나, 곧 재빠른 눈길을 옆으로 돌리고는 다시 똑바로 재판장을 쳐다보았다.

그녀의 얼굴 표정에는 무언가 심상치 않은 기색이 보였고 그녀가 한 말의 뜻에도, 생긋 웃는 희미한 웃음에도, 법정 안을 둘러보는 재빠른 눈길에도 무언가 비애를 느끼게 하는, 가슴이 철렁 내려앉게 하는 것이 느껴져 재판장은 저도 모르게 눈을 내리깔았고, 법정 안은 고요만이 있을 뿐이었다. 이 고요한 정적은 어느 방청객의 웃음으로 깨어졌으나, 누군가가 '쉿' 하고 제지하자 재판장은 얼굴을 들고 신문을 계속했다.

"전에 재판이라든가 취조를 받은 일은?"

"없습니다."

마슬로바는 깊은 숨을 내쉬며 조용히 말했다.

"기소장 사본은 받았는가?"

"받았습니다."

"앉아도 좋아."

하고 재판장이 말했다.

그녀는 화려하게 차려 입은 부인들이 치맛자락을 쥐어 올리는 때와 같은 행동으로 치마 뒷자락을 살짝 집어 들고 앉았더니 죄수복 소매 속으로 희고 조그마한 손을 맞잡고는 가만히 재판장을 바라보았다.

잇달아 증인들의 호출과 퇴장, 감식 의사에 대한 결정과 소환이 이어졌다. 이러한 일들이 끝나자 서기가 일어나 기소장을 큰 소리로 읽기 시작했다. 그는 큰 소리로 또렷하게 읽었지만 너무 빨라서 L과 R 발음의 부정확한 소리가 줄줄 이어지는 단조로운 울림으로 들려서 졸음이 왔다. 기소장을 읽는 동안 재판관들은 지루함을 달래느라 쉴새없이 자세를 바꾸기도 하고 등받이에 등을 기대기도 하며, 이야기를 주고받기도 했다.

피고석에서는 카르친킨이 여전히 쉬지 않고 볼을 실룩거리고 있었다. 보치코바는 남의 일처럼 아랑곳없이 등을 똑바로 하고 앉아 이따금 스카프 안으로 손가락을 찔러 머리를 긁적거렸다.

마슬로바는 가만히 앉아 서기가 읽는 글을 듣고 있었는데 이따금 몸을 부르르 떨며 항의하고 싶은 듯한 태도를 보이기도 했다. 그러다가 곧 괴로운 듯이 한숨을 쉬고 팔짱을 다시 끼고는 법정 안을 둘러본 다음 다시 눈을 서기에게로 보냈다.

네흘류도프는 맨 앞줄 끝에서 두 번째의 높은 의자에 앉아 코안경을 긴 채 지그시 마슬로바를 바라보고 있었는데 그의 가슴 깊은 곳에서는 복잡하고 괴로운 싸움이 일어나고 있었다.

10

기소장의 내용은 다음과 같았다.

"188×년 1월 17일, 호텔 '마브리타냐'의 주인은 그 호텔 숙박객 시베리아의 제 2계급 상인 페라폰트 예멜리야노비치 스멜리코프가 갑작스럽게 죽었다고 경찰에 신고해 왔다.

제4구 검시관은 스멜리코프의 죽음이 알코올성 음료를 과도하게 마셔 댐으로써 온 심장 파열에서 비롯되었다고 검증했으며, 스멜리코프의 시체는 죽은 지 3일 만에 땅 속에 묻혔다.

그런데 스멜리코프가 죽은 4일째 되던 날, 그와 같은 고향 사람이자 동업자인 치모힌이라는 상인이 페테르부르그에서 돌아와 동업자 스멜리코프의 죽음과 그에 얽힌 사정을 알게 되었다. 그는 스멜리코프의 죽음이 어딘가 부자연스럽고 도둑질을 목적으로 하는 어떤 자의 손에 의해 독살된 것 같다는 의심을 나타냈다. 스멜리코프가 지니고 있던 돈과 다이아몬드 반지가 그의 소지품 목록에서 빠져 있는 것이 그 좋은 증거라고 주장했던 것이다. 그래서 예심이 성립되어 다음과 같은 사정이 수사에 의해 밝혀졌다.

① 스멜리코프가 은행에서 찾은 3천 8백 루블의 돈을 몸 속에 지니고 있었다는 것을 '마브리타냐' 호텔의 주인도, 스멜리코프가 이 곳에 도착한 뒤에 거래한 상인 스탈리코프의 점원도 다 알고 있는 사실이었다. 그런데 스멜리코프의 죽음과 더불어 봉인된 여행용 트렁크와 지갑에는 겨우 3백 12루블 16코페이카밖에 들어 있지 않았다.

② 스멜리코프는 죽기 전날 하루 동안 낮과 밤을 창녀 루브카(본명 예카테리나 마슬로바)와 함께 지냈는데 그 동안 그녀는 두 번 그의 방에 갔다.

③ 스멜리코프가 지니고 있던 다이아몬드 반지를 이 창녀가 자기 술집 주인

에게 팔았다.

　④ 호텔 객실 담당 하녀인 예브피미아 보치코바는 상인 스멜리코프가 죽은 다음 날, 상업 은행에 당좌 예금으로 1천 8백 루블을 입금시켰다.

　창녀 루브카의 진술에 따르면 객실 담당 하인 시몬 카르친킨은 한 봉지의 가루약을 루브카에게 주면서 그것을 술잔에 타서 스멜리코프에게 먹이도록 권했으며, 루브카는 그렇게 했다고 자백하였다.

　피고로서 신문을 받은 창녀 루브카는, 상인 스멜리코프가 그녀가 일하고 있는 술집에 머물러 있는 동안 실제로 스멜리코프의 마브리타냐 호텔 방에 돈을 가지러 갔으며, 거기서 자기가 갖고 간 열쇠로 상인 트렁크를 열어 지시받은 대로 40루블의 돈을 꺼냈으나, 그 이상은 한 푼도 꺼내지 않았으며, 이러한 사실은 두 사람 입회 아래 트렁크도 여닫았고 돈도 꺼냈으므로 시몬 카르친킨과 예브피미아 보치코바가 증인으로 진술할 수 있을 것이라고 주장했다.

　그리고 상인 스멜리코프의 독살 사건에 대해 창녀 루브카는 이렇게 진술했다. 즉, 그녀는 세 번째 상인의 방에 갔을 때 시몬 카르친킨의 지시대로 틀림없이 코냑이 든 술잔에 가루약을 타서 그 상인에게 먹였다. 그녀는 그 약을 수면제라고만 생각했으므로, 그것을 먹이면 그 상인이 빨리 잠들어 자기를 편히 쉬게 놓아 줄 것으로 알았기 때문이다. 그러나 그녀는 돈은 한 푼도 빼내지 않았다. 또 반지는 스멜리코프가 그녀를 때려 그녀가 돌아가려 했을 때 상인 자신이 그녀에게 준 것이다.

　피고로서 예심 판사의 신문을 받은 예브피미아 보치코바와 시몬 카르친킨은 다음과 같이 진술했다——예브피미아 보치코바는 돈이 없어진 데 대해서 자기는 전혀 아는 바 없고, 자기는 상인의 방에 들어가지 않았다. 그 방에서 무슨 짓인가 한 것은 루브카뿐이다. 따라서 만약 소지품 가운데 무엇인가 도둑 맞았다면 그것은 루브카가 호텔 방에 돈을 가지러 갔을 때 훔친 짓이 틀림없다.

　이 대목을 큰 소리로 읽을 때 마슬로바는 어이없다는 듯이 부르르 몸을 떨면서 입을 벌리고 보치코바를 바라보았다.

　"예브피미아 보치코바는 은행에 1천 8백 루블을 저금한 통장을 제시받고 이렇게 많은 돈의 출처를 추궁받았을 때, 앞으로 결혼할 작정이었던 시몬 카르친킨과 둘이서 12년 동안 벌어 모은 돈이라고 진술했다. 한편 시몬 카르친킨은 처음 자백에서는 술집에서 열쇠를 가지고 온 마슬로바에게 꾀어 보치코바와 함께 돈을 훔쳐 마슬로바와 보치코바와 셋이서 나누어 가졌다고 진술하였다."

여기서 또 마슬로바는 몸을 부르르 떨며 벌떡 일어나 얼굴이 새빨갛게 되어 뭐라고 항의하기 시작했으나 정리가 가로막았다.

"그리고 마침내."

하고 서기는 계속해서 낭독했다.

"카르친킨은 상인을 재우기 위해 가루약을 마슬로바에게 준 것도 털어놓았다. 그런데 두 번째 진술에서 그는 돈을 훔칠 것을 공모한 것도, 마슬로바에게 가루약을 준 것도 부인하고 마슬로바 혼자에게 모든 것을 돌리고 있다. 보치코바가 은행에 예금한 돈에 대해서 그는 보치코바와 마찬가지로 12년이나 호텔 근무를 하는 동안 두 사람이 손님에게서 팁으로 받은 돈을 저금한 것이라고 진술했다."

이어 기소장에는 대질 신문의 기록, 증인들의 증언, 감정인의 소견 등이 계속 적혀 있었다. 그리고 기소장의 결론은 다음과 같았다.

"이상과 같은 사실에 비추어 보르키 마을의 농민 시몬 페트로프 카르친킨, 33살, 평민 예브피미아 이바노브나 보치코바 43세 및 평민 예카테리나 미하일로바 마슬로바 27세는 188×년 1월 17일 상인 스멜리코프로부터 2천 5백 루블의 현금과 다이아 반지 1개를 훔치고, 그 상인을 살해할 의도로 스멜리코프에게 독약을 먹임으로써 스멜리코프를 죽게 한 데 대해 기소한다.

이 범죄는 형법 제 1453 조 제 4 항 및 제 5 항 규정에 해당한다. 그러므로 형사 소송법 제 201 조에 따라 농민 시몬 카르친킨, 예브피미아 보치코바 및 평민 예카테리나 마슬로바는 본 지방 재판소의 배심원이 참여하는 재판에 기소를 요청하는 바이다."

서기는 긴 기소장의 낭독을 이와 같이 끝맺고는 서류를 접고 두 손으로 긴 머리를 쓸어 올리면서 자기 자리에 앉았다. 드디어 이제부터 심리가 시작되면 모든 진실이 속속들이 드러나 정의가 이기게 될 것이라는 즐거운 분위기를 느끼면서 모두들 '휴' 하고 한숨을 쉬었다. 그러나 단 한 사람, 네홀류도프만은 그런 기분을 느낄 수가 없었다. 그는 10년 전 수줍기만 하고 귀여운 처녀로 알고 있던 그 카튜샤가, 어쩌면 그토록 엄청난 살인을 저지르게 되었을까 하는 두려움에 떨고 있었다.

11

재판장은 기소장 낭독이 끝나자, 판사들을 돌아보고 잠깐 의논한 다음 얼굴 표정을 고치고는 카르친킨 쪽으로 돌아앉았다. 그 표정에는 '자 이제는 가장 정확한 조사로 모든 진실을 밝혀 내겠다.'는 단호한 각오가 엿보였다.

"농민 시몬 카르친킨!"

재판장은 윗몸을 약간 왼쪽으로 기울이며 남자 죄수를 불렀다.

시몬 카르친킨은 두 손을 바지 솔기를 따라 쭉 펴고, 몸 전체를 앞으로 기울이며 여전히 소리도 없이 볼을 실룩거리며 자리에서 일어났다.

"피고는 188×년 1월 17일 예브피미아 보치코바와 예카테리나 마슬로바와 공모하여 스멜리코프의 트렁크에서 그가 가진 돈을 훔치고, 이어 비소를 예카테리나 마슬로바에게 주어 그 독약을 섞은 술을 스멜리코프에게 마시게 하여 죽인 죄로 기소되었다. 피고는 자신을 유죄라고 인정하는가?"

라고 말하고 재판장은 오른쪽으로 몸을 다소 숙이면서 말했다.

"당치도 않은 말씀. 제 일은 손님에게 서비스하는 일이라서……."

"그런 소리는 나중에 하시오. 피고는 자기를 유죄라고 인정하는가?"

"천만의 말씀입니다. 저는 다만……."

"나중에 말하라니까. 피고는, 자기를 유죄라고 인정하는가?"

조용히, 그러나 아주 단호하게 재판장은 되풀이해서 말했다.

"어떻게 그런 엄청난 짓을, 하지만 저는……."

또다시 정리가 시몬 카르친킨에게 달려가 비통하게 낮은 소리로 그를 말렸다.

재판장은 이 질문은 일단 마쳤다는 얼굴로 서류를 누르고 있던 팔꿈치의 위치를 바꾸어 예브피미아 보치코바 쪽으로 돌아앉았다.

"예브피미아 보치코바, 피고는 188×년 1월 17일 마브리타냐 호텔에서 시몬 카르친킨과 예카테리나 마슬로바와 공모하여 스멜리코프의 트렁크 안에서 그의 돈과 다이아 반지를 훔치고 그것을 셋이서 나눈 다음, 자기의 범행을 감추기 위해 상인 스멜리코프에게 독약을 먹여 그를 죽게 한 죄로 기소되었다. 피고 역시 자기를 유죄라고 인정하는가?"

"저는 아무 죄도 없습니다."

피고는 또렷한 목소리로 단호하게 말했다.

"저는 방에도 들어가지 않았습니다……. 이 앙큼한 계집이 들어갔으니, 이년이 한 짓이 틀림없습니다."

"그런 소린 나중에 하라고 했잖소."

다시 재판장은 부드럽지만 엄격하게 말했다.

"그럼 피고는 자기를 유죄라고 인정하지 않는단 말이지?"

"돈을 훔친 것도, 독약을 먹인 것도 제가 아닙니다. 저는 방에도 들어가지 않았어요. 만약 제가 방 안에 있었다면 이 여자를 쫓아 냈을 겁니다."

"피고는 자기를 유죄라고 인정하지 않는단 말이지?"

"절대로요."

"좋아."

"예카테리나 마슬로바!"

재판장은 이번에는 세 번째 피고 쪽을 바라보며 말했다.

"피고는 스멜리코프의 트렁크 열쇠를 가지고 술집에서 마브리타냐 호텔로 가서 그 트렁크에서 돈과 다이아 반지를 훔치고."

하며 그는 암기한 문제를 외듯이 줄줄 말했으나, 아울러 왼쪽 판사 쪽으로 귀를 기울이면서 증거 물건의 목록에 약병이 빠져 있다는 주의를 듣고 있었다.

"그 트렁크에서 돈과 다이아 반지를 훔쳐……."

하고 재판장은 되풀이했다.

"훔친 물건을 나눈 다음 다시 스멜리코프와 마브리타냐 호텔로 갔을 때, 독을 섞은 술을 스멜리코프에게 마시게 하여 그를 죽게 한 죄로 기소되었다. 피고는 자기를 유죄라고 인정하는가?"

"저는 아무 죄도 없습니다."

하고 그녀는 재빨리 말했다.

"처음에 말씀드린 것과 똑같은 말을 지금도 말씀드리겠어요. 저는 훔치지 않았습니다. 훔치지 않았으니까 훔치지 않았다는 거예요. 그에게서 아무것도 훔치지 않았어요. 반지는 그 사람이 직접 준 거예요."

"피고는 2천 5백 루블의 돈을 훔친 건에 대해서 자기를 유죄로 인정하지 않는단 말이지?"

하고 재판장은 말했다.

"몇 번이나 말씀드렸습니다만, 심부름으로 40루블말고는 더 이상 꺼내지 않았습니다."

"그럼, 상인 스멜리코프에게 가루약을 탄 술을 마시게 한 것에 대해서는 자기 죄를 인정하는가?"

"네, 인정합니다. 다만 저는 카르친킨에게 들은 대로 그것이 수면제라 아무 해도 없다고 생각했던 거예요. 그를 독살한다는 것은 생각지도 않았고 바라지도 않았습니다. 하느님께 맹세코 말씀드리지만——그렇게 될 줄은 꿈에도 생각지 못했습니다."

"그럼 스멜리코프의 돈과 다이아 반지를 훔친 데 대해서는 죄를 인정하지 않지만……."

하고 재판장은 말했다.

"가루약을 타서 술을 마시게 한 일은 인정한단 말이지?"

"하지만 제가 인정하는 것은 수면제라고 생각했다는 것뿐이에요. 저는 그 사람을 재우기 위해서 먹였을 뿐이에요. 그런 일은 꿈에도 생각지 않았고 바라지도 않았습니다."

"좋아."

재판장은 질문 결과에 대해 아주 만족해하며 말했다.

"그럼, 사실대로 말해 봐요."

그는 의자에 등을 기대고 두 손을 탁상에 놓으며 말했다.

"사실대로 털어놓으면 죄가 가벼워질 수도 있으니까."

여전히 마슬로바는 재판장의 얼굴을 똑바로 바라본 채 잠자코 있었다.

"어떤 상황이었는지 말해 봐."

"어떤 상황이었느냐고요?"

갑자기 빠른 말투로 마슬로바는 말하기 시작했다.

"호텔에 가자 방으로 안내했습니다. 그 곳에 그 사람이 있었습니다. 벌써 몹시 취해 있더군요."

그녀는 얼굴에 야릇한 두려움을 띠고 눈을 크게 뜨며 '그 사람'이라는 말을 썼다.

"저는 돌아가려 했지만 그 사람이 놓아 주지 않았어요."

그녀는 갑자기 할 말을 잊었는지 아니면 딴 생각이 났는지 갑자기 입을 다물었다.

"그래서?"

"그래서 잠깐 있다가 돌아갔어요."

이 때 검사보가 어색하게 팔꿈치를 짚고 반쯤 몸을 일으켰다.

"무슨 질문이 있습니까?"

재판장은 검사보가 고개를 끄덕이는 것을 보고 질문 있으면 해 보라고 그에게 손짓으로 표시했다.

"내가 묻고 싶은 것은 피고가 전부터 시몬 카르친킨을 알고 있었느냐는 것입니다."

검사보는 마슬로바 쪽은 보지도 않고, 질문을 끝내고는 입을 다물고 눈살을 찌푸렸다.

　재판장이 검사보의 질문을 되풀이했다. 마슬로바는 섬뜩해하며 검사보에게 눈길을 돌렸다.

　"시몬하고요? 알고 있었습니다."

하고 그녀는 말했다.

　"그래서 내가 알고 싶은 것은 피고와 카르친킨과의 관계가 어느 정도였는가 하는 것입니다. 두 사람은 가끔 만나는 관계였나요?"

　"어느 정도의 관계였느냐구요? 손님이 있을 때 몇 번인가 불러 주었을 정도지 별로 잘 알지 못했어요."

　마슬로바는 불안한 표정으로 검사보와 재판장을 번갈아보며 말했다.

　"내가 알고 싶은 것은 왜 카르친킨이 특별하게 마슬로바만 손님에게 불러 주고 딴 여자들은 불러 주지 않았느냐 하는 것입니다."

　검사보는 눈을 가늘게 뜨고 악마 같은 교활한 웃음을 지으며 말했다.

　"저는 모릅니다. 그런 것을 제가 어떻게 알겠어요?"

하고 마슬로바는 대답하고 겁먹은 채 주위를 둘러보다가 한순간 눈길이 네흘류도프에게서 멈추었다.

　"부르고 싶었으니까 불렀겠죠 뭐."

　'눈치챘을까?' 네흘류도프는 얼굴이 뜨끔해서 온몸에 피가 솟구치는 것을 느꼈다. 그러나 마슬로바가 다른 사람들의 얼굴 속에서 그를 알아본 것 같지는 않았으며 곧 그녀는 눈길을 돌려 다시 겁먹은 표정으로 검사보에게 똑바로 눈길을 보냈다.

　"그럼 피고는 카르친킨과 어떤 친한 관계에 있었다는 것을 부인하는 것이로군. 좋아, 질문은 이것으로 끝내겠습니다."

　검사보는 짚고 있던 한쪽 팔꿈치를 책상에서 떼고 곧 무엇인가를 열심히 쓰기 시작했다. 그러나 실은 무엇을 쓴 것이 아니라 다만 자기 메모지에다 긁적거렸을 뿐이었다.

　검사나 변호사들이 교묘한 질문을 한 뒤 상대방을 눌러 버릴 수 있는 포인트를 자기 논고에 기록하는 것을 자주 보아 왔기 때문이었다.

　재판장은 금방 피고 쪽으로 얼굴을 돌리지는 않았다. 바로 그 때 서기가 미리 준비해 적어 둔 질문 순서에 따를 것인지 어떤지 안경 쓴 판사에게 묻고 있었기 때문이다.

　"그리고 어떻게 했나?"

하고 재판장은 계속 물어 보았다.

　"집으로 돌아가."

　마슬로바는 조금 여유를 찾은 듯 재판장 한 사람만 바라보며 말했다.

　"주인 아주머니에게 돈을 내주고 잤어요. 막 잠이 들었는데, 금방──한 집에 있는 베르타가 저를 깨우면서 '가 봐, 네 손님인 그 장사꾼이 또 왔어.' 하고 말했습니다. 저는 나가고 싶지 않았지만 주인 아주머니가 가라기에 나가 보았더니 그 사람이 있었어요."

　그녀는 또 다시 두려운 표정을 띠며 '그 사람'이라는 말을 했다.

　"그 사람은 우리 집 여자들 모두에게 술을 사 주겠다고 했지만 돈을 죄다 써 버려 한 푼도 없었습니다. 주인 아주머니는 믿지 않으면 절대로 외상을 안 주기 때문에 그 사람은 저를 호텔로 심부름 보내기로 하고 어디에 돈이 있으니 얼마를 가져오라고 말했던 거죠. 그래서 제가 갔던 거예요."

　재판장은 그 때 왼편 판사와 소곤소곤 이야기를 주고받고 있었기 때문에 마슬로바의 말을 듣지 못했지만 죄다 들은 것처럼 보이기 위해 그녀의 마지막 말을 되풀이했다.

　"피고가 갔단 말이지? 그래서 어떻게 했나." 하고 그는 말했다.

　"가서 시키는 대로 먼저 방에 들어갔지요. 하지만 혼자 가는 것이 싫어서 시몬 미하일로비치하고 이 여자를 불렀습니다."

　그녀는 보치코바를 가리키며 말했다.

　"거짓말이에요, 내가 들어가다니 당치도 않은 말을……."

하고 보치코바는 말하다가 제지당했다.

　"이 사람들이 보고 있는 앞에서 10루블짜리 지폐를 넉 장 꺼냈습니다."

　눈살을 찌푸리며 보치코바 쪽은 쳐다보지도 않고 마슬로바는 말을 계속했다.

"그래, 피고는 40루블 꺼냈을 때 거기에 돈이 얼마쯤 있었는지 깨닫지 못했는가?"

다시 검사보가 물었다.

검사보가 입을 연 순간 마슬로바는 두려운 듯 바르르 몸을 떨었다. 그녀는 무슨 이유인지는 몰랐으나 그가 그녀에게 나쁜 생각을 하고 있는 것 같은 느낌이 들었다.

"세어 보지 않았지만 1백 루블짜리 지폐가 있는 것을 보았어요."

"피고는 1백 루블짜리 지폐가 있는 것을 보았단 말이지…… 내 질문은 이것뿐입니다."

"그래서 그 돈을 가지고 왔단 말인가?"

재판장은 시계를 보며 계속 물었다.

"가지고 왔습니다."

"그리고 그 다음에는?"

재판장은 계속해서 질문했다.

"그리고 그 사람은 다시 저를 데리고 갔습니다."

하고 마슬로바는 말했다.

"그래? 그래서 어떻게 가루약을 탄 술을 먹였는가?"

재판장은 또 물었다.

"어떻게 먹였느냐고요? 술에 타서 마시게 했습니다."

"왜 먹였지?"

그녀는 대답하지 않고 괴로운 듯이 깊은 숨을 내쉬었다.

"시간이 많이 지나도록 저를 놓아 주지 않았기 때문이에요."

잠깐 사이를 두고 그녀는 다시 말했다.

"그와 상대를 하고 있는 것이 저는 진저리가 나서 복도로 나가 시몬 미하일로비치에게 '어떻게 해서든 가게로 돌아가게 해 주지 않겠어요?' 하고 부탁하니까 시몬 마하일로비치는 '그 손님에겐 우리도 질려 버렸어. 어디 잠자는 약이라도 먹여 볼까? 그 사람이 잠들면 당신도 갈 수 있을 테니까.' 하고 말했습니다. 그

래서 저는 '그게 좋겠어요.' 하고 그 의견에 찬성했습니다. 저는 그것이 독약인
줄은 전혀 몰랐거든요. 시몬 미하일로비치는 저에게 종이 봉지를 주었습니다.
방에 돌아가니까 그 사람은 칸막이 뒤에 누워 있다가 곧 코냑을 가져오라고 했
어요. 저는 테이블 위에 있던 고급 샴페인 병을 집어 들고 두 개의 잔에다 따른
다음——하나는 제 것이고 하나는 그 사람 것이지요——그 사람 술잔에 시몬
미하일로미치가 준 가루약을 탔습니다. 하지만 독약이라는 걸 알았더라면 어떻
게, 어떻게, 그럴 수가 있었겠어요?"

"그런데 반지는 어떻게 피고의 손에 들어갔을까?"

"반지는 그 사람이 직접 저에게 준 거예요."

"언제 주었지?"

"그 사람을 따라서 호텔 방에 갔을 때, 제가 돌아가야겠다고 하니까 그 사람
이 제 머리를 때려 핀이 부러져 버렸어요. 제가 너무 화가 나 돌아가려고 하자
그 사람은 저를 붙들어 두려고 반지를 빼내 저에게 주었던 거예요."

그 때 검사보가 다시 몸을 일으키더니 언제나처럼 어색한 태도로 다시 두세
가지 질문을 하겠다고 청하였다. 허락을 받자 금실로 수놓은 깃 위에 그는 턱을
약간 기울이며 말했다.

"내가 알고 싶은 것은 피고가 스멜리코프의 방에 몇 시간이나 있었느냐는 것
입니다."

"얼마나 머물렀는지 기억이 나지 않습니다."

"그럼 피고는 스멜리코프의 방을 나와 호텔 안의 다른 방에 들른 일은 생각나
지 않나?"

마슬로바는 잠깐 생각하는 듯했다.

"비어 있는 옆방에 들어갔습니다."

하고 그녀는 말했다.

"무엇 하러 들렀나?"

검사보는 몸을 앞으로 밀어 내듯이 하여 똑바로 그녀를 보며 물었다.

"옷 매무새를 고치고 마차를 기다리기 위해서였어요."

"그럼, 카르친킨도 피고와 함께 있었나, 아니면 혼자 있었나?"

"그 사람도 함께 있었습니다."

"무엇 하러?"

"상인의 고급 샴페인이 남아 있어서 함께 마셨지요."

"같이 마셨단 말이지? 좋아, 그런데 피고는 시몬과 이야기를 했나? 무슨 이야기를 했지?"

갑자기 마슬로바는 미간을 찌푸리며 얼굴이 새빨개져서는 재빠르게 대답했다.

"무슨 이야기를 했느냐고요? 아무 얘기도 하지 않았어요. 이것으로 그 때 일은 죄다 말했습니다. 더 이상 아무것도 몰라요. 저를 어떻게 하시려는 거예요? 저에게는 아무 죄도 없습니다. 그뿐이에요."

"나의 질문은 이것으로 끝입니다."

하고 검사보는 재판장에게 말했다.

그러고는 어색하게 어깨를 치켜 올린 다음 그녀가 시몬과 함께 빈 방을 들어갔다는 피고 자신이 털어놓은 진술 내용을 자기의 논고서에 적어 넣기 시작했다.

그리고 잠시 침묵이 흘렀다.

"피고는 이제 더 할 말이 없는가?"

"저는 모두 진실대로 말했습니다."

그녀는 한숨 섞인 소리로 말했다. 재판장은 무언가 서류에 열심히 쓰면서 왼쪽 판사가 귀에다 소곤대는 말을 듣더니 10분 동안 휴정을 선포하고 재빨리 일어나 법정문을 나섰다. 재판장과 몸집이 크고 긴 턱수염을 기른 선량해 보이는 큰 눈을 가진 판사와의 나직한 말은 다름이 아니라 이 판사가 약간 배가 아프니 마사지를 하고 물약을 마시고 싶다는 것이었다. 그는 그 말을 재판장에게 알리고 그의 청으로 휴정이 선포된 것이었다.

재판관들에 이어 배심원과 변호사, 증인 들도 일어나 이제 중요한 문제의 일부가 처리되었다는 일종의 안도감을 느끼며 뿔뿔이 법정을 나갔다. 네흘류도프는 배심원 대기실에 들어가 창가를 향해 앉았다.

12

그렇다, 그것은 틀림없는 카튜샤였다.

네홀류도프와 카튜샤의 관계는 이렇게 된 것이었다.

처음 네홀류도프가 카튜샤를 만난 것은 대학 3학년 때 토지 소유에 관한 논문을 쓰기 위해 고모집에서 한여름을 지냈을 때였다. 여느 때는 어머니와 누이와 함께 모스크바 변두리에 있는 어머니의 큰 영지에서 여름을 보내곤 했다. 그런데 바로 그 해에는 누이가 결혼을 했고 어머니는 외국의 온천지에 휴양을 떠났다. 게다가 네홀류도프는 논문을 준비해야 했기 때문에 여름을 고모집에서 보내기로 한 것이었다.

고모들이 사는 시골은 한적하고 조용하여 마음이 어수선해질 오락 같은 것은 아무것도 없었다. 고모들은 조카이자 자기들의 상속인인 그를 매우 아끼고 있었고 그도 고모들을 사랑했으며 그 소박한 시골 생활을 좋아했다.

네홀류도프는 그 해 여름, 고모집에서 머물면서 잊을 수 없는 감동을 경험했다.

그것은 청년이 처음으로 남에게 의지함이 없이 자기 혼자서 인생의 모든 아름다움과 중대함을 깨닫고, 인간에게 주어진 사명의 참뜻을 깨달아 자기와 온 세계의 끝없는 완성의 가능성을 발견하여 자기가 품고 있는 그 완성에 도달하려는 희망뿐 아니라 완전한 믿음으로 그 완성의 길에 몰입할 때 느끼는 그러한 감동이었다.

그 해 그는 여름 방학이 되기 전에 스펜서의 《사회 평형론》을 읽었는데 그 자신이 대지주의 아들이니만큼 토지 사유 문제에 관한 스펜서의 이론에 특히 감명을 받았다. 아버지는 그다지 부유하지 않았지만 어머니가 시집 올 때 지참금으로 약 1만 헥타르의 토지를 가지고 왔었다. 그 때 비로소 그는 개인에 의한 토지 사유가 잔혹하고 옳지 못한 행위임을 깨달았다. 그는 도덕적 요구를 위한 희생을 더없는 정신적 기쁨으로 느끼는 인간 가운데 한 사람이었으므로 토지 소유권을 이어받지 않기로 마음먹고 아버지 유산인 토지를 곧 농민들에게 고루 분배해 주었다.

그리고 이것을 주제로 논문을 쓰기 시작했다.

그 해 여름 고모네 마을에서의 그의 생활은 다음과 같이 진행되었다.

아침에는 일찍 일어났고, 때로는 새벽 3시에 일어나 해뜨기 전에 아침 안개가 자욱한 산기슭의 강에 목욕하러 갔다. 그리고 꽃들이 아직도 밤이슬에 젖어 평화로운 휴식에 젖어 있을 때 돌아왔다. 어떤 때는 아침 커피를 마시자마자 곧 책상 앞에 앉아 논문을 쓰기도 하고 자료를 읽기도 했으나, 대개는 책읽기와 글쓰기는 뒤로 돌리고 들과 숲속 길을 따라 이리저리 산책하곤 했었다.

식사 전에는 뜰 한쪽 구석에서 낮잠을 자기도 하고 식사 때는 그 타고난 유머 감각으로 고모들을 행복하게 해 주었다. 그리고 들길을 따라 말도 타고 강에서 보트도 탔다.

밤에는 또 자료를 읽거나 고모들과 트럼프 놀이를 하기도 했다.

밤에, 특히 달밝은 밤에는 커다란 파도처럼 밀어닥치는 삶의 환희에 찬 가슴 설렘에 종종 잠을 이룰 수가 없어 여러 가지 상상의 나래를 펴며 새벽녘까지 뜰을 거니는 때도 있었다.

이처럼 그는 처음 한 달을 고모집에서 행복하고 평화롭게 잘 보냈다. 그 동안 반은 하녀이고 반은 양녀인 검은 눈동자의 활달한 동작의 소녀 카튜사에 대해서는 아무런 관심도 없었다.

대학 3학년이던 그 때 네흘류도프는 열아홉 살이었지만 어머니 품에서 곱게 자라 순진한 청년이었다. 그는 여자라는 것을 아내로서밖에 결부시켜 생각할 수 없었다. 그의 아내가 될 수 없는 여자는 그에게 있어서는 여자가 아니라 단순한 사람에 지나지 않는다고 그는 생각하고 있었다. 우연히 이웃에 사는 여지주가 두 딸과 중학생 아들 하나와 그 집에 손님으로 와 있는 농민 출신 젊은 화가를 데리고 고모집으로 놀러 왔다.

차 한 잔을 마신 뒤, 풀베기가 끝난 집 앞 풀밭에서 술래잡기를 하며 놀게 되었다. 카튜샤도 같이 어울리게 되었다. 몇 번인가 짝이 바뀐 뒤 네흘류도프는 카튜샤와 짝이 되어 숨게 되었다. 네흘류도프는 카튜샤를 바라보는 것으로 언제나 즐겁고 기뻤지만 그들 사이에 다른 특별한 감정이 생기리라고는 꿈에도 생각해 보지를 않았다.

"안 되겠는걸, 이 두 사람이 짝이 되면 도저히 찾아 낼 수가 없겠는걸."

하며 술래가 된 쾌활한 성격의 화가가 말했다. 그는 다리가 짧은데다 안짱다리였지만 튼튼한 농부다운 다리를 가지고 있어 몹시 빨리 달렸다.

"넘어지기라도 해 줘야지."

"당신한테는 잡히지 않을 걸요."

"하나, 둘, 셋!"

손뼉을 세 번 쳤다. 쏟아지는 웃음을 가까스로 참으며 카튜샤는 재빨리 네흘류도프와 자리를 바꾸고 까실까실한 조그만 손으로 네흘류도프의 큼직한 손을 잡고는 풀을 먹인 치마를 버석거리면서 왼쪽으로 획 달려나갔다.

네흘류도프도 빨리 달렸다. 그는 화가에게 지기가 싫어서 기를 쓰고 달렸다. 돌아보니 카튜샤를 쫓고 있는 화가가 보였다. 그러나 그녀는 탄력 있는 젊은 다리를 재빨리 놀려 왼쪽으로 피해서 화가에게서 도망쳤다. 저만치 앞에 라일락이 무성한 꽃밭이 있었다. 그 뒤로는 아무도 달려가는 사람이 없었으므로 카튜샤는 네흘류도프를 돌아보고 라일락 수풀 뒤에서 만나자고 머리로 신호를 보냈다. 그는 카튜샤의 신호를 알아차리고 수풀 속으로 뛰어들어갔다. 그러나 그는 거기 쐐기풀이 우거진 도랑이 있는 것을 알지 못해 그 곳에 넘어져 두 손을 쐐기풀 가시에 긁히고 벌써 내려앉은 초저녁 이슬에 함빡 젖었다. 자기의 몰골이 너무나도 우스워 얼른 일어나 깨끗한 곳으로 뛰어나갔다.

카튜샤는 상큼한 웃음을 띠고 젖은 검은 포도알 같은 까만 눈동자를 반짝이며 그에게로 달려왔다. 그들은 서로 달려가 손을 마주 잡았다.

"어머나, 찔리셨네요."

그녀는 한 손으로 헝크러진 머리카락을 쓸어 올리며 가쁜 숨을 몰아쉬고 생글

생글 웃으면서 똑바로 그의 얼굴을 올려다보았다.

"거기 도랑이 있는 줄은 몰랐어."

그도 수줍은 듯 카튜샤의 손을 잡은 채 말했다.

그녀가 그에게 다가섰다. 그러자 그는 왜 그랬는지 자기도 모르게 그녀 쪽으로 얼굴을 가져갔다. 그녀는 피하지도 않았다. 그는 그녀의 손을 꼭 쥐고 입술에 키스했다.

"어머나!"

그녀는 재빨리 손을 빼 달아났다.

라일락 수풀에 다다른 그녀는 꽃이 지기 시작한 하얀 라일락의 작은 가지를 두 개 꺾어 그것으로 붉게 물든 얼굴을 토닥토닥 두드리면서 그를 향해 두 손을 흔들어 보이고는 다른 사람들이 있는 곳으로 뛰어갔다.

그 때부터 네홀류도프와 카튜샤의 관계가 전과는 달라졌으며, 서로 이끌리는 순진한 젊은 청년과 순진한 처녀 사이에 흔히 볼 수 있는 그 특별한 관계가 생겼다.

카튜샤가 방에 들어오거나 멀리서 그녀의 하얀 앞치마만 눈에 보여도, 네홀류도프는 갑자기 주위가 눈부신 태양이 비치는 것같이 느껴져 모든 것이 한층 더 아름답고, 즐겁고 뜻깊은 것으로 느껴졌으며, 삶이 더욱더 즐거운 것으로 보였다. 그녀도 똑같은 느낌을 경험하고 있었다. 그러나 카튜샤가 옆에 있을 때만 네홀류도프가 이러한 감정을 느끼는 것은 아니었다.

그에게 있어서는 카튜샤라는 처녀가, 그녀에게 있어서는 네홀류도프라는 청년이 이 세상에 살고 있다는 생각만으로 이러한 감정이 생기는 것이었다. 어머니에게서 불쾌한 편지를 받건, 논문이 잘 되지 않건, 청년 시절에 느끼는 알 수 없는 고민에 사로잡히건, 카튜샤가 있다. 카튜샤의 모습을 볼 수 있다고 생각하면, 벌써 그것만으로 네홀류도프의 모든 걱정과 근심은 안개처럼 사라지곤 했다.

카튜샤는 집안일이 매우 많았지만 재빨리 해치우고는 틈을 내어 책을 읽었다. 네홀류도프는 자기가 읽은 도스토예프스키나 투르게네프의 책을 그녀에게 빌려 주었다. 가장 그녀의 마음에 든 것은 투르게네프의 《정적》이었다. 두 사람의 대화는 복도에서나 뜰에서나 혹은 고모들의 늙은 하녀 마트로나 파블로브나의 방에서 빠르고 짤막하게 이루어졌다. 늙은 하녀는 카튜샤와 함께 살고 있었는데, 그 곳에 네흘류도프는 가끔 초대받아 차를 마시러 갔다. 그리고 늙은 하녀 마트로나 파블로브나와 함께 있을 때의 이야기는 특히 즐거웠다. 단 둘이 있을 때는 이야기하기가 무척 어색했다.

눈과 눈이 입술로 말하고 있는 것과는 전혀 다른, 훨씬 더 소중한 말을 하기 시작하여 입술이 굳어지고 왠지 어색해져서 허둥지둥 헤어지곤 했다.

그가 처음 고모집에 묵고 있는 동안 이러한 관계는 계속되었다. 고모들은 이 관계를 눈치채고 걱정되어 외국에서 휴양 중인 네흘류도프의 어머니 엘레나 이바노브나 공작 부인에게 알려 주었을 정도였다.

고모 마리아 이바노브나는 드미트리가 카튜샤와 육체 관계를 맺을까 봐 두려워했으나, 고모의 걱정은 괜한 것이었다. 네흘류도프는 스스로도 깨닫지 못한 채 정신적으로 카튜샤를 사랑하고 있었다. 그리고 그의 사랑은 그에게 있어서나 그녀에게 있어서나, 타락을 막는 큰 방패막이가 되었다. 그는 육체적인 관계로 그녀를 소유하려는 욕망이 없었을 뿐만 아니라 그녀와 그러한 관계가 있을 수 있다는 것을 생각하기조차 싫어했다. 순수한 외고집의 성격인 드미트리가 일단 사랑하게 되면 상대방 처녀의 태생이나 신분을 가리지 않고 외곬으로 결혼을 생각하지나 않을까 하고 고모 소피아 이바노브나는 걱정을 했다.

만약 네흘류도프가 그 무렵 카튜샤에 대한 자기의 사랑을 명확하게 깨닫고, 특히 그런 처녀와 자기의 운명을 약속한다는 것은 절대로 있을 수 없는 일이고 그 같은 짓을 해서는 안 된다고 주위에서 누가 설득이라도 했다면, 모든 일에 고지식하고 외고집인 성격대로 자기가 사랑하기만 한다면 그것이 어떤 신분의 처녀건 결혼하지 못할 이유는 전혀 없다고 결심하는 일은 얼마든지 있을 수 있었는지도 모른다. 그러나 고모들은 자신들의 근심을 한 마디도 그에게 충고하지 않았고 그 또한 이 처녀에 대한 자기의 사랑을 깨닫지 못한 채 떠나갔다.

카튜샤에 대한 그의 감정은 그 무렵 그의 존재를 가득 채우고 있던 삶에 대한 감정 표현의 일부였으며, 그것이 이 사랑스럽고 귀여운 소녀의 공감을 얻은 것이라고 그는 믿고 있었다. 그가 드디어 돌아가게 되었을 때, 카튜샤는 고모들과 나란히 현관 층계 위에 서서 약간 사팔뜨기의 새까만 눈에 눈물을 가득 담고 그를 배웅하였다. 그는 이제 다시는 돌아오지 않을, 무언가 아름답고 소중한 것을 잃어버리는 것만 같은 기분이 들어 못 견디게 슬퍼졌다.

"잘 있어, 카튜샤. 여러 가지로 정말 고마웠어."

그는 마차에 오르면서 소피아 이바노브나의 머리 너머로 말했다.

"안녕히 가세요, 드리트리 이바노비치." 그녀는 여느 때의 그 기분 좋은 상냥한 목소리로 말하고는 눈 가득히 괸 눈물을 보이지 않으려고 애쓰면서 마음껏 울기에 편한 현관으로 뛰어들어갔다.

13

그 후 3년 동안 네흘류도프는 카튜샤를 만나지 못했다. 그러다가 신임 장교로서 소속 부대로 부임하는 길에 고모집에 들렀을 때 비로소 다시 만나게 되었는데, 그는 3년 전 이 곳에서 여름을 보내던 때와는 전혀 다른 사람이 되어 있었다.

그 당시만 해도 그는 세상의 훌륭한 일을 위해서는 자기의 몸도 돌보지 않을 만큼 순진하고 헌신적인 청년이었지만, 지금의 그는 자기의 쾌락만을 사랑하는 타락하고 세련된 이기주의자가 되어 있었다. 그에게 있어 그 시절은 세상이 신비감으로 느껴져 기쁨과 감동으로 그 수수께끼를 풀려고 무진 애썼지만——지금은 이 세상의 모든 것이 단순하고 뚜렷하여, 그를 에워싸는 생활의 여러 조건에 의해 규정되고 있었다. 그 무렵에는 자연과의 교감, 자기보다 먼저 생활하고, 사색하고 느낀 사람들, 특히 철학자나 시인을 안다는 것은 꼭 필요하고 소중한 일이었지만——지금은 인간이 만든 제도하에서 친구들과의 친분이 더 필요하고 중요한 일이었다. 그 무렵에는 여자가 신비롭고 매혹적인 것으로 여겨졌으며, 다름 아닌 그 신비성 때문에 매력 있는 존재로 보였지만——지금은 여자라는 것의 의미가, 자기의 가족이나 친구의 아내를 빼놓은 모든 여자의 의미가 매우 간단하고도 명쾌했다.

그 때에는 많은 돈이 필요 없었고 어머니가 주는 돈의 3분의 1도 남을 정도였으며 아버지의 유산인 토지를 마다하고 농민들에게 나누어 줄 수도 있는 정도였지만——지금은 어머니가 보내 주는 한 달에 1천 5백 루블의 용돈도 모자라 벌써 몇 번이나 돈 때문에 어머니와 불쾌한 말다툼까지 했다. 그 무렵의 그는 자기의 정신적 존재를 자기의 참다운 자아라고 생각하고 있었지만——지금은 자기의 건강하고 튼튼한 동물적인 자아를 참다운 자기로 알고 있었다.

이렇듯 무서운 많은 변화가 그에게 생긴 것은 오로지 그가 스스로를 믿지 않고 남을 믿게 되었기 때문이었다. 그리고 그가 자기를 믿지 않고 남을 믿게 된 것은 자기를 믿으면서 산다는 것이 너무나도 고통스러웠기 때문이었다. 자기를 믿으면 모든 문제를 늘 가벼운 쾌락을 찾는 자기의 동물적 자아에 유리하게 하는 것이 아니라 대개는 그 반대 방향으로 나아가지 않으면 안 되었다. 그러나 남을 믿으면 해결해야 할 일들이 아무것도 없었다. 모든 것이 이미 다 마무리되어 있었으며, 더구나 그것은 늘 정신적 자아를 지배하고 동물적 자아에 유리하게 결정되어 있었다. 뿐만 아니라 남을 믿으면 주위 사람들의 칭찬을 받을 수 있지만, 자기를 믿으면 늘 사람들의 비난어린 시선이 그를 기다릴 뿐이었다.

이를테면 네홀류도프가 신이나 진리나 부나 가난에 대해서 생각하거나 읽거나 이야기하면 옆 사람들은 모두 그것을 그에게 어울리지 않는, 오히려 우스꽝스러운 일로 보았고 어머니나 고모는 악의 없는 놀리는 투로 그를 프랑스 말로 '우리의 친애하는 철학자'라고 놀리곤 했다. 그런데 그가 소설을 읽거나 외설스런 이야기를 하거나 프랑스 연극의 우스꽝스런 통속적인 희곡을 보고 와서 재미있게 그 이야기를 해 주면 사람들은 그를 칭찬하고 찬사를 했다.

그가 자신의 욕망을 절제할 필요성을 느끼고 낡은 외투를 입거나 술을 마시지 않거나 하면 모두들 그것을 색다른 하나의 허영심이라고 비난했고, 사냥이나 서

재를 꾸미기 위해 특별히 사치스러운 장식을 하느라고 돈을 많이 쓰면 모두들 그의 취미를 칭찬하며 값진 선물을 사 오기도 했다. 그가 결혼할 때까지 총각으로 순결을 지키겠다고 하면 친척들은 병이 아니냐고 걱정했고, 그들이 말하는 남자다움으로 어떤 프랑스 여자를 친구에게서 빼앗았다는 말을 했을 때에는 어머니는 한탄하기는커녕 오히려 기뻐했을 정도였다. 그와 카튜샤와의 관계를 생각하면, 어머니인 공작 부인은 온몸에 소름이 끼치지 않을 수 없었다.

이것과 마찬가지로, 네흘류도프가 성년이 되어 토지 사유를 옳지 못한 일이라고 생각하고 아버지에게서 유산으로 물려받은 얼마 안 되는 토지를 농민들에게 분배했을 때──그의 행위는 어머니나 친척들을 고통의 구렁텅이로 몰아넣었고 친척들의 끊임없는 나무람과 비웃음의 대상이 되기도 했다. 그러나 네흘류도프가 근위대에서 근무하게 되어, 집안 좋은 동료들과 돌아다니며 쾌락을 일삼거나, 놀거나 도박을 하다 크게 져 어머니 엘레나 이바노브나 공작 부인이 은행에서 돈을 꺼내지 않으면 안 되었을 때도, 어머니는 한 마디의 잔소리도 하지 않고 상류 사회에서는 젊었을 때 미리 이러한 우두를 맞아 두는 것은 당연한 일이요 오히려 잘 된 일이라고 생각했다.

처음에는 네흘류도프도 유혹과 싸워 봤지만 그가 자기를 믿고, 선이라 생각한 모든 것은 다른 사람들에게는 악으로 여겨졌고, 반대로 남을 믿고 그가 악이라 생각하는 모든 것이 주위 사람들에 의해 선이라고 생각되어졌다. 그래서 네흘류도프는 마침내 자기를 믿는 것을 단념하고 남을 믿게 되었다. 처음 얼마 동안은 자기 마음속의 진실을 부정하는 것이 몹시 언짢았지만 그 불쾌감은 잠시뿐이었고, 마침 그 무렵 술과 담배 맛을 알아 그 언짢은 기분 때문에 괴로워하지 않게 되었으며, 오히려 커다란 해방감마저 느끼게 되었다.

이렇듯 네흘류도프는 타고난 성격대로 주위의 모든 사람이 인정하는 이 새로운 생활 속 열정적으로 뛰어들어, 무언지 다른 것을 요구하는 자기 내부의 진실을 완전히 짓눌러 버리고 말았다. 이것은 페테르부르그로 이사한 뒤부터 시작하여 군대의 복무로 빈틈없이 그의 몸에 익숙하게 되었다.

군대 복무는 일반적으로 인간을 타락시켰다. 왜냐 하면 그 세계에 들어간 사람을 완전한 무위, 즉 유익한 지적 활동이 모자라는 조건 속에 두어 사회인으로서의 의무에서 해방시키고 그 대신 군대, 군복, 군기라는 한정된 명예만을 앞세워, 한편으로는 다른 사람들에 대한 무제한의 권력을───다른 한편으로는 윗사람에 대해 노예와 같은 복종을 요구하기 때문이다.

그런데 군복이나 군기 같은 독선적인 명예와 폭력 및 살인이라는 독단적인 허가가 함께하는 이 군대 근무의 일반적인 타락에, 부유하고 집안 좋은 장교들만 근무하는 선택된 근위대에서 볼 수 있는 것처럼 돈이 남아 돌고 더구나 황족과 친분이 있다는 우월감에서 생기는 타락이 더해지면, 이 타락은 그 속에 빠진 사람들을 이기주의의 완전한 광적 상태에까지 빠뜨리게 한다.

군대에서 동료 사관들과 같은 생활을 하게 된 뒤부터 네흘류도프는, 이와 같은 이기주의의 미친 듯한 소용돌이 속에서 헤어나지는 못했다.

자기 손에 의해서가 아니라 남의 손에 의해서 훌륭하게 지어지고 깨끗이 손질된 군복을 입고, 역시 남의 손에 의해서 만들어지고 닦여지고 주어진 군모를 쓰고, 칼을 차고, 마찬가지로 남의 손에 의해서 잘 길들여진 말을 타고 똑같은 동료 장교들과 더불어 교련이나 사열을 하고 말을 달리거나 칼을 휘두르거나 총을 쏘고, 그것을 다른 사람들에게 가르치는 것밖에 할 일이 없었다. 다른 일은 아무것도 없었다.

그런데도 가장 높은 지위에 있는 사람들은, 젊은이도 늙은이도 황제도 그 측근자들도 이 일을 좋아할 뿐만 아니라 찬양하며, 특히 그 수고를 치하하고 있었다. 이런 교련이 끝나면 장교 클럽이나 최고급 레스토랑에 모여서 식사를 하거나 술을 마시며, 어디서 긁어 왔는지 모르는 돈을 써 대는 것이 모범적인 중요한 행동으로 되어 있었다. 그러고 난 뒤에는 또 극장, 무도회, 여자, 그리고 다시 말을 타고 칼을 휘두르고 질주하고는 또 돈을 뿌리고 술, 도박, 여자를 되풀이했다.

이러한 생활이 특히 군인을 타락시키는 것은, 만일 군인말고 보통 사람들이 이와 같이 생활을 한다면 마음속으로 부끄러워하지 않고는 못 배기나 군인은 그것을 당연한 일로 알고, 그런 생활을 자랑하고 자긍심으로 삼기 때문이다. 특히 네흘류도프가 근무하던 무렵은, 터키에 대해 선전 포고를 한 뒤의, 이른바 전시 중이라 특히 이런 경향이 심했다.

네흘류도프는 그의 생애의 이 시기에 막연히 이렇게 생각하고 있었다. '우리는 싸움터에서 생명을 바칠 각오로 싸우고 있다. 그러므로 이런 자유롭고 즐거운 생활이 허락되고, 또 이런 것들이 우리에게는 당연히 필요하다.' 그리고 그 무렵, 그는 전에 스스로에게 가했던 모든 도덕적 학대에서 해방된 감격에 잠겨 끊임없이 미친 듯한 이기주의의 만성적 증세에 빠져 있었다.

이러한 생활 속에 3년이라는 세월이 흐른 뒤 고모집에 들렀을 때, 그는 여러 가지로 변한 상태에 있었던 것이다.

14

네흘류도프가 고모집에 들른 것은 그 곳이 이미 이동 중인 그의 연대를 쫓아가는 길목에 있었던 것과, 고모들이 보고 싶어하는 이유도 있었지만 무엇보다도 큰 이유는 카튜샤를 만나기 위해서였다. 어쩌면 그의 마음속 깊숙이 카튜샤에 대한 좋지 못한 태도가 이미 싹트고 있었고, 그것은 이제 완전히 고삐가 풀린 그의 동물적 자아가 자꾸만 그에게 유혹하고 있었는지도 모르지만 그는 그것을 깨닫지 못하고 있었다. 다만 그는 그토록 즐거웠던 추억의 장소에서 잠시 머물면서, 언제나 그가 깨닫지 못하는 사이에 사랑과 기쁨의 분위기로 그를 감싸 주던, 조금은 우스꽝스럽지만 상냥하고 마음씨 좋은 고모들을 만나고 그리고 그토록 그의 가슴에 아름다운 추억을 남겨 준 사랑스러운 카튜샤를 만나고 싶다는 감정뿐이었다.

그가 고모들의 영지에 도착한 것은 3월 말경인 부활절 전의 금요일이었다. 그 때는, 비가 억수같이 쏟아지고 있었으므로 길이 가장 질퍽할 때인데다가 그의 온몸은 비로 흠뻑 젖어 꽁꽁 얼어 있었다. 그러나 그 무렵은 언제나 그러했듯이

넘쳐나는 왕성한 기운을 느끼고 있었다. '그 처녀는 아직도 있을까?' 하는 두근
거리는 가슴으로 낯익은 오래 된 지주집 지붕에서 떨어진 눈이 보기 흉하게 남
아 있는, 벽돌담으로 둘러싸인 뜰로 마차를 몰았다. 그는 마차의 방울 소리를
듣고 그녀가 문 앞으로 달려나와 줄 것을 마음속으로 깊이 원하고 있었다. 그러
나 소리를 듣고 달려나온 것은, 마루를 닦고 있었는지 맨발에 옷자락을 걷어올
리고 양동이를 든 두 하녀들이었다. 문 앞 현관에도 그녀는 나타나지 않았다.
거기서도 역시 청소를 하고 있는 듯, 앞치마를 두른 하인 치혼이 나와 있을 뿐
이었다. 그리고 비단옷을 입고 실내 모자를 쓴 소피아 이바노브나가 현관 홀에
나왔다.

"아이구 반갑구나, 참 잘 왔다!" 그에게 키스를 하며 소피아 이바노브나는
말했다.

"큰고모는 몸이 좀 불편하셔⋯⋯교회에서 지치신 모양이야. 성찬식에 다녀
왔단다."

"축하합니다, 고모님." 네흘류도프는 고모 손에 살짝 키스하며 말했다.

"죄송합니다, 고모님 옷을 적셔서."

"방으로 가자. 어쩌면, 흠뻑 젖었구나. 벌써 수염을 다 기르고⋯⋯카튜샤!
카튜샤! 빨리 커피를 내오너라."

"네, 곧 내갑니다." 그리운, 기분 좋은, 상냥한 목소리가 복도 쪽에서 들려
왔다.

네흘류도프는 설렘으로 가슴이 저려 왔다. '있구나!' 그것은 태양이 구름 사이
로 얼굴을 내민 것 같은 심정이었다. 네흘류도프는 기쁜 표정으로 치혼을 따라
전에 쓰던 자기 방으로 옷을 갈아 입으러 갔다.

네흘류도프는 치혼에게 카튜샤에 관한 여러 가지 궁금한 것을 물어 보고 싶었
다. 어떻게 되었는가? 어떤 생활을 하고 있는가? 아직 시집은 가지 않았는가?
그러나 치혼은 지나치게 정중한데다 몹시 공손한 태도로 자기 손으로 직접 젊은
나리의 손에 물을 부어 드리겠다고 우기는 고집쟁이여서, 네흘류도프는 도저히
카튜샤에 대한 것을 물을 용기가 없었다. 네흘류도프는 그의 손자들과, '형님'

이라는 별명이 붙은 늙은 말과, 집을 지키는 폴칸이라는 개에 대해서 묻는 것으로 질문을 그만두었다. 모두 다 잘 있는데, 폴칸만이 지난 해에 광견병으로 죽었다고 했다.

젖은 옷을 죄다 벗고 산뜻한 새 옷에 팔을 꿰다가 네흘류도프는 바쁜 발소리와 문 두드리는 소리를 들었다. 그 걸음걸이와 문 두드리는 소리는 그의 귀에 익은 카튜샤의 것이었다. 그런 식으로 걷고 그런 식으로 두드리는 사람은 분명 카튜샤뿐이었다.

그는 다시 허둥대며 젖은 외투를 걸치고 문 쪽으로 달려갔다.

"들어와요!"

그녀였다. 카튜샤였다. 옛 모습 그대로였다. 전보다 한층 더 성숙한 아름다움이 있었다. 미소를 담은 채 천진스럽게, 약간 사팔인 까만 눈동자로 밑에서 올려다보는 듯한 것도 예전 그대로였다. 역시 그녀는 산뜻한 흰 앞치마를 두르고 있었는데, 고모한테서 지금 갓 포장에서 꺼낸 향긋한 비누와 올이 굵은 큼직한 러시아식 타월을 두 개 가지고 왔다. 새겨진 글씨가 아직 그대로 있는 아무도 손대지 않은 비누도, 수건도, 카튜샤도——모두가 다 한결같이 깨끗하고 싱싱하고 순결해서 상쾌한 기분이었다. 아직도 단단한 꽃봉오리를 연상시키는 사랑스러운 빨간 입술이, 역시 전과 마찬가지로 그를 앞에 두고 누를 수 없는 기쁨으로 꼭 다물려져 있었다.

"안녕하세요, 드미트리 이바노비치!" 그녀는 가까스레 말했다. 순간 얼굴이 확 붉어졌다.

"아……잘 있었소." 그는 '너'라고 불러야 할지 '당신'이라고 고쳐 불러야 할지 몰라 그녀와 마찬가지로 얼굴을 붉혔다.

"그 동안 잘 있었소?"

"덕분에……이것은 고모님이 주신, 도련님이 좋아하시는 장미 향기가 나는 비누예요." 하며 그녀는 테이블 위에 비누를 놓고 수건을 안락의자 팔걸이에 걸쳤다.

"도련님은 자기 것을 갖고 계셔." 손님의 자주성을 고집하는 우직한 하인 치혼은 뚜껑이 열린 채로 있는 네흘류도프의 큼직한 화장 상자를 엄격한 얼굴로 가리켰다. 그 속에는 많은 화장수와 솔, 머릿기름, 향수, 그 밖에 온갖 치장 도구가 들어 있었다.

"고모님께 고맙다고 말씀드려요. 아, 정말 오기를 잘 했소." 네흘류도프는 전에 곧잘 그랬듯이 마음이 다시 상쾌하게 부드러워지는 것을 느끼면서 말했다. 그녀는 이 말에 환한 미소로 대답하고 그대로 나갔다.

고모들은 언제나 네흘류도프를 사랑하고 있었지만 이번에는 다른 어느 때보다 더 반가이 그를 맞았다. 그는 전쟁터로 가는 도중이라 부상당할지도 몰랐고, 잘못 하면 죽을지도 몰랐다. 이 점이 고모들을 감상적인 기분으로 만들었다.

네흘류도프의 여행 일정은 고모네 집에서 하룻밤만 묵을 작정이었다. 그런데 카튜샤를 보자 이틀 뒤에 있을 부활절을 여기서 맞고 싶어져서, 오데사에서 만나기로 한 친한 동료 셴보크에게 고모님 댁에 들러 달라는 전보를 쳤다.

네흘류도프는 카튜샤를 만난 그 날부터 그녀에게 예전과 같은 감정을 느꼈다. 전과 마찬가지로 지금도 카튜샤의 하얀 앞치마 차림을 보면 가슴이 두근거리고 그녀의 발소리나 웃음소리만 들어도 기쁨에 어쩔 줄을 몰라했다. 특히 그녀가 생글생글 웃고 있을 때, 젖은 포도알 같은 그 새까만 눈동자를 보면 마음의 감동을 억제할 수가 없었다. 그리고 무엇보다도 그녀가 그를 만날 때마다 얼굴을 붉히는 것을 보면, 저도 모르게 가슴이 울렁거렸다. 그는 카튜샤를 사랑하고 있다는 것을 느끼고 있었다. 그러나 전에는 사랑이 신비로운 것으로 여겨져 자기가 그녀를 사랑하고 있다는 것을 제자신에게 털어놓을 용기조차 없었고 사랑을 할 수 있는 것은 일생에 한 번뿐이라고 생각하고 있었다. 그런데 지금은 자기가 사랑을 하고 있음을 알고 그것을 기뻐하며 제자신에게는 인정하지 않았지만 그 사랑이 어떤 것이고 어떤 결과를 낳는다는 것을 어렴풋이나마 알면서도 그 사랑에 곧장 빠져 들어갔다.

모든 사람이 다 그렇겠지만 네흘류도프의 내부에도 두 가지의 인간이 살고 있었다. 한 사람은——남에게도 행복이 될 수 있는 그런 행복만을 추구하는 정신적인 인간이고 다른 한 사람은 오직 자기만을 위해 행복을 찾고, 그 행복을 위해서는 온 세계의 행복마저 희생시키려는 동물적인 이기적 인간이었다. 페테르부르그의 생활과 군복무에서 습득된 이기주의의 성미가 급해진 상태여서 이 시기에는, 이 동물적 인간이 그를 정복하여 정신적 인간을 꼼짝 못하게 지배하고 있었다.

그런데 카튜샤를 만나 예전에 그녀에게 품었던 감정을 새로이 느끼게 된 그의 마음속에는 정신적 인간이 머리를 쳐들어 그 권리를 옹호하기 시작했다. 그리하여 네흘류도프의 내부에서는 부활절까지의 이틀 동안 그가 깨닫지 못하는 마음속의 갈등이 끊임없이 이어지고 있었던 것이다.

그는 마음속으로는 지금 이 곳을 떠나야 하고 머물러 있을 까닭은 없다는 것을, 이러고 있으면 결코 좋은 결과는 되지 않는다는 것을 알고 있었지만 너무나 즐겁고 행복한 기분에 그는 그것을 자신에게 경고하지 않고 계속 눌러 있었다.

토요일 밤, 즉 거룩한 그리스도가 부활한 전날 밤, 신부가 부사제와 성당 하인을 데리고 새벽 기도를 드리기 위해 성당과 고모네 집 사이 3킬로미터 진창길을 썰매를 타고, 그들의 말에 따르면 지독한 고생을 하면서 찾아왔다.

네흘류도프는 현관 문에서 고모들과 하인들 옆에서 나란히, 향로를 나르고 있는 카튜샤를 흘끔흘끔 보면서 기도가 끝날 때까지 서 있었다. 그리고 신부와 고모들과 그리스도 부활에 대한 축복의 입맞춤을 나누고 침실로 돌아가려다가, 그는 복도에서 늙은 하녀 마트로나 파블로브나와 카튜샤가 케이크와 물들인 달걀을 신성하게 하기 위해서 성당에 가져갈 준비를 하고 있는 소리를 들었다. '나도 가자.' 그는 문득 나도 갈까, 하고 생각했다.

성당까지의 길은 마차도 썰매도 갈 수가 없다기에 고모집에서 마치 자기 집처럼 행동하고 있던 네흘류도프는 자는 것을 그만두기로 하고는 이름이 '형제'인 늙은 말에 안장을 얹게 하고 예장용 군복에 승마 바지를 입고 그 위에 외투를 걸친 채, 살이 쪄 몸이 둔해져 줄곧 콧김만 뿜어 대는 늙은 말을 타고 진흙과 눈으로 질펀거리는 어두운 길을 더듬어 성당으로 갔다.

15

이 날의 새벽 미사는 그 뒤 네흘류도프의 일생을 통하여 가장 밝고 잊을 수 없는 추억의 하나가 되었다.

사방으로 쌓인 눈 때문에 환하게 보이는 캄캄한 밤길을 물웅덩이 속으로 발이 빠지면서 성당으로 갔다. 성당 주변에 켜진 등불을 보고 귀를 쫑긋거리기 시작하는 늙은 말을 재촉하여 그가 가까스로 성당의 뜰에 들어갔을 때 미사는 벌써 시작되고 있었다.

농부들은 그가 마리아 이바노브나의 조카라는 것을 알자, 말을 내릴 수 있는 마른 자리로 그를 데리고 가서 말을 맨 다음 그를 성당 안으로 안내했다. 성당은 부활절을 축복하는 사람들로 가득 차 있었다.

오른편은 농민들의 자리로, 노인들은 집에서 짠 긴 웃옷을 입고 나막신에 깨끗하고 흰 각반을 찼으며, 젊은이들은 새 비단옷에 화려한 띠를 매고 가죽 장화를 신고 있었다. 왼편은 여자들의 자리로 빨간 비단 수건을 쓰고, 소매 없는 비단 윗도리 밑으로 새빨간 소매를 내놓았으며 푸른색, 녹색, 알록달록한 여러 가지 화려한 치마를 입고 징을 박은 단화들을 신고 있었다. 검소한 노파들은 흰 머릿수건을 쓰고 잿빛 웃옷과 구식 치마에 단화나 새 신을 신고 뒤쪽에 서 있었다. 그 사이를 머리에 기름을 반질반질하게 바르고 나들이옷을 입은 아이들이 메우고 있었다. 남자들은 성호를 긋고 머리카락을 늘어뜨리면서 절을 했다. 여자들은, 특히 노파들은 촛불이 켜져 있는 성상에 빛 잃은 눈동자를 고정시킨 채 성호를 긋기 위해 깍지 낀 손을 머릿수건에 싼 얼굴과 양 옆의 어깨와 가슴을 차례로 힘차게 누르며 무언지도 모를 말을 중얼거리면서 선 채로 혹은 무릎을 꿇고 윗몸을 구부렸다. 아이들은 어른들의 흉내를 내며 열심히 기도를 올렸다. 성단의 금빛 휘장은 사방에서 타오르는 크고 작은 촛불에 의해 빛나고 있었다. 샹

들리에에는 많은 초가 꽂혀 있고 성가대석에서는 부유한 사람들로 편성된 베이스와 소년들의 소프라노가 뒤섞인 서투르지만 환희에 찬 노랫소리가 유쾌하게 울려 왔다.

네흘류도프는 앞으로 나갔다. 중앙은 귀빈석으로 되어 있어서 부인과 세일러 복을 입은 아들을 데리고 온 지주들과 경찰서장, 우체국장, 장식이 달린 장화를 신은 상인, 훈장을 단 촌장들이 늘어서 있고, 설교대 오른편 지주의 아내들 뒤에는 자줏빛 의상을 입고 선을 댄 흰 숄을 두른 마트로나 파블로브나와 허리를 잔주름으로 댄 흰 옷에 하늘색 띠를 두르고 까만 머리에 빨간 리본을 맨 카튜샤가 나란히 서 있었다.

축제답게 모든 것이 엄숙하고, 즐겁고, 아름답기만 했다. 금실로 십자가를 수놓은 반짝이는 은빛 제의를 입은 신부들도, 축일에 입는 금빛과 은빛 제의를 입은 부사제나 성당 하인들도, 머리가 기름으로 번들거리는 나들이 옷차림의 성가대원들도, 축제 노래의 명랑하고 힘이 있는 노랫소리도, 신부들이 꽃으로 꾸민 삼색 촛불을 손에 들고, 줄곧 '예수 부활하셨네! 예수 부활하셨네!'를 외면서 성당 안의 사람들에게 주는 축복도 모든 것이 아름다웠다. 그렇지만, 무엇보다도 아름다운 것은 하얀 옷에 하늘빛 띠를 매고 까만 머리에 리본을 달고 서서 감동으로 눈을 반짝이고 있는 카튜샤였다.

네흘류도프는 그녀가 얼굴을 고정한 채로 이 쪽을 응시하고 있는 것이 느껴졌다. 그녀 곁을 지나 제단 쪽으로 걸어가면서 그는 어김없이 카튜샤의 뜨거운 시선을 느꼈다. 그는 할 말이 아무것도 없었지만 언뜻 생각이 나서 곁을 지나가며 말했다.

"아침 미사가 끝나면 파티를 벌인다고 고모님이 말씀하시더군."

그를 볼 때면 언제나 그렇듯이 뜨거운 피가 그녀의 사랑스러운 얼굴에 활짝 피어 올라 검은 눈이 기쁨의 미소를 담고 수줍은 듯 네흘류도프의 얼굴에 멎었다.

"네, 알고 있어요." 환하게 웃으며 그녀는 말했다.

이 때 커피를 끓이는 놋주전자를 들고 사람들 사이를 헤치고 나온 성당 하인이 카튜샤의 옆을 지나면서 그 쪽은 보지 않고 법의 자락으로 그녀를 건드렸다. 성당 하인은 아마 네흘류도프에게 피해가 되어서는 안 된다고 그것에만 신경을 쓰다가 그만 저도 모르게 카튜샤를 건드리고 만 모양이었다. 어째서 이 하인은 모른단 말인가? 이 성당과 그리고 온 세계의 모든 것이 오직 카튜샤만을 위해서 존재하고 있다는 것을. 그리고 세상의 모든 것을 무시하더라도 세상의 중심인 그녀만은 무시할 수 없다는 것을 어째서 모르는가 싶어 네흘류도프는 야속한 생각이 들었다.

성단 앞에 금빛 휘장이 빛나고 있는 것도, 샹들리에나 수많은 촛대에 꽂혀 있는 양초도 그녀를 위해 타고 있고, '주 부활하셨네, 모두 기뻐할지어다.'라고 부르는 아름다움에 넘친 노랫소리도 그녀를 위해서였다. 이 세상의 아름다운 모든 것이 그녀를 위한 것이었다. 그리고 카튜샤도 그것이 모두 자기를 위한 것임을 알고 있는 것같이 네흘류도프는 생각했다. 허리가 잘록하게 주름잡힌 하얀 옷을 입은 그녀의 청초한 아름다움과 기쁨에 넘친 환한 얼굴을 지그시 쳐다보았을 때 네흘류도프는 그렇게 여겨졌다. 그는 그녀의 환한 표정에서 그가 마음속으로 부르고 있는 바로 그 노래를 그녀도 마음속으로 부르고 있다는 것을 알아차렸다.

새벽의 미사가 끝나고 아침 미사가 시작될 때 네흘류도프는 성당 밖으로 나갔다. 그를 알아본 사람들이 길을 비켜 주며 인사를 했다. 그리고, "누구시지?" 하고 묻는 사람도 있었다. 그는 성당 입구에 멈춰 섰다. 거지들이 그를 에워쌌다. 그는 지갑에 있는 잔돈을 나누어 주고 층계를 내려갔다.

벌써 어둠이 걷히고 사방이 보일 만큼 날이 환히 밝아 오고 있었지만 아직 해는 뜨지 않았다. 교회 둘레의 묘지에 점점이 사람들의 모습이 보였다. 카튜샤는 성당 안에 남아 있었다. 그래서 네흘류도프는 그녀를 기다리며 서 있었다.

사람들이 잇달아 나왔고 구둣바닥의 징으로 돌을 울리면서 층계를 내려가 성당의 뜰과 묘지 쪽으로 흩어져 갔다.

마리아 이바노브나의 단골인 과자 가게 노인이 네흘류도프를 불러 머리를 흔들면서 그리스도 부활의 입맞춤을 했다. 그리고 비단 머릿수건 밑으로 주름투성이의 목덜미를 드러낸 그의 늙은 아내가 엷은 보랏빛으로 칠한 달걀을 보자기에서 꺼내어 네홀류도프에게 주었다. 이 때 새 반코트에 녹색 띠를 맨 젊고 건장한 농부가 싱글벙글 웃으면서 가게로 다가왔다.

그는 "그리스도 부활하셨네." 하고 눈으로 웃으면서 말하고 네홀류도프 쪽으로 얼굴을 내밀며 농사꾼다운 독특한 기분 좋은 냄새로 그를 감싸며 곱슬곱슬한 턱수염으로 간질이면서 네홀류도프의 입술 한가운데를 그 뻣뻣하고 싱싱한 입술로 세 번 눌러 키스했다.

네홀류도프가 농부와 키스를 나누고 다갈색으로 칠한 달걀을 받았을 때 마트로나 파블로브나의 금록색 옷과 빨간 리본을 맨 귀여운 까만 머리가 밖으로 모습을 드러냈다.

카튜샤는 앞에 가는 사람들 머리 너머로 그를 곧 알아보았다. 그는 그녀의 얼굴이 활짝 웃음짓는 것을 보았다.

카튜샤와 마트로나 파블로브나는 층계 입구에 멈추어 서서 거지들에게 돈을 주었다. 코는 없어지고 그 자리에 붉은 딱지가 앉은 한 거지가 카튜샤 앞으로 다가갔다. 그녀는 손수건에서 무언지 꺼내어 거지에게 준 뒤 가까이 다가가서 조금도 혐오하는 빛도 없이 오히려 기쁜 듯 눈을 반짝이면서 세 번 입을 맞추었다. 그녀가 거지에게 입맞춤하고 있을 때 그녀의 눈이 네홀류도프의 눈길과 마주쳤다. 그것은 '제가 하고 있는 일이 좋은 일일까요.' 하고 묻는 듯한 눈빛이었다.

'암, 그렇고말고, 사랑스런 카튜샤. 다 좋은 일이야. 아름다운 일이지. 나는 너를 사랑해.'

두 사람이 층계를 내려올 때, 네홀류도프는 그 쪽으로 걸어갔다. 그는 키스할 생각이 아니었다. 그저 그녀 곁에 있고 싶었던 것이었다.

"그리스도 부활하셨네!" 하고 머리를 숙여 싱글벙글 웃으면서 마트로나 파블로브나가 말했다. 그 목소리에는 오늘은 상관없어요 하는 듯한 투가 깃들여 있었다. 그리고 조그맣게 접은 손수건으로 입술을 닦고는 그에게 입술을 내밀었다.

"정녕 부활하셨네!" 네홀류도프는 입맞춤하면서 말했다.

그는 카튜샤를 보았다. 그녀는 부끄러운 듯 얼굴을 붉히며 곧 앞으로 나섰다.

"그리스도 부활하셨네, 드미트리 이바노비치."

"정녕 부활하셨네." 그는 대답했다. 그들은 두 번 입을 맞추었다. 그리고 한 번 더 해야 할까 하고 생각하다가 해야 한다고 마음먹은 듯이 세 번째 입맞춤을 나누고 서로 생긋이 웃었다.

"신부한테 안 가 보겠소?" 하고 네홀류도프가 물었다.

"아녜요, 우리는 잠시 여기 앉아 있겠어요, 드미트리 이바노비치."

카튜샤는 벅찬 일을 끝낸 것처럼 천천히 가슴 가득히 한숨을 쉬더니, 더없이 맑은 약간 사팔뜨기의 정다운 눈으로 그의 눈을 똑바로 보며 말했다.

남녀간의 사랑에는 그 사랑이 절정에 이르러서는 의식도 분별도 감각도 모두 잃어버리는 순간이 언제나 있는 법이다. 거룩한 그리스도 부활의 이 날 밤이 네홀류도프에게는 그런 순간이나 마찬가지였다. 그가 지금 카튜샤와의 일을 회상해 볼 때 그녀를 본 모든 기억 속에서 이 날 밤이 다른 모든 것을 휘덮어 버리는 아름다움이 있었다. 반짝반짝 윤이 나는 검은 머리, 가느다란 허리와 아직 덜 여문 가슴을 깨끗하게 감싼 잘록하게 주름잡힌 하얀 옷, 붉게 상기된 얼굴, 잠이 부족해 약간 사시가 눈에 띄는 부드럽게 젖은 까만 눈, 그리고 그녀가 가진 모든 것에는 두 가지 큰 특징이 있었다. 그것은 순결한 처녀의 깨끗함과 사랑의 깨끗함이었다. 그 사랑을 그도 알고 있었지만 그에게 대한 사랑만이 아니라 모든 것에 대한 사랑, 이 세상에 있는 좋은 것은 물론, 그녀가 입맞춤해 준 그 거지까지 포함한 모든 것에 대한 사랑이었다.

네홀류도프는 그녀에게 이런 사랑이 있다는 것을 알고 있었다. 그것은 그 날 밤과 아침에 걸쳐 그의 마음속에서 이 사랑을 깨달았기 때문이며 또 그 사랑 속에서 그녀와 하나로 합쳐졌다는 것을 분명히 인식하고 있었기 때문이다.

아, 만약 모든 것이 그 날 밤에 지녔던 그 감정대로 머물러 있었더라면! '그렇다, 그 모든 끔찍한 일이 거룩한 그리스도가 부활한 그 날 밤 뒤에 벌어졌다!' 그는 지금 배심원 대기실 창가에 앉아 이렇게 생각했다.

16

네흘류도프는 성당에서 돌아와 고모들과 축제 음식을 먹고 군대에서 몸에 밴 습관대로 기분을 바꾸기 위해 보드카와 포도주를 마시고는 자기 방으로 돌아가 옷을 입은 채로 곧 잠이 들었다. 조심스럽게 문 두드리는 소리에 그는 눈을 떴다. 그 문 두드리는 소리로 그것이 카튜샤임을 안 그는 눈을 뜨고 기지개를 켜면서 일어났다.

"카튜샤? 어서 들어와요." 그는 침대에서 내려오면서 말했다.

그녀는 문을 조심스럽게 열었다.

"식사하세요." 하고 그녀가 말했다.

그녀는 아까 그 하얀 옷을 그대로 입고 있었으나 머리의 리본은 떼었는지 없었다. 그와 눈이 마주치자 그녀는 무언가 특별히 기쁜 소식이라도 알리러 온 것처럼 활짝 얼굴을 들었다.

"곧 가지." 빗을 집어 머리를 빗으면서 그는 대답했다.

그녀는 그대로 떠나지 못하고 꾸물거리고 있었다. 그것을 본 그는 빗을 내던지고 그녀에게 다가갔으나 그 순간 그녀는 휙 몸을 돌려 여느 때의 경쾌하고 재빠른 걸음으로 복도의 양탄자 위를 달려갔다.

'난 왜 이리 바보일까?' 네흘류도프는 속으로 중얼거렸다. '왜 붙잡지 않았을까?'

그는 그녀를 쫓아 복도를 향해 달려갔다.

그녀를 어떻게 할 생각인지 그 자신도 알지 못했으나, 그녀가 그의 방에 들어왔을 때, 그럴 때 누구나가 하는 무언가 다른 행동을 보였어야 하는데 그것을 하지 않은 듯한 기분이 들었다.

"카튜샤, 잠깐만." 하고 그는 말했다.

그녀가 돌아보았다.

"왜 그러세요?" 잠깐 멈춰 서서 그녀가 물었다.

"뭐, 그저 좀……."

그리고는 스스로를 타이르며 이럴 경우 그와 같은 입장에 있는 사람이라면 이렇게 행동할 것이라고 생각하며 카튜샤의 허리를 끌어안았다.

그녀는 놀라며 그의 눈을 바라보았다.

"안 돼요, 드미트리 이바노비치, 안 돼요."

그녀는 붉게 물든 얼굴에 눈물이 글썽해지면서 이렇게 말하며 억세고 거친 손으로 허리를 감은 그의 팔을 뿌리쳤다.

네흘류도프는 그녀를 놓아 주었다. 그 순간 쑥스럽고 부끄러웠을 뿐 아니라 제 자신에게 혐오를 느꼈다. 그는 자기를 믿었어야 했는데, 이 쑥스러움과 부끄러움이 겉으로 스며나온 그의 영혼의 가장 선량한 진실된 감정이었다는 것을 알지 못했다. 오히려 그는 그와 반대로 이것은 그의 내부에서 그의 어리석은 마음이 사람들이 누구나 하는 것처럼 하면 된다고 속삭이고 있는 것이라고 생각했다.

그는 다시 카튜샤에게 다가가서 또다시 끌어안고 목덜미에 키스했다. 이 키스는 지난번에 했던 두 번의 키스——첫번째는 라일락 숲 속에서 무의식적으로 한 것, 두 번째는 오늘 성당에서 한 것——그것과는 전혀 다른 느낌이었다. 그것은 무서운 키스였다. 그리고 그녀도 그것을 직감했다.

"왜 이런 짓을 하세요?" 그녀는 마치 더없이 소중한 것이 이제 다시는 원래대로 돌아오지 않게끔 못 쓰게 망가진 것처럼 비통한 소리로 원망스레 말하고는 그의 손을 뿌리치고 달아났다.

그는 식당으로 들어갔다. 화려하게 차려 입은 고모들과 의사와 이웃 여자 지주가 전채 요리를 차려 놓은 식탁 앞에 서 있었다. 여느 때와 다름없이 그대로였지만 네흘류도프의 가슴 속에는 거친 폭풍이 일고 있었다. 그는 자기에게 무슨 말을 하고 하는지 아무것도 귀에 들어오지 않아 엉뚱한 대답만 했고 복도에서 쫓아갔을 때의 그 키스의 감촉을 떠올리면서 오로지 카튜샤만 생각하고 있었다. 다른 것은 아무것도 생각할 수 없었다. 카튜샤가 식당에 들어왔을 때 그는 그녀를 보지 않고도 온몸으로 그녀의 체취를 느꼈으며 그 쪽을 보지 않으려고 무던히 애를 썼다.

식사 시간이 끝나자 그는 곧 자기 방으로 물러나 격한 흥분에 사로잡혀 방 안을 서성거리면서 그녀의 발소리를 기다리며 식당에서 들려 오는 소리에 귀를 기울였다. 이제 그의 내부에 도사리고 있던 동물적 자아가 고개를 쳐들었을 뿐 아니라 그가 왔을 때와 오늘 아침 성당에서까지 그에게 나타났던 그 정신적 자아를 마구 짓밟듯하여 지금은 그 무서운 동물적 자아만이 그의 마음속을 지배하고 있었다. 그는 줄곧 그녀의 동정을 살피고 있었지만 낮에는 단둘이 만날 기회를 한 번도 잡을 수가 없었다. 그녀가 아마도 그를 피하고 있었기 때문인 것 같았다. 그런데 저녁 무렵 카튜샤가 의사의 잠자리를 준비해 주러 우연히 네흘류도프가 있는 방의 옆방에 가야 할 일이 생겼다. 그녀의 발소리가 들리자 네흘류도프는 마치 죄라도 지은 사람처럼 발소리를 죽이고 숨을 죽이면서 그녀 뒤를 따라 슬그머니 방 안에 들어갔다.

새하얀 베갯잇속에 두 손을 넣어 베개 끝을 누른 채 그녀는 네흘류도프를 돌아보며 생긋 웃었다. 그러나 그것은 예전의 모습에서 느껴지는 기쁨에 넘치는 웃음이 아니라 두려움에 호소하는 듯한 웃음이었다. 그 웃음은 그가 하려는 짓이 좋지 않은 일이라고 그에게 애원하고 있었던 것이다. 그 순간 그는 멈추어 섰다. 그의 내부에는 아직도 심한 갈등이 있었다. 미약하기는 하나 그래도 아직 그녀에 대한 진실된 사랑의 소리가 울려 퍼지고 있었다. 그것은 그녀를, 그녀의 마음을, 그녀의 생활을 그에게 알려 주고 있는 것이다. 그러나 또 하나의 소리는 망설이면 그의 쾌락을, 그의 행복을 놓쳐 버린다고 그를 충동질하고 있었다. 이 두 번째 쾌락의 소리가 첫번째 소리를 사로잡아 버렸다. 그는 과감하게 그녀 곁으로 다가갔다. 무서운, 억제할 수 없는 동물적 감정이 그를 부추기고 있었다.

네흘류도프는 그녀를 강하게 끌어안은 채 침대에 앉혔다. 그리고 다시 무엇인가 다른 행동을 해야 한다는 것을 느끼면서 자기도 그 옆에 앉았다.

"드미트리 이바노비치, 이러시면 안 돼요. 제발 놓아 주세요." 그녀는 애원하듯 말했다. "마트로나 파블로브나가 와요!" 그녀는 몸을 뿌리쳐 그에게 벗어나면서 소리 죽여 말했다. 정확히 누군가 문 앞에 다가오는 발소리가 들렸다. "그럼 오늘 밤에 가지." 하고 네흘류도프가 말했다. "혼자겠지?" "무슨 말씀이세요? 안 돼요! 절대로." 그녀는 입으로는 이렇게 말했지만, 이상하게도 약간은 설레면서도 그녀의 몸은 이와는 다른 것을 말하고 있었다.

문 앞에 다가온 것은 정말 마트로나 파블로브나였다. 그녀는 담요를 들고 방 안에 들어와 꾸짖는 얼굴로 네흘류도프를 바라보고는 화난 듯이 담요를 잘못 가지고 온 카튜샤를 나무랐다.

네흘류도프는 잠자코 방에서 나왔다. 이제 부끄럽다는 생각도 없었다. 마트로나 파블로브나의 표정에서 그녀가 자기를 비난하고 있다는 것을 눈치챘다. 그리고 자기를 비난하는 것도 당연하고 자기가 하는 짓이 좋지 못한 행동이라는 것도 알고 있었으나, 카튜샤에 대한 지금까지의 깨끗한 애정의 그늘에서 빠져 나온 동물적 감정이 그를 사로잡고, 그를 다스리며 다른 아무것도 인정하려 들지 않았다. 그는 지금 감정을 만족시키기 위해 무엇을 해야 할 것인가를 깨달았으며, 오직 그것을 실행하기 위한 방법을 찾고 있었다.

초저녁부터 줄곧 그는 마음이 안정이 안 되어 고모들의 방에 가 보았다가 자기 방에 돌아왔다가는 바깥 층계로 나가 보기도 하면서 어떻게 하면 그녀가 혼자 있는 기회를 잡을 수 있을까 하고 오로지 그것에만 몰두했다. 그녀는 그런 그를 피하고 있었고 마트로나 파블로브나는 카튜샤에게서 눈을 떼지 않으려고 무던히 애쓰고 있었다.

17

이렇듯 초저녁은 지나가고 이윽고 고요한 밤이 되었다. 의사는 침실로 들어갔

다. 고모들도 잠자리에 들었다. 지금쯤 마트로나 파블로브나가 고모들의 침실에
가 있어 하녀방에는 카튜샤가 혼자뿐이라는 것을 네흘류도프는 잘 알고 있었다.
그는 다시 바깥 층계로 나갔다. 뜰은 어둠 속에 잠들고 습한 기운으로 가득 차
있었으나 따뜻했다. 봄 기운이 아직 남아 있는 눈을 녹이고, 녹는 눈에서 생겨
퍼져 나가는 그 하얀 안개가 뜰에 가득히 고여 있었다. 집에서 백 걸음 남짓 앞
에 있는 낭떠러지 밑으로 흐르는 강가에서는 이상하게 야릇한 소리가 들려 왔
다. 얼음이 갈라지는 소리였다.

네흘류도프는 층계를 내려갔다. 그리고는 물 웅덩이를 피하여 얼어붙은 눈을
밟으면서 하녀 방 창문으로 다가갔다. 가슴이 두근두근대는 소리가 자기 귀에도
들릴 정도였다. 숨이 갑자기 멎었다가는 무거운 한숨이 되어 목구멍으로 새어
나오곤 했다. 하녀 방에는 조그마한 램프가 켜져 있었다. 카튜샤는 홀로 테이블
앞에 앉아 앞을 바라보며 무엇인가를 골똘히 생각하고 있는 눈치였다. 네흘류도
프는 오랫동안 꼼짝도 않고 그녀가 어떤 행동을 하는지 가만히 지켜 볼 뿐이었
다. 그녀는 2분 남짓 그 자세로 앉아 있더니 갑자기 눈을 들어 생긋 웃고는 자
신을 책망하듯이 머리를 흔들었다. 그리고 자세를 고쳐 갑자기 두 손을 테이블
위에 올려놓더니 또 앞을 똑바로 쳐다보았다.

그는 서서 여전히 그녀를 지켜 보고 있었다. 그리고 자기 가슴의 힘찬 박동
소리와 강에서 들려 오는 이상 야릇한 소리를 아무 생각 없이 듣고 있었다.

저편 강에서는 안개 속에서 무언가 쉴새없이 느릿한 작업이 계속되고 있었다.
뭔지 모르지만 콧김이 빠져 나오는 소리를 내기도 하고 쪼개지기도 하고 부서지
기도 하면서 얼음이 유리처럼 날카로운 소리를 내고 있었다.

그는 마음속의 갈등으로 괴로워하고 있는 카튜샤의 얼굴을 가만히 지켜 보고
있다가 갑자기 그런 그녀가 불쌍해졌다. 그런데 이상하게도 이 연민의 정은 그
녀에 대한 그의 동물적 욕망을 더욱 강하게 부추길 뿐이었다.

욕정이 그의 온몸을 사로잡고 말았다.

그는 창문을 똑똑 두드렸다. 그녀는 마치 전류에 닿기라도 한 듯 꿈틀 하고
몸을 떨었다. 다음 순간 공포감으로 얼굴이 일그러졌다. 그리고 일어나 창가로

가서 유리에 얼굴을 댔다. 그리고 말의 눈가리개처럼 두 손을 눈에 가져다 대고 서야 그인 것을 알았을 때, 두려운 표정은 그녀의 얼굴을 떠나지 않았다. 그녀의 얼굴은 너무나도 심각했다. 그는 그런 얼굴을 한 그녀를 본 적이 없었다. 그가 웃어 보이자 그녀도 겨우 미소를 지었다. 그러나 그를 따라 웃었을 뿐, 그녀의 마음속에 있는 것은 웃음이 아니라 두려움 내지는 공포감이었다. 그는 뜰로 나오라고 손으로 신호했다. 그녀는 '싫어요, 안 가겠어요.' 하는 듯이 머리를 흔들고 그대로 창가에 서 있었다. 그는 다시 얼굴을 유리창에 대고 나오라고 그녀를 부르려 했다. 그 때 그녀가 문 쪽을 홱 돌아보았다. 누군가가 부르고 있었다. 네흘류도프는 창문에서 물러섰다. 안개가 무겁게 끼어 있었기 때문에 집에서 다섯 걸음만 물러나니 창문은 보이지 않고 검실검실한 커다란 것이 막아 서서 그 속에 램프빛이 불그레하고 큼직하게 번져 보일 뿐이었다. 강가에서는 여전히 야릇한 소리와 얼음 깨지는 소리가 나고 있었다.

마당 가까운 쪽에서 안개를 뚫고 수탉 우는 소리가 들려 왔다. 그러자 가까이에서 다른 수탉이 이에 대꾸했다. 잇달아 먼 마을 쪽에서 서로 울어 대는 소리가 하나로 어우러져 들려 왔다. 둘레는 강말고는 고요한 정적만이 죽은 듯이 싸여 있었다. 벌써 두 번째 닭 우는 소리가 들렸다.

벌써 두 번쯤 모퉁이를 서성거리다가 몇 번이나 괴어 있는 물에 빠지면서 네흘류도프는 다시 하녀 방 창가로 다가갔다. 램프는 여전히 켜져 있었다. 카튜샤는 아직도 망설이는 듯 혼자 테이블 앞에 앉아 있었다. 그가 창가로 다가서는 순간 그녀는 창문을 보았다. 그리고는 누가 노크했는지 확인도 하지 않고 갑자기 하녀 방에서 달려나왔다. 그는 입구의 문이 딸각 하고 가냘프게 삐걱거리며 열리는 소리를 들었다. 이미 그는 문 앞에서 기다리고 있다가 아무 말 없이 덥석 그녀를 끌어안았다.

그녀는 그에게 와락 안겨 얼굴을 들어 입술로 그의 키스를 받았다. 두 사람은 문간 모퉁이에 있는 마른 땅에 서서 채워지지 않는 욕망의 불길에 휩싸여 있었다. 갑자기 딸각 하는 소리가 나더니 입구의 문이 삐걱 하고 울렸다. 그리고 마트로나 파블로브나의 화난 목소리가 들려 왔다.

"카튜샤!"

그녀는 그의 품에서 빠져 나가 집 안으로 돌아갔다. 자물쇠 잠그는 소리가 그의 귀를 스쳤다. 이어 조용해지더니 창문의 빨간 불이 꺼지고 그의 뒤에서는 안개와 강물 소리만 여전히 들려 왔다.

네흘류도프는 창문으로 다가갔다. 누구의 모습도 보이지 않았다. 유리창을 두드렸다. 아무도 대답하지 않았다. 네흘류도프는 현관으로 해서 자기 방으로 돌아갔으나 잠을 청할 수가 없었다. 그는 장화를 벗고 맨발로 복도를 따라 마트로나 파블로브나의 방 옆에 있는 카튜샤의 방으로 갔다. 그는 먼저 마트로나 파블로브나의 잠든 소리를 확인한 다음 몰래 들어가려고 했다. 순간 그녀가 갑자기 기침을 하고 침대를 삐걱거리면서 돌아눕는 소리가 났다. 움찔해진 그는 그대로 5분쯤 서 있었다. 다시 주위가 조용해지고 고른 숨소리가 들리기를 기다렸다가 그는 되도록 마룻바닥이 삐걱거리지 않는 곳을 밟아 그녀의 방문 앞으로 갔다. 아무 소리도 들리지 않았다. 그녀는 틀림없이 자지 않고 있었다. 숨소리가 들리지 않는 것으로 알 수 있었다. 그가 "카튜샤!" 하고 속삭이기가 무섭게 그녀는 벌떡 일어나 문턱에 다가와서 잔뜩 성난 목소리로——그에게는 그렇게 들렸지만——돌아가 달라고 말했다.

"무슨 짓이에요? 안 돼요, 이러시면! 고모님들이 들으세요."

하고 그녀는 말하고 있었지만 마음속에서는,

"나는 죄다 당신 것이에요."

라고 말하고 있었다.

그것만은 네흘류도프도 알 수 있었다.

"자, 잠깐만 열어 줘. 부탁이야."

하고 그는 말을 했다.

그녀는 잠자코 있었다. 이윽고 열쇠를 더듬는 손의 움직임이 들려 왔고 자물쇠가 딸깍 하고 울리자 그는 열린 문 사이로 미끄러져 들어갔다.

그가 그녀를 붙잡았다. 그리고 소매 없는 빳빳한 속옷만 입은 그녀를 안아 들고 밖으로 나가려 했다.

"아! 왜 이러세요?"

하고 그녀는 속삭였다. 그러나 그는 그녀의 말에는 아랑곳없이 그녀를 자기 방으로 안고 갔다.

"아이, 안 돼요, 놓아 주세요."

그녀는 이렇게 말했으나 몸은 바싹 그에게 안기고 있었다.

....

그녀가, 그의 말에는 아무 대답도 않고 입술을 깨문 채 와들와들 떨며 그의 방에서 나갔을 때, 그는 현관 바깥으로 나가서 방금 일어난 모든 일을 곰곰이 생각하려고 애쓰며 서 있었다. 밖은 벌써 환해지고 있었다. 아래쪽 강에서는 얼음 깨지는 소리와 바람 부는 소리가 아까보다 더 한층 요란해졌다. 거기에 다시 흐르는 물소리도 더 시끄러워지고 있었다. 안개가 아래로 가라앉고 그 위에 반달이 떠서 무언가 검고 무시무시한 것을 암울하게 비치고 있었다.

'이게 무엇일까? 내 몸에 일어난 것은 커다란 행복인가, 아니면 커다란 불행인가?'

라고 그는 스스로에게 물었다. '세상이라는 것이 이런 것일까? 누구든지 마찬가지겠지?' 네홀류도프는 자기에게 그렇게 말하고 침실로 돌아갔다.

18

이튿날, 눈부신 차림으로 쾌활한 셴보크가 네홀류도프를 찾아 고모집에 들렀다. 그의 우아한 태도며 상냥함, 쾌활함과 대범함, 그리고 드미트리에 대한 우정은 집안 사람들을 완전히 사로잡기에 충분했다. 그의 대범함은 고모들의 마음을 완전히 사로잡았지만 때로는 너무 과장되어 그녀들을 의아하게 만들었다. 동냥하러 온 장님 거지에게 1루블이나 적선하는가 하면 하인들에게 팁으로 15루블이나 주었고 소피아 이바노브나의 애견 슈제트가 그의 눈앞에서 다리를 다쳐

피를 흘리자 조금도 주저함이 없이 장식선이 달린 고급 마직 손수건을 찢었다
——이런 손수건은 한 다스에 15루블이 넘는다는 것을 소피아 이바노브나는 잘
알고 있었다——그리고 그것으로 강아지의 붕대를 만들어 주었다. 고모들은 아
직 이런 사람을 본 일도 없었고, 하물며 이 센보크가 20만 루블이나 되는 빚을
짊어지고 있다는 것은 꿈에도 알지 못했다. 그는 이 빚을 절대로 갚을 수가 없
다는 것을 알고 있었기 때문에 25루블쯤 있건 없건 문제가 아니었다.

센보크는 단 하루 있었을 뿐, 이튿날 밤 네흘류도프와 함께 떠나갔다. 돌아가
기로 한 날짜가 다 되었으므로 두 사람은 더 머물러 있을 수가 없었다.

고모집에서 마지막 하루를 보낸 네흘류도프는 전날 밤의 기억이 생생하게 남
아 있었으므로 마음속에서 싸우는 두 개의 감정에 시달림을 받았다. 그 하나는
——비록 그것이 예상했던 것보다 훨씬 덜 만족스럽기는 했지만 관능적인 추억
과 목적을 이루었다는 어떤 종류의 자기 만족이고, 하나는——무언가 몹시 나
쁜 짓을 해 버렸다, 이것은 고쳐지지 않으면 안 된다, 그것도 그녀를 위해서가
아니라 자기를 위해서 고쳐야만 한다는 자기 반성 같은 것이었다.

그가 빠져 있던 에고이즘의 격렬한 소용돌이 속에서 네흘류도프는 단지 자기
만을 생각하고 있었다. 그가 그녀에게 저지른 죄를 사람들이 안다면 그를 비난
할까, 어느 정도 비난할까 하는 생각만 하고 그녀가 어떤 생각을 하고 앞으로
어떻게 될 것인가의 생각은 조금도 하지 않았다. 그는 센보크가 자기와 카튜샤
의 관계를 알아챘다고 생각했다. 그리고 이것이 그의 자존심을 달콤하게 만족시
켜 주었다.

"옳지, 이제 알았어. 자네가 갑자기 고모집에 일주일이나 머물러 있었던 까
닭을 말이야."

센보크는 카튜샤를 보자 그에게 말했다.

"나 역시 자네였더라도 떠나지 않았을걸. 굉장한 아가씨야!"

네흘류도프는 다시 이렇게도 생각했다. 그녀와 실컷 재미를 보지 못한 채 이
렇게 떠나 버린다는 것은 섭섭하지만 그러나 어차피 오래 이어지지도 못할 이
관계를 빨리 청산해 버린다는 점에서는 잘 됐다고. 그리고 다시 카튜샤에게 돈

을 줄 필요가 있다고 생각했다. 그것도 그녀를 위해서가 아니라, 언젠가는 그
돈이 필요할 때가 오리라는 생각에서가 아니라, 그저 사람들이 다 그렇게 하듯
이, 또 그녀를 쾌락을 위해 건드려 놓고 그 대가를 지불하지 않는다면 불성실한
인간으로 보일 것이라는 이유 때문이었다. 그래서 그는 자기와 그녀의 입장을
생각하여 적당하다고 생각되는 돈을 그녀에게 주었던 것이다.

떠나는 날 저녁 식사 뒤 그는 현관에서 그녀를 기다렸다. 그녀는 그를 보자
얼굴을 확 붉히고 눈으로 열려 있는 하녀 방의 문을 가리키며 그의 곁을 지나가
려 했다. 그러나 그는 그녀를 붙잡았다.

"작별 인사를 할까 해서."

그는 1백 루블짜리 지폐를 넣은 봉투를 접으면서 말했다.

"이건 나의……."

그녀는 그 의미를 깨닫고 얼굴을 찌푸리고 머리를 저으면서 그의 손을 밀어
냈다.

"받아 둬."

그는 속삭이듯 말하고 그녀의 품에다 봉투를 밀어넣고는 화상이라도 입은 사
람처럼 얼굴을 찡그리고 신음 소리를 내면서 자기 방으로 뛰어갔다.

그런 뒤 오랫동안 그는 방 안을 서성이면서 그 날 밤의 일들을 생각하고는 심
한 육체적 고통이라도 느끼는 듯 몸을 뒤틀고 울적해져서 신음 소리를 내며 저
도 모르게 발을 굴렀다.

'그렇다고 대관절 어떻게 하면 된단 말인가! 언제나 이런 식으로 끝나게 마련
이다. 셴보크의 말을 들으면 그 사람은 가정 교사 사이에 이런 일이 있었다고
했고 그리샤 삼촌도 그랬었고, 아버지 역시 시골에 살 때 시골 처녀에게 미젠카
라는 사생아를 낳게 해서 지금도 그 아이는 잘 살고 있지 않은가. 모두들 그렇
게 하고 있다. 그러니 이것은 잘못된 일이 아니야.'

그는 이런 식으로 스스로를 달래 보았으나 아무래도 마음이 편하지 않았다.
이 추억은 그의 양심을 불태웠다.

마음속 가장 깊숙한 곳에서 그는 자기가 참으로 추악하고 비열하고 잔혹한 행

위를 했다는 것, 그리고 이 행위의 의식 때문에 남을 비난하기는커녕 사람들의 눈도 똑바로 쳐다볼 수 없다는 것을 알고 있었다. 예전처럼 자기를 훌륭하고 고상하고 너그러운 청년이라고 생각한다는 것은 꿈에도 생각 못 할 일이었다. 그러나 명랑하고 즐거운 생활을 계속하려면 자기를 그런 청년이라고 생각하지 않으면 안 되었다. 그리고 그것을 위한 방법은 단 한 가지, 그녀와의 일들을 생각하지 않는 일이었다. 그래서 그는 그렇게 해 왔다.

그가 들어간 세계——새로운 환경, 친구들, 전쟁 등 모두가 이 목적에 도움이 되었다. 그래서 그는 시간이 흐를수록 그 일들을 잊어버렸고 나중에는 정말 기억 속에서 깨끗이 사라지고 말았다.

단 한 번, 전쟁이 끝난 뒤 카튜샤를 만나고 싶어 고모집에 들른 적이 있었으나, 그 때는 카튜샤가 이미 떠나고 없다는 것, 그가 떠난 지 얼마 안 되어 아이를 낳기 위해 집을 나가서 어디선지 아이를 낳았는데 고모들이 들은 소문으로는 완전히 타락해 버린 모양이라고 했다. 이 말을 듣고 그는 마음이 아팠다. 달수를 따져 보니 그녀가 낳은 것은 자기의 아이일지도 몰랐지만 덮어놓고 그렇다고 할 수도 없었다. 고모들은 그녀가 타락한 것은 본디 바람기 있는 어머니를 닮았기 때문이라고 말했다. 고모들의 이 비난은 그를 감싸 주는 것 같아 기분 좋게 들렸으나, 그래도 처음에는 그녀와 아기를 찾을까 생각했으나 이윽고 마음속으로 그것을 생각하기가 너무나 고통스럽고 부끄럽다는, 바로 이 이유 때문에 찾는 데 필요한 노력을 하지 않고 끝내 자기의 죄를 잊어버린 채 그것을 잊어버리게 되고 말았다.

그런데 지금 이 놀라운 우연이 그에게 모든 것을 고통스럽게 회상시켜 주고 지난 10년 동안 마음에 이 같은 죄를 품고서도 편안하게 살아 올 수 있었던 자기의 무정함, 냉혹함, 비열함을 보상할 것을 요구했다. 그러나 그의 마음은 아직도 이를 인정하기에는 거리가 멀었고 지금은 단지 모든 것이 명백하게 드러나지 않았으며, 그녀와 변호사가 뭇사람들 앞에서 자기의 치욕을 드러내 주지 말았으면 하는 생각만 하고 있었다.

19

법정의 배심원 대기실로 네흘류도프가 들어갔을 때의 정신 상태는 이러했다. 그는 창가에 멍하게 앉아 주위에서 주고받는 말을 들으며 연거푸 담배만 피웠다. 배심원 가운데 그 쾌활한 상인은 틀림없이 상인 스멜리코프의 난봉에 공감이 가는 모양이었다.

"한번 놀아 보려면 그쯤 놀아야지. 그야말로 시베리아식이야. 하여튼 그 친구, 눈이 꽤 높았어. 그만한 계집을 찾아 낸 걸 보면."

배심원 대표는 모든 문제는 증거의 감정 여하에 달려 있다는 의견을 말했다. 표트르 게라시모비치는 유대 인 점원과 서로 무슨 농담을 하면서 큰 소리로 웃고 있었다. 네흘류도프는 묻는 말에 대해서만 가볍게 대답하고는 자기를 가만히 내버려 둬 주기만 바랐다.

한쪽으로 기우뚱하게 걸음을 걷는 정리가 배심원들을 다시 부르러 왔다. 네흘류도프는 자기가 재판을 하러 가는 것이 아니라 재판을 받으러 끌려나가는 것 같은 두려움을 느꼈다. 그는 마음속으로는 자기가 얼굴을 들고 다닐 수 없는 악한이라는 것을 느끼고 있었지만 그래도 몸에 밴 습관대로 자신만만하게 단상에 올라가 배심원 대표의 자리에서 두 번째 자리에 다리를 포개고 앉아 코안경을 만지작거렸다.

피고들도 어디론지 끌려갔다가 다시 끌려왔다.

법정에는 새로운 증인들이 나와 있었다.

네흘류도프는 마슬로바가 비단과 빌로드로 몸을 감은 살이 찐 어느 부인에게로 여러 번 눈길을 보내는 것을 보았다. 그 부인은 큼직한 리본을 단 운두 높은 모자를 쓰고 팔꿈치까지 드러난 팔에 우아한 손가방을 걸치고 난간 앞의 첫째줄에 앉아 있었다. 나중에 안 일이지만 그녀는 마슬로바가 있던 바로 그 술집의 주인이며 증인 가운데 한 사람인 키타예바였다.

증인들의 인정 신문이 시작되었다. 이름, 종교 같은 것에 대한 질문이 있었다. 그리고 증인들도 선서를 시켜야 할 것인가에 대해 협의한 뒤 다시금 아까의 그 늙은 신부가 다리를 질질 끌다시피하며 들어왔다. 그리고 아까와 같이 비단 제의의 가슴에 걸친 십자가를 만지면서 자기는 유익하고 중대한 일을 집행하고 있다는 확신에 찬 모습으로 증인들과 감정인들에게 선서를 시켰다. 선서가 끝나자 모든 증인들은 물러가고 술집 여주인 키타예바만 남았다. 그녀는 이 사건에 관해서 아는 바를 신문받았다. 키타예바는 겸연쩍은 웃음을 띠고 말끝마다 모자 쓴 머리를 끄덕이면서 독일식 액센트로 상세하고 조리 있게 진술했다.

먼저 안면이 있는 호텔 객실 담당 시몬 카르친킨이 돈 많은 시베리아 상인을 위해서 여자를 데리러 그녀의 술집에 찾아왔다. 그래서 그녀는 루바샤——루보비의 애칭——를 보내 주었다. 얼마 후에 루바샤는 그 상인과 함께 돌아왔다.

"상인은 벌써 기분이 여간 좋지 않았어요."

하고 가볍게 미소를 띠며 키타예바는 계속 말했다. "그리고 우리 집에서 다시 술을 마셨고 아이들에게도 한턱 냈습니다. 그런데 그 분은 돈이 모자라 자기가 홀딱 반한 저 루바샤를 호텔의 자기 방에 심부름을 보내 돈을 가져오게 했던 거예요."

하고 피고 쪽을 돌아보았다.

네흘류도프는 이 때 마슬로바가 보일락말락 웃는 것을 본 듯했는데, 그런 미소는 어쩐지 좋은 인상을 주지 못했다. 야릇한 증오감과 동정이 뒤섞인 감정이 그의 가슴 속에 솟아올랐다.

"마슬로바에 대해서 증인은 어떤 생각을 가지고 있습니다?"

마슬로바의 변호인으로 지명된 판사보가 얼굴을 붉히고 머뭇거리면서 물었다.

"더할 나위 없이 좋은 아이죠."

하고 키타예바는 대답했다.

"교양도 있고요. 좋은 가정에서 자랐기 때문에 프랑스 어도 할 줄 압니다. 이따금 지나치게 술을 많이 마시는 일은 있어도 정신을 잃는 일은 없습니다. 정말 착한 아이예요."

카튜샤는 가만히 여주인을 보고 있더니 문득 배심원 쪽으로 눈을 돌려 네홀류도프의 얼굴에서 시선을 멈추었다. 순간 그녀의 표정이 심각해지더니 험악해졌다. 험악한 한쪽 눈은 역시 사팔눈이었다. 이상하게 번뜩거리는 그녀의 두 눈은 꽤 오랫동안 네홀류도프를 바라보고 있었다. 순간 그는 겁이 덜컥 났으나 그래도 흰자위가 허옇게 빛나는 그 사팔눈에서 눈을 뗄 수가 없었다. 얼음 깨지는 소리, 짙은 안개가 자욱하게 낀 무서운 밤이 그의 머릿속에 되살아났다. 새벽녘에 떠올라 무언가 시커멓고 무서운 것을 비추어 내던 거꾸로 걸린 반달이 특히 생생하게 기억에 떠올랐다. 그를 향해 보고 있는 것 같기도 하고 그의 옆을 보고 있는 것 같기도 한 까만 두 눈이 그 때의 그 시커멓고 무서운 것을 다시 눈앞에 떠오르게 했다.

'눈치챈 모양이로군!'

하고 그는 생각했다. 네홀류도프는 아프게 얻어맞은 것처럼 몸을 움츠리고 욕설이 터져 나오기를 기다렸다. 그러나 그녀는 조용히 한숨을 쉬고 다시 재판장을 바라보기 시작했다. 네홀류도프는 안도의 숨을 내쉬었다.

'아아, 빨리 끝나라.'

하고 그는 생각했다. 그는 이 때 사냥터에서의 기분을 느끼고 있었다. 상처 입은 새를 죽여 버려야 할 때 경험하는 끔찍하고 불쌍하고 화나는 그런 기분을. 아직도 죽지 않은 새가 꿈틀거리고 있을 때, 오히려 불쌍해서 빨리 죽여 잊어버리고 싶은 충동처럼.

네홀류도프는 지금 증인들의 진술을 들으면서 이런 복잡한 감정을 느끼고 있었다.

20

그러나 공교롭게도 사건 심리는 오래도록 계속되었다. 증인들 하나하나의 신문이 끝나고 감정인의 신문도 끝났다. 여느 때와 같이 검사보와 변호인이 거드름을 피우며 쓸데없는 질문을 한 후, 재판장은 배심원들에게 증거물을 검사하도록 명령했다. 증거물은 다이아몬드 반지와 독물을 분석한 시험관으로, 그 물건들은 잘 봉인되어 조그마한 딱지가 붙어 있었다.

배심원들이 그 물건들을 검사하려고 했을 때, 검사보가 다시 일어나서 증거물을 검사하기 전에 의사의 검시 보고를 큰 소리로 낭독해 달라고 요구했다.

될 수 있는 대로 빨리 사건을 끝내 버리고 그 스위스 여자한테 가고 싶은 재판장은 그러한 서류의 낭독은 지루하기만 할 뿐 식사 시간을 늦추는 결과밖에 없다는 것을 잘 알고 있었다. 또한 검사보가 그 낭독을 요구한 것은 그렇게 할 수 있는 권리를 가지고 있음을 인식시키는 데 지나지 않는다는 것도 잘 알고 있었으나 거절할 수 없는 일이라 어쩔 수 없이 승낙했다. 서기는 서류를 꺼내 또다시 L과 R 발음이 정확하지 않은 맥빠진 목소리로 읽어 가기 시작했다.

"외부 검시 결과는 다음과 같음.

① 페라폰트 스멜리코프의 키는 195센티미터."

"꽤 큰 사람이었군."

하고 옆에 앉은 상인이 네흘류도프에게 속삭이듯 말했다.

② 외모로 본 나이는 40세 가량으로 추정됨.

③ 시체는 온몸이 부어 있었음.

④ 살결은 푸르고 군데군데 검은 반점이 있었음.

⑤ 피부 표면에는 크고 작은 여러 개의 물집이 생기고 여러 곳이 벗겨져서 큰 헝겊 조각이 달려 있는 것처럼 보였음.

⑥ 머리카락은 밤색이고, 숱이 많으며, 손으로 만지자 쉽게 빠졌음.

⑦ 눈은 튀어나와 있고 각막은 흐려 있었음.

⑧ 콧구멍, 귀, 입 안에서 거품이 섞인 혈장이 스며나오고 입은 반쯤 열려 있었음.

⑨ 얼굴과 가슴이 몹시 부어 목은 거의 알아볼 수 없었음.

등등.

이렇게 하여 네 페이지 27항목으로 나누어서 방탕 끝에 비참한 삶으로 최후를 마감하고 부어올라서 썩어 가는, 듣기만 해도 끔찍한 키가 크고 뚱뚱한 상인의 시체에 관한 외부 검시 보고가 자세하게 낭독되었다. 네흘류도프가 느낀 막연한 혐오감은 이 검시 보고의 낭독으로 더욱 커졌다. 카튜샤의 생활, 콧구멍에서 흘러나온 혈장, 튀어나온 눈알, 그녀에 대한 이 상인의 소행——이런 것들은 모두 같은 종류의 것으로 이곳 저곳에서 이런 것들이 그를 둘러싸고 삼켜 버릴 것 같은 기분이 들었다.

외부 검시 결과 낭독이 겨우 끝났을 때 재판장은 무거운 한숨을 쉬고 이제야 끝났구나 하고 고개를 들었다. 그러나 서기는 이어 해부 검시에 대한 보고를 낭독하기 시작했다.

재판장은 다시 고개를 숙이고 한쪽 팔꿈치를 세워 턱을 괴고 눈을 감았다.

배심원 가운데 그 쾌활한 상인은 겨우 졸음을 참으면서 가끔 몸을 꿈틀거렸다. 피고들은 그 뒤에 서 있는 헌병들처럼 꼼짝도 않고 앉아 있었다.

"해부 검시에 의해 확인된 사실은 다음과 같음.

① 두 개의 표피는 쉽게 두개골에서 벗겨졌으며 피하 출혈의 흔적은 전혀 볼 수 없었음.

② 두개골의 두께는 보통이며, 조금도 다치지 않았음.

③ 뇌의 경막에 두 군데 약 4인치의 변색된 작은 반점이 있고 뇌막 자체는 윤기 없는 창백한 색을 띠고 있음……."

그 밖에 32항목에 걸쳐 자세하게 씌어 있었다.

그 다음에 입회인의 이름과 서명이 계속되고 끝에 가서 의사의 결론이 있었다. 그것에 따르면 해부 때 발견되어 조서에 적혀진 위, 장, 신장 안의 변화는 술과 함께 위 속으로 들어간 독물의 작용이 스멜리코프의 죽은 원인이었음을 확신을 가지고 결론을 내리는 근거가 된다. 위와 장에 나타난 변화만으로는 어떠한 독물이 위 속으로 들어갔는지 단정하기 어렵다. 그러나 이 독물이 술과 함께 위 속으로 들어갔다는 것은 스멜리코프의 위 속에서 다량의 술이 발견된 것으로도 추측할 수 있다.

"상당히 술을 많이 마시는 사람이었나 보군요."

잠이 깬 상인이 네흘류도프에게 소곤거렸다.

이 보고서의 낭독은 약 한 시간이나 이어졌으나 그래도 검사보는 만족하지 않았다. 보고서 낭독이 여기까지 이르렀을 때 재판장은 검사보를 돌아보고 말했다.

"내장 해부 보고는 필요없다고 생각하는데요."

"아니 그 보고서를 낭독시켜 주시기 바랍니다."

검사보는 비스듬히 몸을 일으키면서 재판장을 보지 않고 말했다. 그 말투에는 이 낭독을 요구하는 것은 자기의 권리이며 그 권리를 포기할 수는 없다, 만약에 거절한다면 상소라도 할 것이라는 기세가 엿보였다.

탐스럽게 턱수염을 기르고 눈꼬리가 처진 것이 선량해 보이는 배석 판사는 위장병 때문에 몹시 괴로운지 지친 표정으로 재판장을 돌아보았다.

"무엇 때문에 그런 걸 읽습니까? 쓸데없이 시간만 끌 뿐입니다. 이런 것은 새 빗자루와 마찬가지로 말끔히 쓸어지지도 않고 청소하는 데 시간만 낭비할 뿐입니다."

금테 안경을 쓴 배석 판사는 아무 말 없이 어둡고 단호한 눈초리로 앞을 지켜보고 있었다. 그는 자기 아내한테서나 삶 전체에서도 행복한 것이라고는 하나도 기대할 수 없는 형편이었기 때문이다.

보고서 낭독이 시작되었다.

"188×년 2월 15일, 아래에 서명한 본관은 법의부 위촉 제638호에 의하여."

하고 서기는 법정 안을 가득 채운 따분한 분위기를 쫓아 버리려는 듯이 모든 사람을 향해 한층 소리를 높여 단호한 목소리로 읽기 시작했다.

"검시관보의 입회 아래 실시된 내장 검사의 결과는 다음과 같다.

① 우측 폐와 심장(6파운드들이 유리병에 들어 있음).

② 위의 내용물(6파운드들이 유리병에 들어 있음).

③ 위(6파운드들이 유리병에 들어 있음).

④ 간장, 비장, 신장(3파운드들이 유리병에 각각 들어 있음).

⑤ 장(6파운드들이 유리병에 들어 있음)."

이 보고서를 읽기 시작했을 때, 재판장은 배석 판사 가운데 한 사람에게 몸을 굽히고 무언가 귓속말을 한 다음, 다시 다른 배석 판사에게 역시 귓속말로 속삭이고 동의를 얻자 여기서 낭독을 중지시켰다.

"법정은 이 보고서를 읽을 필요가 없다고 인정합니다."

하고 재판장은 말했다. 서기는 입을 다물고 서류를 챙기기 시작했고 검사보는 화가 난 듯이 무언가 열심히 쓰고 있었다.

"배심원 여러분, 증거물을 검사하셔도 좋습니다."

하고 재판장은 말했다.

배심원 대표와 배심원 두세 사람이 일어서서 손을 어떻게 움직이면 좋은지, 어느 자리에 놓는 것이 좋은지 난처해하며 테이블로 다가가 반지, 병, 시험관 등을 차례로 들여다보았다. 그 쾌활한 상인은 반지를 자기 손가락에 끼어 보기까지 했다.

"거 손가락 하나 크던데요."

하고 그는 제자리로 돌아오면서 말했다.

"웬만한 오이보다는 굵던데요."

독살당한 상인을 옛날 얘기책에 나오는 무슨 호걸처럼 생각하고 혼자 재미있어하는 모양이었다.

21

증거물에 대한 배심원들의 검사가 끝나자 재판장은 심리가 끝났다는 것을 선포하고, 빨리 끝내고 싶은 마음에서 곧 검사 논고로 들어갈 것을 재촉했다. 재판장은 검사보 역시 사람이니만큼 담배도 피우고 싶고 식사도 하고 싶을 테니 여러 사람의 심정을 헤아려 주리라고 기대했으나, 검사보는 자기 자신에게도 남에게도 관대한 사람이 아니었다.

검사보는 천성이 몹시 우둔한 사람이었는데, 불행히도 중학교를 우등생으로 마쳤고 대학에서는 로마법에 있어서의 용익권에 대한 논문으로 상을 타는 바람에 자기를 대단한 인물로 알고 아주 우쭐해져서――여자들에게 인기가 있음을 알고 더욱 의기양양해졌다. 그 결과 더 말할 수 없이 어리석은 사람이 되었다. 그는 논고에 대한 요청을 받자 금실로 꾸민 제복을 입은 우아한 몸을 자랑하듯 천천히 일으켜, 두 손을 테이블에 의지하고 약간 머리를 숙이며 피고들의 눈길을 외면하면서 법정 안을 한 번 둘러본 다음 천천히 입을 열었다.

"배심원 여러분, 여기서 여러분의 재량에 맡겨지고 있는 이 사건은."
하고 그는 기소장과 보고서를 읽는 사이에 대강대강 손질해 놓은 논고를 읽기 시작했다.

"만약 이러한 표현이 허락된다면, 이것은 매우 특색 있는 범죄입니다."

검사보의 논고는, 그의 의견에 따르면, 이미 명성을 날리고 있는 변호사들의 훌륭한 변론의 역할처럼 커다란 사회적 의의를 갖는 것이어야 했다. 하긴 방청석에는 재봉사 처녀와 여자 조리사와 시몬의 여동생과 마부 한 사람이 있었을 뿐이지만, 그런 것은 아무래도 좋았다. 검사보에게는 언제나 자기 입장의 높이를 과시할 것, 즉 범죄의 심리적 의미의 깊이에 투철하여 병든 사회를 해독시키는 데 신조가 있었다. 선인들의 명성도 이런 데서 비롯된 것처럼.

"배심원 여러분, 여러분이 지금 눈앞에 두고 계시는 사건은 만약에 이러한 표현이 용납된다면 세기말적 특수한 범죄라고도 할 만한 것으로서, 슬픈 퇴폐 현상의, 말하자면 색다른 여러 가지 성질을 띠고 있습니다. 현 사회 구성에 있어서, 말하자면 이 프로세스의 비정한 빛 아래 특히 무방비하게 폭로되고 있는 한 분자가 이 썩어빠진 작용에 끌려 들어가고 있는 것입니다……."

검사보는 한편으로는, 자기 머리에 떠오른 재치있는 문구를 빠짐없이 생각해 내느라고 애쓰고, 한편으로는, 이것이 중요한 점이지만, 잠시도 쉬지 않고 청산유수 같은 웅변을 토하면서 장장 한 시간 15분에 걸쳐 논고를 읽어 나갔다. 그는 단 한 번 말이 막혀 잠시 침을 삼켰을 뿐, 곧 본래대로 돌아가 한층 더 화려한 말솜씨로 그 막혔던 것을 회복시켰다. 그는 때로는 배심원석을 보고 발을 바꿔 놓으면서 부드러운 어조로 호소하는가 하면, 자기 노트에 눈을 떨어뜨리면서 조용한 사무적인 말투가 되었다가, 다시 갑자기 눈빛이 변하며 큰 소리로 꾸짖는 듯한 고발적인 목소리가 되어 방청석과 배심원석을 쳐다보았다. 다만 뚫어질 듯이 그를 바라보고 있는 세 사람의 피고에게만은 한 번도 눈길을 보내지 않았다. 그 무렵 법조계에서 유행되어 지금도 학문의 최신 지식이라고 여겨지는 용어가 그의 긴 논고 속에는 모두 담겨 있었다. 거기에는 유전도, 선천적 범죄성도 있고, 롬브로소(이탈리아의 형법학자)도, 타르드(프랑스의 사회학자)도, 진화론도, 생존 경쟁도, 최면술도, 암시도, 샤르코(프랑스의 최면학자)도, 심지어 데카당스까지 튀어나오는 실정이었다.

검사보가 단정한 바에 의하면, 장사꾼 스멜리코프는 인정 많은 성격을 지닌 늠름하고 순정적인 러시아 인 타입으로, 그의 의심할 줄 모르는 너그러움 때문에 타락한 사람들의 손아귀에 들어가 희생되었다는 것이었다.

검사보는 시몬 카르친킨은 농노제도의 전형적인 산물로 교육도 못 받았고 생활 방식도 없고 종교마저 갖지 않은 비뚤어진 사람이고, 그의 정부인 예브피미아는 유전의 희생자로서 변질자의 온갖 특징을 엿볼 수 있으나, 이 범죄의 주요 원동력은 데카당스의 저질 현상을 대표하는 마슬로바라고 생각했다.

"저 여자는."

하고 검사보는 그녀 쪽은 아예 보지도 않고 말을 이었다.

"교육도 받았답니다……그것은 이 법정에서 여주인의 증언으로 우리는 알았습니다. 저 여자는 읽기와 쓰기를 할 줄 알 뿐만 아니라 프랑스 어까지 알고 있습니다. 저 여자는 고아인 까닭에 이미 범죄의 싹을 지니고 있었던 것이라 생각됩니다만, 지식 계급의 귀족 가정에서 자라났으므로 올바른 노동으로 생활할 수가 있었을 것입니다. 그런데 그 은혜를 저버리고 스스로의 욕망에 몸을 던져 그것을 채우기 위해 술집에 들어갔으며, 그리하여 그 교양을 무기로 동료 여자들을 누르고 인기를 얻었습니다. 그리고 배심원 여러분, 여주인의 증언으로 사실이 드러났듯이 마슬로바는 최근 과학적으로 연구되어, 특히 샤르코 학파에 의하여 밝혀지고 있는 암시로 알려진 신비적인 힘에 의하여 손님을 유혹하는 기술을 터득하여 인기를 누렸습니다. 이 기술로 저 여자는 러시아 민화의 호걸, 선량하고 사람을 잘 믿는 전설 속의 주인공 사드코와 같은 손님을 농락하고, 그 신뢰를 이용하여 먼저 돈을 훔치고, 끝내는 무정하게도 그의 생명을 살해했던 것입니다."

"아니, 저 친구, 너무 우쭐해진 것 같은데."

재판장은 쓰디쓴 웃음을 지으면서 엄숙한 표정을 하고 있는 판사 쪽으로 얼굴을 돌리며 말했다.

"어이없는 바보로군요."

엄격한 판사가 말했다.

"배심원 여러분!"

검사보는 그런 줄도 모르고 날씬한 허리를 우아하게 꿈틀거리며 말을 이어나갔다. "이 피고들의 운명은 여러분들의 손에 달려 있습니다. 아울러 어떤 의미에서는 사회의 운명 역시 여러분의 손에 달려 있습니다. 그것은 여러분의 판결에 의해 사회가 영향을 받기 때문입니다. 바라건대 이 범죄의 의미와 마슬로바와 같은 병원체에 의하여 사회에 끼치는 위험을 충분히 헤아리셔서 이 사회를 감염으로부터 지켜 주시고, 이 사회의 죄없고 선량한 사람들의 감염으로부터, 자주 발생하는 파멸로부터 지켜 주시기 바랍니다."

그리고 눈앞에 다가온 판결의 중대함에 스스로 숙연해진 듯이, 검사보는 자신의 논고에 감격한 듯이 자리에 앉았다.

그의 논고의 요지는 복잡하고 지나치게 수식한 문구를 빼면, 마슬로바가 교묘하게 상인의 신용을 얻은 다음 열쇠를 갖고 호텔 방으로 들어가 돈을 독차지하려 했으나 시몬과 예브피미아에게 들켰으므로 셋이서 나누어 갖지 않으면 안 되게 되었다. 그리고 그 뒤 범죄의 흔적을 감추기 위해 다시 상인과 호텔로 가서 그에게 약을 먹여 독살했다는 내용뿐이었다.

검사보의 논고가 끝나자 변호인 자리에서 프록코트를 입고 풀이 빳빳한 와이셔츠의 가슴을 반원형으로 널찍하게 드러낸 마흔 안팎의 남자가 일어나더니 큰 소리로 당당하게 카르친킨과 보치코바 두 피고를 변호했다. 그는 3백 루블로 이 두 사람에게 의뢰받은 변호사였다. 그는 두 사람을 변호하고 모든 죄를 마슬로바에게 뒤집어씌웠다. 그는 마슬로바가 돈을 훔칠 때 보치코바와 카르친킨이 같은 방에 있었다는 그녀의 진술을 물리치고 독살범이라는 죄상이 뚜렷이 드러난 사람의 증언 따위는 전혀 믿을 가치가 없다고 주장했다. 다시 변호사는 두 사람이 지닌 2천 5백 루블의 돈은 때로는 하루에 3루블에서 5루블의 팁을 손님에게서 받았을 정도로 근면하고 성실한 이들이 저축해서 번 돈일 것이라고 말했다. 그 상인의 돈은 마슬로바가 훔쳐서 누구에게 주었든지 아니면 제정신이 아니었으므로 잃었다고도 생각할 수 있는 것이고 독살은 마슬로바 혼자 저지른 범행이라고 그는 주장했다.

그리고 변호사는 돈을 훔친 범행에 있어서 카르친킨과 보치코바의 무죄를 인정해 달라고 배심원들에게 하소연했다.

만일 두 사람이 돈을 훔친 데 대해 죄를 인정한다고 치더라도 살인에는 관여하지 않았고 미리 꾸민 사실도 없다고 말했다.

변호사는 마지막으로 검사보에게 화살을 돌려 유전에 관한 검사보의 뛰어난 견해는 유전학상의 여러 문제를 뚜렷하게는 하고 있지만, 이 건에는 불필요한 견해다. 왜냐 하면 보치코바는 부모가 누구인지 모르는 고아이기 때문이라고 공박했다. 검사보는 몹시 기분이 상한 표정으로 노트에다 무언지 써 넣고는 경멸

하는 듯한 표정으로 어깨를 움츠리며 어이없어했다.

곧 마슬로바의 변호인이 일어나 조심조심 더듬거리면서 변호를 했다. 그는 마슬로바가 돈을 훔친 범행에 가담한 점에 대해서는 부정하지 않고 다만 그녀는 상인 스멜리코프를 죽일 생각은 전혀 없었으며, 재우고 싶은 한 가지 생각만으로 가루약을 먹였다는 것만 주장했다. 그는 웅변 재주를 자랑하려고 마슬로바는 남자에 의해 타락의 길로 빠져 들어간 것이고 그 남자는 아무런 벌도 받지 않고, 억울하게 그녀만이 모든 무거운 짐을 짊어지지 않으면 안 되었다는 사실의 변론을 시도했으나, 심리적 분야에 대한 그의 긴 논고는 지루하여 듣는 사람 모두가 얼굴을 붉히고 말았다. 그가 남자의 비정과 여자의 무력함에 대해서 어물어물 논하기 시작했을 때 재판장은 그를 도와 주려는 심정에서 사건의 본질에서 너무 벗어나지 말라고 주의시켰다.

이어서 다시 검사보가 일어나 첫번째 변호사에 대해 유전에 관한 자기의 의견을 옹호했으며 보치코바가 비록 부모가 분명치 않은 고아였다 할지라도 유전학설의 진리는 그것으로 조금도 손상되는 것이 아니다. 왜냐 하면 유전의 법칙은 과학에 의해 완전히 기초가 확립되어 있는 것이며, 우리들은 유전에서 범죄의 인자를 찾을 수 있을 뿐만 아니라 범죄에서 유전 인자를 끌어 낼 수도 있기 때문이라고 공박했다. 마슬로바가 가상의 유혹자——그는 특히 가상이라는 말을 독살스럽게 표현했다——에 의해 타락되었다는 가정에 관해서는 온갖 자료가 오히려 그녀야말로 많은 희생자를 그 손으로 타락으로 이끈 유혹자였다는 것을 보여 주고 있다——이렇게 큰소리를 치고 그는 아주 거만하게 앉았다.

이어서 피고인들의 진술이 허락되었다.

보치코바는 아무것도 모르며 아무 일에도 관여하지 않았다는 것만 되풀이했고 모든 것이 마슬로바 혼자서 한 일이라고 끈덕지게 주장했다. 시몬은 단지 몇 번 이렇게 되풀이했을 뿐이었다.

"누가 뭐라 해도 저에게는 아무 죄가 없습니다. 저는 결백합니다."

마슬로바는 아무 말도 하지 않았다.

재판장이 무언가 변명할 것이 있으면 하라는 말하자 그녀는 다만 천천히 눈을 들어 쫓기는 짐승처럼 모든 사람을 돌아보다가 곧 눈을 떨구고 큰 소리로 울음을 터뜨렸다.

"왜 그러십니까?"

네흘류도프의 옆자리에 앉았던 상인이 네흘류도프가 갑자기 이상한 소리를 내는 것을 보고 물었다. 그것은 통곡을 참는 소리였다.

아직도 자기가 지금 처해 있는 입장을 잘 깨닫지 못하고 있었기에 네흘류도프는 간신히 참은 통곡과 눈에 솟구친 눈물을 단지 자기 자신이 심약한 신경 탓이라고 생각해 버렸다. 그는 눈물을 감추기 위해 코안경을 쓰고 손수건을 꺼내 코를 풀었다.

이 법정에 있는 모든 사람들에게 지금 자기 행위가 알려진다면 얼마나 큰 창피를 당해야 할까 하는 두려움이 그의 내부에서 생기기 시작한 양심의 갈등을 짓누르고 있었다. 처음 한순간은 이 공포가 무엇보다도 강했다.

22

피고들의 최후 진술이 끝나고 질문 사항의 형식에 대해 검사측과 변호인측의 제법 긴 시간에 걸친 협의 결과 그 질문 사항이 결정되자 재판장이 사건의 요약을 설명하기 시작했다.

사건을 설명하기에 앞서 그는 유쾌하고 꾸밈없는 목소리로 배심원들에게 강도는 강도이고 절도는 절도이며, 폐쇄된 장소에서의 약탈은 폐쇄된 장소에서의 약탈이고, 개방된 장소에서의 약탈은 개방된 장소로부터의 약탈이라고 장황하게 설명했다. 이런 설명을 하면서 그는 특히 자주 네흘류도프의 얼굴을 바라보았다. 그것은 이 사람이야말로 자기가 말하는 중대한 진리를 깨닫고 동료들에게 납득시켜 주리라는 희망을 걸고 있었기 때문이다. 그리고 배심원 모두가 충분히 이 진리를 이해했다고 생각했는지, 이번에는 또 다른 진리를 부연해서 알기 쉽

게 설명하기 시작했다. 그것은 다름이 아니라 살인이란 사람의 죽음을 불러일으
키는 행위이며, 따라서 독살도 살인 행위라는 것을 지루할 정도로 설명했다. 이
윽고 이 진리도 배심원들이 모두 깨달았다고 생각했는지 그는 또 다음과 같은
것을 설명했다──만약에 절도와 살인이 동시에 이루어졌다면 그런 형식의 범
죄는 절도 살인죄를 구성한다는 것이었다.

그래서 배심원들을 향하여 만일 여러분이 피고가 유죄라고 생각한다면 여러분
은 유죄로 인정할 권리를 가지고 있으며 만약 무죄라고 생각한다면 무죄로 인정
할 권리가 있다. 만약 어떤 점에 있어서는 유죄라고 인정하더라도 다른 점에 있
어서 무죄라고 생각한다면, 한 가지 점에서는 유죄로 인정하고 다른 점에서는
무죄로 볼 수도 있다는 것을 상세히 설명했다. 그리고 덧붙여서 여러분은 이런
권리를 부여받고 있기는 하지만 그것을 이성적으로 판단하지 않으면 안 된다고
설명했다. 그리고 그는 또 만약에 배심원들이 제기된 질문에 대해서 긍정적인
대답을 한다면 그들은 그 질문 속에 들어 있는 모든 것을 인정하는 것이 되지만
만약에 질문에 제기되어 있는 모든 것을 인정하지 않는다면 그것을 인정하지 않
는 까닭을 밝힐 필요가 있다는 점을 설명하고 싶었다. 그러나 시계를 보니 벌써
3시 5분이었으므로 곧 사건을 요약해 설명하기 시작했다.

"이번 사건의 개요는 다음과 같습니다."

하고 말한 다음 변호사와 검사보, 그리고 증인들이 이미 몇 번이나 말한 것을
간추려 되풀이했다.

재판장이 말하고 있을 때, 그 양쪽에 앉아 있는 배석 판사들은 의미 심장한
표정으로 귀를 기울이면서 재판장의 논술은 매우 훌륭하다, 마땅히 갖추어야 할
것은 다 갖추고 있다, 그러나 너무 길어서 탈이라고 생각하며 가끔씩 시계를 들
여다보았다. 검사보와 그 밖의 재판소 관리들도, 법정에 모여 있는 모든 사람들
도 역시 같은 생각이었다. 재판장은 사건의 요약을 끝마쳤다.

이것으로 할 말은 다한 것처럼 느껴졌다. 그러나 좌중을 압도하는 듯한 자신
의 목소리를 듣는 것이 기분 좋았기 때문인지 재판장은 좀처럼 자기의 발언권을
양보하지 않았다. 그는 배심원에게 주어진 권리가 얼마나 중대한가 하는 것, 그

권리를 행사함에 있어서는 사려 깊고 신중해야 하며 절대 판단이 흐려져서는 안 된다는 것, 그들은 선서를 했다는 것, 그들은 사회의 양심이라는 것, 배심원실의 비밀은 신성해야 한다는 것 등등에 대해서 몇 마디 더 주의를 줄 필요를 느꼈다.

재판장이 사건 요약을 시작했을 때부터 마슬로바는 한 마디도 놓치지 않으려는 듯이 눈을 떼지 않고 뚫어지게 그의 얼굴을 바라보고 있었기 때문에 네흘류도프는 그녀와 눈이 마주칠 염려 없이 오랫동안 그녀를 쳐다볼 수 있었다. 오랫동안 헤어져 있던 사랑하는 사람의 얼굴은 처음에는 떨어져 있는 동안에 생긴 외부적인 변화에 놀라움을 느끼지만 서서히 보고 있으면 차츰 몇 해 전의 얼굴과 같은 모습이 되살아나, 외부의 변화는 완전히 없어지고 마음의 눈에 그 사람만이 가진 독특한 정신적 개성의 주요한 표정만이 떠오르는 법이다.

네흘류도프에게도 이러한 현상이 나타났다.

그렇다. 죄수복을 입고 살이 쪄서 가슴이 풍만하게 솟아 오르긴 했지만, 그리고 볼에서 턱 언저리가 토실토실하고 이마와 눈초리에 잔주름이 지고 눈이 약간 부었기는 했지만, 틀림없이 그 성스러운 부활절 아침에 사랑하는 기쁨과 생명의 충만감에 생긋 웃으며 청초하게 그를 쳐다보던 바로 그 카튜샤였다.

'하지만 이 얼마나 놀라운 우연인가! 이 사건의 심리가 바로 내가 배심하는 날에 있을 줄이야. 그리고 10년 동안 한 번도 만나지 못했던 그녀를 이 법정의 피고석에서 보아야 하다니! 그리고 이것은 어떤 결과를 가져올까? 빨리, 아, 빨리 끝나 주었으면!'

하고 그의 마음속에서 회한이 정이 살며시 속삭이기 시작했지만 아직 그는 굴복하지는 않았다. 그는 이것이 아주 우연한 일이며, 곧 지나가 버리고 그의 생활을 방해하는 일은 없겠지 하는 생각이 들었다. 그와 같이 네흘류도프도 이제 자기가 저지른 일의 비열함을 절실히 느끼면서 그래서 아직 자기가 저지른 일에 대한 의미를 깨닫지 못했다. 지금 눈앞에 있는 것이 자기가 뿌린 씨앗의 열매임을 그 역시 아직은 믿고 싶지 않았다. 그러나 그는 눈에 보이지 않는 손에 눌려 아니 달아날 수 없다는 것을 예감하고 있었다. 그래도 그는 아직 약한 마음을 보이지 않고 몸에 밴 습관대로 다리를 꼬고 지루하다는 듯이 안경을 만지면서 자신 있는 자세로 앞줄 두 번째의 자기 자리에 앉아 있었다.

그러나 마음속으로 그는 이미 자기의 그 행위뿐 아니라 거기서 이어지는 자기의 게으르고 나태한, 퇴폐적이고 비정한, 그리고 자기의 만족만을 추구해 온 모든 생활의 냉혹함과 비겁함과 저열함을 뚜렷이 느끼고 있었다. 그리고 그 죄와 거기서 이어진 모든 생활을 하나의 기적이리고 할 수 있는 우연에 의해 지난 12년 동안 줄곧 그의 눈으로부터 가려 온 그 무서운 장막이 이미 걷히기 시작하여 뒤에 숨겨져 있던 실상이 들여다보이는 듯했다.

23

드디어 사건의 개설을 끝낸 재판장은 점잖은 손짓으로 질문서를 집어 들어 그것을 배심원 의장에게 주었다. 배심원들은 이제야 퇴정할 수 있게 되었다고 기뻐하며 마치 무언가 계면쩍은 일이라도 있는 듯이 안절부절 몰라하는 몸짓으로 줄줄이 협의실로 걸어 나갔다. 그들 뒤에서 문이 닫히기가 무섭게 한 사람이 나와서 군도를 뽑아 어깨에 매고 문 앞에서 보초를 섰다. 재판관들도 모두 퇴정했다. 피고들도 어디론가 다시 끌려 나갔다.

배심원들은 협의실로 들어가서 아까와 같이 먼저 담배부터 꺼내 피웠다. 그들은 배심원석에 앉아 있는 동안 저마다 약간은 경험했던 자기들의 부자연스러움과 위선에 대한 어색함을 없애고 홀가분한 기분으로 돌아가 활달하게 얘기하기 시작했다.

"그 처녀는 죄가 없습니다. 끌려들어간 거예요."

사람 좋아 보이는 쾌활한 상인이 말했다.

"정상 참작을 해 줘야 하겠는데요."

"그것을 협의하자는 것이지요."

하고 배심원장이 말했다.

"개인적 감정에 치우쳐서는 안 됩니다."

"재판장의 요약 설명은 홀륭했습니다."

하고 대령이 말했다.

"그렇지, 홀륭하더군! 난 하마터면 졸 뻔했지만요."

"중요한 점은 마슬로바가 공모하지 않았으면 그 두 사람이 돈의 소재를 알 수가 없었다는 것입니다."

하고 유대 인 점원이 말했다.

"그럼 당신 견해로는 그 여자가 돈을 훔쳤다는 말입니까?"

배심원 한 사람이 물었다.

"그건 절대로 틀립니다."

하고 마음 좋은 상인이 외쳤다.

"이건 모두 그 눈이 빨간 독부가 꾸민 일이라구요."

"모두 대단한 사람들이더군."

하고 대령이 말했다.

"하지만 그 여자는 방에 들어가지 않았다고 하지 않습니까?"

"그럼 당신은 그 여자를 믿는군요. 나는 그런 여자는 절대로 믿지 않겠는데요."

"하지만 당신이 믿지 않는다는 것만으로는 이유가 안 되지 않습니까?"

하고 점원이 대꾸했다.

"열쇠를 그 여자가 갖고 있었으니."

"그래서, 어떻다는 건가요?"

하고 상인이 따졌다.

"그럼 반지는요?"

"그것은 그 여자가 말하지 않았소."

하고 또 상인이 거칠게 항의하듯 말했다.

"상인의 성질이 포악한데다 술에 취해 있었으니 그녀를 때린 게죠. 그런데 그

런 뒤에 흔히 있는 일이지만 불쌍해져서, 자 이걸 줄 테니 울지 말아 하고 달랬
겠지요. 아무튼 키가 2미터에 가깝고 체중이 130킬로그램이나 된다는 거한이란
말이오!"

"문제는 그런 데 있는 것이 아닙니다."

하고 표트르 게라시모비치가 가로막았다.

"요는 이 범행을 공모하고 죽인 것이 그 여자냐 아니면 그 객실 담당 여자냐
하는 것입니다."

"그 객실 담당 여자 혼자서는 할 수 없지요. 열쇠를 그 여자가 가지고 있었으
니까."

이런 밑도끝도 없는 이야기가 꽤 오래 계속되었다.

"자, 여러분! 자리에 앉아 심의하기로 합시다."

배심원장이 의장석에 앉으며 말했다.

"그런 여자들은 모두 다 지독히 닳고닳은 여자들이거든요."

유대 인 점원은 말하고 주범을 마슬로바로 보는 자기 주장이 타당하다는 예로
써 한 창부가 가로수길에서 그의 친구의 시계를 훔친 이야기를 했다. 그러자 그
의 말을 받아서 퇴역 대령이 은으로 만든 사모바르 도난 사건에 관한 놀라운 실
례를 이야기했다.

"여러분, 질문 사항의 심의를 해 주십시오."

연필로 책상을 두드리면서 배심원 의장이 말했다. 모두 조용해졌다. 질문 사
항은 다음과 같이 제시되어 있었다.

① 크라피벤스키군(郡) 보르키 마을의 농민 시몬 페트로프 카르친킨(33세)
은 188×년 1월 17일, N시에서 금품 강탈을 목적으로 상인 스멜리코프의 살
해를 도모하여 다른 동료와 공모 끝에 코냑에 독약을 타서 주어 스멜리코프를
그대로 죽게 하고 약 2천 5백 루블의 돈과 다이아몬드 반지 1개를 훔친 건에
대해 유죄로 할 것인가?

② 평민 예브피미아 이바노브나 보치코바(43세)는 제 1 항에 기재된 건에 대

해 유죄로 할 것인가?

③ 평민 예카테리나 미하일로바 마슬로바(27세)는 제1항에 기재된 건에 대해 유죄로 할 것인가?

④ 만약 피고 예브피미아 보치코바가 제1항의 건에 대하여 무죄라 한다면, 동피고는 188×년 1월 17일, N시에 '마브리타냐' 호텔에 근무 중 같은 호텔에 숙박 중이던 상인 스멜리코프의 방에 있었던 열쇠가 잠긴 가방 속에서 2천 5백 루블의 돈을 훔치기 위해 동피고가 가진 열쇠로 가방을 열고 목적을 이룬 데 대하여 무죄인가?

배심원 의장은 제1문을 읽었다.

"어떻습니까, 여러분?"

이 문제에 대한 해답은 곧 정해졌다. 모두 그가 독살에도 강탈에도 가담했음을 인정하고,

"유죄지요."

하고 동의했다. 카르친킨을 유죄라고 인정하는 데에 뜻을 달리한 사람은 협동조합원인 노인 한 사람뿐이었다. 특히 그는 모든 항목에 걸쳐 피고들을 옹호하는 답변을 했다.

배심원 의장은 노인이 사건 내용을 잘 알지 못하는 줄 알고 카르친킨과 보치코바가 유죄라는 것은 모든 점에서 의심의 여지가 없다는 것을 노인에게 설명했다. 그러자 노인은, 그것은 알고 있지만 동정을 해 주는 것이 가장 좋은 일이 아니냐고 대답했다.

"우리들 자신은 신이 아니란 말입니다."

노인은 완고하게 자기 주장을 굽히지 않았다.

보치코바에 관한 제2문에 대해서는 긴 토의와 설명 끝에 '무죄'라는 답이 나왔다.

그녀가 독살에 가담했다는 뚜렷한 증거가 없었기 때문이며 증거가 없다는 것을 특히 끈질기게 주장한 것은 그녀의 변호인이었다.

상인은 마슬로바를 무죄로 하려고 보치코바가 모든 일의 주모자라고 주장했다. 대개의 배심원들이 그의 뜻에 따랐으나 배심원 의장은 공정하기를 바란다면서 보치코바가 독살에 참가했다는 것을 인정할 증거가 없다고 우겼다. 오랜 토의 결과 배심원 의장의 의견이 승리했다.

보치코바에 관한 제4문은 '그렇다, 유죄다.'라는 답이 되었다──그리고 협동 조합 노인의 주장에 따라 '그러나 정상 참작을 해야 한다.'고 덧붙였다.

마슬로바에 관한 제3문은 심한 논쟁을 불러 일으켰다. 배심원 의장은 독살에도 강탈에도 그녀의 유죄를 주장했다. 마음씨 좋은 상인은 그 말에 반대하였고 대령, 점원, 협동 조합 노인이 상인을 지지했다. 다른 사람들은 우물쭈물하고 있었으나 배심원 의장의 의견이 차츰 우세해지기 시작했다. 그것은 배심원들이 모두 피곤해져서, 빨리 해방이 되어 휴식을 취하기를 바라기 때문이라고 생각되었다.

법정의 심리에서 볼 수 있었던 모든 점으로 추측하거나 또한 네흘류도프가 알고 있는 마슬로바의 성격으로 보더라도 그는 강탈에도 독살에도 그녀가 무죄임을 믿고 있었다. 그래서 처음에는 모두가 그것을 인정해 줄 것으로 알았다. 그런데 상인의 졸렬한 변호와(마슬로바의 육체가 마음에 든 모양이고 본인도 그것을 숨기려 하지 않았다.) 다름 아닌 그 속셈을 눈치챈 의장의 반론 때문에 그리고 무엇보다도 모두가 피곤에 지친 결과로 유죄 쪽으로 기울기 시작한 것을 보았을 때 네흘류도프는 반론을 제기하려고 생각했다. 그러나 마슬로바를 변호한다는 것이 그로서는 두려웠다. 곧 모든 사람들에게 그녀와의 관계가 알려져 버릴 듯한 생각이 들었기 때문이다. 그러나 그는 이대로 버려 둘 수는 없으며, 아무래도 반론하지 않으면 안 된다고 느꼈다. 그의 표정이 붉으락푸르락하며 입을 열려는 순간 그 때까지 잠자코 있던 표트르 게라시모비치가 배심원 의장의 강압적인 어투에 신경이 거슬렸는지 갑자기 그를 반대하며 네흘류도프가 말하려던 것과 똑같은 말을 하기 시작했다.

"실례입니다만, 그 여자가 열쇠를 가지고 있었기 때문에 그 여자가 돈을 훔쳤다고 당신은 말씀하십니다만, 가령 호텔 하인들이 그 여자가 돌아간 뒤에 다른 열쇠로 가방을 열 수는 없었을까요?"

하고 그는 말했다.

"그래요, 바로 그 점입니다."

하고 상인이 맞장구를 쳤다.

"그 여자는 돈을 훔칠 수 없었다고 봐야 할 것입니다. 왜냐 하면 그런 입장으로서는 돈을 감추려고 해도 감출 길이 없으니까요."

"내가 말하는 것도 바로 그 점입니다."

하고 상인이 또 동조를 했다.

"오히려 그 여자가 호텔에 왔던 것이 객실 담당 하인들에게 힌트를 주어 그들은 그 기회를 이용했고 그 나머지는 모든 죄를 그 여자에게 뒤집어씌웠다고 봐야 할 것입니다."

표트르 게라시모비치는 흥분한 목소리로 말했다. 그리고 이 흥분이 배심원 의장에게 옮겨져서, 그 때문에 배심원 의장도 고집을 부려 자기의 반대 의견을 고집했다. 그러나 표트르 게라시모비치의 말에는 강한 설득력이 있었으므로 대다수의 사람들이 그 의견에 뜻을 같이하여 마슬로바는 돈과 반지를 훔친 건에는 관계하지 않았으며 반지는 상인이 직접 그녀에게 준 것이라는 것을 인정했다. 그녀가 독살에 관계했느냐는 점에 논의가 옮겨지자 그녀의 열렬한 옹호자인 상인은 그 여자가 그를 죽여야 할 까닭이 아무것도 없었으니까 그 여자를 무죄로 봐야 한다고 주장했다. 배심원 의장은 그 여자 자신이 가루약을 타 준 것을 인정하고 있으니만큼 무죄로 할 수는 없다고 우겼다.

"수면제인 줄 알고 주었다지 않습니까."

하고 상인이 말했다.

"수면제로도 생명을 빼앗을 수는 있습니다."

하고 문제에서 벗어나기를 좋아하는 대령이 참견을 하여 수면제 작용으로 일어나는 여러 가지 결과에 대해 이야기를 계속했다.

"아, 벌써 4시가 지났습니다, 여러분."

배심원 하나가 말했다.

"그럼 어떻게 할까요, 여러분?"

배심원 의장이 그들을 둘러보며 말했다.

"유죄로 인정하나 강탈할 의도가 없고 금품을 훔치지 않았다. 이렇게 되나요?"

표트르 게라시모비치는 자기 승리에 만족하여 동의했다.

"단 정상을 참작해야 합니다."

상인이 덧붙였다.

모두들 동의했다. 그러나 협동 조합 노인만이 '무죄'로 해야 한다고 강력하게 주장했다.

"하지만 이것은 마찬가지가 됩니다."

배심원 의장이 설명했다.

"강탈할 의도가 없고 금품을 훔치지 않았다면 즉 무죄가 되는 거지요."

"거기다 정상 참작을 하게 된다면 나머지는 이제 마지막 손질뿐입니다."

하고 상인이 명랑한 목소리로 말했다.

모두들 너무나 지쳐 있었고, 토론으로 머리가 혼미백산해졌으므로 답신서에 '유죄임. 단 살해할 의도는 없었음.'

이라고 덧붙여야 하는 것을 깨달은 사람은 아무도 없었다.

네흘류도프도 역시 흥분하여 그것을 깨닫지 못했다.

라블레가 쓴 글에 이런 것이 있다. 어떤 법률가가 소송의 재결을 해야 했을 때 온갖 법조문의 예를 들고 무미 건조한 라틴 어 법률서를 20페이지나 읽은 끝에 배심원들에게 주사위를 던지라고 제안했다. 짝수가 나오면 원고가 이기고 홀수가 나오면 피고가 이긴다는 것이었다.

이 경우도 이것과 다를 바 없었다. 다른 결정이 아니라 이 결정이 채택된 것은 배심원 일동의 의견이 일치했기 때문이 아니라 첫째, 재판장이 그토록 길게 사건 요지의 설명을 늘어놓았으면서도 이번 경우에는 어쩐 일인지 언제나 말하는 즉 배심원이 답신할 때 '유죄다, 단 살해할 의도는 없었다.'고 대답할 수가 있다는 주의를 주지 않았기 때문이며 둘째, 대령이 수면제 작용으로 일어나는

여러 가지 결과에 대해 너무 지루할 정도로 오랫동안 늘어놓았기 때문이며 셋째
로, 네흘류도프 자신이 너무 흥분해 있었기 때문에 '살해할 의도는 없었음'이라
는 조항이 빠진 것을 모르고 '절도할 의사 없었음'이라는 조항이 곧 유죄를 부
정하는 것인 줄만 알았기 때문이며 넷째, 배심원 의장이 질문 사항과 답신서를
읽으면서 재확인을 요구했을 때 공교롭게도 표트르 게라시모비치가 밖에 나가
있었기 때문이며, 그리고 마지막으로 가장 큰 이유는 모두들 피곤에 지쳐 어서
이 일에서 해방되고 싶은 마음이 앞서 빨리 끝낼 수 있는 의견에 동의하려는 기
분이 지배적이었기 때문이었다.

　배심원들이 벨을 울렸다. 칼을 빼들고 문 앞에 서 있던 헌병이 칼을 칼집에
도로 꽂고 옆으로 비켜 섰다. 재판관들이 자리에 앉자 배심원들이 차례로 나왔
다.

　배심원 의장이 정중하면서도 엄숙한 동작으로 답신서를 받쳐들고 재판장 앞으
로 나가서 그것을 건네 주었다. 재판장은 쭉 읽고 나자 놀란 듯이 두 손을 벌리
고 판사들을 돌아보며 무엇인가 의논했다. 재판장이 놀란 것은 배심원들이 '절
도할 의사 없었음'이라고 첫째 조항은 붙여 놓고 '살해할 의사는 없었음'이라고
둘째 조항을 붙이지 않은 것이었다. 다시 말하면 배심원들의 결정에 따르면 마
슬로바는 훔치지도 빼앗지도 않았으나 아무런 목적도 없이 사람을 죽인 결과를
가져온 셈이다.

　"좀 봐요, 이거 참 어리석은 결론을 내렸군."
하고 재판장은 왼쪽 판사에게 말했다.

　"이렇게 되면 유형감인데……하지만 저 여자는 죄가 없어."

　"아니 어째서 죄가 없다는 겁니까?"
하고 엄격한 얼굴의 판사가 말했다.

　"요컨대 죄가 없기 때문이지. 이것은 제818조에 적용되는 거예요." (제818
조에는 재판관은 유죄 판결이 부당하다고 인정할 경우, 배심원의 결정을 파기할 수 있다
는 것이 규정되어 있었다.)

　"당신 의견은?"

하고 재판장이 사람 좋은 판사를 돌아보았다.

사람 좋은 판사는 얼른 대답을 하지 않고 자기 앞에 놓여 있는 서류 번호를 보고 그 숫자를 합쳐 보았다. 셋으로 나누어지지 않았다. 셋으로 나누어지면 동의하려고 점을 쳤던 것이다. 나누어지지는 않았지만 그는 호인인 까닭에 동의했다.

"글쎄, 그게 타당하겠는데."

하고 그는 대답했다.

"당신은?"

재판장은 성 잘 내는 판사 쪽으로 얼굴을 돌렸다.

"절대로 반대입니다."

그는 딱 잘라 말했다.

"그렇지 않아도 신문은 배심원들이 범죄자를 옹호한다고 쓰고 있습니다. 만일 재판관이 이것을 무죄로 한다면 또 무슨 소리를 떠들어 댈지 몰라요. 나는 절대로 인정하지 못합니다."

재판장은 시계를 들여다보았다.

"불쌍하지만 하는 수 없군."

이렇게 말하고 재판장은 답신서를 배심원 의장에게 주고 읽으라고 재촉했다.

모두들 일어섰다. 배심원 의장은 발을 고쳐 디디고 마른 기침을 하고는 질문서와 답신서를 읽었다. 서기와 변호사와 검사보까지 관계자 모두가 놀라는 기색을 보였다.

피고들은 답신서의 뜻을 모르는 모양인지 무표정한 얼굴로 앉아 있었다. 모두들 다시 앉았다. 재판장은 어떤 구형을 하겠느냐고 검사보에게 물었다.

검사보는 마슬로바에 관한 뜻밖의 성공을 기뻐하며 그것을 자기의 멋진 논고 때문이라고 믿고 법률서의 책장을 뒤져서 대충 읽고 나더니 엉거주춤 일어나서 말했다.

"시몬 카르친킨은 형법 제 1452조 및 제 1453조 제 4 항에 의거하여, 예브피미아 보치코바는 형법 제 1659조에 의거하여, 예카테리나 마슬로바는 형법 제

1454조에 의하여 처벌되어야 한다고 생각합니다."

그 형은 모두 생각할 수 있는 한 가장 엄한 것이었다.

"재판관은 판결문 작성을 위해 일단 퇴정합시다."

하고 재판장은 일어서면서 말했다.

잇달아 모두 일어났다. 안도감과 임무를 훌륭히 끝마쳤다는 흐뭇함을 느끼면서 밖으로 나가는 사람도 있고 법정 안을 이리저리 왔다갔다하는 사람도 있었다.

"정말 우리는 어처구니없는 실수를 해 버렸군요."

표트르 게라시모비치가 네흘류도프 쪽으로 다가오면서 말했다. 마침 배심원 의장이 네흘류도프에게 무언가 얘기하고 있을 때였다.

"우리는 그 여자를 징역으로 몰아넣고 말았습니다."

"뭐라구요?"

네흘류도프는 저도 모르게 소리쳤다. 이 때만은 그도 이 교사가 가까운 척하는 것이 조금도 눈에 거슬리지 않았다.

"그렇지 않습니까?"

하고 그는 말했다.

"우리는 답신서에 '유죄이나 살해할 의사는 없었음'이라는 보충 기재를 하지 않았으니까요. 방금 서기한테 들었는데 검사보는 그 여자에게 15년의 유형을 구형했다고 합니다."

"하지만 여러분이 그렇게 결정하신 거니까."

하고 배심원 의장이 말했다.

표트르 게라시모비치는 그녀가 돈을 훔치지 않았으니까 생명을 뺏을 의도를 가졌을 리가 없다는 것은 뻔한 노릇이라고 대들기 시작했다.

"나는 법정에 나오기 전에 답신서를 다시 읽었습니다."

하고 배심원 의장은 변명했다.

"그런데 아무도 반대하지 않았잖습니까?"

"나는 그 때 방에 없었습니다."

하고 표트르 게라시모비치가 말했다.

"당신은 뭘 했습니까, 하품이라도 하고 계셨나요?"

"나는 전혀 깨닫지 못했어요."

하고 네흘류도프는 말했다.

"깨닫지 못한 것으로는 일이 되지 않습니다."

"그러나 이런 것은 정정할 수 있겠지요?"

하고 네흘류도프는 말했다.

"이젠 안 될걸요. 끝났으니까요."

네흘류도프는 피고를 보았다. 그들은 이미 그 운명이 결정된 줄도 모르고 헌병의 감시를 받으며 나무 칸막이 너머 자기들 자리에 가만히 앉아 있었다. 마슬로바는 미소를 머금고 있었다. 그 순간 네흘류도프의 마음속에 무언가 좋지 못한 감정이 꿈틀거렸다. 조금 전까지만 해도 그녀가 무죄가 되어 이 거리에 머물 것을 예측하고 그녀에 대해 어떤 행동을 보이면 좋을까 하고 망설이고 있었다. 정말 그것은 힘들고 무거운 짐이었다. 그러나 유형과 시베리아가 그녀와의 연결 가능성을 깨끗이 없애 주었다. 미처 숨이 끊어지지 않고 갇힌 새는 곧 퍼덕거리지 못하게 될 것이며 자신의 존재를 상기시키지도 않게 될 것이다.

24

표트르 게라시모비치의 예상은 옳았다.

회의실에서 돌아온 재판장은 판결문을 들고 낭독하기 시작했다.

188×년 4월 28일, 황제 폐하의 명령에 의하여 N지방 재판소 형사부는 배심원 여러분의 결의에 따라 형법 제771조 제3항, 제776조 제3항, 및 제777조에 의거 다음과 같이 선고한다.

　농민 시몬 카르친킨(33세) 및 평민 예카테리나 마슬로바(27세)에게서 모든 공민권을 박탈하고, 카르친킨을 징역 8년, 마슬로바를 징역 4년의 유형에 처한다. 다시 두 사람에게는 형법 제28조에 의한 항목을 추가한다. 평민 예브피미아 보치코바(43세)는 개인적 및 신분상의 모든 특권 및 재산을 박탈하고, 3년의 금고형에 처한다. 다시 형법 제49조에 의하여 항목을 추가한다. 본 사건의 재판에 든 비용은 각 피고의 균등 부담으로 한다. 그들에게 능력이 없을 경우는 국가가 이를 부담한다. 본 사건의 증거물은 공매에 붙이고 반지는 되돌려 주고, 유리병은 없앤다.

　시몬 카르친킨은 여전히 몸을 쭉 펴고 두 손의 손가락을 펴서 바지 솔기에 꼭 갖다 대고는 볼을 실룩거리며 서 있었다. 보치코바는 태연스러워 보였다. 마슬로바는 판결을 듣고 얼굴이 새빨개졌다.
　"난 죄가 없어요, 너무 억울해요!"
　갑자기 그녀가 온 법정 안에 울릴 만큼 큰 소리로 외쳤다.
　"너무합니다. 나한테는 죄가 없어요. 그런 일은 바라지도 생각지도 않았어요. 거짓말이 아녜요, 정말이에요!"
　이렇게 말하고 의자에 주저앉아 울음을 터뜨렸다.
　카르친킨과 보치코바가 퇴정하고 나서도 그녀는 그냥 울고 있었으므로, 헌병은 하는 수 없이 그녀의 죄수복 소매를 잡아당겨 끌어 냈다.
　"아니, 이대로 내버려 둘 수는 없다."
　조금 전의 좋지 못한 감정은 다 잊고 네흘류도프는 이렇게 중얼거리고는, 무엇 때문인지 자기도 모른 채 다시 한 번 그녀를 보기 위해 재빨리 복도로 나갔다. 문간에는 일이 끝난 데 만족한 배심원들과 변호사들이 밖으로 나가려고 꽉차 있어서 통로가 막혀 그는 한참 동안 서 있었다. 가까스로 복도에 나와 보니, 그녀는 벌써 저 멀리로 사라져 가고 있었다. 그는 사람들의 눈길을 끄는 것도 생각지 않고 빠른 걸음으로 쫓아가 그녀 앞에 멈춰 섰다. 그녀는 이미 울음을 그치고 있었으나 가끔 훌쩍이면서 벌겋게 얼룩진 얼굴을 머릿수건 끝으로 닦으며, 돌아보지도 않고 그의 옆을 지나갔다. 그녀를 보내고 난 그는 재판장을 만나기 위해 서둘러 되돌아갔으나 재판장은 이미 나간 뒤였다.

네흘류도프는 수위실 앞에서 가까스로 그를 만날 수 있었다.

"재판장님!"

하고 그는 재판장에게 다가가면서 불렀다. 재판장은 벌써 얇은 회색 외투를 입고 수위가 내미는 은손잡이가 달린 난장을 막 손에 드는 참이었다.

"방금 판결된 사건에 대해 좀 드리고 싶은 말씀이 있습니다. 저는……배심원입니다."

"네, 알고 있습니다. 네흘류도프 공작님이시지요? 정말 영광스럽습니다. 전에도 한 번 뵌 적이 있었지요."

그는 악수를 하면서 말했다. 그는 네흘류도프와 만난 야회에서, 네흘류도프가 젊은이들 가운데에서 가장 멋지고 즐겁게 춤을 추던 일을 회상하며 만족한 듯이 미소를 지었다.

"그래, 무슨 일이신지요?"

"마슬로바에 관한 답신서에 잘못된 점이 있었습니다. 그 여자는 독살의 건에 대해서도 무죄입니다. 그런데도 유죄 판결이 내려지고 말았습니다."

네흘류도프는 침통한 표정으로 말했다.

"법정은 배심원 여러분들이 제출한 답신서에 따라 판결을 내렸을 뿐입니다."

재판장은 문 쪽으로 걸어가며 말했다.

"하기야 그 답신서가 우리 재판관들에게도 약간 타당성이 없는 것같이 여겨지긴 했습니다만."

그는 만약 답신서에 살의에 대한 부정 없이 그냥 '유죄임' 하고 적혔을 때는 결과적으로 고의적 살의가 인정되는 법이라고 배심원들에게 설명하려 했는데 모두들 빨리 끝내기를 재촉하는 듯해 그만 그것을 말하지 못했다는 생각이 났다.

"그건 압니다. 하지만 잘못을 고칠 수는 없을까요?"

"상고할 이유는 언제나 발견되는 법입니다. 변호사에게 말씀해 보시지요."

재판장은 모자를 비스듬히 쓰고 그대로 문 쪽으로 걸어가면서 말했다.

"이건 무서운 일이 아닙니까?"

"사실대로 말씀드리면, 마슬로바 앞에는 두 가지 길밖에 없습니다."

네홀류도프에게 되도록 공손하고 정중하게 대하려고 생각하면서 재판장은 이렇게 말하고 외투깃 위로 단정히 구레나룻을 쓰다듬고는 가볍게 상대방의 팔을 잡고 나가는 문 뒤쪽으로 이끌면서 말을 계속했다.

"공작님도 돌아가시는 길이지요?"

"네."

네홀류도프는 들고 있던 외투를 얼른 입으면서 대답하고 그와 함께 걷기 시작했다.

그들은 상쾌한 햇빛이 내리쬐는 길로 걸어 나갔다. 그러자 포장도로를 달리는 마차의 수레바퀴 소리 때문에 큰 소리로 말하지 않으면 들리지 않게 되었다.

"아시다시피 일이 묘하게 돼 버렸습니다."

재판장은 목소리를 높여 말했다.

"그 마슬로바라는 여자에겐 길이 두 가지밖에 없었으니까요. 거의 무죄나 마찬가지가 되어 미결 기간을 포함한 금고 또는 단순한 구류로 끝나든지, 아니면 시베리아 유형이든──그 밖의 길은 없습니다. 만일 여러분이 '살인할 의도 없었음'이라는 말만 덧붙였더라면, 그 여자는 무죄가 되었을 텐데요."

"그것을 빠뜨리다니, 돌이킬 수 없는 실수를 저질렀습니다."

하고 네홀류도프는 말했다.

"모든 초점이 거기에 있었습니다."

재판장은 싱긋이 웃으면서 말하고는 시계를 보았다.

클라라가 지정한 시간까지 앞으로 45분밖에 남아 있지 않았다.

"이렇게 된 이상 변호사와 다시 의논해 볼 수밖에 없습니다. 상고할 이유를 발견해야 하는데 그런 것은 곧 찾아 낼 수 있을 겁니다. 드보란스카야 거리로 가자."

하고 그는 마부에게 일렀다.

"30코페이카를 주마. 그 이상은 절대 안 돼."

"좋습니다, 나리."

"그럼 안녕히 가십시오. 혹시 내가 도와 드릴 일이 있으면, 드보란스카야 거리의 드보르니코프 아파트로 찾아오십시오. 기억하시기 쉽지요?"

이렇게 말하고 그는 상냥하게 인사하고는 그 곳을 떠나갔다.

25

재판장과의 대화와 상쾌한 바깥 공기가 약간은 네흘류도프의 기분을 가라앉혀 주었다. 그리고 얼마 전까지 느낀 답답한 감정은 아침부터 쭉 있었던 익숙지 못한 상황 속에 있었기 때문에 과장된 것이라는 기분이 들었다.

'정말 놀랍도록 우연한 만남이다! 나는 그 여자의 유명을 덜어 주기 위해서 할 수 있는 모든 일을 해야 한다. 한시라도 빨리 해 주어야 한다. 지금 곧, 그렇지. 지금 당장 재판소로 돌아가 파나린이나 미키쉰의 주소를 알아봐야겠다.'

그는 두 사람의 운명한 변호사를 생각해 냈다.

재판소로 되돌아온 네흘류도프는 외투를 벗고 층계를 올라갔다. 첫번째 복도에서 파나린은 네흘류도프의 얼굴과 이름을 알고 있었으므로 도울 수 있는 일이라면 무엇이든지 돕겠노라고 말했다.

"실은 피곤하기는 합니다만……오래 걸리지 않는 일이라면 말씀을 들어 보기로 하겠습니다. 이리 오십시오."

하고 말하며 파나린은 네흘류도프를 옆방으로 안내했다. 어느 판사의 사무실인 듯했다. 탁자를 사이에 두고 두 사람은 마주 앉았다.

"그래, 용건은?"

"말하기 전에 부탁드리고 싶은 것은."

하고 네흘류도프는 말했다.

"내가 이 문제에 관계하고 있다는 것을 아무에게도 말씀하지 말아 주십시오."

"그야 물론입니다. 그래서요……."

"나는 아까 배심원 노릇을 했습니다만, 죄없는 여자 하나를 유죄에 처하고 말았습니다. 나는 그것이 괴로워서……."

네흘류도프는 자기도 모르게 얼굴을 붉히고 말을 더듬거렸다.

파나린은 힐끗 그를 보고 눈을 빛냈으나 다시 눈을 내리깔고 듣는 자세를 취했다.

"그렇군요."

라고만 말했다.

"죄없는 여자를 유죄로 만들어 버리는 잘못을 저질렀으니 최고 법정에 상고할까 합니다."

"대심원으로 말이지요?"

하고 파나린은 고쳐 말했다.

"그래서 이 문제를 맡아 주셨으면 합니다만."

"이 사건에 드는 모든 사례와 비용은 얼마가 들든 상관 없습니다."

네흘류도프는 말하기 거북한 문제를 빨리 끝내려고 얼굴이 상기가 되어 서둘러 얘기했다.

"아아, 그것은 따로 말씀하기로 합시다."

미숙한 상대에게 따뜻한 미소를 보내며 변호사가 말했다.

"그래 무슨 사건입니까?"

네흘류도프가 대충 이야기했다.

"알겠습니다. 내일 재판 기록을 조사해 보지요. 그러니 모레, 아니 목요일 오후 6시에, 우리 집으로 와 주십시오. 대답해 드리겠습니다. 그럼 되겠지요? 지금부터 좀 해야 할 일이 있어서……."

네흘류도프는 그와 헤어져 복도로 나갔다.

변호사와 이야기했다는 것, 마슬로바를 지키기 위해 빨리 손을 썼다는 것이 그의 기분을 안정시켜 주었다. 그는 거리로 나갔다. 아름다운 날씨였다. 그는 기쁜 마음으로 봄날 공기를 마음껏 들이마셨다. 마부들이 마차를 타라고 권했으나 그는 거절하고 걸었다. 그러자 곧 카튜샤에 대한 일과 자기의 소행에 대한 추억과 상념이 뭉게구름처럼 피어 올라 그의 머릿속에서 빙글빙글 돌기 시작했다. 마음이 우울해지고 모든 것이 참담하게 여겨졌다.

"아니 이건 나중에 잘 생각해 보기로 하자."

하고 그는 스스로에게 밀했다.

"지금은 오히려 이런 답답한 사건을 잊어야 한다."

그는 코르차킨 공작댁의 만찬에 초대받은 기억이 나 시계를 보았다. 아직 그다지 늦지 않았다. 지금부터라도 서두르면 시간에 맞춰 갈 수 있을 것 같았다. 이 때 철도 마차의 방울 소리가 그의 곁을 흘러갔다. 그는 달려가서 마차에 뛰어올랐다. 광장에서 내려 깨끗한 마차로 바꾸어 타고 10분 뒤 코르차킨 댁의 웅장한 저택 앞에 도착했다.

26

"어서 오십시오, 공작님. 여러분이 기다리고 계십니다."

코르차킨 댁의 풍채 좋은 문지기가 영국제 돌쩌귀가 달린 현관문을 열며 방긋 웃으며 말했다.

"식사가 시작되었습니다만 공작님만은 특별히 모시라는 분부였습니다."

문지기는 층계 아래로 가서 위로 통하는 초인종을 울렸다.

"어떤 분들이 와 계시는가?"

하고 네흘류도프는 외투를 벗으며 물었다.

"콜로소프님과 미하일 세르게예비치님입니다. 나머지는 모두 집안분들 뿐입니다."

하고 문지기가 공손하게 대답했다.

층계 위에 프록코트를 입고 흰 장갑을 낀 잘생긴 급사가 나와 말했다.

"공작님 어서 오십시오, 방으로 모시라는 분부십니다."

네흘류도프는 층계를 올라가서 낯익은 화려한 홀을 지나 식당으로 걸어 갔다. 식당에는 식탁을 둘러싸고, 결코 자기 방에서 나온 적이 없는 여주인 소피아 바실리예브나 공작 부인을 뺀 모든 가족이 모여 앉아 있었다. 윗자리에 늙은 코르차킨 공작, 그와 나란히 왼편에 의사, 오른편에 손님인 이반 이바노치 콜로소프 ──이 사람은 예전에 현의 귀족 회장으로서 지금은 은행 중역으로 있으며, 자유주의자인 코르차킨의 동료였다──가 앉아 있었다. 그리고 왼편에 미시의 막내동생을 가르치는 가정 교사 레데르 양과 4살짜리 막내동생, 그와 마주 보는 오른편에 미시의 동생으로 코르차킨 집안의 외아들인 중학 6학년생 페차(이 아이의 시험 때문에 온가족이 이 도시에 머물러 있었다), 그 옆자리가 가정 교사인 대학생, 다시 왼편에 카테리나 알렉세브나──이는 40세 된 노처녀로 슬라브주의자였다──자리가 있었다. 그와 마주 보는 자리는 미하일 세르게예비치, 또는 미샤티레긴이라고도 불리고 미시의 사촌 오빠뻘 되는 사람의 자리였고 아랫자리에 미시, 그리고 그 옆에 아직 손을 대지 않은 한 사람분의 그릇이 놓여 있었다.

"마침 잘 오셨소. 자, 어서 앉으시오. 지금 막 생선요리가 나온 참이오."

늙은 코르차킨 공작은 의치로 조심조심 씹으면서 윗눈꺼풀이 없는 것 같은 벌겋고 탁한 눈을 네흘류도프 쪽으로 돌리고 중얼거리며 말했다.

"스테판!"

하고 그는 입 가득히 음식을 문 채 뚱뚱하고 위엄이 있는 급사를 향해 눈으로 빈 그릇을 가리켰다.

네흘류도프는 코르차킨 공작을 잘 알고 있었고, 식사 자리에서도 여러 번 보았지만 오늘따라 특히 조끼에 걸친 냅킨 위로 유들유들 움직이는 육감적인 입술을 가진 붉은 얼굴과, 기름진 굵은 목, 특히 과식으로 살이 찐, 자못 장군 같아 보이는 모습이 왠지 그에게 불쾌감을 불러 일으켰다. 네흘류도프는 이 위인의 잔인한 성격에 대해서 들은 말이 퍼뜩 생각났다. 그는 지방 장관으로 있을 때,

왜 그랬는지 납득이 가지 않지만——그것은 집안이 워낙 부유하고 좋은지라 근무를 해 가며 출세할 필요가 없었기 때문이다——사람들을 함부로 태형에 처하기도 하고 교수형에 처하기도 했다는 것이다.

"네, 가져갑니다, 공작님."

하고 스테판은 은그릇이 놓여 있는 찬장에서 수프를 뜨는 큰 스푼을 집어 들고, 구레나룻을 기른 잘생긴 급사에게 눈짓을 했다. 급사는 곧 미시의 옆자리에 있는 손을 대지 않은 그릇에 음식을 담아 놓았다. 그 접시 위에는 문장이 한가운데 돋보이도록 빳빳하게 풀을 먹여 맵시 있게 접은 냅킨이 놓여 있었다.

네흘류도프는 차례차례 악수를 나누면서 식탁을 한 바퀴 돌았다. 늙은 공작과 부인들 외에는 모두 그가 다가가자 일어서서 맞이했다. 식탁을 돌면서 대부분은 한 번도 말해 본 적이 없는 사람들과 일일이 악수를 해야 한다는 것이 지금의 그에겐 불쾌하고 우스꽝스러운 일로 생각되었다.

그는 약속 시간에 늦어진 데 대해서 사과하고, 식탁 끝의 미시와 카테리나 알렉세브나 사이의 빈 자리에 앉으려 했다. 그러자 코르차킨 노인은 보드카는 들지 않더라도 새우, 생선을 절인 이크라, 치즈, 청어가 놓여 있는 저 쪽 식탁으로 가서 좀 들라고 했다. 네흘류도프는 배고프지는 않았으나 빵에 치즈를 곁들여 먹다 보니 그만 먹을 수가 없어 게걸스레 먹었다.

"어떻습니까, 사회의 근본을 뒤집어엎으셨습니까?"

하고 콜로소프가 비꼬는 투로 배심원 제도에 반대하는 보수파 신문에 나타난 표현을 쓰면서 말했다.

"죄있는 자는 무죄로 하시고, 죄없는 자를 유죄로 만드는 게 아닙니까. 네?"

"근본을 뒤집는다…… 근본을 뒤집는다라…….."

자유주의자인 친구의 두뇌와 학식을 무한히 믿고 있는 늙은 공작은 웃으면서 이렇게 되풀이했다.

네흘류도프는 실례인 줄 알면서도, 콜로소프에게 아무 대답도 하지 않고 김이 무럭무럭 나는 수프를 잠자코 먹었다.

"이분에게 좀 잡수실 시간을 드리세요."

미시는 '이분'이라는 대명사로 자기들의 친밀함을 보이면서 웃는 얼굴로 말했다.

콜로소프는 아무렇지 않다는 듯, 그를 크게 화나게 한 배심원 제도 반대론의 내용을 큰 소리로 떠들어 댔다. 조카 미하일 세르게예비치가 그 말에 동조하여, 덩달아 그 신문에 실린 또 하나의 논문에 대해서 말하기 시작했다.

미시는 여느 때처럼 매우 우아하고 아름답게 차려 입고 있었으나, 눈에 두드러지지 않는 고상한 차림이었다.

"아마 몹시 피곤하신가 봐요. 시장도 하시고."

네흘류도프가 수프를 다 먹기를 기다렸다가 그녀는 상냥하게 말했다.

"뭐 그렇지도 않습니다. 저, 전람회에 가셨던가요?"

하고 그는 물었다.

"아니에요, 미루었어요. 오늘은 사라마토프 씨 댁에 가서 테니스를 쳤어요. 크룩스 씨는 정말 잘 하세요, 놀랄 정도로."

네흘류도프가 이리로 온 것은 기분을 달래기 위해서였다. 이 집에 있으면 언제나 즐거운 기분이 되었는데, 그것은 이 집 구석구석에서 보이는 고상하고 사치스러운 분위기가 기분 좋게 느껴지기도 했지만, 간지러운 듯한 애무의 분위기가 은근히 그를 감싸기 때문이었다. 그런데 이상하게도 오늘은 이 집안의 모든 것이 싫었다. 문지기에서 널찍한 층계, 꽃다발, 급사, 식탁의 화려한 장식, 나아가서 미시에 이르기까지 모든 것이 그의 가슴에 혐오감을 불러 일으켰다. 미시까지도 오늘의 그에게는 매력이 없었으며 부자연스레 뽐내고 있는 듯이 보였다. 콜로소프의 자신만만한 속물적인 자유주의자인 척하는 말투도 불쾌했고, 늙은 공작의 황소 같은 거만한 호색적인 모습도, 슬라브주의자인 알렉세브나의 프랑스 말도, 가정 교사들의 비굴한 얼굴도, 특히 미시가 '이분'이라는 대명사로 그를 부른 것은 언짢아서 견딜 수가 없었다.

네흘류도프는 미시에 대해서 언제나 두 가지 감정 사이를 왔다갔다했다. 때로는 눈을 가늘게 뜨고 보거나, 어스름 달빛 속에서 보는 듯이 그녀의 모든 것이 그지없이 아름답게 보였다. ……그런데 그것이 우연한 동기로 밝은 햇빛 아래

드러내 놓은 듯 그녀의 모자라는 점이 보였으며, 보지 않으려고 해도 자꾸만 눈에 들어왔다. 오늘은 그런 날이었다. 그의 눈에는 그녀 얼굴의 잔주름까지 다 보였고, 그녀의 머리 모양도 눈에 거슬렸으며, 엄지손가락의 넓적한 손톱도 눈에 띄었다. 그것은 그녀 아버지의 손톱을 연상해 주었다.

"그것은 지루하기 짝이 없는 놀이지요."

하고 콜로소프가 테니스를 평했다.

"우리가 어릴 때 하던 크리켓이 훨씬 재미있습니다."

"아니에요, 해 보시지 않아서 잘 모르시는 거예요. 얼마나 유쾌한 놀인데요."

하고 미시가 대꾸했다. '얼마나'라는 말이 유난히 부자연스럽게 발음된 것같이 네홀류도프는 느껴졌다.

이렇게 불필요한 실랑이가 벌어지자 미하일 세르게예비치와 카제리나 알렉세브나도 끼여들었다. 가정 교사들과 아이들만 침묵하고 있었는데 따분해하는 게 틀림없었다.

"만나기만 하면 말다툼을 하는군."

하고 늙은 공작은 껄껄 웃으며 말한 다음, 조끼에서 냅킨을 떼고 요란스레 의자를 덜거덕거리며 일어났다. 급사가 곧 달려와 의자를 붙잡았다. 그러자 다른 사람들도 자리에서 일어나 향긋한 더운물이 담긴 양칫물 그릇이 놓여 있는 탁자 앞으로 가서 양치질을 하고 아무에게도 관심거리가 못 되는 이야기를 계속했다.

"그렇지 않아요?"

미시는 네홀류도프를 돌아보고, 게임할 때만큼 사람의 성격이 잘 나타나는 것은 없다는 자기의 의견에 동의를 구했다. 그녀는 그의 얼굴에서 진지한 비난의 표정을 본 것 같은 기분이 들었다. 그것은 그녀가 항상 두려워하던 것이었기 때문에 그 원인을 알고 싶었다.

"글쎄, 모르겠는데요. 그런 문제는 한번도 생각해 본 적이 없어서요."

하고 네홀류도프는 대답했다.

"어머니한테 가시겠어요?"

"그러지요."

하고 담배를 꺼내면서 말했으나 그것은 별로 가고 싶지 않다는 말투였다.

그녀는 잠시 묻는 듯한 시선으로 그를 보았다. 그는 마음에 걸렸다. '틀림없이 이건 실례야. 남의 집에 초대받아서 사람들을 언짢게 만들다니.' 그는 반성하고 애써 웃는 표정을 지으면서 공작 부인께서 괜찮으시다면 기꺼이 가서 뵙겠다고 말했다.

"그럼은요, 괜찮으시고말고요. 어머니도 아마 기뻐하실 거예요. 담배는 그 방에서도 피우실 수 있어요. 이반 이바노비치도 있어요."

이 집 여주인 소피아 바실리예브나 공작 부인은 언제나 자리에 누워 있는 환자였다. 부인은 레이스와 리본으로 치장을 하고 빌로드, 금박, 상아, 칠기, 화초 등에 둘러싸여 손님이 있어도 일어나지 않고 누워 있는 것이 그럭저럭 8년이나 계속되었다. 그녀는 아무 데도 가지 않고, 그녀의 말대로 이른바 '친한 친구', 즉 그녀의 말을 빌리자면 어딘지 보통 사람보다 뛰어난 재능을 겸비한 사람들만 만났다. 네흘류도프도 이 친한 친구들 가운데 들어 있었는데 그것은 그가 총명한 젊은이로 여겨지고 있었다는 것과 그의 어머니가 이 집안과 친한 사이였다는 것과 미시가 그와 결혼하는 것은 바람직스러운 일이라고 생각하기 때문이었다.

소피아 바실리예브나 공작 부인의 방은 큰 응접실과 작은 응접실을 지나 그 안쪽에 있었다. 큰 응접실에 들어가더니 네흘류도프의 앞장을 섰던 미시가 걸음을 멈추고 금박 의자 등받이를 만지면서 물끄러미 그를 바라보았다.

그와의 결혼을 미시는 희망하고 있었고 또 어울리는 배필이라고 생각하고 있었다. 그리고 그녀는 그를 좋아하고 있었기 때문에 그가 자기 사람이 되리라고 생각해 왔다. 그녀가 그의 아내가 되는 것이 아니라 그가 그녀의 사람이 되는 것이다. 그녀는 이 생각에 도취되어서 정신 병자에게서 흔히 보여지는 자기는 깨닫지 못하지만 끈덕지게 교활한 꾀를 써서 목적을 이루려 하고 있었다. 그녀는 그의 본심을 알아보려는 생각에서 슬쩍 말을 걸어 보았다.

"무슨 일이 계셨나 봐요. 무슨 일이세요?"

그는 법정에서 있은 카튜샤와의 우연한 만남을 생각하고 눈살을 찌푸리며 얼굴을 붉혔다.

"네, 있었습니다."

그는 정직하게 말하려 애썼다.

"기묘하고도 야릇한 그리고 중요한 사건입니다."

"무슨 일인데요? 제게 말씀해 주실 수 없으세요?"

"지금은 말할 수 없습니다. 용서하십시오. 그 일의 의미가 아직도 내 머릿속에서 제대로 정리되지 않고 있습니다."

그는 차차 더 얼굴을 붉혔다.

"그럼 제게는 얘기해 주시지 않겠다는 말씀이군요?"

그녀의 얼굴에 경련이 일더니 손을 얹고 있던 의자를 움직였다.

"네, 지금은 아직."

하고 그는 대답했다. 그리고 이 대답이 정말 자기에게 어떤 크나큰 일이 일어난 것을 스스로에게 대답한 것이나 다름없다는 것을 느끼고 있었다.

"그러세요? 그럼 가세요."

그녀는 쓸데없는 생각을 버리듯이 머리를 흔들고는 여느 때보다 빠른 걸음으로 앞서 걷기 시작했다.

그녀가 눈물을 보이지 않기 위해 억지로 입술을 꼭 다문 것같이 여겨졌다. 그는 그녀를 슬프게 한 것이 마음에 걸렸으나, 조금이라도 약한 마음을 갖는다면 자기 자신이 못쓰게 되어 버린다는 것을, 즉 그녀에게 구속되어 버린다는 것을 그는 알고 있었다. 지금은 그것이 무엇보다도 두려웠다. 그래서 그는 그대로 잠자코 그녀를 따라 부인의 방으로 갔다.

27

소피아 바실리예브나 공작 부인은 정성껏 만든 영양가 높은 식사를 끝낸 참이었다. 부인은 이러한 모습을 누구에게도 보이고 싶지 않아 언제나 혼자서 식사를 했다. 그녀의 침상 옆 작은 탁자에는 커피 잔이 놓여 있고 부인은 파히토스카(옥수수 이파리로 말아 만든 가느다란 궐련)를 피우고 있었다. 소피아 바실리예브나 공작 부인은 키가 크고 호리호리한 몸매에 검은 머리를 젊어 보이게 꾸미고 치아는 길며, 크고도 까만 눈을 지니고 있었다.

지금 항간에서는 부인과 의사와의 사이에 좋지 못한 소문이 나돌고 있었다. 네흘류도프는 평소에는 그런 소문을 잊고 있었는데 오늘은 그것이 생각났을 뿐 아니라 반지르르하게 기름을 바른 턱수염을 두 쪽으로 갈라 붙이고 부인 곁에 앉아 있는 의사를 보니 견딜 수 없는 혐오감이 생겼다.

콜로소프가 머리맡 작은 탁자 앞에 있는 낮고 푹신한 안락의자에 앉아서 커피를 타고 있었고, 작은 탁자 위에는 리큐어 술잔이 1개 놓여 있었다.

미시는 네흘류도프와 함께 어머니한테 갔으나 방에 머물지는 않았다.

"어머니가 피로하셔서 싫어하는 기색을 보이시거든 저한테 오세요."

미시는 그들 사이에 아무 일도 없었다는 듯이 콜로소프와 네흘류도프에게 쾌활하게 미소를 지어 보이며 이렇게 말하고는 두꺼운 양탄자 위를 소리없이 걸어 방에서 나갔다.

"어서 와요. 자, 앉아서 얘기나 좀 해 주세요."

부인은 원래의 치아와 똑같이 아주 교묘하게 해 넣은 아름다운 긴 의치를 보이면서 의식적으로 자못 자연스러운 미소를 띠고 말했다.

"얘기를 들으니까 몹시 우울한 기분으로 재판소에서 돌아오셨다면서요? 그럴 거예요. 그런 일은 인정이 있는 분에게는 퍽 괴로운 일일 테니까."

하고 부인은 프랑스 어로 말했다.

"네, 그렇습니다."

하고 네홀류도프는 대답했다.

"줄곧 제 자신의 부덕이……. 아니 저는 남을 재판할 자격이 없다는 마음이 자꾸만 들어서……."

"정말 그럴 거예요."

부인은 언제나 그렇듯 교묘하게 그의 마음을 어루만지면서 그의 말의 진실성에 감동한 것처럼 말했다.

"그런데 그림은 그 뒤에 어떻게 되었나요? 나는 무척 흥미를 가지고 있어요."

하고 부인은 덧붙였다.

"내가 몸만 이렇지 않았더라면 벌써 보러 갔을 텐데."

"그건 모두 그만두어 버렸습니다."

네홀류도프는 무뚝뚝하게 대답했다. 지금의 그에게는 부인의 알맹이 없는 말이, 감추려고 애쓰는 나이와 마찬가지로 너무나 빤히 들여다보였다. 그는 친절하게 대하려고 애써도 도저히 그럴 기분이 안 되었다.

"저런 아까워라! 당신에겐 좋은 재능이 있다고 그레핀 씨도 나한테 말해 주었는데."

부인은 콜로소프 쪽으로 얼굴을 돌리고 말했다.

'어쩌면 저렇게도 낯빛도 바꾸지 않은 채 거짓말을 할 수 있을까?'

얼굴을 찌푸리며 네홀류도프는 생각했다.

소피아 바실리예브나 공작 부인은 네홀류도프의 기분이 좋지 않아 즐겁고 지적인 대화로 끌어들일 수 없다는 것을 눈치채고 콜로소프를 향해 새 희곡에 대한 그의 의견을 물었다. 마치 콜로소프의 의견이야말로 모든 문제를 해결하고 그 한 마디 한 마디가 빈틈없는 평가를 내려 줄 것이라고 기대하는 듯한 말투였다. 콜로소프는 그 희곡을 혹평하고는 덧붙여서 예술에 관한 자기의 견해를 큰 소리로 떠들었다. 부인은 그의 비평이 정확한 데 탄복하면서 그 희곡 작가에 대한 훌륭한 점을 말하다가 곧 두 손을 들고 절충설을 늘어놓는 등 갈팡질팡했다. 네흘류도프는 이 두 사람을 보며 이야기를 듣고 있었지만 눈과 귀에 보이고 들리는 것은 눈앞에 펼쳐진 것과는 전혀 다른 생각이었다.

　네흘류도프가 부인과 콜로소프의 이야기를 번갈아 들으면서 느낀 것은 다음과 같았다. 첫째로 부인이나 콜로소프나 희곡 따위 얘기는 정말 아무래도 좋았고 이야기 상대가 누구든 상관없었다. 그리고 이야기를 하는 것은 단지 식사 후에 혀와 목의 근육을 움직이는 생리적 욕구를 충족시키기 위한 운동이었다. 둘째로 콜로소프는 보드카와 포도주와 리큐어를 마셔서 약간 취해 있는 상태였다. 그것도 어쩌다 마시는 사람들의 취한 정도가 아니라 언제나 즐겨 마시는 사람들의 주정이라 비틀거리지도 않았고 쓸데없는 소리로 지껄이지도 않았다. 다만 여느 때와는 달리 매우 흥분한 자기 도취에 젖어 있었다. 셋째로 부인이 이야기하는 중간중간에 불안스레 자꾸만 창문 쪽을 바라보는 것을 네흘류도프는 깨달았다. 그것은 창문을 통해 들어오는 석양빛이 서서히 부인에게까지 비쳐 와서 얼굴의 주름살을 또렷하게 드러낼까 안절부절 못하기 때문이었다.

　"정말 그래요."

　부인은 콜로소프의 어떤 말에 아무 생각 없이 그저 감탄해 놓고 안락의자 옆의 벽에 붙어 있는 초인종 단추를 눌렀다.

　그러자 의사가 일어나 마치 이 집 가족처럼 아무 말도 하지 않고 방을 나갔다. 부인은 말을 그치지 않고 눈으로 그를 지켜 보았다.

　"아, 필립, 저 커튼을 좀 내려 다오."

　벨소리를 듣고 그 잘생긴 하인이 들어오자 부인은 눈으로 창문 커튼을 가리키며 말했다.

　"아녜요. 뭐라고 말씀하셔도 그것에는 신비로운 것이 있어요. 신비로운 것이 없으면 시가 아니거든요."

　커튼을 내리는 급사의 동작을 답답한 듯이 한쪽 눈으로 좇으면서 부인은 말했다.

　"시 없는 신비주의란 미신이고 신비주의 없는 시는 산문이에요."

부인은 커튼의 주름을 만지고 있는 급사에게서 눈을 떼지 않고 슬픈 듯이 웃
으면서 말했다.

"필립, 그 커튼이 아니야. 큰 창문 쪽이야."

이런 말까지 해야 하는 자기의 심정에 대해서 스스로를 안타깝게 여기듯이 부
인은 서글픈 듯 말했다. 그리고 곧 마음의 고통을 풀기 위해 값진 반지를 잔뜩
낀 손으로 향긋한 연기를 피우고 있는 담배를 입으로 가져갔다.

가슴팍이 넓고 늠름한 체격의 필립은 사죄하듯 머리를 가볍게 숙이고는 힘센
다리로 부드럽게 양탄자를 밟고 순순히 다른 창문 앞으로 걸어가 부인 얼굴을
살피면서 한 줄기의 빛도 그 얼굴에 비치지 않게끔 열심히 커튼을 조절하기 시
작했다. 그러나 역시 제대로 되지 않자 짜증이 난 부인은 신비주의에 대한 얘기
를 잠시 멈추고 자기를 무자비하게 괴롭히는 눈치 없는 필립에게 다시 일을 시
키지 않으면 안 되었다. 순간 필립의 눈에 불꽃이 번쩍였다.

'도대체 어떻게 하라는 게야?' 그 하인은 분명히 속으로 이렇게 중얼거렸을
것이다. 아까부터 쭉 지켜 보고 있던 네흘류도프는 문득 이렇게 생각했다. 그러
나 잘생기고 힘이 센 필립은 화가 치미는 것을 잘 참으면서 늙고 힘 없는 허영
덩어리 같은 부인이 시키는 대로 묵묵히 일했다.

"그야 물론 다윈의 학설에는 상당한 진리가 있습니다." 콜로소프는 낮은 의
자에서 몸을 일으켜 게슴츠레 풀린 눈으로 소피아 바실리예브나 공작 부인을 바
라보면서 말했다.

"그러나 그 사람은 한도를 넘었습니다."

"어때요, 당신도 유전설을 믿으시나요?"

부인은 잠자코 있는 네흘류도프가 마음에 걸려 이렇게 물었다.

"유전 말씀입니까? 아니오, 믿지 않습니다."

왠지 모르게 그 때 그의 머릿속에 그려진 야릇한 형상에 모든 마음을 빼앗겨
서 그는 아무 생각 없이 말했다. 그림의 모델로 삼고 싶을 만큼 늠름한 체격의
잘생긴 필립과 수박처럼 배가 불룩하고 대머리인데다 채찍 같은 심줄투성이 손
을 가진 콜로소프의 나체를 나란히 그려 보았던 것이다. 또 비단과 빌로드에 감

추어진 부인의 어깨도, 실오라기 하나 걸치지 않은 노골적인 모습으로 그의 상
상 속에 떠올랐다. 그러나 그 모습이 너무나 끔찍해 그는 금세 지워 버리려고
에썼다.

부인은 알 수 없다는 표정으로 네흘류도프를 바라보았다.

"자, 미시가 기다리고 있을 거예요. 가 보세요. 슈만의 새 곡을 들려 드리겠
다고 했으니까……. 아주 좋은 곡이랍니다."
라고 부인은 말했다.

'피아노를 치고 싶다는 말은 하지도 않았는데, 이 여자는 무슨 생각으로 거짓
말만 하고 있지?'

네흘류도프는 일어나 반지로 치장한 뼈가 앙상하고 핏기가 없는 부인의 손을
잡으며 생각했다.

응접실에서 카테리나 알렉세브나가 그를 보고 곧 말을 건넸다.

"배심원의 임무가 퍽 힘들었던 모양이지요?"
하고 그녀는 여느 때처럼 프랑스 어로 말했다.

"네, 용서하십시오. 오늘은 왠지 기분이 우울해져서 견딜 수 없습니다. 당신
들에게까지 불쾌하게 해 드리는 것 같아 죄송하군요."
하고 네흘류도프는 말했다.

"왜 그러시죠?"

"제발 그건 묻지 말아 주십시오."

그는 모자를 찾으면서 말했다.

"하지만 기억하세요? 언제나 진실을 말하지 않으면 안 된다고 공작님이 말씀
하신 것을. 그리고 언제나 그 때 저희들에게 그야말로 가혹한 태도로 말씀해 주
셨어요. 그런데 어째서 오늘은 말씀하시지 않는 거예요? 기억하지, 미시?"

카테리나 알렉세브나는 두 사람에게 다가온 미시를 향해 물었다.

"그것은 농담이었으니까요."

네흘류도프는 진지하게 대답했다.

"농담이라면 할 수 있지요. 하지만 지금 이 시점에서는 우리들은, 아니 나는

너무나 추악해서, 적어도 나는 진실을 얘기할 수가 없습니다."

"솔직히 우리의 어디가 그렇게 추악한지 변명하지 마시고 말씀해 주세요."

그녀는 네흘류도프의 심각한 말투를 깨닫지 못했는지 우스갯소리로 말했다.

"자신의 불쾌함을 인정하는 것만큼 나쁜 일은 없어요."

하고 미시가 말했다.

"나는 결코 스스로에게 말하지 않아요. 그래서 언제나 기분 좋게 있을 수 있는 거예요. 자, 제 방으로 가세요. 우리가 공작님의 우울함을 쫓아 드리겠어요."

네흘류도프는 말에게 재갈을 물리고 마차에 매어지기 전, 주인이 목덜미를 토닥거려 줄 때 말이 느낄 것 같은 마음이 되었으나, 오늘의 그는 여느 때보다도 그런 마차를 끌 기분이 나지 않았다. 그는 이젠 돌아가야 되겠다고 사과하면서 작별 인사를 했다. 미시는 평소보다 오래 그의 손을 잡고 놓지 않았다.

"공작님에게 소중한 것은 당신 친구에게도 소중하다는 것을 잊지 마세요."

하고 그녀는 말했다.

"내일 오시겠어요?"

"글쎄요."

하고 네흘류도프는 말했다. 그리고 자신에게인지 그녀에게인지 모를 부끄러움을 느끼고 얼굴을 붉히면서 재빨리 밖으로 나갔다.

"웬일일까? 걱정이 되네."

카테리나 알렉세브나는 네흘류도프가 떠나자 말했다.

"꼭 알아 내야지. 틀림없이 무슨 자존심을 다친 일이 있었나 봐, 금방 흥분하는 분이니까."

'그보다도 불결한 애정 문제에 얽힌 일일 거야.'

미시는 네흘류도프를 볼 때와는 전혀 다른 차분하게 가라앉은 얼굴로 허탈하게 바라보면서 말을 하려 했으나 차마 하지 못했다. 그녀는 카테리나 알렉세브나에게조차 이런 상스러운 농담은 하지 못하고 그저 이렇게만 말했다.

"누구에게나 기분이 좋은 날과 나쁜 날이 있는 법이니까요."

'그이도 나를 속이나? 이렇게까지 된 뒤에도 그렇게 한다면 그이를 용납할 수 없어.'

하고 그녀는 문득 생각했다.

'이렇게까지 된 뒤에도.'

라는 말이 어떤 의미를 갖고 있는지 설명해야 한다면 미시는 한 마디도 또렷하게 말하지 못했을 것이다. 그러나 그녀는 그가 그녀의 가슴에 희망을 심어 주었을 뿐 아니라 이제는 그녀에게 앞날을 약속한 것이나 다름없다는 것을 조금도 의심하지 않았다. 그것은 모두 뚜렷한 형체를 가진 것이 아니라 눈길, 미소, 암시, 소리 없는 말에 지나지 않았으나, 그녀는 그를 자기 것으로 생각하고 있었으며 그를 잃는다는 것은 더 없는 고통 속으로 빠져 드는 일이었다.

28

'부끄럽고 비열한 일이다. 비열하고 부끄러운 일이다.'

네흘류도프는 집을 향해 늘 다니는 거리를 거닐면서 마음속으로 되뇌고 있었다. 미시와의 이야기 중에 느낀 답답한 감정이 그의 가슴에서 지워지지 않았다. 만약 이런 표현이 가능하다면 형식적으로는 자기가 그녀에게 아무 잘못도 저지르지 않았다는 것을 그는 알고 있었다. 자기가 속박당할 말은 그녀에게 한 마디도 하지 않았고 그녀에게 청혼한 것도 아니다. 그러나 실질적으로는 자기를 그녀에게 연결시켰고 약속을 한 것이나 마찬가지였다. 그런데 지금 그는 자기가 그녀와 결혼할 처지가 못 된다는 것을 뚜렷이 느꼈다.

'부끄럽고 비열한 일이다. 비열하고 부끄러운 일이다.'

그는 미시와의 관계뿐 아니라 자기가 처해 있는 모든 일에 대해서 생각했다.

'모든 것이 지저분하고 부끄럽다.'

자기 집 현관에 들어서면서 그는 똑같은 생각을 되풀이했다.

"저녁은 안 먹겠다."

식당에 따라 들어온 코르네이에게 말했다. 식탁에는 깔끔하게 차려진 그릇이 놓여 있고 차 준비가 되어 있었다.

"물러가도 좋아."

"네."

하고 코르네이는 말했으나 물러가지 않고 식탁을 치우기 시작했다. 그러는 코르네이를 보고 있으니 살며시 화가 치밀어 올랐다. 아무 말 말고 내버려 두면 좋으련만 모든 사람들이 일부러 짓궂게 자기만 쫓아다니면서 괴롭히는 것처럼 여겨졌다. 코르네이가 그릇을 들고 나가기를 기다렸다가 네홀류도프는 차를 따르려고 사모바르 있는 데로 갔다. 그 때 아그라페나 페트로브나의 발소리가 들려 그는 그녀를 만나고 싶지 않아 얼른 응접실로 들어가 문을 잠갔다.

응접실은 그의 어머니가 석 달 전에 숨을 거둔 곳이었다. 하나는 아버지의 초상 앞에 또 하나는 어머니 초상 앞에 있는 2개의 램프에 비치는 이 방에 들어서니 그는 어머니가 위독하셨을 때 가졌던 자기의 행동이 생각났다. 그 행동이 부자연스럽고 꺼림칙한 것이었다는 기분이 들었다. 그것 역시 부끄럽고 더러웠다. 그는 어머니의 병세가 절망적이 되었을 때 진심으로 어머니를 고통에서 벗어나게 하기 위해서라고 스스로에게 말하고 있었지만 사실은 자기가 어머니의 고통을 보는 것에서 벗어나고 싶었기 때문이었다.

그는 어머니에 대한 좋은 추억을 회상하려고 이름 있는 화가에게 5천 루블을 주고 그린 어머니의 초상화를 물끄러미 바라보았다. 그것은 가슴이 움푹 팬 까만 빌로드 옷을 입은 모습을 그린 것이었다. 화가는 틀림없이 가슴과 두 유방 사이의 움푹한 곳과 눈부시도록 흰 어깨와 목을 특히 정성 들여 그린 모양이었다. 이것은 이미 부끄러움과 더러운 것말고는 아무것도 아니었다. 반나체 미녀로 그려진 이 어머니의 초상화에는 신성한 것을 모독하는 무엇인가 혐오감을 불러 일으키는 것이 깃들여 있었다.

더구나 바로 이 방에서 석 달 전, 어머니가 미이라처럼 뼈만 앙상하게 누워 있었고, 이 방뿐 아니라 온 집 안에 아무래도 지울 수 없는 답답한 죽음의 악취

를 뿜고 있었다는 것을 생각하니 그림이 차츰 더 혐오감을 불러 일으켰다. 그는
지금도 그 죽음의 냄새를 맡을 수 있었다. 그러자 죽기 전 날 어머니가 뼈와 가
죽만 남은 거무스름한 손으로 그의 희고 억센 손을 잡고 물끄러미 그의 눈을 바
라보면서

"미첸카, 내가 한 일에 잘못이 있었더라도 나를 원망하지 말아 다오."
하며 병고에 시든 눈에 눈물을 글썽이던 일이 생각났다.

'아, 추악하구나!'
풍만한 대리석 같은 어깨와 팔을 내놓고 자랑스런 미소를 띤 반 나체의 여인
에게 물끄러미 눈길을 던지며 그는 다시 중얼거렸다.

드러난 초상의 가슴은 며칠 전 그가 역시 이같이 가슴이 드러난 모습을 본 어
느 젊은 여자를 떠올리게 했다. 그 여자는 무도회에 입고 갈 야회복을 보여 주
고 싶다는 구실로 밤에 그를 집에 초대한 미시였다. 그는 혐오감을 느끼면서 그
녀의 아름다운 어깨와 팔을 생각했다. 그리고 그와 같은 지난날과 잔인성을 가
진 거칠고 동물적인 그녀의 아버지와 아름다운 재녀라는 수상한 소문이 나돌고
있는 그녀의 어머니, 이 모든 것이 메스껍고 부끄럽게 여겨졌다. 부끄럽고 더럽
다. 더럽고 부끄럽다.

'아, 싫구나.'
하고 그는 생각했다.

'벗어나야 한다. 코르차킨 집안과 마리아 바실리예브나와 유산과 그 밖의 모
든 것과 이 모든 것과의 위선적인 관계에서 해방되어야 한다. 그리고 자유로이
편하게 숨쉬어야만 한다. 외국으로 가자……. 로마로, 그리고 그림에 빠져 보
자…….'

그는 자기 재능에 대한 회의가 생각났다.

'그래, 아무래도 좋아, 자유로이 숨만 쉴 수 있다면, 먼저 콘스탄티노플로 가
자. 그리고 나서 로마로 가야지. 무엇보다도 빨리 배심원의 의무에서 벗어나야
한다. 그러려면 변호사와 이 문제를 처리해야지.'

그 때 갑자기 그의 상상 속에 사팔기가 있는 빛나는 까만 눈을 가진 여죄수의

모습이 야릇하리만큼 선명하게 떠올랐다. 아, 피고로서의 마지막 발언이 허락되었을 때 얼마나 비통하게 울며 쓰러졌던가! 그는 얼른 그 모습을 지우려고 다 태운 담배를 재떨이에 비비고는 곧 새 담배에 불을 붙여 물고 방 안을 서성거리기 시작했다. 그러자 그녀와 함께 추억의 장면이 차례차례 그의 뇌리를 스쳐 갔다. 그녀와의 마지막 밀회 때 그를 사로잡았던 그 동물적인 욕정, 그리고 그것이 채워졌을 때 그를 고통으로 채웠던 그 환멸이 생각났다. 하얀 옷과 파란 리본이 생각났다. 부활절 때의 일이 생각났다. 나는 그 여자를 사랑하고 있었다. 그 날 밤은 아름답고 순결한 사랑으로 진정 그 여자를 사랑했다. 오래 전부터, 그렇지, 고모네 집에 가서 논문을 쓸 때부터 벌써 그 여자를 사랑했었다. 그러자 당시의 모습이 생각났다. 그 싱싱하고, 젊고, 충만된 삶의 숨결이 그의 마음속에 되살아나자 한없이 마음이 저며 왔다.

그 무렵의 그와 지금의 그와의 차이는 무서울 정도였다. 그 차이는 성당에서 기도하고 있던 그 당시의 카튜샤와 오늘 재판을 받은 상인과 술을 마신 매춘부와의 차이보다 크지는 않다 하더라도 그리 다를 것이 없었다. 그 무렵의 그는 의기 왕성한 자유로운 인간이었고 그의 미래에는 끝없는 가능성이 열려 있었다. ——그런데 지금의 그는 어리석고 공허하고 목적 없는 무(無)나 마찬가지인 생활의 굴레 속에 사로잡혀 있었으며 거기서 빠져 나갈 구멍도 몰랐고 빠져 나가려는 생각도 거의 없었다. 그는 지난날의 자기의 곧은 마음을 자랑으로 삼았고 언제나 진실을 말하기를 신조로 삼았으며 실지로 성실했었다는 생각이 났다. 그것이 지금은 모두가 위선으로 둘러싸여 있다. 그것은 가장 무서운 위선, 주위의 모든 사람들의 눈에 진실로 보여지고 있는 위선이다. 이 위선에서 빠져 나갈 어떠한 구멍도 보이지 않았다.

그는 이 위선에 빠져서 이 위선에 익숙해지고 이 위선 속에서 안일하게 지내고 있었다.

'마리아 바실리예브나와 그리고 그 남편과의 관계를 그들과 아이들 앞에서 부끄럽지 않게 해결하려면 어떻게 하면 좋을까? 미시와의 사이를 깨끗이 정리하려면 어떻게 하면 좋을까? 토지 사유가 불법이라는 인식과 어머니의 유산 소유라는 사실 사이의 모순에서 어떻게 헤어나면 좋을까? 카튜사에 대한 죄를 어떻게 갚으면 좋을까? 이것을 이대로 버려 둘 수는 없다. 사랑하던 여인을 버리고 변호사에게 돈을 치러 억울하게 가해진 시베리아 유형으로부터 그 여자를 구해 주는 것만으로 책임을 다했다고 생각할 수는 없다. 그 때 그녀에게 돈을 주어 할 일을 다했다고 생각했듯이 돈으로 모든 것을 속죄할 수는 없다!'

그러자 그는 복도에서 그녀를 붙잡고 억지로 돈을 쥐여 주고 달아났을 때의 일이 생생하게 떠올랐다.

'아, 그 돈!' 그는 그 무렵에 느꼈던 것과 똑같은 두려움과 혐오를 느끼면서 그 때의 일을 떠올렸다.

"아아! 더럽다, 더러워!"
하고 그 때처럼 그는 소리내어 말했다.

"비열한 인간뿐이다. 짐승 같은 인간뿐이다. 그런 짓을 할 수 있는 것은!"
하고 그는 외쳤다.

'그렇다면 나는 정말.' 그는 걸음을 멈추었다. '나는 정말 짐승 같은 인간일까? 그렇지 않고 뭐란 말인가?'
하고 그는 스스로에게 물었다. '그리고 이것뿐일까.' 그는 자기의 죄를 들추어 내기 시작했다.

'마리아 바실리예브나와 그 남편에 대한 나의 태도는 추하지 않은가? 비열하지 않은가? 또 재산에 대한 나의 태도는 어떤가? 어머니의 유산이라는 구실로 불법으로 여기고 있는 부를 소유하고 있다. 그리고 아무 일도 하지 않고 먹기만 하는 모든 향락적인 생활, 그 가운데서도 가장 더러운 것은 카튜사에 대한 소행이다. 짐승 같은 인간, 비열한 인간! 사람들이 나를 뭐라 욕하든 상관없다. 그들은 속일 수 있다. 그러나 나 자신만은 속일 수는 없다.'

그는 문득 그가 요즈음 사람들에게, 특히 오늘 늙은 공작에게, 마리아 바실리예브나에게, 미시에게, 코르네이에게 느낀 혐오가 정말은 자기 자신에 대한 혐오였다는 것을 깨달았다. 그러자 이상하게도 자기의 비열함을 인정한 이 마음속에 무언지 고통스러운, 그러면서도 마음이 편안해지며 차분히 가라앉는 것처럼 느껴졌다.

　네흘류도프의 생활에는 지금까지 몇 번이나 그가 '영혼의 정화'라고 부르는 현상이 나타났다. 그가 '영혼의 정화'라 부르는 것은 갑자기, 때로는 긴 시간 뒤에 일어나는 내면 생활의 정체, 때로는 정지를 깨닫고 마음속에 가라앉아 이 정체의 원인이 된 찌꺼기를 깨끗이 여과시켜 주기 시작하는 때의 심경이었다.

　이러한 깨달음이 있은 후에는 반드시 자기의 생활 신조를 만들어 평생토록 지킬 것을 결심했다. 일기를 쓰고 새 생활을 시작하여 이제는 절대로 신조를 어기지 않으리라 마음먹으며 새로운 장을 열어 나갔다. 그러나 그 때마다 세상의 온갖 유혹에 사로잡혀 자기도 모르는 사이에 타락의 늪으로 빠져 들곤 했다.

　그럴 때마다 그는 스스로 자신을 순화하고 격려했다. 여름 방학에 고모집에 가 있을 때가 그 시초였다. 그것은 가장 생기에 넘치고 기쁨에 가득 찬 깨달음이었고, 그것은 상당히 오래 지속되었다. 다음에 이 같은 깨달음이 있었던 것은 그가 문관의 일자리를 버리고 목숨을 바칠 각오로 전시에 군대에 입대했을 때였다. 그러나 그 때는 타락하는 것이 무척 빨랐다. 그 다음의 깨달음은 그가 군복무에서 벗어나 외국에 가서 그림 공부를 하기 시작했을 때였다. 그러나 이 때부터 오늘까지는 정화 없는 오랜 시간이 흘렀다. 그래도 여지껏 이처럼 수렁에서 헤어나지 못한 적은 없었다. 양심이 가고자 하는 길과 현실에서 보내고 있는 생활의 차이가 이처럼 커진 일은 없었다. 그 차이를 알고 그는 온몸에 전율을 느꼈다. 그 차이가 너무 크고 오염이 너무 심했으므로 처음 순간 그는 도저히 정화시킬 수 없는 것 같아 절망감에 빠졌다.

　"내 자신을 향상시키자, 보다 더 나은 사람이 되자고 벌써 몇 번이나 다짐했지만 결국 아무것도 되지 않았다."

하고 그의 마음속에서 유혹하는 목소리가 들려 왔다.

　"그러니 다시 해 봐야 소용없어. 너뿐이 아냐. 모두가 다 그런 거야. 생활이 그렇게 되어 있는 거야."

　그러나 그것만이 진실이고, 그것만이 힘이 있고, 그것만이 영원히 자유로운 정신적 존재가 이미 네흘류도프의 마음속에서 눈뜨고 있었다. 그는 그것을 믿지 않을 수 없었다. 그의 현실과 그가 바라는 이상과의 거리가 아무리 크더라도 한 번 눈뜬 정신적 존재로서는 모든 것이 가능한 것 같았다.

"어떤 희생을 치르더라도 나를 얽매고 있는 이 위선을 끊자. 그리고 모든 것을 있는 그대로 인정하고 모든 사람들에게 진실을 말하고 진실을 행하자."

하고 그는 단호히 소리내어 말했다.

"나는 타락한 사람이고 결혼할 자격도 없는데 당신의 마음을 혼란스럽게 해 미안하게 되었다고 미시에게 진실을 말하자. 귀족 회장 부인 마리아 바실리예브나에게도 말하자. 아니 그 사람에게는 아무 할 말이 없다. 그보다도 나는 비열한 사람이며 당신을 속이고 있었다고 그의 남편에게 말해야 한다. 진실에 따라 유산도 처분하자. 카튜샤에게도 나는 추악한 남자라 당신한테 비열한 짓을 했다, 지금부터 당신 운명을 가볍게 해 주기 위해 할 수 있는 일을 다하겠다고 떳떳이 말하자. 그렇다, 그녀를 만나자. 그리고 용서를 빌자. 그래, 아이들이 사과하듯이 용서를 빌자."

그는 멈추어 섰다.

'만약 필요하다면 그 사람과 결혼하자!' 그는 어렸을 때 늘 그래 왔듯이 두 손을 가슴에 포개고 위를 향해 누군가를 부르며 말했다.

"주여, 저를 구하소서. 저를 가르쳐 주소서. 오셔서 제 가슴 속에 깃드시어 저의 더러움을 씻어 주소서!"

그는 기도로써 신에게 구원을 청했다. 자기 몸에 깃들여 있는 더러움을 씻어 달라고 빌었다. 그 때 이미 그가 원하던 것은 이루어져 있었다. 그의 내부에 잠들어 있던 신이 그의 의식 속에서 눈을 뜬 것이다. 그의 마음속에서 신이 눈뜬 것을 느꼈다. 그러자 자유와 생기와 생활의 행복감을 느꼈을 뿐 아니라 선의 강함 또한 뚜렷이 느꼈다. 지금 그는 사람이 할 수 있는 가장 선한 일은 어떤 일이든지 모두 해낼 힘이 있는 자신을 발견했다. 혼자서 이런 말을 했을 때 그의 눈에서는 눈물이 흘러내렸다. 그것은 좋은 눈물이기도 하고 나쁜 눈물이기도 했다. 좋은 눈물이라는 것은 지난 몇 해 동안 그의 마음속에 깊이 잠들어 있던 정신적 존재가 눈뜬 데 대한 기쁨의 눈물이었고 나쁜 눈물이라는 것은 자기 자신과 자기의 미덕에 대한 감동의 눈물이었다.

　그는 몸이 뜨거워짐을 느꼈다. 창가로 다가가 뜰을 향해 있는 창문을 열었다. 달이 밝은 고요한 밤이었다. 마차가 한길을 덜걱거리며 지나가더니 곧 쥐죽은 듯이 조용해졌다. 창문 바로 밑에 키 큰 벌거숭이 포플러의 그림자가 어른거렸다. 갈라진 나뭇가지의 그림자 하나하나가 깨끗이 비질된 뜰 위에 뚜렷이 비치고 있었다. 왼편에는 밝은 달빛 때문에 헛간 지붕이 하얗게 드러나 보였다. 앞쪽에는 나뭇가지들이 얽혀 있어 그 그물 같은 틈을 통해 담이 검실검실하게 춤을 추는 듯했다. 네흘류도프는 달빛에 비친 뜰과 지붕과 포플러 그림자를 바라보았다. 그리고 마음을 평온하게 해 주는 상쾌한 공기를 들이마셨다.

　'멋있다! 참으로 멋있다! 오, 어쩌면 이렇게도 기분이 상쾌할까!'

　그는 자기 마음속에 일어난 변화를 작은 행복감으로밖에 표현할 수 없었다.

29

　저녁 6시가 되어서야 카튜샤는 겨우 자기 감방으로 돌아왔다. 걸어 보지 않던 다리로 15킬로미터나 되는 돌길을 걸었으므로, 지칠 대로 지친 발은 아프고 뜻밖에도 가혹한 선고를 받아 맥이 쫙 빠진데다가 무엇보다도 배가 몹시 고팠다.

　잠시 휴식 시간에 정리들이 그녀 옆에서 빵과 삶은 달걀을 먹기 시작했을 때 그녀는 입 안에 침이 가득 고이고 배고픔을 느꼈으나 치사해서 달라는 말은 하지 않았다. 그리고 다시 3시간이 지나자 그녀는 먹고 싶은 생각도 없어지고 그저 피로감만 느껴질 뿐이었다. 그러한 상태에서 뜻밖의 중형을 받았다. 처음 한 순간에는 자기가 잘못 들은 줄 알았다. 자기 귀로 들은 것을 금방은 믿을 수가 없었고 유형수라는 관념을 자기와 결부시켜 생각할 수가 없었다. 그러나 이 선고를 아주 당연한 것으로 받아들이고 있는 재판관들과 배심원들의 당당하고 사무적인 태도를 보니 그녀는 그만 화가 치밀어 법정 안이 떠나가도록 자기는 죄가 없다고 고함을 치며 울었던 것이다. 그리고 자기의 고함 소리 역시 당연한 것이며 판결을 뒤집을 만한 힘이 없기 때문에 자기에게 가해진 이 잔인한 선고 앞에 무릎 꿇을 수밖에 없음을 깨닫고 울고 말았다.

더욱 그녀를 놀라게 한 것은 자기에게 이런 잔인한 판결을 내린 것이 남자, 그것도 늙은이가 아니라 젊은 사람들, 더구나 자기를 따스한 눈길로 바라보던 남자들이라는 점이었다. 단 한 사람, 검사보만은 그녀에게 아주 나쁜 생각을 하고 있음을 알아차릴 수 있었다. 그녀가 개정을 기다리며 죄수실에서 기다리고 있었을 때도 휴식 시간에도 이 남자들은 무슨 할 일이라도 있는 것처럼 문 앞을 서성거리기도 하고 방 안에 들어오기도 했는데 사실은 그저 그녀를 보기 위한 호기심에서 그랬다. 이런 남자들이 무엇 때문인지 갑자기 그녀에게 징역형을 선고했다. 더욱이 그녀는 그 범행에 아무런 죄도 없지 않은가. 그녀는 울었다. 그러나 얼마 뒤에는 눈물을 거두고 아주 넋나간 사람처럼 죄수실에서 호송을 기다리며 앉아 있었다.

지금 그녀가 바라는 것은 오직 한 가지, 담배를 피우는 일뿐이었다. 그녀가 이런 상태에 있을 때, 보치코바와 카르친킨이 들어왔다. 두 사람은 선고를 받은 다음 같은 죄수실로 끌려왔던 것이다. 보치코바는 곧 카튜샤에게 욕을 퍼부어 대면서 유형수라고 불렀다.

"좋구나, 아무리 수를 써도 빠져 나갈 수 없단 말이야, 이 더러운 년아! 네 잘못으로 그렇게 되었으니 당연한 노릇이지."

카튜샤는 두 손을 죄수복 소매에 쑤셔 넣고 고개를 푹 숙이고 앉아 두어 걸음 앞의 마룻바닥을 바라보면서 다만 이렇게 말했을 뿐이었다.

"나는 당신 일에 참견하지 않잖아요. 당신도 내 일에는 참견하지 말아요. 나는 아무 말도 하지 않잖아요."

그녀는 두 번 되풀이 말하고는 입을 꼭 다물어 버렸다. 보치코바와 카르친킨이 끌려나간 뒤 간수가 들어와 3루블의 돈을 그녀에게 주었을 때 그제야 그녀는 약간 기운을 차렸다.

"네가 마슬로바냐? 자, 이것 받아. 어떤 부인이 보내 주는 거야."

간수는 돈을 주며 말했다.

"어떤 부인이신데요?"

"잔말 말고 받아 두면 되는 거야. 너희들하고 얘기하고 있을 시간 없다."

이 돈은 술집 여주인 키타예바가 보내 준 것이었다. 그녀는 재판소에서 돌아오는 길에 정리를 붙잡고 마슬로바에게 돈을 좀 전해 줄 수 없겠느냐고 물어 보았다. 정리는 그러겠다고 대답했다. 이렇게 허락을 얻자 단추가 세 개 달린 양가죽 장갑을 벗고 통통한 흰 손으로 비단 치마 뒷호주머니에서 유행되고 있는 지갑을 꺼내어 벌어 둔 공채에서 갓 끊어 온 듯싶은 꽤 많은 이자표 가운데에서 2루블 50코페이카짜리 1장을 골라 내고 20코페이카짜리 2장과 10코페이카짜리 은화 한 닢을 더 보태어 정리에게 주었다. 정리는 간수를 불러 그녀가 보는 데서 이 돈을 간수에게 주었다.

"꼭 좀 전해 주세요."

하고 키타예바는 간수에게 말했다.

간수는 자기를 불신하는 말투에 화가 나 그 화풀이로 카튜샤에게 퉁명스런 태도를 취했다. 카튜샤는 돈을 보자 매우 기뻤다. 이유는 돈 없이는 지금 그녀가 바라는 단 한 가지를 구할 수 없었기 때문이다.

'어떻게 해서든지 담배를 한 대 피웠으면…….'

하고 그녀는 속으로 생각했었다. 지금 그녀의 모든 생각은 오직 담배를 한 대 피워 무는 데에만 집중되어 있었다. 더 이상 참을 수 없게 담배가 피우고 싶어 다른 방에서 복도로 흘러 나오는 담배 냄새를 맡았을 때는 그 공기를 마구 들이켰다. 그러나 그녀는 다시 오랫동안 기다려야 했다. 그녀를 돌려 보내야 할 서기가 피고의 일은 잊어버리고 변호사 한 사람과 판매 금지를 당한 논문에 관해 이야기를 하느라 정신이 없었으며 마침내 말다툼까지 벌이고 있었기 때문이었다.

이윽고 4시가 넘어서야 그녀의 퇴출 허가가 내려져 니지니 노브고로드 출신과 추바쉬 출신의 두 호위병이 재판소 뒷문으로 그녀를 끌고 나왔다. 재판소 정문을 지나기도 전에 그녀는 20코페이카를 주면서 빵 두 개와 담배를 사다 달라

고 부탁했다. 추바쉬 인은 웃으면서 돈을 받더니

　"그래 사다 주지."

하고 말했다.

　그리고 담배와 빵을 사 왔으며 정직하게 거스름돈까지 내주었다. 걸어가면서 피울 수는 없었으므로 카튜샤는 여전히 담배를 피우고 싶은 욕구를 누른 채 감옥으로 돌아갔다. 그녀가 정문 앞에 이르렀을 때 기차에 실려온 1백 명쯤 되는 새로운 죄수가 도착했다. 문을 들어설 때 그녀는 이 대열과 만났다.

　죄수들이——턱수염을 기른 자, 수염을 깎은 자, 늙은이, 젊은이, 러시아인, 외국인, 그 중에는 머리를 반만 깎은 자도 있었다——이런 여러 형태의 사람들이 차코를 철거덕거리면서 먼지와 시끄러운 발소리와 말소리와 코를 찌르는 땀냄새로 통로를 가득 메웠다. 죄수들은 카튜샤 곁을 지날 때 모두 굶주린 눈으로 힐끔힐끔 돌아보았다. 그 가운데에는 욕정에 일그러진 얼굴로 다가와서 만져 보는 자도 있었다.

　"야, 미인인데!"

하고 죄수 하나가 말했다.

　"언니, 잘 있었어?"

　또 하나가 한쪽 눈을 찡긋하면서 말했다. 뒷머리를 파랗게 밀고 가무잡잡한 얼굴에 콧수염만 남긴 사나이가 차코를 철거덕거리면서 그녀에게 달려들어 껴안았다.

　"아니, 옛 정부를 몰라본단 말야! 시치미 떼지 말라고."

　카튜샤가 밀어 내자 그는 이를 드러내고 눈을 번들번들거리면서 소리쳤다.

　"이 자식, 무슨 짓이야!"

　뒤에서 다가온 부소장이 소리쳤다.

　죄수는 몸을 움츠리고 얼른 물러섰다. 부소장은 카튜샤에게 다가갔다.

　"너는 왜 여기 서 있나?"

　재판소에서 지금 막 돌아오는 길이라고 카튜샤는 말하고 싶었으나 녹초가 되도록 지쳐서 아무 말도 하기가 싫었다.

"재판소에서 돌아오는 길입니다."

호송 반장이 지나가는 죄수들 틈에서 뛰어나와 경례를 하며 말했다.

"그럼 빨리 간수장에게 넘겨 줘라. 무슨 몹쓸 짓이야!"

"넷, 알았습니다."

"스콜로프! 인수해라."

하고 부소장은 소리쳤다.

간수장이 달려와 화가 난 듯이 카튜샤의 어깨를 툭 치고 고개로 가리키며 여자 감방 복도로 끌고 갔다. 복도에서 그녀의 온몸을 더듬어 보고 구석구석 뒤졌으나 아무것도 나오지 않으므로──담뱃갑은 빵 속에 쑤셔 넣었다──오늘 아침에 나온 그 감방으로 다시 밀어 넣었다.

30

카튜샤가 수용되어 있는 감방은 길이 6.3미터, 너비 5미터 남짓의 길쭉한 방으로 창문이 두 개 있고 칠이 벗겨진 벽난로가 하나 불쑥 튀어나와 있었으며 갈라진 나무 침대가 줄지어 있어 방의 3분의 2쯤 차지하고 있었다. 문을 들어서면 바로 앞에 꺼멓게 그을은 성상이 놓여 있고, 그 앞에 촛불이 하나 켜져 있었으며, 먼지투성이의 국화 꽃다발 하나가 걸려 있었다. 문 뒤 왼편으로 바닥이 꺼멓게 더러워진 데가 있었는데 거기에는 악취를 풍기는 변기가 놓여 있었다. 지금 막 점호가 끝났으므로 여죄수들이 이제 또 아침까지 갇히게 되는 것이다.

이 감방의 죄수는 모두 열다섯 명인데, 어른이 열두 명이고 세 명은 아이였다.

아직도 밝았으므로 두 명의 여죄수만 나무 침대에 누워 있을 뿐이었다. 하나는 머리서부터 죄수복을 뒤집어쓰고 있었는데 여행증이 없어 붙잡힌 백치 여자로 언제나 거의 누워만 있었다. 또 하나는 절도범으로 거의 형기가 끝나가는 폐병 환자였다. 그녀는 잠을 청하는 것이 아니라 그저 누워 있었을 뿐이며 죄수복을 베고 눈을 크게 뜨고는 목에 걸려 그르렁거리는 가래와 기침을 가까스로 참고 있었다. 다른 여자들은 모두 맨머리에 뻣뻣한 삼베 속옷만 입고 있었는데, 나무 침대에 앉아 바느질을 열심히 하는 여자들도 있고, 창가에 서서 뜰을 지나가는 남자 죄수들을 바라보는 여자들도 있었다.

바느질을 하는 세 여자 가운데 한 사람은 카튜샤를 전송한 노파 콜라브료바였다. 그녀는 주름진 얼굴을 언제나 우울하게 일그러뜨리고 턱 밑에 주머니처럼 피부가 늘어진, 키가 크고 고집 센 여자로 관자놀이 언저리에 흰 머리카락이 나 있고 한쪽 볼에는 털이 난 사마귀가 붙어 있었다. 노파는 도끼로 남편을 죽인 죄로 유형 선고를 받고 있었다. 그녀가 남편을 죽인 것은 남편이 그녀가 데리고 간 딸을 성폭행했기 때문이다. 이 노파가 감방의 반장이었으며 술을 몰래 거래하고 있었다. 그녀는 안경을 쓰고 일감을 펼쳐 놓고는 농삿일에 익숙한 커다란 손으로 농부들이 하듯 세 손가락으로 바늘을 쥐고 바늘 끝을 자기 앞쪽으로 향해 홈질을 하고 있었다.

그 옆에서 조그맣고 까만 눈을 한, 사람이 좋고 수다스러운, 납작코에 거무스름한 여자가 역시 자루를 깁고 있었다. 이 여자는 건널목지기였는데 기차가 왔을 때 신호등을 들고 나가지 않는 바람에 재수 없게도 사고가 일어나 석 달의 금고형을 받았다.

또 다른 바느질을 하고 있는 여자는 페도샤라고 했으며——사람들은 페니시카라고 불렀다——살결이 하얗고 볼이 발그스레한, 어린애처럼 맑고 푸른 눈의, 마치 소녀같이 귀여운 여자로 기다랗게 땋은 두 가닥의 아맛빛 머리칼을 조그만 머리에 감고 있었다. 그녀도 남편을 죽이려고 했던 죄로 복역하고 있었다. 15세에 시집 가, 가자마자 남편을 죽이려 했으나, 보석으로 풀려나 재판을 기다리던 여덟 달 동안에 남편과 화해를 했을 뿐 아니라 사이가 너무 좋아져서 재판 받을 무렵에는 남편과 진심으로 사랑하게 되어 정답게 지내고 있었다. 남편과 시아버지가, 특히 그녀를 사랑한 시어머니가 재판 때 힘을 썼고 그녀의 변호에 갖은 애를 다 썼으나 결국 그녀는 유형수로서 시베리아로 보내지는 판결을 선고

받고 말았다. 마음씨가 상냥하고 쾌활한, 곧잘 웃는 페도샤는 카튜샤 옆의 침대를 쓰고 있었고 그녀를 귀여워했을 뿐 아니라 여러 가지로 카튜샤를 보살펴 주는 것을 자기 일처럼 알고 있었다.

그 밖에 두 여자가 할 일 없이 우두커니 나무 침대에 앉아 있었다. 하나는 나이가 40세쯤 되어 보이는 얼굴이 어위고 창백한 여자인데, 시금은 말랐지만 전에는 상당한 미인이었을 것 같았다. 젖먹이를 안고, 길게 늘어진 흰 유방을 드러내어 젖을 먹이고 있었다. 그녀의 죄는 다음과 같았다.

그녀의 동네에서 신병 한 사람 징집되었을 때, 농부들은 그것을 불법이라 항의하면서 여럿이 경관을 막고 끌려가는 신병을 가로채 버렸다. 불법 징집된 젊은이의 고모였던 그녀가 신병이 탄 말고삐에 맨 먼저 손을 댔다는 것이었다.

또 한 사람은 주름살투성이로 온통 머리가 희고 등이 굽은 마음씨 좋은 조그만 노파였다. 이 노파는 벽난로 옆에 있는 책상에 앉아서 머리를 짧게 깎고 배만 불룩한 네 살 가량 된 사내아이가 깔깔거리며 눈앞을 달려가는 것을 붙잡는 시늉을 하고 있었다. 셔츠 하나만 걸친 사내아이는 노파 앞을 달려가면서,

"용용 죽겠지!"

하고 줄곧 같은 말로 놀리고 있었다. 아들과 함께 방화죄로 몰린 이 노파는 놀랄 만큼 성실하고 착하게 복역하면서, 오로지 같이 수감된 아들과 그보다도 집에 남기고 온 영감을 걱정하면서 며느리가 달아나 빨래해 줄 사람이 없어서 걱정하고 있었다.

이들 일곱 명의 여자말고 나머지 네 명은 열려 있는 하나의 창문에 몰려서 쇠창살을 붙잡고 뜰을 지나가는 남자 죄수들과 서로 눈짓을 하기도 하고 부르고 소리치고 있었다. 그 가운데 하나는 절도범이었으며 형기가 곧 끝나는, 몸집이 크고 살이 축 늘어진 빨강머리 여자로 주근깨투성이의 얼굴과 손, 지저분하게 드러난 옷깃 사이로 들여다보이는 굵고 짧은 목도 다 누리끼리한 허연 빛깔로 흐려 있었다. 그녀는 창 밖을 향해 쉰 목소리로 상스러운 말을 내뱉고 있었다.

그와 나란히 10세 된 소녀의 키밖에 되지 않는 허리가 길고 다리가 짧아 아주 꼴불견인 살결이 검은 여자가 서 있었다. 얼굴에는 붉은 기가 많이 돌고 새까만

두 눈은 멀찍이 떨어져 있는데다가 입술이 두껍고 인중이 짧아 흰 이가 삐죽이 나와 있었다. 그녀는 마당에서 일어나는 일을 보고 가끔씩 요란스럽게 웃어 대고 있었다. 멋을 부리기 때문에 '미인'이라는 별명이 붙은 이 여죄수는 절도와 방화죄로 수용되어 있었다.

그 뒤에 서 있는 것은 임산부로 두 눈 뜨고 볼 수 없을 만큼 더러운 잿빛 속옷을 입은 바싹 마른 심줄투성이에 불룩한 배를 하고 있었는데, 이 미결수는 장물은닉죄로 재판을 받고 있었다. 이 여자는 잠자코 있었지만 마당에서 일어나고 있는 일에 아까부터 흥미를 느끼고 재미있는 듯이 히죽히죽 웃고 있었다.

또 한 사람은 농부의 아내로서 술을 몰래 팔다 붙잡혀 왔는데, 머잖아 출감하게 될 키가 작고 눈이 몹시 튀어나온 인상이 좋아 보이는 여자였다. 이 여자는 노파하고 장난치고 있던 사내아이와 또 하나 감방 안에 있는 계집아이의 어머니인데 아이들을 돌봐 줄 곳이 없어 같이 수용 생활을 하고 있었다. 다른 세 여자와 마찬가지로 창 밖을 바라보고 있었지만 양말 뜨는 손은 쉬지 않고 놀렸으며 밖에서 남자 죄수들이 던지는 말에 일일이 화를 내면서 눈살을 찌푸리고 눈을 감았다. 그녀의 딸인 계집아이는 희끄무레한 머리를 푸석하게 풀어 헤친 채 속옷바람으로 빨강머리 여자 곁에 서서 조그맣고 가느다란 손으로 치마에 매달려 열심히 밖을 내다보며 여자들이 남자 죄수들과 주고받는 음탕한 욕지거리에 주의 깊게 귀기울이면서 외기라도 하듯 작은 소리로 그 말을 되풀이했다.

열두 명째의 여죄수는 교회 집사 딸인데 아비 없는 자식을 낳아 우물에 빠뜨려 죽인 죄로 잡혀 와 있었다. 그녀는 날씬한 몸매에다 짧은 아맛빛 머리를 땋았는데 머리카락이 지저분하게 흐트러져 있었고, 튀어나온 눈으로 앞을 똑바로 바라보고 있었다. 그녀는 주위에서 벌어지고 있는 일에는 아예 관심도 보이지 않고 더러운 속옷바람으로 맨발로 감방 안의 빈 자리를 왔다갔다했는데, 벽까지 가서는 갑자기 휙 돌아서서 되돌아오는 일을 반복하고는 했다.

31

갑자기 자물쇠 소리가 철거덕하는 소리가 들리며 카튜샤가 감방 안으로 들어오자 일제히 그녀 쪽을 돌아보았다. 집사의 딸까지도 한순간 우뚝 서서 눈썹을 치켜뜨고 카튜샤를 바라보았으나 이내 아무 말도 하지 않고 다시 성큼성큼 걷기 시작했다. 카튜샤를 전송했던 콜라브료바는 조심조심 올이 굵은 자루에 바늘을 꽂고 안경 너머로 궁금한 눈길을 카튜샤에게로 보냈다.

"원 저런! 다시 돌아왔구먼. 난 틀림없이 석방될 줄 알았는데."

그녀는 목이 쉰 굵은 남자 같은 목소리로 말했다.

"아마 유형을 선고 받은 모양이지?"

그녀는 안경을 벗고 바느질감을 옆으로 밀어 놓으며 말했다.

"우리는 조금 전까지도 아주머니랑 얘기하고 있었지. 법정에서 그대로 석방될지도 모른다고 말이야. 그런 일도 있다고 하니까 재수가 좋으면 돈까지 받고 말이야."

하고 곧 노래라도 부르는 듯한 소리로 사람 좋고 수다스러운 건널목지기가 말하기 시작했다.

"그게 우리들 예상하고 빗나간 모양이지. 하느님께서는 하느님의 뜻이 따로 또 있겠지 뭐. 가엾어라."

그녀는 상냥하게 듣기 좋은 말로 지껄여 댔다.

"그래, 형은 선고 받았어?"

페도샤가 어린애같이 파랗고 맑은 눈에 동정을 담고 카튜샤를 보면서 물었다. 그리고 그 쾌활한 젊은 얼굴이 금방이라도 울음을 터뜨릴 것같이 일그러졌다.

카튜샤는 아무 대꾸도 하지 않고 끝에서 두 번째인 콜로브료바 옆에 있는 자기 침대로 가서 위에 걸터앉았다.

"아직 식사도 못 했겠네?"

하고 일어나 카튜샤 쪽으로 가면서 페도샤가 말했다.

카튜샤는 아무 말도 하지 않고 있다가 오던 길에 사 온 흰 빵을 침대 머리맡에 놓고는 옷을 벗기 시작했다. 먼지 묻은 죄수복과 곱슬곱슬한 검은 머리를 썼던 수건을 벗고 앉았다.

맞은편 구석에서 사내아이와 장난을 치고 있던 노파도 가까이 와서 카튜샤 앞에 섰다.

"쯧쯧쯧!"

하고 가여운 듯이 머리를 흔들며 노파는 혀를 찼다.

노파를 따라온 사내아이도 눈을 크게 뜨고 입을 뾰죽이 내밀며 카튜샤가 갖고 온 흰 빵을 물끄러미 바라보았다. 오늘 있었던 온갖 사건 뒤에 이렇게 모두 상냥하게 대해 주는 얼굴을 보니 카튜샤는 더욱 슬퍼 소리내어 울고 싶어져서 입술이 바들바들 떨리기 시작했다. 그래도 그녀는 되도록이면 울음을 참으려고 노파와 사내아이가 앞에 올 때까지는 그럭저럭 머뭇거리고 있었는데, 노파의 상냥하고 동정어린 혀 차는 소리를 듣고 특히 흰 빵에서 그녀에게로 옮긴 사내아이의 심각한 눈길과 마주치자 그녀는 그만 더 참을 수가 없었다. 온 얼굴의 근육이 일그러지더니 그녀는 엎어져서 소리내어 울기 시작했다.

"그러기에 내가 말하지 않았어. 똑똑한 변호사한테 부탁하라구."

하고 노파 콜라브료바는 말했다.

"어떻게 됐어, 유형이야?"

하고 그 노파는 물었다.

카튜샤는 대답을 하려고 했지만 더 이상 말이 나오지 않았다. 그리고 흐느껴 울면서 흰 빵 속에서 담뱃갑을 꺼내어——그 갑에는 머리를 수북히 높게 빗어 올리고 삼각형으로 널찍하게 가슴을 드러낸, 볼이 빨간 귀부인이 그려져 있었다——콜라브료바에게 주었다. 노파는 그림을 보고 그림도 그림이려니와 이런 것에 돈을 써 버린 카튜샤를 탓하는 듯 머리를 내젓고는 한 개비 뽑아 들어 등잔불에 당겨 한 모금 빤 다음 카튜샤의 손에 쥐여 주었다. 카튜샤는 흐느껴 울면서 굶주린 듯이 빨고 연기를 내뿜었다.

"유형이래요."

하고 그녀는 울면서 말했다.

"하느님이 무섭지도 않은가 봐, 그 기생충들. 저주받은 악마들 같으니라구."

하고 콜로브료바가 말했다.

"죄없는 여자에게 벌을 주다니."

그 때 창가에 몰려 있던 여자들이 웃음소리가 와 하고 터져 나왔다. 소녀도 따라 웃었다. 그 가냘프고 앳된 웃음소리가 다른 세 여자들의 깨진 듯한 쉰 웃음소리와 매우 대조적이었다. 밖에 있던 남자 죄수가 창문으로 내다보는 여자들을 웃기려고 무슨 이상한 짓을 해 보인 모양이었다.

"미친것들 같으니! 무슨 짓이야."

하고 빨강머리 여자가 말하더니, 뚱뚱한 몸을 떨면서 쇠창살에 얼굴을 갖다 대고 차마 들을 수 없는 상스러운 욕을 퍼부어 댔다.

"저 뚱뚱보가 또 수선을 떨고 있어!"

하고 콜로브료바는 빨강머리 쪽을 보고 머리를 흔들며 꾸짖었으나, 곧 다시 카튜샤 쪽으로 얼굴을 돌렸다.

"몇 년이나 선고됐지?"

"4년."

하고 카튜샤는 말했다. 그러자 참았던 눈물이 왈칵 쏟아지고 그 한 방울이 담배에 떨어졌다.

화가 난 카튜샤는 손가락으로 피던 담배를 뭉개 버리고는 새 담배를 꺼냈다.

건널목지기 여자는 담배를 피우지도 않으면서 얼른 주워서 연방 지껄여 대며 구겨진 부분을 펴기 시작했다.

"역시 그랬구나."

하고 그녀는 말했다.

"요즘 세상에 진실이 어디 있어. 제멋대로들 노는 판인데. 콜라브료바 할머니는 풀려날 거라고 했지만 난 아냐. 내 짐작으로는 가엾지만 그네들이 못 살게

굴 거라고 말했지? 그대로 되었잖아."

그녀는 자기 목소리에 도취되어 말했다.

그 때 마당을 지나가던 남자 죄수들이 다 지나가 버리자, 그들과 말을 주고받던 여죄수들은 창가를 떠나 카튜샤의 주위에 몰려들었다. 먼저 다가온 것은 딸을 데리고 와 있는, 그 눈이 튀어나온 술을 몰래 팔다 붙잡혀 온 여자였다.

"뭐 중형을 받았다구?"

하고 그 여자는 카튜샤 곁에 앉아 양말 뜨는 손을 그냥 놀리면서 말했다.

"돈이 없기 때문이지. 돈이 있어 똑똑한 변호사를 댔더라면 틀림없이 무죄가 되었을 텐데 말이야."

콜로브료바가 말했다.

"거 왜, 뭐라고 하더라, 코가 큰 털보 녀석 말이야. 그 녀석은 물 속에서도 젖지 않고 나오는 비상한 재주가 있거든. 그 사람한테 부탁할 걸 그랬어."

"아이구 참, 어떻게 부탁해요."

하고 곁에 앉은 미인이 이를 드러내고 말했다.

"그 녀석은 1천 루블 이하는 상대도 않는다구요."

"글쎄, 이렇게 된 것도 당신 팔자인지 모르지."

방화범 노파가 끼여들었다.

"누군들 안 괴롭겠어. 내 아들 역시 며느리하고 떨어져서 이런 감옥에서 이에 뜯기고, 나 같은 이런 늙은이까지 말이야."

하고 노파는 벌써 백 번도 더 했을 신세 타령을 늘어놓기 시작했다.

"나는 감옥이나 거지 신세에서 벗어날 수 없나 봐. 거지 노릇이 아니면 감옥이거든."

"그 놈들이 하는 말은 정해져 있거든."

술을 밀매하던 여자는 이렇게 말하며 계집아이의 머리를 보더니 뜨던 양말을 옆에 내려놓고 계집아이를 앞에 끌어다가 놓고 손가락 끝을 부지런히 놀려 이를 찾았다.

"왜 술을 몰래 파느냐? 하고 묻잖겠어. 그러면 자식을 어떻게 먹여 살리란 말이야?"

익숙한 손놀림을 계속하면서 그녀는 말했다.

이 말이 카튜샤에게 술 생각이 나게 했다.

"술이나 마셨으면."

그녀는 이따금 훌쩍이면서 속옷 소매로 눈물을 닦으며 콜라브료바에게 말했다.

"보드카 말이지? 아무렴, 주고말고."

하고 콜라브료바는 말했다.

32

카튜샤는 빵 속에 감추어 두었던, 술집 주인 여자가 몰래 보내 준 돈을 꺼내어 콜라브료바에게 주었다. 콜라브료바는 그 돈을 받아들고 이리저리 뒤집어 보았다. 글은 읽을 줄 몰랐지만 2루블 50코페이카에 해당한다는, 뭐든지 잘 아는 멋쟁이 미인의 말을 믿고 환기 구멍에 감추어 둔 술병을 가지러 갔다. 그것을 보더니 자기 침대에서 나와 있던 모든 여자들은 모두 제자리로 돌아갔다. 그 동안에 카튜샤는 수건과 죄수복의 먼지를 떨고 침대에 앉아 흰 빵을 먹기 시작했다.

"당신 몫으로 차를 얻어 두었는데 아마 식었을 거야."

하고 각반으로 싼 함석 주전자와 컵을 선반에서 내리며 페도샤가 말했다.

차는 차가워져서 차맛보다는 함석 냄새가 더 났지만, 그래도 카튜샤는 컵에 따라 마셨다.

"페니샤 자."

하고 그녀는 빵을 조금 떼어 그녀의 입을 물끄러미 쳐다보고 있는 사내아이에게 주었다.

콜라브료바가 그 동안에 술병과 컵을 꺼내 가지고 왔다. 캬튜샤는 콜라브료바와 미인에게 권했다.

이 세 사람은 돈을 갖고 있었고, 서로 신세 지기도 했으므로 이 감방 안에서 하나의 특권 계급을 형성해 놓고 있었다.

조금 지나자 캬튜샤는 기운이 나서 상스런 말투로 재판 광경을 이야기하기 시작하여, 검사보의 흉내도 내고 법정에서 특히 자기를 놀라게 한 일들을 이야기했다. 법정에서는 모두들 호기심에 번들거리는 눈으로 그녀를 바라보았고 그녀를 보기 위해 볼일도 없는 죄수 대기실을 쉬지 않고 서성거리더라고 그녀는 말했다.

"호송 군인도 말했지만, 그건 모두 나를 보러 온 거래요. 점잖은 얼굴을 하고 들어와서 이러이러한 서류는 어디 있더라 하고 말하지만, 보면 서류 같은 건 아무래도 좋은지 나만 흘끔흘끔 쳐다보지 않겠어요?"

하고 그녀는 싱글벙글 웃으면서 말하고는 의아한 듯이 고개를 내저었다.

"어쩌면 그렇게도 행동이 서툰지 원."

"정말이지, 모두 다 그래요."

하고 건널목지기가 가로막더니, 금방 노래하는 듯한 목소리가 흘러 나왔다.

"설탕에 끼는 파리 같은 것들이야. 다른 것에는 달려들지 않으면서, 이것만은 귀찮을 정도로 달라붙거든. 정말이지, 세 끼 밥은 안 먹어도……."

"여기도 마찬가지야."

하고 캬튜샤가 그녀를 가로막았다.

"여기서도 나는 봉변을 당했는걸. 아까 이리 올 때 역에서 온 죄수들을 만났는데, 다짜고짜로 나를 둘러싸는 바람에 어떻게 빠져 나오면 좋을지 몰랐어. 운좋게 부소장이 쫓아 주긴 했지만. 한 놈이 무턱대고 끌어안는 바람에 가까스로 뿌리쳤다니까."

"어떤 놈인데?"

하고 멋쟁이 미인이 물었다.

"거무튀튀하고 콧수염을 기른 기분 나쁜 녀석이야."

"틀림없이 그놈이야."

"그놈이라니?"

"시체글로프야, 방금 여기를 지나간."

"시체글로프가 뭐하는 녀석인데?"

"시체글로프를 몰라? 두 번이나 유형지에서 탈옥한 사나이야. 이번에 잡혔는데 또 도망갈 거야. 간수들도 겁을 먹고 있어."

하고 남자 죄수들에 대한 편지 중개를 맡고 있기 때문에 감옥 안의 일을 모두 알고 있는 멋쟁이 미인이 말했다.

"두고 봐, 반드시 달아날 테니까."

"달아나더라도 우리를 데려가 주지는 않아."

하고 콜라브료바가 말했다.

"그보다도 어떻게 됐어?"

그녀는 카튜샤에게 물었다.

"변호사는 상소하라고 했겠지. 앞으로 상소하지 않을 거야?"

카튜샤는 그런 것은 아무것도 모른다고 대답했다.

그 때 빨강머리 여죄수가 주근깨투성이의 두 손을 숱많은 푸석한 머리 속에 찔러 넣고 손톱으로 빡빡 긁으면서 술을 마시고 있는 세 사람 쪽으로 다가왔다.

"카테리나, 내가 다 가르쳐 줄게."

하고 그녀는 말했다.

"우선 첫째로, 판결에 불복한다는 것을 써 내야 해. 그리고 검사에게 신청해야 하는 거야."

"아니, 왜 왔어?"

하고 화난 듯이 굵직한 소리로 말하며 콜라브료바가 그 쪽을 보았다.

"술이 먹고 싶어서 왔지? 거짓말해도 소용없어. 너 아니라도 그런 것쯤은 다 알고 있으니, 저리 가라구!"

"너한테 얘기하고 있는 게 아니야. 쓸데없는 참견 말아!"

"술이 한 잔 하고 싶어진 게지? 살금살금 온 걸 보니."

"어때요, 한 잔 주지 뭐."

가진 것을 언제나 나누어 주는 것을 좋아하는 카튜샤가 말했다.

"이런 년에게 줄 술이 어디 있어!"

"뭐, 뭐라고!"

하고 빨강머리가 콜라브료바에게 대들면서 말했다.

"너 같은 건 무섭지 않아."

"이 감옥의 쓰레기야!"

"너는 어떻고?"

"이 썩은 강도년아."

"내가 강도라고! 유형수, 살인범!"

하고 빨강머리가 외쳐 댔다.

"저리 가란 말이야!"

하고 콜라브료바가 험상궂은 목소리로 말했다.

그러나 빨강머리는 자꾸만 더 다가설 뿐이었다. 콜라브료바는 그녀의 살찐 가슴을 떼밀었다. 그것을 기다렸다는 듯이 빨강머리는 갑자기 한 손으로 잽싸게 콜라브료바의 머리채를 휘어잡고, 다른 손으로 상대방의 얼굴을 때리려 했지만, 콜라브료바가 그 손을 붙잡았다. 카튜샤와 미인이 빨강머리의 손을 잡고 떼어 놓으려 했으나, 빨강머리는 손을 놓지 않았다. 빨강머리가 한순간 주먹을 풀었으나, 그것은 머리채를 손에 단단히 감아 쥐기 위해서였다. 콜라브료바는 머리를 끌린 채, 한 손으로 빨강머리의 몸을 할퀴고, 이로 손을 물어뜯었다. 여죄수들은 붙어 싸우고 있는 두 사람을 둘러싸고 떼어 놓으려고 소리들을 질렀다. 내내 누워 있던 폐병 환자까지도 옆에 와서 쿨룩거리면서 싸우는 두 사람을 지켜보았다. 아이들은 서로 얼싸안고 울고 있었다. 이 소동을 알고 여간수가 남자 간수를 데리고 달려왔다. 콜라브료바는 희끗희끗한 머리를 풀고 쥐어뜯긴 머리 뭉치를 골라 내면서, 빨강머리는 찢어진 속옷으로 앞가슴을 누르면서 변명을 하며 하소연하느라 고함치고 있었다.

"나는 다 알고 있어. 이건 술 때문이다. 내일 교도 소장님에게 말해서 조사해 봐야겠다. 이것 봐, 술 냄새가 물씬물씬 나잖아." 하고 여간수가 말했다.

"알겠나. 깨끗이 치워 둬. 그렇지 않다가는 혼날 테니. 너희들 말을 들어 줄 시간은 없다. 자, 모두 제자리에 들어가서 조용히들 해."

그러나 조용해지기까지는 시간이 오래 걸렸다. 여자들은 한참 동안 욕을 해대며 왜 싸움이 시작되었고 누가 잘못했는지를 따졌다. 이윽고 간수들은 가고 여자들은 지껄이다 지친 몸으로 잠자리에 들 준비를 하기 시작했다.

노파가 성상 앞에 서서 기도하기 시작했다.

"유형수가 두 년이나 모여 있으니."

갑자기 건너편 구석의 침대에서 빨강머리가 말끝마다 상스러운 욕지거리를 붙여 가며 말했다.

"조심해, 혼나고 싶지 않거든."

콜라브료바도 지지 않고 대꾸했다.

"말리지만 않았더라면 눈알을 후벼 파 주는 건데."

하고 빨강머리가 또 말했다. 곧 비슷한 콜라브료바의 대꾸가 돌아갔다.

다시 침묵의 시간이 약간 오래 계속되더니 또 욕지거리가 시작되었다. 그러다 그 간격이 차츰 길어지더니 마침내 조용해졌다.

모두 자리에 누워 있었다. 여기저기서 코 고는 소리가 들리기 시작했다. 언제나 긴 기도를 드리는 노파만이 아직도 성상 앞에서 머리를 조아리고 있었다. 그리고 또 한 사람, 집사의 딸이 간수가 나가자 곧 일어나서 다시 감방 안을 왔다 갔다하기 시작했다.

카튜샤는 좀처럼 잠이 오지 않아 자기가 유형수라는 사실을 곰곰 생각하고 있었——벌써 두 번이나 그렇게 불렸다. 한 번은 보치코바에게, 또 한 번은 빨강머리에게——그러나 그녀는 이 생각에 쉽게 익숙해질 수가 없었다. 그녀에게 등을 돌리고 있던 콜라브료바가 돌아 누웠다.

"이럴 줄은 꿈에도 생각 못 했어요."

하고 카튜샤는 조용하게 말했다.

"아무리 나쁜 짓을 해도 아무렇지도 않은 사람도 있는데, 죄도 짓지 않고 고

생을 해야 하다니!"

"걱정할 필요 없어. 시베리아에도 사람은 살고 있으니까. 그리로 간다고 다
죽는 건 아니잖아."

하고 콜라브료바가 위로했다.

"그건 알고 있지만, 너무 억울해요. 내가 바라는 건 이런 삶이 아니에요. 그
래도 여태껏 편한 생활에만 익숙해져 있는데……."

"하느님을 거스를 수는 없어."

콜라브료바는 한숨을 섞어서 말했다.

"하느님을 거스를 수는 없는 거야."

"알아요, 하지만 괴로워요."

두 사람은 잠시 잠자코 있었다.

"들리지? 저건 그 돼먹지 못한 년이 내는 소리야."

하고 콜라브료바는 맞은편 구석에서 들려 오는 야릇한 소리에 캬튜샤의 귀를 기
울이게 했다.

그 소리는 빨강머리 여자가 나지막하게 흐느껴 우는 소리였다. 빨강머리 여자
는 지금 욕을 먹고, 얻어맞고, 그토록 먹고 싶었던 술을 얻어먹지 못한 것이 억
울해서 울고 있었다. 그녀는 지금까지의 생애에서 욕지거리와, 비웃음과, 멸시
와, 매질말고는 조금도 좋은 일을 겪어 본 일이 없었던 사실이 견딜 수 없이 슬
퍼 울고 있었다. 그녀는 직공 페지카 몰로존코프와의 첫사랑을 떠올리며 스스로
를 위안하려 했지만, 그 사랑을 떠올리니, 그 슬픈 사랑의 종말이 생각났다. 그
것은 지독한 짓이었다.

사랑하는 페지카가 술에 취하여 장난삼아 그녀의 몸에서 가장 민감한 곳에 살
충제로 쓰는 황산을 발라 놓고, 그녀가 너무 아파서 몸부림치며 괴로워하는 꼴
을 친구들과 보고 웃으며 즐겼던 것이다. 그것을 생각하니 자신이 가여운 생각
이 들었다. 아무도 듣고 있는 사람이 없는 줄 알고 울기 시작하여 어린애처럼
신음하기도 하고, 훌쩍거리며 짭짤한 눈물을 삼키기도 하면서 애절하게 흐느껴
울었다.

"가엾어요."

하고 카튜샤가 말했다.

"그야, 가엾기는 하지만 참견하지 않는 게 좋을 거야."

33

이튿날 아침, 네흘류도프가 눈을 뜨고 제일 먼저 느낀 것은 자기 몸에 무언가가 일어났다는 깨달음이다. 그리고 무슨 일이 일어났는지 아직 생각도 하기 전에 무언가 중대한, 특별하게 좋은 일이 일어났다는 것을 그는 벌써 느끼고 있었다. '카튜샤, 재판.' 그렇다, 이제 거짓말은 그만두고 모든 진실을 말해야 한다. 그런데 이 무슨 우연의 일치인가. 그 날 아침 마침내 오래 기다리던 귀족 회장 부인 마리아 바실리예브나한테서 편지가 온 것이다. 그야말로 지금의 그에게는 특히 필요한 편지였다. 그녀는 그에게 모든 자유를 인정해 주면서 곧 다가올 결혼의 행복을 빈다고 썼다.

"결혼이라!"

하고 그는 자신을 비웃듯 중얼거렸다.

"지금의 나한테는 아득한 얘기지!"

그리고 그는, 모든 사실을 그녀의 남편에게 털어놓고 지난날의 과오를 용서받고 어떤 속죄라도 하겠다고 말하려던 어제의 결심이 생각났다. 그러나 오늘 아침이 되고 보니 그것은 어제 생각한 만큼 쉬운 일이 아닌 것 같은 생각이 들었다. '더구나 모르고 있는 것을 일부러 알려서 불행하게 할 필요가 있을까? 만약 묻는다면 그 때는 분명히 말하자. 그러나 이 쪽에서 군이 말하러 갈 필요가 있을까? 아니, 그럴 필요는 없다.'

그와 마찬가지로 미시에게 모든 진실을 고백하겠다는 것도 오늘 아침이 되고 보니 역시 어려운 일로 여겨졌다. 이것도 말해서는 안 된다──모욕이 될지도 모른다. 어쨌든, 사람 사이의 관례라는 것은 자칫 잘못하면 어떠한 오해가 남게 되는 것을 피할 수는 없는 것 같다. 오늘 아침부터는 그 사람들 집에 가지 말자, 그리고 만일 묻는다면 진실을 말하자 하고 그는 굳게 결심했다.

그 대신 카튜사에 대한 관계에 대해서는 애매한 말이 한 마디라도 남아 있어서는 안 된다.

'감옥으로 가서 그녀를 만나 용서를 빌자. 그리고 필요하다면, 그렇다, 필요하다면 그녀와 결혼하자.' 하고 그는 생각했다.

정신적 만족을 위해 모든 것을 희생시키고 그녀와 결혼하려는 이 생각이 오늘 아침 유달리 그를 행복하게 했다.

오랫동안 그는 이처럼 생기에 찬 기분으로 아침을 맞이한 적이 없었다. 방에 들어온 아그라페나 페트로브나에게 그는 순간적으로 자기도 미처 생각지 못한 단호한 태도로 이 집과 그녀의 시중이 앞으로는 필요없게 되었다고 말했다. 그가 지금까지 호화로운 저택을 가지고 있는 것은 미시와 결혼하기 위해서라는 것이 은연 중에 인정되어 왔었다. 그러므로 이 집을 내놓는다는 것은 특별한 의미를 갖는다. 아그라페나 페트로브나는 깜짝 놀라 둥그래진 눈으로 그를 쳐다보았다.

"아그라페나 페트로브나, 당신한테는 여러 가지로 신세를 져서 정말 고맙게 생각합니다. 하지만 나는 이제 이런 큰 집도, 많은 고용인도 필요없게 되었어요. 그러니 만일 나를 도와 줄 생각이 있거든, 어머니가 살아 계실 때처럼 물건들을 정리하여 당분간 보관해 주시오. 나타샤(네흘류도프의 누이)가 와서 처리할 테니까."

아그라페나 페트로브나는 머리를 흔들었다.

"왜 정리를 하세요? 곧 필요하실 텐데."

하고 그녀는 말했다.

"아니, 필요없어요, 아그라페나 페트로브나. 아마 쓸 일이 없을 겁니다."

그녀가 머리를 흔들며 하는 말에 대답하여 네흘류도프는 말했다.

"그리고 코르네이에게도 월급을 두 달치 미리 지급할 테니, 떠나도 좋다고 알

162

려 주시오."

"그런 쓸데없는 행동을 하시면 안 돼요, 드미트리 이바노비치."

하고 그녀는 타이르듯 말했다.

"외국에 가시더라도, 어차피 집은 있어야 할 게 아녜요."

"잘못 생각하고 있어요, 아그라페나 페트로브나. 나는 외국에는 안 갑니다. 가더라도 전혀 딴 곳으로 갈 겁니다!"

그는 갑자기 얼굴이 새빨개졌다.

'그렇다, 이 여자에게만은 말해 줘야 한다.'

고 그는 생각했다.

'뭐, 잠자코 있을 필요는 없다. 사람들에게 죄다 말해 버려야 한다.'

"아그라페나 페트로브나, 어제 나한테 정말 뜻하지 않은 중대한 일이 일어났습니다. 마리아 이바노브나 고모집에 있던 카튜샤를 기억하고 있지요?"

"기억하고 말구요. 제가 바느질을 가르쳐 준 걸요."

"사실은 어제 재판소에서 그 카튜샤가 재판을 받았는데, 내가 그 배심원으로 참석했어요."

"저런 가엾어라!"

하고 아그라페나 페트로브나는 말했다.

"대관절 무슨 죄를 지었대요?"

"살인죄인데, 근본을 따지자면 그것은 다 내가 나빴던 결과지요."

"아니, 도련님이 무슨 나쁜 짓을 하셨다는 거예요? 알 수 없는 말씀만 하시는군요."

하고 그녀는 말했다. 그 늙은 눈에 장난꾸러기 같은 빛이 반짝였다. 그녀는 카튜샤에 대한 그의 잘못을 알고 있었다.

"그래요, 내가 모든 원인이었습니다. 그리고 그것이 나의 모든 계획을 바꾸고 말았지요."

"그런 일 때문에……무엇을 어떻게 바꾸어야 하죠?"

애써 웃음을 참으면서 그녀는 말했다.

"그야 그 사람이 이런 길을 밟게 된 원인이 나였으니까, 나는 그 사람을 살리기 위해서 할 수 있는 데까지 최선을 다해야지요."

"그러시다면 마음 편하신 대로 하시는 게 좋겠지만, 그건 도련님 죄가 아니에요. 누구에게나 있는 일이라, 정확한 분별력만 있다면 그런 일은 차츰 잊혀져서 평온하게 살아갈 수 있어요."

그녀는 얼굴빛을 정색하고 말했다.

"그러니 도련님께서도 그런 것을 자기 탓으로 돌릴 필요는 없으세요. 그 여자가 잘못되었다는 소문은 저도 전에 들었어요. 그런 것은 누구의 잘못도 아닙니다."

"내가 나빴어요. 그러니 올바른 길로 바로잡아 줘야 합니다."

"하지만 예전의 착한 사람으로 만든다는 것은 이젠 어려울 걸요."

"그것은 내 문제지요. 그러니 만약 당신이 자기 몸을 생각한다면, 어머니가 원하셨듯이……."

"저는 제 몸 같은 것은 걱정하지 않습니다. 돌아가신 마님한테 태산 같은 은혜를 입었으니 이 이상 아무것도 바라지 않습니다. 시집 간 조카딸 리자니카가 오라고 하니, 가게 되면 그리로 가겠습니다. 다만 도련님이 그런 쓸데없는 걱정을 하시는 것은 좋지 못한 일이에요. 누구에게나 있을 수 있는 일이니까요."

"하지만 나는 그렇게 생각지 않아요. 어쨌든, 미안하지만 이 집을 내놓고 가구 정리를 도와 줘요. 제발 기분 나쁘게는 생각지 말아요. 나한테 잘해 주어서 당신한테는 참으로 고맙게 생각하고 있습니다."

이상하게도 네흘류도프는 자기가 고약한 사람이라는 것을 깨닫고 나니 갑자기 다른 사람들이 조금도 싫지 않았다. 그뿐만 아니라, 그는 아그라페나 페트로브나와 코르네이에게 정다운 존경심마저 느꼈다. 그는 코르네이에게도 참회하고 싶은 마음이 생겼으나, 그의 태도가 너무 엄격하고 공손해서 그 말만은 그만 꺼내지 못하고 말았다.

늘상 타는 마차를 타고 항상 가는 길을 지나 재판소로 가는 동안, 네흘류도프는 제 자신에 대해서 스스로 놀라고 있었다. 그는 마치 딴 사람 같은 자기를 느졌다.

어제까지만 해도 그토록 친숙하게 대했던 미시와의 결혼이 오늘의 그에게는 이미 전혀 불가능한 것으로 보였다. 그는 어제 그녀가 자기와 결혼하면 행복하게 될 것은 틀림없는 일이라고 단정하고 있었다. 그런데 지금의 그는 결혼은커녕 그녀와 가까이 지낼 자격조차 없다고 생각하고 있었다.

'내가 만약 어떤 사람이라는 것을 안다면, 그 여자는 절대로 나에게 가까이 하지도 못하게 할 것이다. 그런데 나는 그 여자가 딴 남자에게 마음을 허락한 일이 있었을 것이라고 비난하고 있었으니. 아니, 안 된다. 그 여자가 이러한 나와 결혼해 준다고 하더라도 나는 카튜샤가 감옥에 있다는 것을, 그리고 내일 모레라도 호송되는 죄수 행렬에 끼여 시베리아로 간다는 것을 알고 있는 한 행복해질 수도, 마음 편해질 수도 없다. 또 나 때문에 일생을 망친 여자가 유형지로 가고 있는데, 나는 여기서 결혼을 하고 새 아내와 함께 축복받으며 돌아다닌단 말인가! 게다가 나와 그 부인이 함께 속였던 귀족 회장과 같이 총회에서 지방 장학 제도와 그 밖의 안건에 대한 찬반의 표를 세고, 그 뒤에 그 부인과 밀회를 즐긴다! 아, 이 무슨 더러운 짓인가! 아니면 또, 결코 이룰 수 없다는 것을 알면서 그림을 계속 그려야 한다? 나는 그런 하찮은 작품을 그리고 있을 수도 없고, 어차피 지금 그런 것을 그려 본들 아무 소용도 없다.'
하고 그는 스스로에게 말했다. 그리고 지금 깨닫고 있는 내면의 변화에 끊임없는 환희를 느꼈다.

'먼저 지금부터 변호사를 만나 결론을 들은 다음 감옥으로 가서 그 여자를, 어제의 여죄수를 만나 죄다 이야기하자.'

그리고 그녀를 만나 모든 것을 이야기하고 자기 죄를 사과한 뒤 자기 죄를 속죄하기 위해서라면 무엇이든지 다하겠고, 결혼해도 좋다고 말할 때의 자기 모습을 상상하자, 갑자기 말할 수 없는 감동이 그를 사로잡아 눈물이 핑 하고 돌았다.

34

재판소에 도착한 네흘류도프는 복도에서 어제의 그 정리를 만났다. 그래서 그는 어제의 공판에서 선고받은 피고들이 어디에 갇혀 있는가, 면회를 하자면 누구 허가를 받아야 하는가 물어 보았다. 정리는 피고가 수용되어 있는 장소는 여러 곳이며, 면회를 하려면 판결이 최종적인 형식으로 공표될 때까지는 검사의 허가를 얻어야 가능하다고 대답했다.

"재판이 끝난 다음에 가르쳐 드리겠습니다. 제가 안내해 드리지요. 검사는 아직 나오지 않았습니다. 그럼 재판이 끝난 다음에 뵙겠습니다. 지금은 먼저 법정으로 가십시오. 곧 시작됩니다."

네흘류도프는 오늘 따라 유난히 초라해 보이는 정리에게 친절에 대해 감사하고 배심원 대기실로 갔다. 그가 대기실로 다가갔을 때, 배심원들이 법정에 들어가려고 방에서 나오고 있었다. 상인은 어제와 마찬가지로 얼큰하게 취해서 마치 옛 친구라도 만난 듯 네흘류도프를 반갑게 맞이했다. 표트르 게라시모비치의 그 버릇없는 태도와 너털웃음도 오늘의 네흘류도프에게는 조금도 귀찮게 여겨지지 않았다.

네흘류도프는 배심원들에게도 어제의 여죄수와 자기와의 관계를 이야기하고 싶었다.

'사실대로 말하면, 어제 공판 때, 일어서서 내 죄를 많은 사람 앞에서 고백했어야 했다.'

하고 그는 생각했다. 그러나 그가 다른 배심원들과 함께 법정에 들어갔을 때, 역시 어제와 같은 형식과 절차가 시작되었다.

"개정!"

하고 외치는 소리와 함께 금줄로 깃을 두른 3명의 판사가 단상에 올라서자 물을 끼없은 듯이 조용해지고, 배심원들이 등받이가 높은 의자에 앉고, 임석 헌병이 들어오고, 신부가 나타났다. 그래서 그는 진실을 말하는 일도 필요한 일이기는 하지만 이 엄숙한 분위기를 깨뜨릴 수 없다고 생각했다.

어제와 똑같이 공판 준비는 진행되었다. 다만 배심원 선서와 그들에 대한 재판장의 훈시만은 없었다.

오늘 사건은 집 안에 들어온 절도범에 관한 재판이었다. 칼을 빼 든 헌병 두 사람의 호위를 받으며 들어온 피고는 잿빛 죄수복을 입고, 핏기 없는 창백한 얼굴에 어깨가 좁고 말라빠진 20세쯤 되어 보이는 청년이었다. 그는 피고석에 혼자 외로이 앉아 들어오는 사람들을 치켜 뜬 눈으로 힐끗힐끗 쳐다보았다. 이 젊은이는 친구와 함께 자물쇠를 부수고 남의 창고에 들어가서 3루블 60코페이카 짜리 헌 돗자리를 훔쳐 낸 혐의로 기소되었다. 기소장에 의하면, 이 젊은이는 헌 돗자리를 멘 친구와 함께 걸어가고 있을 때 헌병에게 불심 검문을 당했다. 젊은이와 그 친구는 곧 죄를 자백하고 수감되었으나, 같이 범행을 저지른 자물쇠 직공은 감옥에서 죽었으므로 지금 젊은이 혼자만이 재판을 받고 있었다. 헌 돗자리는 증거물로서 탁자 위에 놓여 있었다.

공판은 어제와 똑같은 순서로 증거 서류, 증거물, 증인 선서, 신문, 감정인 대질 신문 등으로 질서 정연하게 진행되었다. 증인인 헌병은 재판장, 검사, 변호인의 질문에 대하여 무뚝뚝하게, "그렇습니다." "모릅니다." 또 "그렇습니다." 하고 대답했다.

그러나 그 군대식의 둔한 신경과 기계적인 태도에도 불구하고, 헌병은 젊은이를 불쌍히 여기고 있는 듯, 어쩐지 체포 경위에 대해서 마음 내키지 않는 말투로 설명했다.

또 한 사람의 증인이며 피해자인 노인은 집주인이며 아울러 헌 돗자리의 소유자였으나, 얼핏 보기에도 신경질적인 사람이어서 이 헌 돗자리는 너의 것이냐는 질문을 받았을 때, 아주 말하기 싫다는 듯한 태도로,

"제것입니다."

라고 대답했다. 그리고 검사가,

"이 헌 돗자리는 무엇에 쓰려고 했었느냐, 매우 필요한 것이었느냐?"
하고 물었을 때는 몹시 화를 내며 말했다.

"그 따위 헌 돗자리가 어떻게 되든 내가 알게 됩니까? 그런 건 조금도 상관 없습니다. 그런 쓸데없는 것 때문에 이렇게 신경 쓸 일이 일어날 줄 알았더라면 찾지도 않았을 뿐더러, 오히려 10루블짜리 지폐라도 한두 장 붙여서 내주었을 게요. 그러면 이런 신문에 끌려나와 시간을 낭비하지도 않았을 텐데. 마차 값만 5루블이나 들었소. 게다가 나는 몸이 아파 쉬어야 한단 말이오."

증인들의 진술은 이런 식이었다. 그런데도 피고는 모든 죄를 인정하고 마치 사냥꾼에게 붙잡힌 조그만 새 한 마리처럼 무의미하게 이리저리 둘러보며 떠듬 떠듬 사실대로 말했다.

사건은 시원스레 밝혀졌는데도 검사보는 어제와 마찬가지로 두 어깨를 추켜들 면서 교활한 범인이 빠져 나갈 구멍을 막고야 말겠다는 듯이 빈틈없는 질문을 퍼부었다.

그는 논고를 통해 이 절도 행위는 사람이 살고 있는 건물 안에서, 그것도 잠 가 놓은 문을 부수고 범행을 했기 때문에 그 죄상에 비추어 피고는 가장 무거운 벌을 받아야 한다고 주장했다.

그러자 관선 변호사는 범죄 사실을 부정할 수는 없지만, 절도가 이루어진 것 은 사람이 살고 있는 건물 아닌 창고 안이었으므로 검사보가 논고한 바와 같이 사회적으로 경종을 울려야 할 사건은 아니라고 변호했다.

재판장 역시, 어제처럼 자기가 마치 공평과 정의 그 자체인 것처럼 이미 배심 원들이 모두 알고 있는 일을 꼭 알아 두어야 할 일이라면서 지루한 설명을 늘어 놓는 것을 잊지 않았다.

어제와 같이 휴정이 선언되고, 사람들은 담배를 피워 물었다. 또 어제와 같이 정리가 '재판관 입장'이라고 외치고, 헌병들은 졸지 않으려고 애쓰면서 칼을 빼 들고 피고들을 위협하며 서 있었다.

조서에 의하면, 이 젊은이는 어렸을 때 담배 공장에서 5년 동안 일을 해 왔 다. 그런데 올해 공장주와 노동자 사이에 분쟁이 생기자 그는 이에 연루되어 내

쫓기고 말았다. 직장에서 쫓겨난 뒤, 몇 푼 안 되는 돈을 털어 술을 마시면서 이리저리 거리를 떠돌아다녔다. 그러다가 어떤 선술집에서 실직자로서는 선배격인 자물쇠 직공과 사귀어 친하게 되었다. 이 사람도 역시 술을 몹시 잘 하는 사람이었는데, 두 사람은 술이 취한 끝에 의견이 일치되어 그 날 밤 광의 자물쇠를 부수고 들어가 닥치는 대로 훔쳐 냈다. 그들은 곧 붙들려 모든 것을 털어놓았다. 그래서 감옥에 갇히는 몸이 되었는데, 그 자물쇠 식공은 공판이 시작되기 전에 죽고 말았다. 이와 같은 사연으로 지금 이 젊은이는 사회에 위험한 인물로서 격리시킬 필요가 있기에 재판을 받고 있다.

'이 젊은이도 어제의 그 여죄수와 마찬가지로 위험 인물이란 말이군.'

하고 네흘류도프는 지금 자기 눈앞에서 진행되고 있는 일에 귀를 기울이면서 생각했다.

'그들을 위험하다고 한다. 그렇다면, 우리 자신은 위험하지 않단 말인가? 나는 비열하고 거짓말쟁이다. 우리 역시 모두가 마찬가지다. 그런데도 여러 사람들은 내가 어떤 사람인지 알고 있으면서 나를 경멸하지 않을 뿐 아니라 오히려 존경하고 있지 않은가?'

이 젊은이 역시 특별한 악당이 아니라 세상에 흔히 있는 사람 중 하나임이 분명했다. 그가 지금과 같은 처지에 있게 된 것은 다만 환경이 좋지 않았기 때문이다. 그렇다면 이런 젊은이가 생기지 않게 하기 위해서는 먼저 이런 불행한 사람을 만들어 내는 환경을 없애도록 힘쓰지 않으면 안 된다. 이것은 틀림없이 명백한 사실이다.

이러한 명백한 사실이 있음에도 우리는 대체 무엇을 하고 있는가? 우리가 하고 있는 것은 이런 사람들이 몇천 명이나 붙들리지 않고 그대로 방치되어 있다는 것을 너무나 잘 알고 있으면서도, 어쩌다가 덫에 걸린 한 젊은이를 붙잡아 감옥에 처넣어 가치 없는 노동을 강요하는 조건 속에서 잠시 가두어 놓은 뒤, 모두 타락해 있는 사람의 무리 속에 던져 넣기 위해 모스크바 현에서 이르쿠츠크 현으로 추방하고 있지 않는가?

이런 사람들을 잉태하는 갖가지 환경 여건을 없애기 위해서는 아무것도 하지 않고, 다만 그들을 만들어 내는 시설만 장려하고 있지 않은가? 그 시설이란 하나하나 손꼽을 것도 없이 크고 작은 공장, 제작소, 요릿집, 선술집, 유곽 등이다. 우리는 이 같은 시설을 뿌리 뽑기는커녕 없어서는 안 되는 것인 양 오히려 장려하고, 정비하고 있다.

이리하여 한 사람이 아닌 몇백만이나 되는 사람들을 길러 내고, 그런 다음 그 가운데 하나를 붙잡아 세상을 위해 무언가 좋은 일이라도 한 줄 알고 그를 모스크바 현에서 이르쿠츠크 현으로 쫓아 버렸으니 이것으로 이제 마음 놓고 잠을 잘 수 있다고 생각하고 있는 것이다. 네흘류도프는 대령 옆의 자기 자리에 앉아 그들의 자신만만한 동작을 바라보면서, 이상하리만큼 또렷하게 이런 것을 생각하고 있었다. 네흘류도프는 넓은 법정과 황제의 초상과 조명과 안락의자와 법복과 두꺼운 벽과 창문을 둘러보았다. 아직도 젊은이는 딱하도록 겁에 질린 얼굴을 하고 있었다.

가난 때문에 시골에서 도시로 나왔을 때, 누군가 그를 불쌍히 여기고 생활의 어려움을 덜어 줄 사람이 나타나기만 했더라면, 아니 그가 도회지 생활을 시작하여 하루 12시간 이상을 공장에서 일하고 난 뒤, 나이 많은 동료들에게 끌려서 술집을 전전하며 다니게 된 다음에라도, 누구든 친절한 사람이 나타나서,

"바냐, 술집에 다니는 것은 좋지 못한 일이야."

하고 충고를 해 주기만 했더라면, 이 젊은이는 술집에도 가지 않았을 것이고, 타락하지도 않았을 것이며, 따라서 나쁜 짓도 저지르지 않았을 것이다.

그러나 그가 이 도시에서 견습공으로 머리를 짧게 깎고 선배 직공들의 심부름을 하면서 지내는 몇 해 동안, 그를 보살펴 주는 사람은 끝내 나타나지 않았다. 그뿐 아니라 그가 도시 생활을 시작한 뒤로 동료들이나 선배들에게 배운 일이란 모두 사람을 속이고, 술을 마시고, 욕지거리를 하고, 사람을 때리고, 방탕한 짓을 하는 사람도 잘난 사람이라는 옳지 못한 생각이었다.

이러한 그가 건강에 좋지 못한 노동과 음주와 방탕 때문에 몸이 쇠약해질 대로 쇠약해진 거의 환자 같은 상태에서 꿈을 꾸는 듯한 몽롱한 기분으로 거리를 이리저리 헤매고 다니다가, 어떤 집 광으로 저도 모르게 빨려 들어가서, 그다지

쓸모도 없는 헌 돗자리 한 장을 꺼냈다는 이유로 사람들은 이 젊은이를 현재와 같은 환경에 몰아넣은 원인을 뿌리 뽑으려고는 하지 않고 오히려 이 어린애같이 순진한 젊은이에게 벌을 주므로써 사태를 바로잡으려 하고 있다.

'무서운 일이다!' 네흘류도프는 이제 눈앞에서 벌어지고 있는 일에는 관심도 기울이지 않고 오로지 그 생각에만 몰두하고 있었다. 그리고 자기 마음의 눈앞에 펼쳐진 계시에 두려움을 느끼고 있었다.

'어째서 이것을 여태까지 모르고 지내 왔을까. 어째서 다른 사람들도 이런 사실을 모르고 살고 있는 것일까.'

그는 한심한 생각이 들었다.

35

네흘류도프는 첫번째의 휴정이 선포되자 곧 자리에서 일어나 다시는 법정에 돌아오지 않겠다고 생각하면서 복도로 나갔다.

'마음대로들 하라지. 그렇지만 이 끔찍하고, 혐오스럽고, 어리석은 희극에 내자신이 더 끼여들 수는 도저히 없다.'
고 그는 생각했다.

네흘류도프는 검사의 방을 물어서 그 곳으로 찾아갔다. 사환은, 지금 검사님이 바쁘시다면서 그를 들여놓지 않으려 했으나 네흘류도프는 들은 척도 않고 그냥 방 안으로 들어갔다. 그리고 서기에게 자기는 배심원이라고 밝힌 다음 매우 중요한 일로 만나 뵙고 싶으니 검사에게 알려 달라고 말했다. 공작이라는 칭호와 훌륭한 옷차림이 그를 도왔다. 서기가 검사에게 가서 말을 전하고 네흘류도프는 방으로 안내되었다. 검사는 네흘류도프가 면회를 강요한 사실이 불쾌하다는 듯이 일어선 채로 그를 맞았다.

"무슨 일입니까?"

검사는 엄한 말투로 물었다.

"저는 배심원으로 네홀류도프라고 합니다. 피고 마슬로바를 꼭 만나 보고 싶어서 그럽니다."

네홀류도프는 앞으로 자기의 일생에 영향을 미칠 행동을 단행하고 있다고 생각하면서 얼굴을 붉힌 채, 서슴지 않고 빠른 목소리로 말했다.

검사는 희끗희끗한 머리를 짧게 깎고, 아래턱은 앞으로 튀어나와 숱이 많은 짧은 수염을 깨끗하게 기르고 있었으며, 눈빛이 날카로운 눈동자를 재빨리 움직이는, 키가 작고 살빛이 거무스름한 사내였다.

"마슬로바라고요? 물론 알고 있습니다. 독살 혐의로 기소된 여자지요."

검사는 짧게 그리고 또박또박 말했다.

"그런데 무엇 때문에 그 여자를 면회하려고 하십니까?"

그리고 나서 약간 부드러운 목소리로 덧붙였다.

"그 까닭을 말씀해 주시지 않으면 허가해 드릴 수 없는데요."

"저에게는 대단히 중요한 용건이 있어서, 만나 보려고 합니다."

하고 네홀류도프는 얼굴이 새빨개지면서 말했다.

"아, 그렇습니까?"

검사는 빈정대듯 말하고 나서 눈을 치켜뜨고 주의깊게 네홀류도프를 훑어 보았다.

"그러면 그 여자 사건은 이미 공판에 회부되었습니까? 아니면 그냥 있는 상태입니까?"

"어제 공판이 있었습니다. 4년 징역이 선고되었습니다만 그것은 틀림없이 부당한 판결이었습니다. 그 여자는 죄가 없습니다."

"그렇습니까? 어제 선고를 받았다면."

검사는 마슬로바가 무죄라는 네홀류도프의 말에 조금도 개의치 않고 말을 계속했다.

"마지막 결심 선고가 있을 때까지는 역시 미결감으로 남아 있게 될 것입니다. 거기서는 일정한 날에만 면회가 허가됩니다. 그 곳에 가서 의논해 보시는 것이 좋을 것 같은데요."

"그렇지만 저는 한시바삐 그 여자를 면회하지 않으면 안 됩니다."

바야흐로 모든 것을 결정할 순간이 닥쳐왔음을 깨달으면서 네흘류도프는 아래턱을 심하게 떨며 대답했다.

"그것은 또 무슨 이유 때문이지요?"

검사는 약간 불안한 듯 눈썹을 치켜올리면서 되물었다.

"그 여자가 아무 죄도 짓지 않았는데 실형을 선고받았기 때문입니다. 그리고 그 모든 원인은 저한테 있습니다."

네흘류도프는 떨리는 목소리로, 그러나 꼭 해야 할 말을 하고 있다고 생각하면서 대답했다.

"호, 그건 또 무슨 까닭입니까?"

하고 검사가 물었다.

"그건 그 여자를 농락해서 지금과 같은 처지에 빠지게 한 원인이 제게 있기 때문입니다. 만일 그 여자가 내게 버림받지 않았더라면 그런 환경에 처해 있을 리도 없고 또 이번 경우처럼 범죄의 혐의도 받지 않았을 것입니다."

"설사 그렇다 하더라도 그것과 면회가 어떤 관계가 있는지 이해가 잘 안 되는데요."

"어떤 관계가 있느냐고요? 말씀드리자면, 저는 그 여자를 따라갈 생각이며 ……, 그리고 결혼할 작정입니다."

하고 네흘류도프는 또렷하게 말했다. 그러자 말을 다한 순간 여느 때와 마찬가지로 그의 눈에 눈물이 핑 돌았다.

"아, 그렇습니까?"

하고 검사는 말했다.

"그건 정말 매우 뜻밖의 일입니다. 공작님은 저 크라스노페르스크 지방의 자치 의회 의원이시지요?"

검사는 이런 이야기를 하는 이 네흘류도프에 대한 말을 전에도 들은 적이 있다는 생각이 나서 이렇게 물었다.

"실례지만 지금 질문은 내 부탁과는 아무 관계도 없다고 생각하는데요."

네흘류도프는 은근히 화가 나서 기분 나쁜 말투로 대꾸했다.

"그야 물론 없습니다."

하고 검사는 조금도 당황하지 않고 보일 듯 말듯 미소를 지으면서 말했다.

"그렇지만 공작님의 말씀이 너무나 뜻밖이고 상식적인 일에서 벗어난 경우라서……."

"그래서, 허가해 주시겠습니까?"

"허가요? 네, 곧 통행증을 내드리도록 하겠습니다. 잠깐만 기다리십시오."

그는 테이블 앞으로 가서 앉더니 무어라고 쓰기 시작했다.

"좀 앉으십시오."

네흘류도프는 그대로 서 있었다.

통행증을 다 쓰고 난 검사는 그것을 네흘류도프에게 건네 주면서 호기심에 찬 눈으로 그를 살펴보았다.

"그리고 한 가지 말씀드릴 게 더 있습니다."

하고 네흘류도프는 말했다.

"저는 앞으로 배심원으로 공판에 참석할 수가 없습니다."

"그러시다면, 알고 계시겠지만, 타당한 이유를 붙여서 재판소에 제출하셔야 합니다."

"그 까닭은 다른 게 아닙니다. 모든 재판이 무익할 뿐 아니라 부도덕하다는 것을 깨달았기 때문입니다."

"그래요?"

하고 검사는 짧은 미소를 보이며 대답했다. 이 미소에는 당신의 견해는 그다지 기발한 것도 아니며, 벌써 몇 번이나 들어온 넌센스에 지나지 않는다는 것을 상대편에 은근히 나타내기 위한 웃음 같았다.

"그렇게 생각하실 수도 있겠지요. 그렇지만 공작님도 잘 아실 줄 믿습니다만, 나는 법원의 검사로서 그 의견에 동의할 수는 없습니다. 그러니까 그것을 법정에서 분명하게 말씀하시는 게 좋겠습니다. 법정에서 공작님의 의견이 정당한지 부당한지 판단해 줄 것입니다. 만약 공작님의 생각이 부당하다고 인정될 때에는 물론 벌금형을 받으셔야 합니다. 어쨌든 법정에 제출하십시오.”

“저는 지금 이 자리에 신고했으니까 그 일로 다른 데를 찾지는 않겠습니다.” 하고 네흘류도프는 퉁명스럽게 대꾸했다.

“안녕히 가십시오.”

검사는 어서 이 갑작스럽고 엉뚱한 손님으로부터 해방되고 싶다는 듯 머리를 숙이며 말했다.

“지금 나간 저 사람이 누굽니까?”

네흘류도프가 밖으로 나가자 엇갈려서 방에 들어온 배석 판사가 물었다.

“네흘류도프입니다. 저 왜 지난번 크라스노페르스크 군 의회에서 여러 가지 기발한 의견을 제시한 그 친구 말입니다. 이야기가 걸작입니다. 그자가 지금 여기서 배심원 노릇을 하고 있는데, 이번에 유형 선고를 받은 무슨 아가씬지 계집인지가 그 친구 말로는 전에 자기가 농락한 여잔데, 이번에는 그 여자와 결혼하기로 결정했다는 겁니다.”

“네? 설마?”

“본인이 직접 나한테 말했습니다. 묘하게 흥분해 가지고.”

“요즘 젊은이들은 어딘가 좀 비정상적이고 묘한 구석이 있단 말이야.”

“그런데 이 사람은 젊은 축에 끼이지도 않는다구요.”

“그건 그렇고. 당신네 그 악명 높은 이바셴코프 검사에게는 질려 버렸어. 한번 말을 꺼내면 도대체 끝이 없으니 말이야.”

“그런 자는 사정없이 발언을 못 하도록 중지시켜 버려야 해요. 그건 일종의 의사 방해로 볼 수 있으니까요…….”

36

네흘류도프는 검사의 방을 나오자 곧장 미결 구치소로 마차를 달리게 했다. 그런데 거기에는 마슬로바라는 여죄수가 없다는 것을 알았다. 소장은 그 여죄수는 아마 오래된 유형수 중계 감옥에 있을 것이라고 일러 주었다. 네흘류도프는 다시 그 곳으로 향했다.

과연 예카테리나 마슬로바는 거기에 수용되어 있었다. 6개월 전에 극도로 치닫던 정치적 불만이 경찰의 고의적인 도발로 폭발하는 바람에 미결 감옥이 학생과 의사, 노동자 들로 만원이 되어 있는 것을 검사는 깜박 잊고 있었다.

미결 감옥에서 유형수 감옥까지의 거리는 꽤 멀어서 네흘류도프가 거기에 도착했을 때는 이미 저녁때가 다 되어 있었다. 그가 거대하고 음침한 건물의 문 쪽으로 가려 하자 보초가 들여보내지 않고 벨을 울렸다. 벨소리에 간수가 나왔다. 네흘류도프가 허가증을 보이자 간수는 소장의 허가 없이는 들여보낼 수 없다고 말해, 네흘류도프는 다시 소장 관사로 갔다. 그가 층계를 중간쯤 올라가고 있을 때, 무언지 복잡하고 떠들썩한 곡을 치고 있는 피아노 소리가 들려 왔다. 한쪽 눈에 안대를 한 하녀가 투덜대면서 문을 여는 순간, 그 피아노 소리가 왈칵 방 안에서 쏟아져 나와 네흘류도프의 귀를 때렸다. 그것은 싫증이 나도록 들은 리스트의 광시곡으로 상당히 능숙한 연주였으나 웬일인지 한 부분만 되풀이되고 있었다. 그 부분의 끝까지 가면 다시 처음부터 시작되었다. 네흘류도프는 안대를 한 하녀에게 소장이 집에 계시느냐고 물었다.

하녀는 없다고 대답했다.

"곧 돌아오십니까?"

광시곡은 또 멎더니 다시 화려하고 소란스레 그 마법에라도 걸린 듯한 대목까지 되풀이되었다.

"잠깐 물어 보고 오겠어요." 이렇게 말하고 하녀는 들어갔다.

광시곡은 다시 요란하게 시작되었으나 그 저주의 대목까지 가기 전에 갑자기 딱 멎었다.

"안 계신다고, 오늘 밤에는 못 오신다고 그래. 초대를 받고 가셨다고. 귀찮아 죽겠네."

하는 여자의 목소리가 문 안에서 들렸다. 그리고 다시 광시곡이 울리다가 멎더니 의자를 움직이는 소리가 났다. 아마 성이 난 피아니스트가 직접 끈덕진 불청객을 쫓아 낼 작정인 모양이었다.

"아버지는 안 계세요."

나오자마자 화난 듯이 말한 것은 흐트러진 머리에다 핏발 선 눈 밑에 파리한 자국이 드러난 별로 예쁘지 못한 창백한 처녀였다. 그러나 훌륭한 외투를 입은 젊은 신사를 보자 그녀는 갑자기 상냥해졌다.

"어서 들어오세요……. 무슨 볼일이시죠?"

"어떤 여죄수를 만나 볼까 해서요."

"그러세요. 정치범이겠죠!"

"아니, 정치범은 아닙니다. 검사의 허가증을 갖고 있습니다만……."

"하지만 저는 모르겠어요, 아버지가 안 계셔서. 아무튼 잠깐 들어오세요."

하고 그녀는 다시 좁은 현관에서 그를 불러들이려 했다.

"바쁘시면 부소장에게 물어 보시는 게 어떠세요? 그분은 지금 사무실에 계시니 그분에게 말씀해 보세요. 성함이 누구시죠?"

"고맙습니다."

그녀의 물음에는 대답하지 않고 네홀류도프는 현관에서 나왔다. 현관문이 채 닫히기도 전에 또 다시 경쾌하고 활기찬 피아노 소리가 들리기 시작했다. 피아노를 치고 있는 장소나, 끈기 있게 연습하고 있는 별로 예쁘지도 못한 처녀의 얼굴과는 전혀 어울리지 않는 리듬이었다. 네홀류도프는 마당에서 물들인 콧수염을 뾰족하게 틀어 올린 젊은 장교를 만나 부소장에 대해서 물었다. 그가 바로 부소장이었다. 그는 허가증을 받아들고 들여다보더니, 미결감 통행증을 가지고 이 곳 통행을 허가한다는 것은 혼자서는 정하기 어렵다고 말했다. 게다가 이미 시간이 지났다고도 했다.

"내일 와 주십시오. 내일 10시에 일반 면회가 허가됩니다. 소장님도 계실 겁니다. 내일은 일반 면회자와 함께 면회를 할 수 있고 소장님의 허가가 있으면 특별히 사무실에서도 만나 볼 수 있습니다."

이리하여 이 날은 카튜샤를 끝내 만나지 못하고 그는 집으로 돌아갔다. 그녀를 만난다는 생각에 가슴이 터질 듯한 흥분감에서 네홀류도프는 길을 걸었다. 지금은 재판에 관한 것이 아니라 검사와 부소장과 이야기한 것들이 생각났다. 그녀와의 면회 허가증을 받으려고 뛰어다닌 일이며, 자기의 의도를 검사에게 이야기한 일이며, 그녀를 만나려고 두 군데의 감옥을 찾아간 일, 집으로 돌아온 그는 곧 오래 전부터 손을 대지 않았던 일기장을 꺼내어 여기저기 읽어 본 다음 다음과 같이 시작했다.

나는 2년 동안이나 일기를 쓰지 않았다. 그리고 이 같은 어린애 장난으로 돌아가는 일은 이제 일어나지 않으리라고 생각했었다. 그러나 이것은 어린애 장난이 아니었다. 자기와의 저마다 마음속에 깃들여 있는 참다운, 거룩한 자기와의 대화였다. 이 '자아'가 오랫동안 침묵 속에 머물러 있었기 때문에 나는 이야기할 상대가 없었다. 내가 배심원으로 나갔던 4월 28일, 이상한 우연이 법정에서 그것을 눈뜨게 해 주었다. 나는 배심원석에서 죄수복을 입은 그녀를, 나에게 배반당한 카튜샤를 보았다. 이상한 오해와 나의 실수로 그녀는 실형을 선고받았다. 나는 오늘 검사를 만났으며 감옥에도 다녀왔다. 면회는 허용되지 않았으나, 나는 그녀를 만나 지난날의 과오를 뉘우치고, 그녀와의 결혼에 의해서라도 나의 죄를 참해하기 위해 있는 힘을 다할 결심을 했다. 주여, 저에게 힘을 빌려 주소서! 나는 무어라 표현할 수 없는 상쾌한 기분이다. 마음이 온통 기쁨으로 넘쳐 있다.

37

그 날 밤 마슬로바는 오랫동안 잠을 이루지 못했다. 그래서 눈을 뜨고 누운 채 교회 집사의 딸이 왔다갔다 할 때마다 가로막히는 문으로 눈길을 가만히 보내기도 하고, 빨강머리의 숨소리를 듣기도 하면서 이것저것 생각에 잠겼다.

비록 사할린 같은 곳으로 유형을 간다 해도 결코 죄수 따위와는 결혼하지 말자, 어떻게 해서든지 감옥의 관리나 서기나 간수도 좋고 조수라도 상관없으니 그런 상대를 골라야겠다고 생각했다. 그들은 모두 색(色)에는 약하다. '다만 여위지 않도록 조심해야지. 여자다움을 잃으면 끝장이야.' 그녀는 변호사가 그녀를 열띤 눈으로 바라보던 일이며 재판장의 눈과, 지나다가 만난 사람들과, 재판소에서 일부러 옆을 지나가던 사람들의 야릇한 눈빛이 생각났다. 술집 키타예바에 있을 때 그녀에게 반한 학생이 찾아와서 그녀에 대해 여러 가지 묻고는 몹시 섭섭해하더라고 면회 왔던 베르타가 말해 준 일이 생각났다. 그리고 빨강머리와 싸운 일이 생각나서 그녀가 불쌍해졌다.

그리고 여러 가지 생각이 더 났지만 네흘류도프만은 기억에 떠오르지 않았다. 어릴 때의 일이며, 처녀 시절의 일, 특히 네흘류도프의 사랑에 대한 일은 한 번도 생각한 일은 없었다. 그것은 너무나도 가슴 아프고 고통스러웠다. 그러한 추억은 마음속 깊숙한 구석에 가만히 가라앉아 있었다. 꿈에서조차 한 번도 네흘류도프를 만나지 못했다.

오늘 법정에서 그를 알아보지 못한 것은 마지막 만남이었던 그 무렵 그는 군복 차림으로 조그만 콧수염을 길렀을 뿐 턱수염은 없었으며, 길지는 않았지만 숱이 많은 고수머리였는데, 지금은 점잖은 얼굴을 하고 턱수염을 기른 탓도 있었지만, 그보다는 그녀가 한번도 그를 기억한 적이 없었기 때문이었다. 그녀는 과거에 있었던 그와의 모든 추억을, 그가 전쟁터에서 돌아오는 길에 고모집에 들르지 않고 그대로 지나가 버린 날의 그 무섭고도 어두운 밤 속에 묻어 버렸던 것이다.

그 날 밤까지 그녀는 그가 틀림없이 들러 줄 줄만 알고 뱃속에 자라는 아기를 괴롭게 생각하지 않았을 뿐 아니라, 그것이 뱃속에서 부드럽게, 때로는 갑자기 세게 꿈틀거리면 곧장 놀라움과 감동을 느끼고는 했다. 그러나 그녀의 희망이 무너져 버린 그 날 밤을 끝으로 모든 것이 바뀌어 버렸다. 그리고 태어나는 아기는 하나의 방해물에 지나지 않았다.

네흘류도프를 기다리다 못한 고모들이 한 번 들르라고 편지를 냈지만, 그는 정해진 날까지 페테르부르그에 도착해야 하므로 들를 수가 없다는 전보를 보내 왔다. 카튜샤는 그것을 알고 하다못해 한 번 보기라도 하려고 역에 나갈 결심을 했다. 기차는 한밤중 두 시에 지나가기로 되어 있었다. 카튜샤는 여주인들이 잠든 뒤에 찬모의 딸인 미쉬카라는 소녀와 같이 가기로 하여 헌 구두를 신고 수건으로 머리를 감싸고는 옷자락을 걷어 올리고 역으로 달렸다.

빗방울이 섞인 바람이 몹시 부는 어두운 가을 밤이었다. 따뜻한 굵은 빗방울이 후드득거리다가 잠시 멈추곤 했다. 들판은 아래 길도 보이지 않았고 숲 속은 벽난로 속처럼 어둡기만 했다. 카튜샤는 길을 알고 있었지만 숲 속에서 길을 잃어, 기차가 3분밖에 머무르지 않는 조그만 역에 닿은 것은 두 번째 벨이 울린 후였다.

플랫폼으로 달려올라간 카튜샤는 곧 1등차의 창문으로 그의 모습을 볼 수 있었다. 기차 안은 한층 더 밝았다. 빌로드로 된 의자에 웃옷을 벗은 두 장교가 마주 앉아 트럼프를 치고 있었다. 창가의 작은 탁자 위에는 촛농이 흐르는 굵은 촛불이 몇 개나 켜져 있었다. 승마 바지에 흰 셔츠 차림을 한 그는 의자의 팔걸이에 걸터앉아 무엇 때문인지 웃고 있었다. 그녀는 그를 보자 재빨리 주먹쥔 손으로 창문을 두드렸다.

그 때 기차는 세 번째 벨을 울리며 천천히 움직이기 시작했다. 처음에는 덜컹하고 뒤로 흔들렸다가 천천히 끌려서 앞으로 나가기 시작했다. 트럼프를 치고 있던 한 장교가 카드를 손에 든 채 일어나서 창문 쪽을 보았다. 그녀는 한 번 더 두드리고 유리창에 얼굴을 바싹 갖다 댔다. 그 때 차량도 끌려서 움직이기 시작했다. 장교는 창문 커튼을 내리려 했으나 걸려서 잘 내려지지 않았다. 그 때 네흘류도프가 일어나서 그 장교를 밀치고 커튼을 내리기 시작했다. 기차가 차츰 빨라졌다. 그녀는 창에서 눈을 떼지 않고 기차와 함께 종종걸음으로 달렸다. 기차는 자꾸만 더 속도가 빨라졌다. 그리고 창문의 커튼이 내려짐과 더불어 차장이 그녀를 밀어 내고 트랩에 올랐다.

카튜샤는 혼자 남았다. 그러나 여전히 비에 젖은 플랫폼의 널빤지 위를 계속 달리고 있었다. 마침내 플랫폼이 끝났다. 카튜샤는 넘어지지 않으려고 기를 쓰며 층계를 뛰어내렸다. 그녀는 달렸다. 그러나 1등 차량은 이미 아득히 어둠 속에 가 있었다. 그녀 곁을 2등 차량이 지나가고 이어 다시 속력을 더하여 3등 차량이 지나갔다. 그래도 그녀는 정신없이 달렸다. 신호등을 단 마지막 차량이 지나쳤을 때, 그녀는 벌써 울타리를 지나 급수 탱크 앞에까지 와 있었다. 바람이 심하게 불어 머릿수건이 날아가고 치맛자락이 펄럭이다가는 다리에 휘감겼다. 그래도 그녀는 계속 달렸다.

"아줌마, 카튜샤 아줌마!"

가까스로 그녀 뒤를 따라오면서 소녀가 소리쳤다.

"수건이 날아갔어요!"

카튜샤는 걸음을 멈추었다. 그리고 머리를 뒤로 획 젖히더니 갑자기 소녀를 꽉 껴안고 울음을 터뜨렸다.

"아, 가 버렸어!"

하고 그녀는 소리쳤다. '그이는 환한 차 속에서 부드러운 빌로드 좌석에 앉아 농담을 하며 술을 마시고 있는데, 나는 이런 캄캄한 밤에 진흙투성이가 되어 비바람을 맞으며 울고 있구나.' 이렇게 생각하면서 카튜샤는 갑자기 땅바닥에 털썩 주저앉아 슬프게 울기 시작했다. 그 소리가 너무 커서 소녀는 겁먹은 표정으로 젖은 옷 위로 그녀를 껴안았다.

"아줌마, 집에 가요!"

'이번에 기차가 오면……뛰어들자. 그러면 모든 것이 끝날 뿐이야.'

소녀에게 대답도 하지 않고 카튜샤는 이런 생각을 하고 있었다.

그녀는 그렇게 하기로 결심을 한 바로 그 때, 흥분이 가나앉고 진정된 마음이 찾아오면 흔히 있는 일이지만, 아기가——뱃속에 있는 그의 아기가 갑자기 꿈틀꿈틀하더니 툭 부딪쳤다가 쭉 몸을 펴고, 다시 무언지 가늘고 보드라운 뾰족한 것으로 콕콕 찌르기 시작했다. 그러자 갑자기, 바로 얼마 전까지 도저히 살수 없다고 여겨질 만큼 괴롭히던 것, 그가 미워서 하다 못해 죽어서라도 복수해 주겠다던 저주가 말끔히 사라져 버렸다. 마음이 차분해진 그녀는 옷매무새를 고치고 수건을 쓰고는 재빨리 집으로 돌아갔다.

그녀는 피로에 지치고, 비에 젖고, 흙투성이가 되어서 돌아왔다. 그리고 그날부터 그녀의 내부에 정신적인 변화가 시작되고, 그것이 그녀를 오늘과 같은 여자로 만들었다. 그 무서운 밤 뒤로 그녀는 신조차 믿지 않게 되었다. 그 때까지는 그녀 자신도, 남들도 신을 믿는 줄 알고 있었다. 그런데 그 날 밤 뒤, 아무도 신 따위는 믿지 않으며, 신에 대하여 말하는 것은 단지 사람들을 기만하기 위해서 그럴 뿐이라고 생각하게 되었다.

그녀가 사랑했고 또 그녀를 사랑한 그——그녀는 그렇게 믿고 있었다——그러한 그가 그녀의 육체를 향락하고 그녀의 순정을 더럽히고는 그녀를 버렸다. 그래도 그는 그녀가 알고 있는 모든 사람들 가운데서 가장 훌륭한 사람이었다. 다른 사람들은 모두 더 나빴다. 그것은 그 뒤 그녀 자신에게 일어난 모든 일이 그것을 증명해 주었다.

그의 고모들은 신앙심 깊은 노부인들이었으나, 그녀가 이제 여느 때처럼 일을 할 수 없게 되자 내쫓아 버렸다. 그녀가 만난 모든 사람들이——여자는 그녀를 이용하여 돈을 벌려고 애썼고, 남자는 늙은 경찰 서장을 비롯하여 감옥의 간수에 이르기까지 그녀를 향락의 대상으로 바라보았다. 어떤 남자에게나 바로 이 쾌락말고는 아무것도 없었다. 이것을 다시 증명해 준 것은 그녀가 자유로운 생활로 들어가서 2년 만에 만난 그 늙은 작가였다. 그는 모든 행복은 쾌락에 있다고 말했다. 그리고 그 쾌락을 '시나미'라고 불렀다.

모든 사람들이 자기 자신을 위해, 자기의 즐거움만을 위해서 살고 있었다. 그리고 신에 대한 모든 말은 위선이었다. 왜 이 세상은 나쁜 짓을 하고 모두가 괴로워하는 어리석은 일들로 가득 채워져 있을까 하는 의문이 생겨도 그런 것은 생각지 않는 것이 좋았다. 쓸쓸해지면 그녀는 담배를 피우거나 술을 마셨다. 아니 가장 좋은 수는 남자와 노는 일이었다——그러면 그런 것은 모두 사그라져 버렸다.

38

이튿날은 일요일이었다. 보통 때와 마찬가지로 새벽 다섯 시가 되자 어김없이 기상을 알리는 호각 소리가 여죄수 감방 복도에서 요란스럽게 울렸다. 이미 잠을 깨어 눈을 뜨고 있던 콜라브료바가 마슬로바를 흔들어 깨웠다. '이제 난 유형수다!' 마슬로바는 문득 이런 생각을 하자 갑자기 서러워져서 가슴이 철렁 내려앉았다. 그리고는 눈을 비비면서 아침이면 지독하게 악취가 배어 있는 감방 공기를 들이마셨다. 다시 잠들어 무의식의 세계로 도망치고 싶었으나 이미 습관이 되어 버린 두려움으로 잠이 달아나 그녀는 몸을 일으켜 침대 위에 쪼그리고 앉아 사방을 둘러보았다. 벌써 여죄수들은 일어나고 아이들만 아직도 잠들어 있었다.

눈이 툭 튀어나온 술을 몰래 팔던 여자는 아이를 깨우지 않으려고 조심조심 아이 밑에 깔린 죄수복 옷자락을 빼내고 있었다. 공무 집행 방해로 수감된 여자는 벽난로 앞에 기저귀로 쓰는 누런 천을 널고 있었고, 그녀의 아이는 푸른 눈을 가진 페도샤의 품에 안겨 악을 쓰며 울고 있었다. 페도샤는 부드러운 목소리로 어린아이를 달래면서 몸을 좌우로 흔들고 있었다. 폐병 환자는 가슴을 부둥켜안고 얼굴이 새빨갛게 되어서 잇달아 기침을 하다가는 고통스러운 듯 사이사이 소리를 질렀다. 빨강머리 여자는 눈을 뜨고도 그냥 반듯이 누워 큰 소리로 신이 나서 꿈 이야기를 했다. 방화범 노파는 여느 때와 마찬가지로 성상 앞에

서서 똑같은 말을 되풀이하며 성호를 긋고 절을 했다. 교회 집사의 딸은 침대에 걸터앉아 미동도 하지 않고 잠이 덜 깬 게슴츠레한 눈으로 멀거니 앞을 보고 있었다. 멋쟁이 미인은 기름을 바른 빳빳한 검은 머리카락을 손가락으로 곱슬곱슬하게 만들고 있었다.

복도에서 무거운 털장화 끄는 소리가 나더니 자물쇠를 여는 소리가 들리고 이어서 짧은 윗도리에 발목에서 훨씬 올라간 짧은 잿빛 반바지를 입은 찌푸린 용변통을 치우는 두 명의 죄수가 들어왔다. 그들은 뭔가 화라도 난 듯한 얼굴로 악취가 풍기는 통을 목에 걸쳐 메고 감방 밖으로 나갔다. 여죄수들은 세수를 하려고 수도꼭지가 있는 복도로 몰려 나갔다. 빨강머리 여자는 여기서 또 옆방에서 나온 여죄수와 한바탕 싸움을 벌였다. 그녀는 심한 욕설을 퍼붓고 고함을 지르고 울부짖었다.

"독방에 들어가고 싶어서 그래?"

간수가 빨강머리의 드러난 살집이 좋은 등을 복도 끝까지 울리도록 힘껏 내려쳤다.

"조용히 못 해!"

"아이, 영감님, 힘도 좋으셔."

빨강머리는 간수가 자기를 애무라도 하는 줄 알고 말했다.

"자, 빨리! 미사드릴 준비나 해."

마슬로바가 머리도 다 빗기 전에 소장이 부하들을 거느리고 들어왔다.

"점호!"

하고 간수가 외쳤다.

다른 감방에서도 여죄수들이 나왔다. 그들은 복도에 두 줄로 나란히 서서 뒤에 선 여자는 앞의 여자 어깨에 두 손을 얹은 채로 모두 점호했다.

점호가 끝나자 여간수가 와서 여죄수들을 성당으로 데리고 갔다. 마슬로바와 페도샤도 모든 감방에서 쏟아져 나온 백여 명이 넘는 행렬 속에 끼여 있었다. 그 중에는 옷을 제멋대로 입은 사람들도 어쩌다 섞여 있었다. 남자 죄수를 따라온 아내들과 아이들이었다. 층계는 이들의 행렬로 가득 채워졌다. 반장의 뒷굽

이 없는 가벼운 발소리와 말소리와 사이사이 웃음소리도 들렸다. 마슬로바는 모퉁이에서 자기의 원수인 보치코바를 발견하고는 페도샤에게 알려 주었다. 층계 아래서 여죄수들은 입을 다물고 성호를 그으며 기도를 올린 다음 금빛 찬란한 텅 빈 성당의 문 안으로 들어갔다. 여죄수들의 좌석은 오른쪽이었다. 그들은 서로 밀치면서 자리를 잡고 나란히 앉았다. 여죄수들의 뒤를 이어 잿빛 죄수복을 입은 남자 죄수들이——이송 중인 자, 복역 중인 자, 선고로 유형을 받은 자들이——시끄럽게 기침을 하면서 들어와 가운데와 왼쪽에 무리 지어 자리를 잡았다. 위쪽의 성가대 자리에는 먼저 인솔되어 온 죄수들이 늘어서 있었다. 한쪽에는 마치 자기들의 존재를 알리기라도 하듯 머리를 절반쯤 깎은 유형수들이 발에 찬 쇠고랑을 철거덕거렸고 그 맞은편에는 아직 머리도 깎지 않고 쇠고랑도 차지 않은 미결수들이 서 있었다.

감옥의 성당은 얼마 전 어느 부자 상인이 몇만 루블을 들여 새로 지은 것으로 밝은 색채와 금으로 휘황찬란하게 꾸며져 있었다.

잠시 성당 안에는 무거운 침묵이 감돌았다. 단지 코를 훌쩍거리는 소리와 기침 소리, 아이들이 보채는 소리와 쇠고랑 쩔렁거리는 소리만이 이따금 들렸다. 이윽고 한가운데에 자리잡은 죄수들이 어수선해지더니 가운데에 통로를 만들었다. 그 통로를 소장이 천천히 걸어 들어와 사람들 앞으로 나가서 한가운데에 자리를 잡고 앉았다.

39

미사가 시작되었다.

미사는 매우 이상하고 거추장스러운 금빛 찬란한 비단 제의를 입은 신부가 여러 성인들의 이름과 기도문을 번갈아 외면서 접시에 빵을 잘게 썰어 늘어놓고 다시 이 빵 조각을 포도주가 담긴 잔 속에다 넣는 순서로 시작되었다. 그 동안 부사제는 끊임없이 갖가지 기도 문구를 처음에는 혼자 외다가 죄수들로 만들어진 성가대와 번갈아 노래를 불렀다. 그 기도는 슬라브 어로 되어 있었는데 본래 그 자체가 어려운데다 너무 속도가 빨랐기 때문에 아무도 알아들을 수가 없었다. 요컨대 기도문의 내용은 황제 폐하와 그 일족의 행복을 비는 것이었는데 이 기도문은 다른 기도문과 함께 때로는 특별히 따로 떼어서 여러 번 되풀이되었으며, 그 때마다 사람들은 무릎을 꿇었다. 부사제는 이 밖에도 사도행전 가운데 몇 구절을 계속 읽었으나 목소리가 지나치게 긴장되어 있어서 역시 알아듣기가 힘들었다. 그러나 신부는 아주 똑똑한 목소리로 마르코의 복음서 가운데 한 구절을 읽었다. 그것은 '부활하신 예수 그리스도께서 하늘에 오르셔 하느님 아버지의 오른쪽에 앉기 전에 먼저 막달라 마리아에게 나타나 그 몸에서 일곱 악령을 쫓아 내시고 열한 명의 제자들에게 나타나 말씀하되 온갖 천지 만물에게 복음을 전하라, 믿지 않는 자는 벌을 받고 믿고 세례를 받는 자는 구원을 얻으리라 하시고, 병든 자에게 손을 얹음으로써 병을 낫게 하고, 새로운 말로써 이야기를 하며, 뱀을 맨손으로 잡을 뿐 아니라 독을 마셔도 죽지 않고 여전히 건강하시더라.' 하는 내용이었다.

즉 미사의 핵심은 신부가 잘게 썰어 포도주에 담근 빵 조각이 일정한 동작과 기도를 거쳐 하느님의 살과 피로 바뀐다고 생각되는 데 있었다. 일정한 동작이라는 것은 곧 신부의 행동이었다. 그것은 신부가 그 거추장스러운 금빛 찬란한 제의 자락이 방해가 되는데도 두 손을 높이 쳐들고 한참 동안 그대로 서 있다가 그 자세로 꿇어 앉아 테이블과 그 위에 놓여 있는 물건에 입을 맞추는 일이었다. 그 중에서도 가장 중요한 동작은 신부가 접혀 있는 하얀 냅킨을 두 손으로 펴서 접시와 금잔 위에서 흔드는 것이었다. 바로 이 때 포도주와 빵이 하느님의 피와 살로 바뀐다고 생각되고 있기 때문에 미사 가운데서도 특이 이 대목이 가장 엄숙하게 꾸며져 있었다.

"가장 거룩하시고 정결하시며 다복하신 성모를 위하여."

하고 신부는 휘장 뒤로 가서 우렁찬 목소리로 기도문을 읽었다. 그러면 성가대가 그 뒤를 받아 장엄하게 순결한 몸으로 그리스도를 낳은 동정녀 마리아를 찬송하고 그 마리아는 천사 게루빔보다 더한 존경과 세라핌보다 더한 영예를 받을 가치가 있다는 뜻의 노래를 불렀다.

이 노래가 끝나면 일단 성찬의 기적이 이루어진 것으로 생각하고 신부는 접시에 하얀 냅킨을 걷어치운 다음 가운데의 빵 조각을 넷으로 썰어 먼저 포도주 속에 넣고 다음에는 자기 입에 넣었다.

이로써 그는 하느님의 살 한 점을 먹고 피 한 모금을 마신 셈이 되는 것이다. 이 의식을 끝낸 신부는 휘장을 걷고 가운데 문을 연 다음 한 손에 금잔을 들고 죄수들 앞으로 나와서 잔 속에 있는 하느님의 피와 살을 먹고 싶은 사람은 앞으로 나오라고 말했다.

이 부름에 따라 아이들 몇 명이 앞으로 나갔다.

신부는 먼저 아이들의 이름을 하나하나 물어 보고 나서 조심스럽게 잔 속에서 포도주에 적신 빵 조각을 숟가락으로 떠내어 차례로 하나씩 아이들의 입에 넣어 주었다. 그러면 옆에서 부사제가 아이들의 입을 닦아 주며 아이들이 하느님의 살을 먹고 그 피를 마셨다는 뜻의 노래를 불렀다. 노래가 끝나자 신부는 다시 잔을 휘장 뒤로 가지고 가서 잔에 아직 남아 있는 피와 살을 깨끗이 먹어치운 다음 콧수염을 핥고 입과 잔을 말끔히 닦아 낸 뒤 만족스러운 듯이 엷은 송아지 가죽 구두를 소리내어 밟으면서 휘장 뒤에서 성큼성큼 걸어 나왔다.

이것으로 러시아 정교의 주요 미사 의식은 모두 끝났다. 그러나 신부는 불행한 죄수들을 위로하기 위해서 보통 미사 의식에다가 특별한 의식을 준비해 놓고 있었다. 이 특별한 의식에 따라 신부는 지금 막 자기가 먹은 하느님의 모습을 본떠 만든 도금한──얼굴과 손은 검었다──성상과 열자루의 촛불 앞에 서서 노래도 아니고 설교도 아닌 묘한 어조로 말하기 시작했다.

"거룩하신 예수님, 사도의 영광이시며 순교자의 찬송이시고 전지 전능하신 예수님이시여, 우리를 구원해 주시옵소서. 우리들의 구원이시며 가장 아름다우신 주 예수여, 당신을 그리며 모여드는 모든 자들을 구원하소서. 우리 구주이신 주 예수여, 당신을 낳으신 자와 당신의 거룩하신 뭇 예언자들의 기도에 의하여 우리를 불쌍히 여기소서. 우리 구주 예수여, 천국의 기쁨을 우리에게 베풀어 주시옵소서. 모든 인간을 사랑하시는 주 예수여!"

　신부는 여기서 잠시 이야기를 쉬고 성호를 긋고 나서 허리를 깊이 굽혀 절을 했다. 죄수들은 그의 행동에 따랐다. 소장도 간수들도 죄수들도 모두 머리를 숙였다.

　왼쪽에 자리잡은 죄수들 사이에서는 족쇄 철거덕거리는 소리가 한층 더 시끄럽게 들려 왔다.

　"모든 천사를 만드시고 절대의 권위를 지니신 주여."

하고 신부는 한층 다시 말을 계속했다.

　"참으로 거룩하신 예수, 모든 천사 중에서도 가장 놀라는 아름다움과 구원이신 참으로 힘이 세신 예수여, 자비로우시고 온 족장의 찬송이신 예수여, 모든 예언자들의 실증이신 예수여, 기적을 이룬 모든 순교자의 기둥이신 예수여, 온화하시고 모든 수도자의 기쁨이신 예수여, 인자하시고 모든 사제의 동경이신 예수여, 너그러우시고 수도자의 계율이신 마음 착하신 예수여, 모든 성인 성자의 기쁨이시고 동경이신 예수여, 동정(童貞)인 사람들의 수호자이신 예수여, 영원하시고 모든 죄인들의 구원자이신 예수여, 하느님 아버지의 독생자이신 예수여……우리를 불쌍히 여기소서."

　'예수여'라는 말을 반복할 때마다 신부는 차츰 더 말꼬리의 목소리를 휘파람처럼 높이면서 겨우겨우 말끝을 맺었다. 그는 한쪽 손으로 비단 안감을 댄 옷자락을 붙들고 한쪽 무릎만을 굽혀 마루에 이마가 닿도록 깊숙이 절했다. 성가대는 신부의 마지막 말을 노래로 부르기 시작했다.

　"하느님 아버지의 독생자이신 예수여, 우리를 불쌍히 여기소서……."

　죄수들은 반쯤 깎은 머리를 흔들면서, 발에 찬 쇠고랑과 사슬을 쩔그렁거리면서 계속 꿇어앉았다 일어났다 했다.

　이런 식으로 미사는 매우 오랫동안 계속되었다. 성가대는 처음 '우리를 불쌍히 여기소서……'라는 말로 끝나는 노래를 부르더니 이어 '할렐루야'라는 말로 끝나는 새로운 찬송가를 불렀다. 죄수들은 성호를 그으면서 처음에는 찬송가 하나가 끝날 때마다 머리를 조아렸으나 나중에는 한 번씩 걸러서 머리를 숙이다가 마침내는 두 번씩 걸러서 머리를 숙였다. 그리하여 노래가 다 끝났을 때는 모두 가 가슴을 쓰다듬으며 좋아했다. 신부도 긴 숨을 쉬고 나서 기도서를 덮고 휘장 뒤로 들어갔다. 이제 끝으로 한 가지 일이 남아 있었다. 신부는 큰 테이블에서 끝에 칠보 메달을 새긴 금 십자가를 집어 들고 교회 한가운데로 걸어나왔다. 먼 저 소장이 신부 앞으로 걸어나가 십자가에 입을 맞추고 그 다음에는 부소장, 이 어서 간수들이 입을 맞췄다. 그 뒤를 죄수들이 서로 밀치면서 나직이 욕지거리 를 내뱉으며 신부 앞으로 나아갔다. 신부는 소장과 이야기를 나누느라고 십자가 를 죄수들의 입에 내밀기도 하고 십자가와 자기 손을 죄수의 코에 들이대기도 했다. 죄수들은 십자가와 신부의 손에 입을 맞추려고 열심이었다. 이렇게 해서 길잃은 어린 양들을 위로하고 착한 사람이 되도록 인도하기 위해 베풀어지는 미 사가 마침내 끝났다.

40

이 미사에 참석한 사람들은 신부와 소장을 비롯하여 마슬로바에 이르기까지 아무도 그런 생각을 한 사람은 없었지만 예수는——신부가 온갖 묘한 어조로 찬송하면서 휘파람소리 같은 목소리로 수없이 그 이름을 되풀이한 예수 그 자신 은 이 자리에서 행해졌던 모든 일을 금했다는 사실을 깨닫지 못했다.

예수는 비단 신부나 교직자들이 빵과 포도주를 앞에 놓고 의미도 없는 말을 횡설수설하면서 주술적인 행동을 하는 것을 금했을 뿐 아니라 몇몇 사람들이 다 른 사람들을 스승이라고 부르는 것을 명백히 금했다. 그리고 교회 안에서의 요 란한 기도 대신 한 사람 한 사람이 혼자서 기도를 올리라고 말씀하셨던 것이다. 예수는 또한 교회당 자체를 금하고 자기는 제단을 헐어 버리기 위하여 왔으며 기도는 교회당 안에서 하는 것이 아니라 마음과 진리 속에서 해야 한다고 말했 다. 무엇보다도 이 곳에서 벌어지고 있는 것과 같이 남을 재판하고 구속하고 괴롭히고 욕보이고 고문하는 것을 금했고 다른 사람에 대한 폭력을 금했으며 자신은 구속된 자들을 자유롭게 해방시켜 주기 위하여 왔노라고 말했다.

이처럼 그리스도의 이름으로 진행된 이 미사에서 벌어진 일들이 이 자리에 참석한 사람 가운데 누구 한 사람도 사실은 그리스도에 대한 가장 큰 모독이자 비웃음이라는 생각을 하지 못했다. 신부가 죄수들에게 입맞추게 한, 끝에 칠보 메달이 새겨진 금십자가만 하더라도 예수가 그와 같은 짓을 금한 대가로 사형을 받았을 때 사용된 바로 그 형구를 본 뜬 것이라는 생각을 한 사람은 하나도 없었다.

그리고 빵과 포도주를 먹고 그리스도의 살과 피를 먹었다고 생각하는 신부라는 사람들은 빵과 포도주로서가 아니라 그리스도가 자기와 동등하다고 본 약한 사람들을 현혹시키고 있을 뿐이었다. 그리고 신자들을 이 세상에서 편 복음을 보지 못하게 그들의 눈을 가림으로써 그들로부터 가장 큰 행복을 빼앗고 가장 잔인한 고통 속에 빠지게 함으로써 실제로 그리스도의 살을 뜯어먹고 피를 마시는 결과를 만들었다.

신부는 방금 행한 모든 의식에 대하여 털끝만큼도 양심의 가책을 느끼지 않았다. 그것은 그가 어릴 때부터 이것이 옛날의 모든 성직자들이 믿어 왔고 지금도 모든 사람들이 믿고 있는 오직 하나의 참된 신앙의 형태라고 배워 왔기 때문이다. 그는 빵이 정말 살로 바뀐다든가 될 수 있는 신앙의 형태라고 또는 지금 먹은 것이 정말로 하느님의 살이라고 믿고 있는 것은 아니었다. 될 수 있는 대로 말을 길게 늘어놓는 것이 영혼을 구제하는 데 효과적이라는 그런 것을 어찌 믿을 수 있겠는가. 다만 그는 이런 신앙을 믿어야 한다는 것을 믿고 있을 뿐이며, 그로 하여금 이 신앙을 믿도록 만든 가장 큰 이유는 이러한 성례를 실행함으로써 그는 이미 18년 동안이나 일정한 보수를 받아 왔으며 이 보수로 아들을 중학교에, 딸을 신학교에 보내고 있다는 사실이었다. 이런 점에서 본다면 부사제가 신부보다 더 신앙심이 깊다고도 할 수 있었다.

왜냐 하면 그는 신앙의 본질과 교리 따위는 중요하게 여기지 않고 그저 장례식이나 추도식이나 시간마다 올리는 미사나 보통의 기도식은 물론, 그의 봉사는 일정한 값이 붙어 있어서 진짜 기독교도라면 기꺼이 그 돈을 준다는 사실밖에 모르고 있었기 때문이다. 그래서 그는 마치 상인이 장작이나 밀가루나 감자를 파는 것과 같은 태연한 심정으로 자기가 해야 할 일의 필요성을 확신하고 "주여 불쌍히 여기소서." 하고 기도를 하기도 하고 어떤 일정한 구절을 노래 부르기도 하고 큰 소리로 읽기도 했다. 이러한 상황이니, 소장이나 간수들에 이르러서는 이러한 의식의 의의가 정말 어디에 있는지, 성당에서 진행되는 모든 일이 무엇을 의미하는지 그런 것은 전혀 모르고 있었으며 또 알려고도 하지 않았다.

높은 사람들은 물론 황제께서도 이 종교를 믿고 있으니 자기도 당연히 믿어야 하는 것이라고 믿고 있을 뿐이었다. 그뿐 아니라 그들은 어렴풋이나마 이 신앙이 그들의 직무를 변호해 주고 있다는 느낌을 갖고 있었다. 그러나 그들 중에 왜 그렇게 되는지 정확하게 설명할 수 있는 사람은 아무도 없을 것이다. 만일 이러한 신앙마저 없었다면 그들은 남을 괴롭히는 일을 그토록 기쁜 마음으로 온 힘을 기울여서 해치울 수는 도저히 없었을 것이다. 아마도 그것은 곤란할 뿐 아니라 불가능한 일이었을 것이다.

이 감옥의 소장만 해도 실은 몹시 선량한 사람이었으므로 만약 이 신앙에서 마음의 의지를 얻지 못했더라면 이런 직무를 감당해 낼 수 없었을 것이다. 그래서 그는 미사 때도 반듯이 선 채로 열심히 머리를 숙이기도 하고 성호를 긋기도 했다. 그뿐 아니라 '케루빔과 함께'라는 노래를 부를 때에는 짐짓 감동해 보려고 노력도 했고, 또 신부가 성찬을 나눠 줄 때에는 앞으로 걸어나가서 성찬을 받는 아이들을 안아들고 한참 서 있기도 했다.

이 신앙이 사람들에게 끼치고 있는 기만성을 명확히 알아차리고 속으로 비웃는 몇몇 사람들을 빼놓고는 모든 일반 죄수들은 이들 금빛 찬란한 성상과 양초와 술잔과 제의와 십자가와 '전능하신 예수'니 '불쌍히 여기소서'니 하고 수없이 반복되는 묘한 말투 속에 무언가 신비로운 힘이 깃들여 있어서 현세와 내세에서 많은 행복을 얻을 수 있다고 믿고 있었다. 물론 그들의 대부분은 기도나 양초 헌납이나 미사 등의 방법으로 이 세상에서의 행복을 얻으려고 여지껏 노력해 왔으며 대개는 그 효과를 보지 못했다. 그러나 그들은 비록 자기의 기도가 이루어지지 못했더라도 그것은 있을 수 있는 일이며 더욱이 학자나 신부들이 권장하는 성당이라는 것은 내세에서도 꼭 필요하고 매우 중요한 제도라는 생각을 굳게 믿고 있었다.

마슬로바 역시 그렇게 믿고 있었다. 그녀도 미사가 진행되는 동안 다른 사람들과 마찬가지로 경건함과 지루함이 뒤섞인 묘한 감정을 줄곧 느끼고 있었다. 그녀는 처음에는 벽 뒤에 몰려 있는 사람들 사이에 서 있었으므로 자기의 동료들밖에 볼 수가 없었으나, 성찬을 받을 준비가 되어 페도샤와 함께 앞으로 나갔을 때 그녀의 눈에는 소장과 저 쪽에 서 있는 간수들 틈에 하얀 수염을 기르고 아맛빛 머리를 한 농부가 눈에 들어왔다. 페도샤의 남편이었다. 뚫어지게 자기 아내를 바라보고 있었다. 마슬로바는 성모 찬송을 부르는 동안 열심히 그를 살펴보면서 페도샤와 소곤거렸으며 다른 사람들이 성호를 긋거나 절을 할 때만 따라했다.

41

네홀류도프는 아침 일찍 집을 나섰다. 골목길에서는 이 근처에 살고 있는 농부들이 아직도 짐마차를 타고 지나가면서 요란스레 외쳐대고 이었다.

"우유요, 우유! 우유요, 우유!"

지난 밤에는 처음으로 따뜻한 봄비가 내렸다. 포장이 깔리지 않은 곳은 어디나 풀들이 파릇파릇한 새싹을 내밀기 시작했다. 집집마다 뜰에 서 있는 자작나무에는 파르스름한 솜털이 온통 솟아났으며 벚나무와 포플러에는 길쭉한 이파리가 향긋하게 돋아나고 있었다. 저택이나 상점에서는 모두 창문을 닦고 있었다. 네홀류도프가 지나가는 고물 시장의 한 줄로 늘어선 점포들 주위에는 수많은 사람들이 들끓었고 장화를 옆에 긴 사람들이며 줄이 선 바지와 조끼를 어깨에 걸친 누더기 옷차림의 사람들이 시장 바닥을 서성거리고 있었다.

선술집 언저리는 일찍부터 공장에서 놀러 나온 직공들로 붐비고 있었다. 남자는 소매 없는 말쑥한 반코트를 입고 번쩍거리는 장화를 신었으며 여자는 화려한 비단 스카프로 머리를 감싸고, 유리 구슬 장식이 달린 외투를 입고 있었다. 헌병들은 노란 권총 끈을 뽐내기라도 하듯 저마다 자기 담당 장소에 서서 무슨 심심풀이 사건이라도 벌어지지 않나 기대하는 눈으로 여기저기를 두리번거리고 있었다. 그리 넓지 않은 가로숫길이나 파릇파릇 새싹이 돋아나기 시작한 잔디밭에는 아이들과 개들이 한데 어울려 뛰놀고 있었으며 유모들은 벤치에 나란히 앉아서 재미있게 이야기들을 나누고 있었다. 그늘진 왼쪽은 아직도 축축하고 눅눅했으며 말라 있는 차도 위를 무거운 짐마차가 계속해서 요란한 소리를 울리면서 달려가고 있었고 승용 마차의 삐걱거리는 소리와 철도 마차의 방울소리가 온 거리를 뒤덮고 있었다. 대기 속으로 끊임없이 이어지는 이곳저곳의 여러 가지 소음과 지금 감옥에서 벌어지고 있는 것과 같은 미사에 사람들을 불러들이기 위한 성당의 종소리가 울려 퍼지고 있었다.

네홀류도프를 태운 마차는 감독 정문 앞까지 가지 않고 감옥으로 가는 길모퉁이에서 멈추었다. 감옥에서 백 걸음쯤 떨어진 이 길모퉁이에는 보따리를 옆에 낀 몇 명의 남녀가 서 있었다. 길 오른쪽에는 그리 크지 않은 목조 건물들이 늘어서 있고 왼쪽에는 무슨 간판인가를 단 이층집이 한 채 서 있었다. 감옥은 석조 건물로 그 앞에 있었으며 면회자들은 감독 바로 앞까지 다가가는 것이 금지되어 있었다. 총을 멘 보초가 왔다갔다하면서 그 앞을 가로질러 가려는 행인들을 무섭게 꾸짖고 있었으며 보초의 맞은편에 있는 오른쪽 목조 건물 곁에서는 소매에 금줄이 달린 제복을 입은 수위가 수첩을 펴들고 벤치에 앉아서 면회자가 그 앞에 가서 만나고 싶은 사람의 이름을 대면 그 이름을 수첩에 받아 적었다. 네홀류도프도 수위 앞에 가서 예카테리나 마슬로바의 이름을 댔다. 금줄을 단 제복을 입은 수위가 수첩에 적었다.

"왜 아직 들어갈 수 없습니까?"

하고 네홀류도프가 물었다.

"지금 미사 중입니다. 끝나는 대로 곧 들어갈 수 있을 겁니다."

네흘류도프는 한쪽에서 기다리고 있는 면회자들 옆으로 걸어갔다. 그 때 모인 사람 가운데서 허름한 옷을 입고 낡은 모자를 쓰고 맨발에 슬리퍼를 신은, 얼굴에 붉은 줄이 있는 사내 하나가 불쑥 튀어나와 감옥 쪽으로 가려고 했다.

"이봐, 어디 가는 거야?"

총을 멘 보초가 그를 보고 소리쳤다.

"네놈은 또 뭐가 잘났다고 떠들어, 떠들기는!"

그 사내는 보초의 고함 소리에도 조금도 당황하지 않고 마주 대꾸하면서 되돌아왔다.

"들여보내 주지 않겠으면 그만둬. 기다리면 되지! 쳇, 뭐 대단한 것처럼 호령을 하고 야단이람. 제가 무슨 장군이나 된 것처럼 말이야."

모인 사람들 속에서 잘한다는 듯이 와 하고 웃음소리가 터져 나왔다. 대체로 면회자들은 초라한 옷차림을 하고 있었고 그 가운데에는 누더기를 걸친 사람도 더러 있었으나 몇 명은 점잖은 복장을 하고 있었다. 네흘류도프의 바로 옆에 서 있는 혈색 좋고 뚱뚱한 남자만 해도 훌륭한 옷차림에 얼굴을 말끔히 면도까지 했다. 손에 든 보따리는 속옷 같아 보였다. 네흘류도프는 그 남자에게 면회하러 처음 왔느냐고 물어 보았다. 그는 일요일마다 온다고 대답했다. 두 사람은 여러 가지 이야기를 주고받았다. 그는 어느 은행의 수위인데 사기죄로 복역중인 형을 면회하러 왔노라고 했다. 사람 좋아 보이는 그는 먼저 자기 신상 이야기를 네흘류도프에게 모조리 털어놓은 다음 그에게도 여러 가지 캐물었다. 그런데 그 때 마침 체구가 당당한 검정 순종말이 끄는 마차가 다가왔으므로 그들의 시선은 자연 그리로 쏠렸다. 마차에는 대학생 하나와 얼굴에 베일을 쓴 아가씨 한 명이 타고 있었는데 대학생은 큼직한 보따리를 들고 있었다. 그는 마차에서 내려 네흘류도프에게로 와서 자기는 좋은 일을 할 목적으로 빵을 가지고 왔는데 줄 수 있는지, 그러려면 어떤 절차를 밟아야 하는지 물었다.

"이것은 제 약혼녀의 희망입니다. 이 사람이 제 약혼녀지요. 이 사람의 부모님께서 죄수들에 빵을 나눠 주라고 권하셨기 때문입니다."

"나도 오늘 처음 왔기 때문에 잘 모르겠습니다만 저기 저 사람에게 물어 보면

알 수 있을 겁니다."

네흘류도프는 수첩을 꺼내 들고 오른편 벤치에 앉아 금줄 달린 제복을 입은 수위를 가리켰다.

네흘류도프가 대학생과 이야기하고 있을 때 한가운데 조그만 창문이 달린 커다란 철문이 무겁게 열리더니 그 속에서 군복을 입은 간수장이 간수 한 사람과 함께 나타났다. 명부를 손에 든 간수가 면회인들에게 입소가 시작되었다고 알렸다. 수위는 옆으로 물러났다. 그러자 한꺼번에 면회인들의 무리에 뒤처질세라 재빨리 문으로 밀려들었다.

달려가는 사람도 있었다. 간수 한 사람이 문 옆에 서서, 면회자가 그 앞을 지나갈 때마다 "열 여섯, 열 일곱." 하고 큰 소리로 세었다. 건물 입구에 또 한 명의 간수가 서서 다음 문으로 가는 사람을 일일이 손을 대며 세고 있었다. 이것은 면회인이 돌아갈 때 수를 세었다가 한 사람이라도 감옥 안에 남거나 단 한 사람의 죄수라도 섞여 빠져 나가지 못하게 하기 위한 방편이었다. 그 간수는 앞을 지나가는 사람의 얼굴을 보지도 않고 네흘류도프의 등을 손바닥으로 툭 쳤다. 이 간수의 손이 등에 닿았을 때 심한 모욕감을 느꼈으나 곧 여기 온 까닭을 생각하고 그는 이 불만과 모욕감을 지워 버리고는 이내 부끄러워했다.

문을 들어서니 첫번째 방은 둥근 천장의 큰 방인데 쇠창살이 박힌 조그만 창문이 몇 개가 있었다. 이것은 집회소라고 불리는 방으로, 거기서 네흘류도프는 뜻밖에도 움푹하게 들어간 벽 속에서 큼직한 그리스도 상을 보았다.

'어떻게 이것이?'

그는 문득 생각했다. 그는 상상 속에서 무의식적으로 그리스도 상을 죄수들이 아닌 자유로운 사람들과 연결해서 생각하고 있었다.

네흘류도프는 서로 앞을 다투며 걸어가는 면회인들의 뒤에 처져서, 이 곳에 갇혀 있는 흉악한 죄수에 대한 두려움과 카튜샤 같은 억울한 사람들에 대한 동정이 섞인 야릇한 감정에 젖어서 천천히 걸어갔다. 그의 마음속에는 눈앞에 다가온 면회에 대한 감동과 착잡한 기분에 사로잡혀 있었다. 이 방을 지나갈 때 출구에 서 있던 간수가 그에게 뭐라고 말했으나 네흘류도프는 자기 생각에 빠져서 무심히 흘려 듣고 면회인들이 많이 가는 쪽으로 따라갔다. 그 쪽은 그가 가야 할 여죄수 감방이 아니라 남자 죄수 감방이었다. 급히 서두르는 사람들을 먼저 보내고 그는 맨 뒤에 면회실로 들어갔다. 문을 열고 들어가는 순간, 먼저 그를 놀라게 한 것은 수백 명에 가까운 사람들이 외치는 소리가 하나로 뒤섞인, 요란한 아우성이었다. 설탕에 낀 파리 떼처럼 철망에 달라붙은 사람들 곁에 다가가 보고 네홀류도프는 비로소 그 까닭을 알았다. 바로 앞 벽에 몇 개의 창문이 있는 이 방은 바닥에서 천장까지 철망이 쳐 있는데——그것도 한 장이 아니라 두 장이었다——그 사이를 간수들이 왔다갔다하고 있었다. 철망 저 쪽에 죄수들이 있고 이 쪽에 면회자들이 있었다. 그 사이에 두 개의 철망이 있고 3미터 정도의 거리가 있었으므로 물건을 건네 줄 수는 물론 없고, 특히 눈이 몹시 나쁜 사람은 얼굴을 자세히 볼 수도 없었다.

말을 건네기도 힘들어서 상대방에게 들리게 하려면 목청껏 소리쳐야만 했다. 서로 자세히 보고 필요한 말을 주고받으려고 안간힘을 쓰는 아내와 남편, 아버지와 어머니, 그리고 아이들의 얼굴들이 양쪽 철망에 얼굴을 대고 매달려 있었다. 그런데 저마다 상대에게 들리게 하려고 기를 쓰는데다가 옆사람도 같은 생각이라 서로의 소리가 방해를 할 뿐이었다. 그래서 서로가 옆사람의 소리에 지지 않으려고 고함을 질렀다. 그들이 지껄이는 말의 내용을 알아듣는다는 것은 전혀 불가능했다. 다만 얼굴을 보고 어떤 말을 하고 있는지, 지껄이는 사람이 어떤 사이인가에 따라 상상할 뿐이었다.

네홀류도프의 바로 옆에서 수건을 쓴 노파는 철망에 얼굴을 바짝 대고 턱을 떨면서 머리를 절반쯤 깎은 얼굴에 핏기가 없는 젊은이에게 무언지 외치고 있었다. 젊은 죄수는 눈썹을 치켜 올려 이마에 주름을 잡고 열심히 그 말에 귀 기울이고 있었다.

노파 옆에는 누더기를 입은 한 남자가 손을 흔들면서 뭔가 외치며 웃고 있었다. 그 옆에는 고급 모직 숄을 두른 여자가 어린아이를 안고 바닥에 앉아, 철망 안에 죄수복을 입고 머리를 깎고 족쇄를 차고 서 있는 백발의 죄수를 처음 면회하러 왔는지 흐느껴 울고 있었다. 그 옆에는 아까 밖에서 대기하고 있을 때 네흘류도프와 이야기를 나눈 그 은행 수위가 눈이 번들거리는 대머리 죄수에게 큰 소리로 무언가 말하고 있었다.

그런데 이와 같은 우롱에도 아무도 수치심을 느끼지 않는 것에 그는 깜짝 놀랐다. 수위도, 소장도, 면회인들도, 죄수들도 이것이 당연한 처사라고 여기고 있는 것처럼 예사로 이런 짓을 하고 있었고 또 시키고 있었다.

네흘류도프는 안타까움과 자기의 무력감에 대한 깨달음과 세상에서 소외당한 듯한 심정이 뒤섞인, 무언지 묘한 기분을 느끼면서 5분쯤 그 방에 머물렀다. 정신적으로 결핍되어 오는 구토증이 그를 사로잡았다.

42

'그러나 저러나 온 목적은 수행해야 한다.'고 네흘류도프는 마음가짐을 새로이 했다. '그런데 어떻게 하면 좋을까?'

그는 사방을 둘러보며 담당 관리를 찾기 시작했다. 장교 견장을 달고 턱수염을 기른 키가 작고 야윈 남자를 발견하고 그 쪽으로 갔다.

"잠깐 말씀 좀 묻겠습니다."

그는 특히 긴장된 공손한 태도로 말했다.

"여죄수는 어디 있습니까? 그리고 어디서 면회가 허락되는지요?"

"여죄수 감방에 볼일이 있습니까?"

"네, 어떤 여죄수를 면회할까 하고……."

네흘류도프는 역시 긴장된 공손한 태도로 대답했다.

"그러시다면 아까 집회소에서 그렇게 말씀하셨더라면 좋았을걸. 누구를 만나보시려고요?"

"예카테리나 마슬로바를 만나고 싶습니다."

"정치범입니까?"

하고 부소장은 물었다.

"아닙니다. 보통의……."

"그럼, 벌써 형을 받았습니까?"

"네, 그저께 선고를 받았습니다."

네흘류도프는 짐작건대 자기에게 호의를 가져 주는 듯한 부소장의 기분을 어쩌다가 상하게 할까 봐 조심조심하면서 순순히 대답했다.

"그러시다면 이 쪽으로 오십시오."

부소장은 네흘류도프의 훌륭한 외모에서 이 사람은 정중히 다룰 필요가 있다고 여겼는지 이렇게 말했다.

"시도로프!"

하고 그는 가슴에 훈장을 주렁주렁 단 턱수염이 많은 하사를 불렀다.

"이분을 여죄수 감방으로 안내해 드려."

"네. 알았습니다."

이 때 철망 앞에서 가슴을 도려 내는 듯한 누군가의 통곡 소리가 들려 왔다. 네흘류도프는 모든 것이 새롭고 이상하게 느껴졌다. 그러나 무엇보다도 기이하게 여겨진 것은 부소장과 간수장에게——이 건물 안에서 벌어지고 있는 모든 잔혹한 행위의 당사자들에게 은혜를 느끼고 감사해야 하는 입장에 놓여 있다는 점이었다.

간수장은 네흘류도프를 데리고 남죄수 면회실에서 복도로 나가 반대쪽 문을 열고 여죄수 면회실로 그를 인도했다.

이 방도 남죄수 면회실과 마찬가지로 두 장의 철망에 의해 세 칸으로 나뉘어져 있었다. 그러나 방은 훨씬 더 작고 면회인과 죄수도 적었지만 아우성은 남죄수 면회실과 다를 바가 없었다. 역시 철망 사이를 간수가 왔다갔다하고 있었다. 이 곳의 여자 간수는 소매 끝에 금줄과 전체에 푸른 테를 두른 제복을 입고, 남자 간수와 같은 혁대를 매고 있었다.

여기도 남죄수 면회실과 마찬가지로 양편의 철망에 많은 얼굴들이 달라붙어 있었다. 이 쪽에는 갖가지 차림의 도시 사람들이 있었고, 저편에는——여죄수들이라 흰 죄수복 차림도 있고 사복을 입은 사람들도 있었다. 철망은 사람들로 가득 채워져 있었다. 발꿈치를 세우고 서서 다른 사람의 머리 너머로 소리치고 있는 사람도 있고, 바닥에 앉아 이야기를 주고받는 사람도 있었다.

놀랄 만큼 크게 고함치는 소리와 여죄수 중에서 그 몰골이 가장 눈에 띄는 것은 스카프가 흘러내려 고수머리가 마구 헝클어진 채, 철망의 가운데 기둥에 매달려 있는 야윈 집시 여자였는데, 그녀는 분주하게 몸짓과 손짓을 쉬어 가며 푸른색 프록코트를 입고 허리 아래쪽에 혁대를 단단히 맨 집시 남자에게 무언지 소리치고 있었다. 집시 남자 옆에는 한 병사가 앉아서 여죄수와 말을 주고받고 있었다. 그 옆에는 턱수염을 듬성듬성하게 기른, 짚신을 신은 젊은 농부가 간신히 눈물을 참고 있는 듯 붉어진 얼굴로 철망에 매달려 있었다. 그와 이야기를 하고 있는 사람은 아름다운 금발의 여죄수였으며 맑고 푸른 눈으로 하염없이 남자를 바라보고 있었다. 페도샤와 그 남편이었다. 그 옆에서 누더기를 입은 남자가 푸석하게 머리를 풀어 헤친 얼굴이 큰 여자와 이야기하고 있었다. 그 다음에는 여자 둘, 남자 그리고 여자로 저마다 짝을 지어 여죄수와 마주 보고 있었다. 그 속에 카튜샤의 모습은 보이지 않았다. 그러나 여죄수들 뒤에 다른 여자가 한 사람 서 있는 것을 본 순간, 네홀류도프는 그녀가 카튜샤임을 깨달았다. 갑자기 가슴의 고동이 빨라지고 숨이 막힐 것 같은 느낌이었다. 결정적인 순간이 왔다. 그는 철망 앞으로 다가가 자세히 보았다. 정말 그녀였다. 그녀의 푸른 눈이 페도샤 뒤에 서서 미소 지으면서 그녀가 하는 이야기를 가만히 듣고 있었다. 카튜샤는 법정에서 입었던 죄수복 차림이 아니라 흰 스웨터를 입고 허리를 잘룩하게 죄었으므로 가슴이 불룩하게 솟아 올라 보였다. 수건 밑으로는 법정에서처럼 물결치는 탐스러운 검은 머리가 흘러내려 있었다.

'이제는 모든 것이 결정되는구나.' 하고 그는 생각했다. '어떻게 할까, 내가 부를까? 아니면 저 쪽에서 이리로 올까?'

그러나 그녀 쪽에서는 오지 않았다. 그녀는 친구인 클라라가 면회 오기를 기다리고 있었다. 이 남자가 그녀를 만나러 온 줄은 꿈에도 생각지 않고 있었다.

"누구를 만나러 오셨습니까?"

철망 사이의 통로를 왔다갔다하고 있던 여간수가 네흘류도프 앞으로 다가오면서 물었다.

"예카테리나 마슬로바입니다."

네흘류도프는 겨우 말하고 한숨을 쉬었다.

"마슬로바, 면회야!"

하고 여간수가 외치는 소리가 들렸다.

카튜샤가 이 쪽을 보았다. 그리고 머리를 젖히고는 가슴을 내밀듯이 하며 철망 앞으로 다가와서 두 여죄수 사이에 끼여들더니 그가 네흘류도프인 줄은 모르고 놀란 듯한 의아한 눈으로 바라보았다. 그러나 그의 옷차림으로 부자라는 것을 눈치채고 그녀는 빙그레 웃었다.

"당신이세요. 저를 만나러 오신 분이?"

하고 얼굴을 철망에 갖다 대며 말했다.

"내가 온 것은……."

네흘류도프는 '당신'이라고 불러야 할지 '너'라고 불러야 할지 몰라 망설임 끝에 결국 '당신'이라고 부르기로 했다. 그는 다른 때와 같이 높지도 낮지도 않은 목소리로 말하기 시작했다.

"당신을 만나고 싶었소……나는……."

"시시한 소리하지 말아!"

그의 곁에서 누더기를 입은 남자가 외쳤다.

"훔쳤어, 안 훔쳤어?"

"죽게 되었다고 하잖아. 더 무슨 말을 하라는 거야!"

하고 여죄수 쪽에서 누가 외쳤다.

카튜샤는 네흘류도프의 말을 알아들을 수는 없었지만, 말하고 있을 때의 얼굴 표정이 갑자기 그를 생각나게 했다. 그러나 그녀는 자기 눈을 의심할 수밖에 없었다. 그녀의 얼굴 표정에서 방긋 웃던 웃음이 사라지고 이마에 괴로운 듯한 주름이 새겨졌다.

"안 들려요, 무슨 말씀이신지."

그녀는 눈을 가늘게 뜨고 차츰 더 이마의 주름을 깊게 새기면서 소리쳤다.

"내가 온 것은……."

'그렇다. 나는 지금 해야 할 일을 하고 있다. 나는 참회하고 있다.' 하고 문득 네홀류도프는 생각했다. 이렇게 생각하는 순간 눈물이 솟구쳐 오르고 목이 메어 그는 철망을 꽉 붙잡은 채 입을 꼭 다물고 눈물을 흘리지 않으려고 안간힘을 쓰고 참았다.

"뭣 때문에 만났나? 나쁜 줄 알면서……."

이 쪽에서 남자가 외쳤다.

"하느님을 믿어요. 나는 정말 아무것도 몰라요."

하고 맞은편에 여죄수가 외쳤다.

그의 흥분을 보고 카튜샤는 네홀류도프임을 깨달았다. 그러자 그녀 역시 흥분하게 되었다——그녀의 눈이 빛나고 하얗고 통통한 볼이 붉게 물들기 시작했으나 표정은 여전히 엄하고 사팔눈은 옆을 바라보고 있었다.

"아는 분 같지만 잘 모르겠는데요."

그를 외면하면서 그녀는 외쳤다. 그러자 일단 붉어졌던 얼굴이 차츰 더 침울해졌다.

"나는 당신한테 용서를 빌러 왔소."

그는 암기한 것을 내뱉기라도 하듯 억양 없는 큰 소리로 외쳤다.

이렇게 외치고 그는 부끄러워져서 옆을 돌아보았으나, 곧, 부끄럽다면 오히려 그편이 낫다. 수치를 참아야 하기 때문이라는 생각이 머리에 떠올랐다. 그는 큰 소리로 계속 말했다.

"나를 용서해 주시오. 나는 정말 나쁜 짓을……."

하고 그는 외쳐 댔다. 그녀는 가만히 선 채로 사팔기가 있는 눈을 그의 얼굴에서 떼지 않았다. 그는 더 아무 말도 할 수가 없어 가슴에 솟구쳐 오는 울분을 누르기 위해 철망에서 물러섰다.

조금 전 네홀류도프를 이 곳으로 안내해 온 부소장이 그가 마음에 걸렸는지 방에 들어와서 네홀류도프가 철망에서 물러나 있는 것을 보더니, 왜 만나 보려는 사람과 이야기를 하지 않느냐고 물었다. 네흘류도프는 코를 풀고 머리를 흔들고 나서 되도록 침착한 태도로 대답했다.

"철망을 사이에 두고는 얘기할 수가 없습니다. 너무 멀어 아무 말도 들리지 않는군요."

부소장은 잠시 생각했다.

"그거 참 난처하게 됐군요. 그럼 잠깐 이리로 데려와도 좋습니다."

"마리아 카를로브나!"

하고 그는 여간수를 불렀다.

"마슬로바를 이리로 데려와요."

43

곧 옆문을 통해 카튜샤가 나왔다. 그녀는 부드러운 걸음걸이로 네흘류도프의 바로 앞에까지 오더니 걸음을 멈추고 눈을 치뜨고 그를 바라보았다. 까만 고수머리가 법정에서 본 것처럼 수건 밑으로 비어져 나왔고 희고 부석부석한, 건강이 좋지 못한 얼굴이었지만 아름다웠으며 침착해 보였다. 다만 윤기 있는 검은 사팔기가 있는 눈만이 약간 부은 듯한 눈까풀 밑에서 이상하게 빛나고 있었다.

"여기서 이야기하셔도 좋습니다."

부소장은 이렇게 말하고 자리를 비켜 주었다.

네흘류도프는 벽 끝의 긴의자로 갔다. 카튜샤는 의아한 듯이 부소장을 보았으나, 곧 놀랍다는 듯 어깨를 으쓱해 보이고 네흘류도프를 따라 긴의자에 가서 치마를 여민 다음 그 옆에 앉았다.

"용서해 달라고 해 봐야 무리한 일이라는 것을 알고 있소."

하고 네흘류도프는 말을 꺼냈으나, 또 눈물이 치솟을 것만 같아 입을 다물었다.

"하지만 옛날로 돌이킬 수는 없다 하더라도 앞으로 내가 할 수 있는 모든 일을 하고 싶소. 제발…….”

“제가 여기 있는 걸 어떻게 아셨어요?”

그의 물음에는 대답하지 않고 사팔기가 있는 눈으로 그를 보는 듯 마는 듯하면서 그녀는 물었다.

‘오, 하느님! 저를 도와 주소서! 어떻게 하면 좋을지 가르쳐 주소서!’

네흘류도프는 예전의 모습이 사라진 그녀의 얼굴을 보면서 속으로 빌었다.

“나는 당신 재판 때 배심원으로 법정에 나갔소.”

하고 그는 말했다.

“당신은 재판 때 나를 알아보지 못했소?”

“아뇨, 몰랐어요. 볼 겨를도 없었고, 또 아무것도 눈에 들어오지 않았는 걸요.”

“아마 아이를 낳았을 텐데?”

하고 그는 물었다. 그리고 얼굴이 붉게 변하는 것을 느꼈다.

“낳자마자 고맙게도 죽었어요.”

그녀는 눈길을 돌리면서 짤막하게 가시 돋친 말투로 대답했다.

“아니, 어떻게?”

“내 자신이 병이 들어서 죽을 고생을 했는 걸요.”

그녀는 눈을 아래로 향한 채 말했다.

“왜 고모들이 당신을 내보냈소?”

“아이 가진 하녀를 누가 좋아하겠어요? 눈치채자마자 곧 쫓겨났죠 뭐. 하지만, 이제 와서 이런 말을 해서 무슨 소용이 있겠어요?──아무것도 기억하고 있지 않아요. 모두 잊어버렸어요. 그건 이미 끝난 일인 걸요.”

“아니, 아직 끝나지 않았소. 나는 당신을 이대로 내버려둘 수가 없소. 나는 지금부터라도 당신에게 용서를 빌 생각이오.”

“속죄할 건 없어요. 옛날 일은 옛날 일, 다 흘러가 버린 일이에요.”

하고 그녀는 말했을 때 그는 전혀 예기치 못한 표정을 보았다. 그녀가 갑자기 그에게 유혹하는 듯, 동정을 바라는 듯한 기분 나쁜 웃음을 지었다.

카튜샤는 무엇보다도 지금 이런 곳에서 그와 재회할 줄은 정말 꿈에도 생각지 못했다. 그래서 처음 보았을 때는 깜짝 놀랐으며, 어째서 지금껏 한 번도 그를 기억하지 못했나 하는 생각이 가장 먼저 떠올랐고, 여태까지 까맣게 잊고 있던 일들을 생각하게 되었다. 처음 한순간 그녀는 자기가 사랑하고 사랑받던 훌륭한 청년에 의해 처음으로 마음속에 눈떴던 그 사랑과 감정의 절묘한 새 세계에 대한 추억이 어렴풋이 떠올랐다. 그 추억은 그의 이해할 수 없는 매몰찬 행동과 그 기적 같은 행복이 있은 뒤에, 더구나 그것 때문에 생겨난 갖가지 치욕과 고통으로 옮아 갔다. 그녀는 가슴이 아팠다. 그러나 그녀는 그것을 끝까지 생각하지 않은 채 언제나 해 오던 대로 지금도 행동했다.

그것은 이러한 추억을 지워 버리고 음탕한 생활에 밴 독기로 그것을 감싸 버리려고 노력하는 일이었다. 그녀는 지금도 그런 행동을 했다. 처음 한동안 그녀는 지금 눈앞에 있는 남자를 자기가 전에 사랑한 그 청년과 하나로 결부시켰으나 잠시 뒤 그것이 너무나 괴로운 일이라는 것을 깨닫자 그 두 사람을 결부시키는 것을 그만두었다.

그리고 이제 이 훌륭한 차림을 하고 턱수염에 향수를 뿌린 고상한 신사는 그녀에게 있어 예전에 사랑한 그 네흘류도프가 아니라 필요하면 그녀 같은 여자를 이용하고, 특히 그녀 같은 여자가 가능한 한 자기를 위해 봉사하는 것을 당연한 일로 여기는 그러한 사람에 지나지 않았다. 그래서 그녀는 유혹하는 눈웃음을 짐짓 지어 보였다. 그녀는 이 남자를 어떻게 이용해야 좋을지 궁리하며 잠자코 있었다.

"그 일은 이미 끝나 버린 일이에요."

하고 그녀는 말했다.

"이젠 이미 유형 판결을 받았어요."

이 무서운 말을 했을 때 그녀의 입술은 파르르 떨렸다.

"나도 알고 있소. 그리고 당신이 죄가 없다는 것도 믿고 있소."

하고 네흘류도프는 말했다.

"물론 죄가 없어요. 제가 어떻게 도둑질을 하고 사람을 죽이겠어요. 모두들 말하더군요. 다 변호사에게 달렸다고."

그녀는 말을 계속했다.

"상소해야 한대요. 하지만 돈이 굉장히 많이 드나 봐요."

"그래요. 꼭 상소해야 하오."

네흘류도프는 말했다.

"이미 변호사에게 부탁해 두었소."

"돈을 아끼지 말고 훌륭한 변호사에게 부탁해야 된대요."

하고 그녀는 말했다.

"내가 할 수 있는 일은 다 하겠소."

잠시 침묵이 흘렀다.

그녀는 또 빙그레 웃었다.

"저, 부탁이 있는데요……될 수 있다면 돈을 좀 주시겠어요?……10루블 쯤, 그것만 있으면 되는데요."

하고 갑자기 그녀가 말했다.

"아, 그러지요."

어리둥절해하며 네흘류도프는 지갑에 손을 가져갔다.

그녀는 방 안을 왔다갔다하고 있는 부소장에게 재빨리 눈길을 던졌다.

"지금은 안 돼요. 부소장이 저리 가고 나거든 주세요. 그렇지 않으면 빼앗겨요."

네흘류도프는 부소장이 저 쪽으로 돌아서기를 기다렸다. 얼른 지갑을 꺼냈으나 10루블짜리 지폐를 채 주기도 전에 부소장이 다시 이 쪽으로 돌아섰다. 그는 지폐를 손에 움켜쥐었다.

'안 되겠다. 이 여자는 이미 마음까지 썩을 대로 썩었다.' 전에는 불쌍했으나 이제는 더러워질 대로 더러워진 부석부석한 얼굴과 부소장과 그의 손 안에 있는 지폐에 번갈아 굴리는 음란한 빛이 담긴 새까만 사팔눈을 보면서 네흘류도프는 생각했다. 그러자 망설임이 되살아났다.

또다시 어젯밤 그에게 말을 건넨 유혹의 손길이 그의 마음속에서 여느 때처럼 무엇을 해야 하느냐 하는 문제에서 그를 떼어 놓고, 그런 짓을 해 본들 무슨 소용이 있겠느냐, 무슨 이득이 되겠느냐 하는 쪽으로 돌리려고 애쓰면서 그를 설득하기 시작했다.

'이런 여자는 이제 어떻게 할 수도 없어.' 하고 그 목소리는 말했다. '네 목에 무거운 돌을 달 뿐이야. 그리고 그것은 너를 물 속에 가라앉게 하고, 네가 남을 위해 유익한 존재가 되는 걸 방해할 뿐이다. 가진 돈을 몽땅 그녀에게 주어 그것으로 깨끗이 손을 끊고, 영원히 어둠 속에 묻어 버리는 것이 좋지 않을까?' 이런 생각이 그의 가슴에 떠올라 유혹하고 있었다.

그러나 그는 바로 이 순간에 그의 마음속에 가장 중요한 어떤 일이 일어나고 있다는 것과, 그의 내면 생활은 지금 조그만 압력에도 어느 쪽으로나 쉽게 기우는 불안정한 저울 위에 놓여 있는 것과 다름없다는 것을 느꼈다. 그는 어제 자기 마음속에 느낀 그 신을 부르면서 진실 쪽으로 이 힘을 가했다. 그러자 곧 그의 내부의 신이 대꾸했다. 그는 그녀에게 모든 것을 고백하기로 결심했다.

"카튜샤! 나는 너에게 용서를 빌러 왔어. 그러니 이미 용서해 주었는지, 아니면 언젠가는 용서해 줄 것인지 대답해 다오."

그는 갑자기 '너'라는 호칭으로 바꾸어 부르면서 말했다.

그러나 그녀는 듣고 있지 않고, 다만 그의 손과 부소장에게 바쁘게 눈길을 보내고 있었다. 부소장이 돌아서자 그녀는 재빨리 손을 뻗쳐 지폐를 움켜쥐고 얼른 허리띠 속으로 쑤셔 넣었다.

"이상한 말씀을 하시네요."

방긋이 웃으면서——그 웃음이 그에게는 모욕적으로 다가왔다——그녀는 아무 생각 없이 말했다.

네흘류도프는 그녀의 내부에 그를 정면으로 적대시하고 그녀를 본래대로 유지하며 그가 그녀의 마음속에 침투하는 것을 방해하는 것이 있다는 것을 느꼈다.

그런데 이상하게도 그것이 그를 밀어 내지 않았을 뿐 아니라, 어떤 특별한 새로운 힘으로 차츰 더 그를 그녀 쪽으로 끌어당겼던 것이다. 그는 그녀를 정신적으로 다시 눈뜨게 해 줘야 한다는 것을, 그리고 그것이 무척 힘든 일이라는 것을 느끼고 있었다. 그러나 일의 어려움 그 자체가 그를 더한층 끌어당겼다. 그는 지금, 여지껏 그녀에게나 다른 누구에게도 품은 적이 없는 감정을 그녀에게 느끼고 있었다. 이 감정에는 사사로운 것은 전혀 없었다. 그는 그녀에게서 다른 아무것도 바라지 않았다. 다만 그녀가 지금과 같은 그녀가 아니고, 마음을 바로 잡아 옛날의 그녀로 돌아가 주기만을 바랄 뿐이었다.

"카튜샤, 왜 그런 말을 하는 거지? 나는 너에 대한 일을 기억하고 있어. 네가 그 때 파노보에서……."

그러나 그녀는 저항하듯 그의 마음에는 관심 없다는 듯한 표정을 지었다.

"지나간 일을 얘기해서 무슨 소용이 있어요."

하고 그녀는 무뚝뚝하게 잘라 말했다.

"내가 이런 말을 하는 것은 내 죄를 속죄하고 싶기 때문이야. 카튜샤."

그는 계속하여 그녀와 결혼하고 싶다는 말을 하려 했으나 그녀의 눈을 보고 거기에 자기를 떼밀어 내는 몸서리쳐지도록 가시돋친 번쩍거림이 있는 것을 눈치챘으므로 그는 그 말을 꺼낼 수가 없었다.

그 때 면회자들이 나가기 시작했다. 부소장이 네흘류도프에게로 와서 면회 시간이 끝났다고 알렸다. 카튜샤는 일어나서 그가 돌아가기를 조용히 기다렸다.

"잘 있어. 할 말이 산더미 같지만 시간이 없어 할 수가 없군."

하며 네흘류도프는 손을 내밀었다.

"또 올게."

"이젠 더 하실 말씀이 없으실 것 같은데요."

그녀는 손을 내밀었지만 쥐지는 않았다.

"아니야, 다시 너를 만나도록 노력할 거야. 좀더 천천히 얘기할 수 있는 장소에서, 그리고 너한테 해야 할 매우 중대한 말을 할 작정이야."

하고 네흘류도프는 말했다.

"아 그러세요? 그럼 또 오세요."

호감을 사고 싶은 남자에게 보이는 그런 야릇한 미소를 지으면서 그녀는 말했다.

"너는 내게 있어서 누이보다 더 가까워."

하고 네흘류도프는 말했다.

"그러세요?"

하고 그녀는 되풀이하고 고개를 갸웃거리면서 철망 저 쪽으로 사라져 갔다.

44

네흘류도프는 첫 면회에서 카튜샤가 자기를 만나 그녀를 위해 힘을 다하려는 자기의 뜻과 참회를 듣고 큰 기쁨과 감동에 싸여 다시 예전의 카튜샤로 돌아가 주길 바라고 있었다. 그러나 불행하게도 옛날의 카튜샤는 이미 없어지고 남아 있는 것은 마슬로바라는 망가진 여자뿐이라는 것을 그는 깨달았다. 이것은 그를 놀라게 하고 두려움을 느끼게 했다.

특히 그를 놀라게 한 것은 마슬로바가 자기의 입장을——여죄수의 입장이 아니라 '그것은 그녀도 부끄러워하고 있었다.' 매춘부의 입장을——수치스러워하지 않았을 뿐만 아니라 그것에 만족하며 자랑으로까지 여기고 있는 듯하다는 것이었다. 그러나 그것은 어쩔 수 없는 일이기도 했다. 사람은 누구나 무엇을 하기 위해서는 그것을 중요하고 훌륭한 일이라고 자부심을 가질 필요가 있다. 그러므로 사람은 그 입장이 어떤 것이건 자기 행위가 중요하고 훌륭한 것으로 여겨지도록 모든 생활에 대한 견해를 편리하게 만들어 내지 않을 수 없다.

일반적으로 도둑이나, 살인자나, 스파이나, 매춘부 같은 사람은 자기의 직업을 나쁜 것으로 생각하고 그것을 부끄러워하고 있을 것이라고 생각하기 쉽다. 그러나 실제로는 전혀 그 반대이다. 사람들은 운명이나 자기 잘못으로 어떠한 위치에 놓여지게 되면, 그것이 아무리 그릇된 것이라도 삶에 대한 견해를, 그 입장이 자기에게는 훌륭하고 존경할 만한 것으로 여겨지게끔 편리하게 만든다. 그와 같은 견해를 유지하기 위해서도 삶과 그 속에서의 자기 위치에 대해 자기가 만든 관념을 인정해 주는 무리들 속에 본능적으로 참가하게 된다. 도둑이 그 솜씨를 자랑하거나, 매춘부가 그 음탕성을 뽐내거나, 살인자가 그 잔인성을 으 스대는 것을 들으면 우리들은 놀라움에 떤다. 그러나 우리가 그것에 놀라는 것 은, 다만 그들의 세계와 환경이 좁고 특수하기 때문이며, 요컨대 우리들이 그 밖에 있기 때문이다.

그러나 그 재물을 즉 약탈을 자랑하는 부자들이나, 그 승리를 즉 살인을 뽐내 는 사령관들이나, 자기의 위력을 즉 폭력을 으스대는 권력자들 사이에 이와 같 은 현상이 일어나고 있는 것은 아닐까? 우리가 이러한 사람들 속에 자기 입장을 정당화하기 위한 인생관이나 선악 관념에 대한 왜곡된 관념을 깨닫지 못하는 것 은, 다만 이런 비뚤어진 사고 방식을 가진 사람들이 대다수이고, 우리들 자신이 바로 그에 속해 있기 때문이다.

마슬로바에게도 자기 인생과 사회 속의 자기 환경에 대해 이와 같은 견해가 만들어져 있었다. 그녀는 유형 판결이 내려진 매춘부였지만, 아직도 그녀는 자 기를 인정하고, 사람들에 대한 자기의 입장을 자랑조차 할 수 있는, 그러한 자 기 나름대로의 인생관을 만들어 놓고 있었던 것이다.

그 인생관이란 다음과 같은 것이었다. 이를테면, 모든 남자——늙은이도, 젊 은이도, 학생도, 장군도, 덕망이 있는 자도, 없는 자도——한 사람도 예외됨이 없이 모든 남자의 가장 큰 행복은 매력 있는 여자와의 성행위에 있다. 모든 남 자들은 다른 일에 깊이 몰두해 있는 체하고 있지만 본심은 오로지 이 일만 생각 하고 있다. 그녀는 매력 있는 여자니까 남자들의 이 소망을 채워 줄 수도 있고, 채워 주지 않아도 상관없다. 그러므로 그녀는——소중한, 더구나 필요한 사람 이라는 것이다. 그녀의 여태까지의 모든 생활이 이 생각이 옳다는 것을 증명해 주고 있었다. 그녀는 10년 동안 어디에 있건 여기저기에서, 네흘류도프나 늙은 경찰 서장을 비롯하여 감옥의 간수들에 이르기까지 뭇사내들이 그녀의 육체를 원하는 것을 보아 왔다.

그녀는 그녀의 몸을 요구하지 않는 남자는 보지도 못했고 알지도 못했다. 그 러므로 그녀에게는 이 세계가, 여기저기에서 그녀를 노려 기만과 폭력과 돈과

교활한 지혜 등 온갖 가능한 수단을 써서 그녀를 차지하려고 기를 쓰는, 성욕에
사로잡힌 인간들의 집단에 지나지 않았다.

마슬로바는 인생을 이와 같이 바라보고 있었다. 그러므로 자기는 가장 밑바닥
에 있는 썩어빠진 인간이 아닐 뿐더러 매우 중요한 인간이라고 자부하고 있었
다. 마슬로바는 이와 같은 인생관을 세상에서 가장 존귀한 것으로 알고 있었고,
또 그렇게 여기지 않을 수 없었다. 이 인생관을 바꾼다면 그녀의 가치를 상실하
게 되기 때문이다. 그래서 인생에 있어서의 자기의 가치를 잃지 않기 위해 그녀
는 자기와 마찬가지로 인생을 보고 있는 사람들의 세계에 본능적으로 매달렸다.

네흘류도프가 그녀를 다른 세계로 끌어 내리려는 것을 알아챘기 때문에 그가 그
녀를 이끌려는 세계에서는 그녀에게 긍지와 자존심을 주어 온 인생에 있어서의
자기의 위치를 틀림없이 잃어버릴 것이라고 짐작하고 그에게 반항했다. 이런 까
닭으로 그녀는 네흘류도프와 사랑하던 때의 청춘을 머릿속에서 지워 버린 것이
다. 이 추억은 그녀의 현재의 인생관과 맞지 않았다. 그래서 그에 대한 것은 그
녀의 기억에서 모두 다 지워지고 없었다.

지워졌다기보다 오히려 그녀의 기억 속 어딘가에 고이 숨어 있었다. 그러므로
그녀에게 있어, 지금의 네흘류도프는 자기가 일찍이 청순한 사랑을 바쳤던 그
사람이 아니라, 단순히 이용할 수 있고 이용하지 않으면 손해를 보는, 모든 남
자들과 똑같은 관계밖에 유지할 수 없는, 그러한 돈 많은 훌륭한 신사에 지나지
않았다.

'아뿔싸, 중요한 말을 하지 못했구나.' 하고 면회인들 속에 섞여 출구 쪽으로
가면서 네흘류도프는 생각했다. '결혼할 작정이라는 말을 하지 못했어. 말하지
못했지만 꼭 하고 말겠다!'고 그는 스스로에게 다짐했다.

간수들이 문간에 서서 면회 온 자가 들어가거나 감옥 안에 남는 일이 없도록
면회인들을 내보내면서 아까와 같이 두 손으로 세고 있었다. 이번에는 간수의
손이 그의 등을 때려도 그는 화가 나지 않았을 뿐 아니라 그것을 깨닫지도 못했
다.

45

네흘류도프는 자기의 외면적인 모든 생활에 변화를 주고 싶었다. 지금 살고 있는 이 커다란 저택을 세놓고 하인들도 내보낸 다음 하숙 생활을 한다는 계획이었다. 그러나 아그라페나 페트로브나는 겨울이 아직 멀었는데 지금부터 생활 양식을 바꾼다는 것은 아무 의미가 없다고 타일렀다. 여름에는 세들 사람도 없을 뿐더러, 어디서 생활하든지 가구는 꼭 필요하다고 차근차근 이유를 들어 반대했다. 그래서 결국 외면적 생활을 변화시켜 보려던 네흘류도프의 계획은 흐지부지되고 말았다. 처음에 그는 검소한 학생들 같은 생활을 할 생각이었다. 그러나 그의 모든 시도는 헛되이 끝나고 말았다.

모든 것이 그대로 유지되었을 뿐 아니라, 집 안에서는 모직류와 모피류를 햇빛에 소독시키는 바람에 큰 소동이 벌어졌다. 문지기도 그의 조수, 하녀도 그리고 코르네이까지 이 작업에 동원되었다. 처음에는 아직 한 번도 입어 보지도 않은 제복류와 이상한 모피류를 내다가 길게 쳐 놓은 줄에 걸어 놓고, 그 다음에는 양탄자와 가구 따위를 내다놓더니, 문지기와 그의 조수가 굵은 팔뚝을 걷어붙이고 박자를 맞추어 가면서 막대기로 열심히 두들겨댔다. 방 곳곳에는 나프탈렌 냄새로 가득 찼다.

뜰을 지나고 창문으로 내다볼 때마다 네흘류도프는 물건이 엄청나게 많은 데 놀랐고, 또 그것들이 하나같이 모두 필요없는 것들뿐이라는 데에 다시 놀랐다. 이 물건들의 유일한 용도와 사명은 오직 '아그라페나 페트로브나와 문지기와 그의 조수와 코르네이와 하녀에게 이따금 운동할 기회를 주는 일이다.' 하고 네흘류도프는 생각했다. '하기야 카튜샤 문제가 해결될 때까지는 구태여 생활에 변화를 줄 필요도 없겠지. 게다가 이것은 정말 어려운 일이니까. 그렇지만 카튜샤가 풀려나든지, 아니면 시베리아로 유형을 떠나게 되어 내가 따라가게 된다면,

이러한 생활은 자연히 변하고 만다.'

변호사 파나린과 약속한 날, 네흘류도프는 그의 집으로 찾아갔다. 파나린의 집 뜰에는 큰 나무들이 서 있고, 창문마다 호화로운 커튼이 쳐져 있었으며, 대체로 벼락부자들의 집이 모두 그러하듯, 불로소득으로 얻은 돈이 있는 것을 증명하는 듯한 값진 새 가구로 치장되어 있었다. 네흘류도프는 이 호화로운 저택 안으로 들어갔다. 그가 응접실에 들어서니, 마치 병원 대기실처럼 지루함을 잊게 하기 위한 화보 잡지가 놓여 있는 둥근 테이블 둘레에 차례를 기다리는 서너 명의 소송 의뢰인들이 따분한 듯 앉아 있었다. 높은 테이블 위에 앉아 있던 변호사의 서기는 네흘류도프를 보자 얼른 다가와서 상냥하게 인사한 다음, 선생님께 말씀드리겠다고 말했다.

그러나 서기가 방문까지 채 가기도 전에 먼저 안쪽에서 문이 열리며 얼굴이 붉고 콧수염을 기르고 새 옷을 단정하게 입은 다부진 중년 남자와 집주인인 파나린이 떠들썩하게 말을 건네면서 응접실로 나왔다. 두 사람의 얼굴에는 뭔가 잘 해결된 듯한 그러나 떳떳하지 못한 일을 방금 해치운 사람에게서 볼 수 있는 그러한 표정이 드러나 있었다.

"그런 당신이 나빠요."

하고 파나린이 빙글빙글 웃으면서 말했다.

"천국에는 가고 싶지만 용서받지 못할 죄를 진 몸이라서 말씀이야."

"그야 나도 알지. 나도 알고 있어요."

쑥스러운 듯이 두 사람은 마주 보며 웃었다.

"아, 공작님, 어서 오십시오."

네흘류도프를 알아본 파나린은 이렇게 말하더니, 돌아가는 상인에게 한 번 더 인사를 하고 나서 네흘류도프를 호화롭게 치장한 사무실로 안내했다.

"담배 피우시지요."

하고 변호사는 네흘류도프의 맞은편에 앉으면서 조금 전의 사건에서 거둔 성공으로 저도 모르게 떠오르는 미소를 지으면서 말했다.

"감사합니다. 저는 마슬로바의 사건에 대하여 알아보려고 왔습니다만."

"아, 알고 있습니다. 곧 말씀드리지요. 지금 나간 친구 보셨지요? 욕심이 대단한 사람이랍니다."

하고 그는 말했다.

"그 사람은 1천 2백만 루블이나 되는 재산을 가지고 있으면서도 표준말 한마디 제대로 못 하는 친구랍니다. 만일 공작님한테서 25루블짜리 지폐 한 장이라도 받을 수 있다면 물고 늘어져서라도 빼앗고 마는 작자지요."

'그 사람을 표준말 한 마디 제대로 못 하는 친구라고 비난하고 있지만 너 자신도 25루블을 얻어먹는다는 말을 하고 있지 않느냐?' 하고 생각하면서 네흘류도프는, 당신 같은 계층에 속하는 사람이지만, 대기실에서 기다리고 있는 의뢰인이라든가 그 밖의 사람들은——자기들과는 상관없는 다른 세계의 사람들이다 하고 자랑하고 싶은 듯한 말투로 버릇없이 말을 건네는 그에게 견딜 수 없는 혐오감을 느꼈다.

"정말 그자에게는 혼이 났습니다. 말할 수 없는 악당이지요. 마침 한숨 돌리고 싶던 참이었습니다."

하고 변호사는 지나치게 자기 위주의 이야기를 한 것을 변명하듯 말했다.

"그건 그렇고 공작님의 사건은……. 거기 관해서는 모든 서류를 잘 읽어 보았습니다만, 투르게네프의 말대로 타당한 이유를 발견할 수 없더군요. 변호사가 시원치 않아서, 상소의 이유를 모조리 놓쳐 버리고 말았더군요."

"그래서 어떻게 하실 생각이십니까?"

"잠깐 실례합니다. 그 사람에게 이렇게 전해 주게."

변호사는 방 안에 들어온 조수를 보고 말했다.

"내가 제시한 조건에 따르든지, 아니면 딴 사람에게 부탁하든지 하라고 말이야."

"싫답니다."

"그럼 그만두라고 해."

하고 변호사가 말했다. 지금까지 쾌활하고 선량해 보이던 그의 표정이 침울하고 화난 표정으로 바뀌었다.

"변호사는 모두 돈을 거저 먹는 것처럼 말하고 있습니다만."

하고 그는 아까의 그 유쾌한 표정으로 돌아가면서 말했다.

"어떤 사람이 억울하게 파산 선고를 받은 것을 제가 번복해 놓았더니 이상한 자들이 자꾸만 모여드는군요. 하지만 이젠 몹시 골치가 아파서요……. 사실 어느 작가가 말했듯이 우리도 잉크병 속에 자기의 살점을 한두 점 저며 넣고 살아가는 신세란 말입니다. 그런데 댁의 사건, 아니 댁에서 말씀하신 그 사건은."

하고 그는 말을 이어나갔다.

"도대체 처리가 뒤죽박죽이 되어서 상소할 만한 적당한 까닭을 찾기 힘들었습니다만, 어쨌든 상소를 시도해 볼 수는 있는 일이니까, 제 나름대로 이렇게 서류를 꾸며 보았습니다."

변호사는 새까맣게 글씨를 써 넣은 서류를 집어 들더니 재미없고 형식적인 말은 우물우물 넘기고 중요한 대목만 억양을 붙여 강조하며 읽어 내려갔다.

"대심원 형사부에 대해서 다음과 같이 상소. 모년 모월 모일 모 지방 재판소에서 선고된 판결에 의하여 마슬로바라는 여죄수는 유죄로 인정되어 제1454조에 의거 …… 유형 판결을 받았음……."

그는 잠시 말을 멈추고, 자기가 늘 해 오는 일이라 익숙할 텐데도, 자기의 낭독에 도취라도 된 듯 귀를 기울이고 있었다.

"이 판결은, 아주 중대한 절차상의 위반과 착오를 범한 결과이므로."

하고 그는 그럴 듯한 낭독을 이어갔다.

"마땅히 취소되어야 함. 그 까닭은 첫째, 스멜리코프의 시체 해부에 관한 보고서의 낭독이 시작되자마자 재판장에 의하여 중지되었음——이것이 그 하나지요."

"그러나 그 낭독은 검사가 요구한 것이었는데요?"

하고 네홀류도프가 의아해하면서 말했다.

"상관없습니다. 변호사도 같은 요구를 할 수 있으니까요."

"하지만, 그 낭독은 사실상 아무 필요도 없는 것이었습니다."

"그렇지만, 상소할 까닭은 될 수 있습니다. 그 다음……둘째로, 마슬로바의 관선 변호사가."

하고 그는 읽어 나갔다.

"마슬로바의 관선 변호사가 변론할 때, 피고의 인격을 설명하기 위하여 타락한 내적 원인에 대해 언급하자 재판장은 이 사건과 직접 관계가 없는 일이라고 해서 변호사의 발언을 중지시킨 바 있음. 그러나 형사 사건에 있어서는 누누이 지적한 바와 같이 피고의 인격과 일반적인 심정을 밝히는 것은 제1의 중대한 의미를 가지는 것으로서, 책임의 소재를 밝히는 데도 중대한 의미가 있음……이것이 두 번째 이유입니다."

하고 네흘류도프를 쳐다보면서 말했다.

"그 변호사는 변론이 워낙 서툴러서 무슨 말을 하고 있는지 알아들을 수가 없더군요."

네흘류도프는 차츰 더 어이가 없다는 듯이 말했다.

"그야 아직도 풋내기이니 이치에 맞는 말을 한 마디도 못 했겠지요."

파나린은 웃으면서 대답했다.

"그러나 상소의 이유로서 타당성이 있습니다. 그러면, 그 다음……셋째로, 재판장은 판결을 내림에 있어서 형사소송법 제801조 제1항의 명백한 지시 사항을 위반하고 유죄의 개념이 어떤 법률상 요소로 성립되는가 배심원들에게 설명하지 않았으며, 또 마슬로바가 스멜리코프에게 독약을 준 사실을 인정함에 있어서도 그녀에게 살해할 마음이 전혀 없었을 때는 그 행위만으로 그녀를 처벌하는 것은 부당할 뿐만 아니라, 또한 배심원 모두에게 과실 치사의 경우도 성립될 수 있다는 중대한 사실에 대해 환기하지 않았음……이것이 가장 중요한 이유입니다."

"그것은 배심원들에게도 책임이 있습니다. 우리도 그 정도의 일은 알고 있어야 했으니까요."

"마지막으로, 네 번째 이유는."

하고 변호사는 그냥 말을 계속했다.

"마슬로바의 유죄 여부에 있어서 법정의 자문에 대한 배심원들의 답신서는 그 자체에 뚜렷한 모순점을 내포하고 있음. 즉 마슬로바는 오직 물욕 때문에 고의적으로 스멜리코프를 독살한 것으로 고발되었으므로 유일한 살해 동기가 다만 금전욕에 있다고 인정되어 있음에도 불구하고 모든 배심원들은 그 답신서에서 마슬로바가 절도의 의사가 없었다는 것을 인정하면서도 절도 행위에 가담하지 않았다는 사실을 부정하는 모순을 드러내었음. 이로써 미루어 볼 때 피고에게는 살해할 의사가 없었다는 것을 충분히 인정하면서도 재판장의 불완전한 결론으로 비롯되어 생긴 오류를 답신서에 뚜렷하게 밝혀 놓지 않은 것이 명백함. 따라서 이와 같은 배심원의 답신은 형사소송법 제816조 및 제808조의 적용이 요망됨. 즉 재판장은 배심원 모두에 대하여 그들이 저지른 잘못을 지적하고 답신서를 되돌려 줌으로써 피고의 유죄 여부에 대해 새로운 심의를 거쳐 새로운 답신서를 작성, 제출케 해야 했을 것임."

하고 파나린은 계속해서 읽어 내려갔다.

"그런데 왜 재판장은 그런 조치를 취하지 않았을까요?"

"저 역시 왜 그랬는지 그 까닭을 알고 싶습니다."

파나린은 웃으면서 대답했다.

"그럼, 대심원이 이 잘못을 수정해 주겠군요?"

"그것은 그 때의 담당자에게 달려 있지요. 그래서 저는 이렇게 덧붙여 놓았습니다." '이와 같은 판결은 법정에 대하여.' 하고 그는 빠른 속도로 뒤를 이어 계속했다.

"마슬로바를 처벌할 권리가 부여되지 않는 것으로 이해되어짐. 덧붙여 말하면, 동 피고인에 대한 형사소송법 제771조 제3항의 적용은 우리 형법 정신에 대해 뚜렷하고도 중대한 위반을 한 것임. 위와 같은 이유로써 형사소송법 제909조, 제910조, 제912조 제2항 및 제928조에 비추어 본래의 판결을 폐기하고, 또한 본건을 재심하기 위하여 동 재판소의 타 법정으로 이관할 것을 신청하는 바임.' 이것으로 제가 할 수 있는 일은 모두 한 셈입니다. 그렇지만 솔직이 말씀드려서 성공할 가능성은 매우 희박합니다. 요컨대 모든 일은 대심원의 담당자들에게 달려 있으니까요. 혹시 줄을 댈 만한 곳이 있으면 미리 부탁해 두는 것이 좋을 겁니다."

"좀 아는 사람이 있긴 합니다만."

"그러면 빨리 손을 쓰십시오. 우물쭈물하다가는 그 사람들 모두 치질을 치료하러 떠나 버립니다. 그렇게 되면 석 달은 기다려야 할 것입니다. 만일 그래도 성공하지 못할 때는, 마지막으로 황제 폐하께 청원하는 방법이 남아 있습니다. 그건 그 때 가서 다시 도와 드리기로 하지요. 배후 운동이 아니라 청원서 작성에 대해서 말입니다."

"감사합니다. 그런데 사례금은……."

"서기가 상소장을 정서한 것을 드릴 때 말씀드릴 것입니다."

"한 가지만 더 여쭤 보겠습니다. 나는 검사로부터 마슬로바에 대한 면회허가증을 받고 감옥으로 찾아갔는데, 그 곳 사람들의 얘기로는 면회일이 아닌 보통날에 면회소 외의 장소에서 죄수를 만나자면 현지사의 특별 허가가 필요하다던데 그게 사실입니까?"

"아마 그럴 겁니다. 그런데 지금은 지사가 자리에 없어서 부지사가 직무를 대리하고 있지요. 그렇지만 그 사람은 너무 멍청해서 만나 보셔야 그리 쓸모가 없을 겁니다."

"마슬레니코프 말씀인가요?"

"그렇습니다."

"그 사람은 제가 잘 알고 있습니다."

돌아가기 위해 네흘류도프는 자리에서 일어섰다. 이 때 마르고 조그만 들창코에 얼굴빛이 누런, 지독히도 못생긴 여자가 종종걸음으로 사무실 안에 들어왔다. 그녀는 다름 아닌 변호사의 아내인데, 자기가 못생겼다는 사실을 별로 비관하지도 않는 모양으로 빌로드와 비단과 울긋불긋한 옷감으로 온몸을 휘감은 괴상한 옷차림을 한데다가 숱이 적은 머리를 별나게 지져 붙이고 있었다. 그녀는 의기양양하게 방 안으로 뛰어 들어왔다.

그녀의 뒤를 이어서 키가 크고 검은 얼굴에 비단 솔기가 달린 프록코트를 입고 흰 넥타이를 맨 남자가 웃음을 지으면서 천천히 들어왔다. 네흘류도프도 얼굴을 알고 있는 작가였다.

"아나토리!"

하고 그녀는 문을 열자마자 외쳤다.

"내 방으로 갑시다. 세몬 이바노비치께서 자작시를 낭독하시겠대요! 그 대신 당신은 가르신(러시아의 작가—역주)론을 한바탕 해 주셔야 해요."

네흘류도프가 나가려고 하자 변호사의 아내는 남편과 무슨 말인지 귓속말을 주고받더니 곧 그에게로 와서 말을 걸었다.

"잘 오셨습니다. 공작님……저는 공작님을 잘 알고 있으니까 따로 소개는 필요없다고 생각합니다. 저희들의 문학 모임에 참석해 주시겠어요? 정말 재미 있는 모임이랍니다. 아나토리가 낭독을 썩 잘하니까요."

"어떻습니까, 제 일도 꽤 광범위한 셈이지요?"

파나린은 두 팔을 벌리고 미소를 지으면서 이런 매력 있는 여인의 말을 어떻게 거역할 수가 있겠느냐는 태도로 자기 아내를 가리키며 말했다. 네흘류도프는 침울하고 엄숙한 얼굴로 아주 공손하게 변호사 부인에게 초대해 주셔서 감사하지만 그럴 시간적 여유가 없다고 사양한 다음 응접실로 나갔다.

"어쩜 저렇게 얼굴에 그늘이 졌을까!"

변호사의 아내는 그가 나가자 말했다.

응접실에서는 비서가 네흘류도프에게 미리 준비해 둔 정서한 상소장을 건네 주었다. 사례금에 대해서 묻자 그는 아나토리 페트로비치가 1천 루블을 받으라고 했다고 대답한 다음, 아나토리 페트로비치는 보통 이런 사건은 맡지 않지만 특별히 공작님을 생각해서 맡아 준 것으로 덧붙였다.

"이 상소장에는 누가 서명합니까?"

하고 네흘류도프는 물었다.

"피고 자신이 하게 되어 있습니다만, 그게 어려울 경우에는 본인의 위임장을 받아 아나토리 페트로비치가 해도 됩니다."

"아니, 그럴 필요는 없습니다. 내가 피고한테 가서 서명을 받아 오지요."

하고 네흘류도프는 지정된 면회일 이전에 카튜샤를 다시 만나 볼 기회가 생긴 것을 흡족해하면서 말했다.

46

감옥에서 보통 때와 같은 시각에 간수들의 호각 소리가 감방 복도에서 요란하게 울려 퍼졌다. 자물쇠 철그럭거리는 소리와 함께 복도와 감방 문이 열리자, 맨발로 걷는 소리와 장화 뒤축을 질질 끄는 소리가 들리고 이어 용변통 당번이 악취가 나는 용변통을 메고 이곳저곳을 다니면서 복도를 지나갔다. 남자 죄수와 여자 죄수들은 세수를 하고 옷을 바꿔 입은 뒤, 점호를 받기 위해 복도로 나왔다. 점호가 끝난 다음에는 더운 차를 가지러 갔다.

차를 마시는 동안, 이 날의 화젯거리는 어느 감방을 막론하고 모두 오늘 태형을 받게 된 두 사람의 죄수에 대한 이야기였다. 그들 중 한 사람은 바실리예프라는 어느 정도 교육도 받은 젊은 점원으로 질투심으로 자기 애인을 살해하고 체포되었다. 그는 활달한 성격에 그리 인색하지도 않았고 간수들에 대한 태도도 똑똑하고 정중했으므로 감방 안의 친구들은 누구나 그를 좋아하고 있었다. 그러나 그는 감옥의 규칙이라든가 원칙을 잘 알고 있었기 때문에, 간수들에게 그 실행을 요구하는 사례가 자꾸 있어서, 간수들은 그를 좋아하지 않았다. 3주일 전만 해도 간수 한 사람이 용변통 담당 죄수가 실수하여 자기의 새 옷에 오물을 끼얹었다고 해서 그 죄수를 마구 구타한 일이 있었다. 마침 그 자리에 있던 바실리예프는 감옥 규칙상 죄수를 때릴 수는 없으며 그러한 조항은 없다면서 그 죄수를 감쌌다.

"그럼 진짜 규칙을 보여 주마!"

하고 간수는 바실리예프에게 마구 욕설을 퍼부었다. 바실리예프도 지지 않았다. 간수가 주먹을 쳐들어 때리려고 했으나 그는 간수의 두 손을 3분 동안이나 꼼짝 못하게 꽉 붙잡고 있다가 홱 몸을 돌려 문 밖으로 밀어 내 버렸다. 간수는 이 사실을 소장에게 일일이 고했으므로 소장은 바실리예프를 특별 감방에 가두도록 명령했다.

특별 감방이란 여러 개의 캄캄한 독방들로 밖에서 빗장을 질러 가둔 곳을 말한다. 어둡고 추운 이 특별 감방에는 침대도 의자도 탁자도 없어서, 여기 수감되는 죄수는 어쩔 수 없이 더러운 땅바닥에 그냥 앉거나 누울 수밖에 없었다. 감방 안에는 쥐가 득실득실해 겁도 없이 사람의 몸을 타넘기도 하고 기어오르기도 해서 도저히 자기 빵을 제대로 지킬 수가 없었다. 쥐들은 죄수가 손에 쥔 빵을 뜯어먹기도 하고 몸을 움직이지 않고 있으면 사람까지 물어 뜯는 형편이었다.

바실리예프는 죄 지은 것이 없으니 특별 감방에는 가지 않겠다고 버티었으나 간수는 강제로 끌고 나가려고 했다. 그가 간수를 뿌리치려 했을 때 같은 감방에 있는 죄수 두 명이 힘을 합쳐 간수를 밀어 냈으나, 금방 다른 간수들이 우르르 몰려왔고 그 중에는 힘이 엄청나게 센 페트로프가 끼어 있었으므로 죄수들은 얻어맞고 모두 특별 감방에 갇히는 신세가 되었다. 곧 이 사건은 폭동으로 간주되어 현지사에게 보고되고 그 결과 주동자 두 명을——바실리예프와 떠돌이 네폼냐시치——저마다 30대씩의 태형 지시가 내려왔다.

태형은 여죄수 면회실에서 하기로 되어 있었다. 이 사건은 그 전날부터 감옥 안에 있는 모든 사람들에게 퍼져 나갔으므로 감방마다 곧 집행될 이 형벌 이야기로 술렁거리고 있었다.

콜라브료바, 미인, 페도샤 그리고 마슬로바는 감방 한쪽 구석에 둘러앉아 술을 마시며, 모두 얼굴이 빨개져서 이야기를 하고 있었다. 요즈음 마슬로바에게는 보드카가 손에 놓이는 날이 없었으며, 그녀는 또 동료들에게 아낌없이 나누어 주었다.

"그 사람이 무슨 폭동을 일으켰다고 그러는지 몰라."

하고 콜라브료바가 튼튼한 이로 조그만 설탕 조각을 깨물어 부수면서 바실리예프에 대한 말을 꺼냈다.

"그 사람은 그저 자기 친구를 두둔했을 뿐이잖아? 더구나 요즘에는 죄수를 함부로 때리지 못하게 되어 있다는데 말이야!"

"좋은 젊은이라고 하던데."

찻주전자가 놓여 있는 침상 맞은편 나무판자에 앉아 있던, 머리를 길게 땋아 내린 페도샤가 말했다.

"이런 일은 그분한테 말씀드리는 것도 좋을 거야, 미하일로브나."

건널목지기 여자가 '그분'이란 말로 네흘류도프를 지칭하면서 마슬로바에게 말을 건넸다.

"말하지 뭐. 그분은 내 일이라면 무슨 일이든지 다 들어 주시니까."

카튜샤는 생글생글 웃으면서 머리를 좌우로 흔들며 대답했다.

"하지만 언제 오실지 알아? 곧 끌려나갈 모양이던데."

하고 페도샤가 말했다.

"아이 무서워."

그녀는 한숨을 내쉬면서 덧붙였다.

"나는 예전에 시골에서 어떤 농부가 태형 받는 걸 본 일이 있어. 내가 시아버지 심부름으로 촌장 집에 갔더니……."

건널목지기가 긴 이야기를 꺼내기 시작했으나, 그녀의 이야기는 2층 복도에서 들려 오는 말소리와 발소리 때문에 중단되고 말았다.

여죄수들은 갑자기 조용해져서 그 소리에 귀를 기울였다.

"끌어 내고 있어. 망할 자식들!"

하고 미인이 말했다.

"심하게 때릴 텐데. 바실리예프는 고분고분하지 않아서 간수들이 몹시 미워하고 있었으니까."

곧 2층이 조용해지자 건널목지기는 아까 중단된 이야기를 다시 시작했다. 촌장 집 헛간에서 그 농부가 얻어맞는 것을 보고 자기는 놀라서 간이 벌벌 떨리더라고 했다. 미인도 태형 광경을 보았는데, 시체그로프라는 사람이 채찍으로 얻어맞으면서도 신음 소리 한 마디 내지 않더라고 했다. 그럭저럭 이야기는 대충 끝이 나 페도샤는 일어나 찻잔을 치우고, 콜라브료바와 건널목지기는 바느질을 시작했다. 마슬로바는 매우 무료한 기분으로 두 팔로 무릎을 껴안고 침대 위에 걸터 앉아 있었다. 이윽고 그녀가 드러누워 한잠 자려 하고 있는데, 여간수가 들어오더니 사무실에 면회자가 찾아와 있다고 알려 주었다.

"우리 사정 이야기를 꼭 전해 줘."

방화범 노파가 수은이 절반이나 벗겨져 떨어져 나간 낡은 거울 앞에서 머릿수건을 매만지고 있는 마슬로바에게 말했다.

"불을 지른 건 우리가 아니라 바로 그 자식이었거든. 내 아들이 보았지. 그 아이는 거짓말 따위로 자기 영혼을 더럽힐 사람이 아니야. 그분에게 미트레이를 만나 물어 보시라고 말씀드려. 그러면 미트레이는 모든 사실을 하나도 꾸밈없이 말해 드릴 거야. 정말 이건 너무한 짓이야. 우리를 감독에 처넣어서 귀머거리로 만들어 놓고, 그 악당놈은 남의 유부녀와 붙어서 술집에서 수작이나 부리고 있으니 말이야!"

"정말 있을 수 없는 일이지!"

콜라브료바가 맞장구를 쳤다.

"말하겠어요, 꼭 말할 게요."

하고 마슬로바는 대답했다.

"용기를 내기 위해서 술 한 잔 하고 가지."

그녀는 한 눈을 찡긋하면서 덧붙였다.

콜라브료바가 보드카를 반쯤 따라 주었다. 마슬로바는 그것을 받아 쭉 들이켜고는 "용기를 내기 위해서." 하고 자기가 방금 한 말을 되뇌이면서, 유쾌한 기분으로 머리를 흔들며 싱글벙글 웃으면서 여간수의 뒤를 따라 복도를 걸어갔다.

47

네흘류도프는 지루하도록 오랫동안 현관 대기실에서 기다리고 있었다.

그는 감옥에 도착하자 입구의 벨을 눌러 당직 간수에게 검사의 입소 허가증을 내보였다.

"누구를 만나러 오셨습니까?"

"여죄수 마슬로바입니다."

"지금은 안 됩니다. 소장님이 바쁘시니까요."

"사무실에 계십니까?"

"아니, 면회실에 계십니다."

라고 간수는 대답했으나 그 태도가 어쩐지 초초한 듯하여 침착성이 없는 것같이 네홀류도프에게는 여겨졌다.

"그럼 오늘도 면회가 가능한 날입니까?"

"아닙니다. 특별한 볼일이 계셔서."

라고 그 간수는 짤막하게 말했다.

"어떻게 소장님을 뵐 수 없을까요?"

"곧 나오실 테니 그 때 말씀하십시오. 조금만 더 기다리십시오."

그 때 옆문으로 기름기가 번들번들한 얼굴에 담배 연기가 스며든 콧수염을 세우고 깃에 단 휘장을 으스대듯 번쩍이면서 상사가 들어왔다. 그리고 다짜고짜 간수를 야단치기 시작했다.

"왜 이런 데로 모셨나? 사무실로 안내해……."

"소장님이 여기 계시기에 왔습니다."

네홀류도프는 이 상사에게서도 어딘지 불안한 표정을 보았으므로 의심스럽게 여기며 말했다.

그 때 안쪽 문이 열리더니 땀에 젖은 얼굴을 붉게 물들인 간수 페트로프가 들어왔다.

"이젠 뼈에 사무치도록 느꼈을 겁니다."

하고 그는 상사에게 말했다.

상사는 눈으로 네홀류도프를 가리켰다. 그러자 페트로프는 입을 다물고 얼굴을 찡그리더니 뒷문으로 나가 버렸다.

'누가 무엇을 뼈에 사무치도록 느꼈단 말일까? 왜 사람들은 이렇게 어색한 표정으로 씩씩거리고 있을까? 왜 상사는 그에게 이상한 눈짓을 했을까?' 네홀류도프는 여러 가지로 궁금했다.

"여기서는 기다리실 수가 없으니 사무실로 가시지요."

하고 상사가 네홀류도프에게 말했다. 네홀류도프가 나가려 할 때 안쪽 문이 열리더니 부하들보다 더 당황한 듯한 태도로 소장이 들어왔다. 그는 줄곧 한숨만 쉬고 있었다. 네홀류도프를 보자 그는 간수에게 말했다.

"페트로프, 여죄수 제5호 감방의 마슬로바를 사무실로 데리고 와."

"이리 오십시오."

하고 그는 네홀류도프를 안내했다. 그들은 좁다란 층계를 올라가 창이 하나밖에 없는 조그만 방으로 들어갔다. 그 곳에는 책상 하나와 의자 몇 개가 놓여 있었다. 소장은 앉았다.

"정말 귀찮고 힘든 직무입니다."

소장은 굵은 담배를 꺼내면서 네홀류도프 쪽을 돌아보고 말했다.

"무척 피곤하신 모양이군요."

하고 네홀류도프는 말했다.

"피곤한 일뿐이랍니다. 정말 어려운 직업이지요. 좀 편해지고 싶지만 차츰 더 일이 많아질 뿐입니다. 그래서 이 곳을 그만둘 생각만 하고 있는 중이랍니다. 정말 고된 직무지요."

네홀류도프는 소장이 무엇을 그리 괴로워하고 힘겨워하고 있는지 알 수 없었으나, 오늘의 소장은 왠지 측은한 생각이 들며 다른 때에 없는 쓸쓸하고 절망적인 기분이 되어 있다는 것을 눈치챘다.

"그러시겠지요. 확실히 힘드시는 직무라고 여겨집니다."

하고 그는 말했다.

"그러시다면 왜 그만두시지 않습니까?"

"가진 재산은 없고, 가족은 있고 해서요."

"하지만, 그토록 괴로우시다면……."

"이런 말씀드리기가 우습지만 그래도 나는 여러 사람을 위해서 열심히 일을 하고 있습니다. 할 수 있는 데까지 도움을 주려고 말이지요. 다른 사람 같으면 전혀 이런 방식은 취하지 않을 것입니다. 정말 쉬운 일이 아니거든요. 2천 명 이상의, 더구나 저런 죄수들이 상대가 아닙니까. 다루는 방법을 알아야 하고, 역시 사람이니 동정을 해 주지 않으면 안 됩니다. 그렇다고 너무 풀어 주어서도 안 되고요."

소장은 죄수들끼리 싸워서 살인이 난 사건을 이야기하기 시작했다.

그의 이야기는 간수를 따라 마슬로바가 들어오는 바람에 중단되었다.

네흘류도프가 문턱의 그녀를 보았을 때, 그녀 쪽은 아직 소장의 모습이 보이지 않았다. 그녀의 얼굴은 빨갛게 되어 있었다. 그녀는 간수 뒤에서 활발하게 걸으면서 머리를 흔들고 줄곧 생글생글 웃고 있었다. 소장을 보자 그녀는 잠시 주저하는 얼굴이 되어 그를 쏘아보더니 곧 마음을 돌이켜 쾌활하고 명랑하게 네흘류도프에게 말을 건넸다.

"안녕하셨어요."

그녀는 생긋 웃으며 노래하듯이 말하고 전날과는 달리 힘을 주어 그의 손을 꼭 쥐었다.

"이 상소장에 당신 서명을 받으러 왔소."

네흘류도프는 그녀의 경박해진 지금의 태도에 약간 놀라면서 말했다.

"변호사가 상소장을 작성해 주었으니, 당신 서명을 받아서 페테르부르그에 보내려고……."

"좋아요, 서명이야 하지요. 뭐든지 시키는 대로 하겠어요."

그녀는 한쪽 눈을 찡긋하고 웃으면서 말했다.

"여기서 서명해도 좋습니까?"

하고 네흘류도프가 소장에게 물었다.

"이리 와서 의자에 앉아요."

하고 소장이 말했다.

"자, 펜 여기 있어. 글을 쓸 줄 아나?"

"옛날엔 쓸 줄 알았죠."

그녀는 역시 생글생글 웃으면서 치마와 스웨터의 소매를 만지작거리며 책상 앞에 앉아 조그마하고 억세게 생긴 손으로 서툴게 펜을 쥐었다. 그리고 또 웃으며 네흘류도프를 돌아보았다.

그는 어디다 어떻게 서명하는지 그녀에게 가르쳐 주었다. 그녀는 조심스럽게 펜을 잉크에 적신 다음 자기 이름을 썼다.

"이것만 서명하면 되나요?"

그녀는 펜을 잉크병에 세웠다 종이 위에 얹었다 하면서 네흘류도프와 소장을 번갈아보며 물었다.

"나 당신한테 할 말이 좀 있는데."

네흘류도프는 그녀의 손에서 펜을 받아들고는 말했다.

"그러세요? 말씀하세요."

하더니 무슨 생각에 잠겼는지 아니면 졸음이 오기라도 하는 것처럼 그녀는 갑자기 얼굴빛이 달라졌다.

소장이 일어서 나가자 네흘류도프는 그녀와 마주 보는 자리로 갔다.

48

마슬로바를 데리고 온 간수는 책상에서 떨어져 문턱에 앉아 있었다. 네흘류도프에게 결정적인 순간이 왔다. 그는 첫 면회 때 중요한 것을——즉 그녀와 결혼할 작정이라는 것을 그녀에게 고백하지 못한 것에 대해 내내 줄곧 자신을 책망하고 있었다. 그리고 오늘은 그 고백을 해야겠다고 굳게 마음먹었다. 그녀와 네흘류도프는 책상을 사이에 두고 마주 앉아 있었다. 방 안은 대낮처럼 밝았다. 네흘류도프는 비로소 가까이에서 찬찬히 그녀의 얼굴을 바라다보았다. 눈꼬리와 이마에 잔주름이 생기고 눈이 약간 부어 있었다. 전보다 더 측은한 생각이 들었다.

문턱에 앉아 있는, 수염이 희끄무레한 유대인인 듯한 간수에게 들리지 않도록 책상에 팔꿈치를 짚고 그녀에게만 들리도록 낮은 음성으로 그는 말했다.

"만약 이 상소가 잘 안 되면, 황제께 직접 상소할 참이오. 하는 데까지 힘써 볼 생각이오."

"먼저도 변호사만 좋았더라면……."

하고 그녀는 가로막았다.

"그런데 그 변호사는 아주 멍청해서 저한테 듣기 좋은 말만 했거든요."

하며 그녀는 키득키득 웃었다.

"그 때 제가 공작님하고 아는 사이라는 것을 알았더라면 이렇게는 안 되었을 거예요. 그런데 글쎄 모두들 나를 도둑년으로 알고 있잖아요."

'오늘 이 사람의 태도는 아무래도 이상하다.' 하고 네흘류도프는 속으로 놀라면서 자기 말을 꺼내려고 입을 열려 하자 그녀가 또 지껄이기 시작했다.

"사실은 부탁이 하나 있어요. 우리 감방에 할머니 한 분이 있는데, 정말 놀랄 만큼 훌륭한 할머니가 아무 잘못도 없이 수감되어 있어요. 아들까지도요. 방화 죄로 들어왔는데, 두 사람 다 죄가 없다는 것은 누구나 다 알고 있어요. 실은 그 할머니가 내가 공작님을 잘 안다는 말을 듣고."

하고 카튜사는 얼굴을 기울여 네흘류도프의 표정을 읽기라도 하듯이 하면서 말했다.

"나한테 이렇게 부탁하지 않겠어요? 우리 아들을 만나 주시도록 그분에게 말 좀 해 줘. 그러면 아들이 죄다 이야기할 테니까라고요. 메니소프라고 하는데 만나 주시겠어요? 정말 착한 할머니예요. 만나 보면 금방이라도 죄가 없다는 걸 알 수 있어요. 수고 좀 해 주세요."

하고 그의 얼굴을 찬찬히 살피더니, 눈을 아래로 하고 방긋이 웃음을 담았다.

"좋아. 만나서 자세한 얘기를 들어 봅시다."

네흘류도프는 그녀의 다정해진 태도에 차츰 더 놀라움을 느끼면서 말했다.

"그런데 나도 당신한테 할 말이 있는데 기억하고 있는지, 그 때 내가 한 말을?"

하고 그는 말했다.

"많은 말씀을 하셨어요. 무슨 얘기더라?"

그녀는 여전히 미소를 띤 채 얼굴을 좌우로 갸웃거리면서 말했다.

"내가 말한 것은, 당신한테 용서를 빌러 왔다는 것이었소."

하고 그는 말했다.

"뭘 그러세요. 자꾸만 용서를 하느니 않느니 하시는데, 그런 건 아무래도 상관없어요……그보다도 저……."

"나는 내 죄를 속죄하고 싶소."

하고 네흘류도프는 말을 이었다.

"말로써가 아니라 행동으로써 속죄하고 싶소. 나는 당신과 결혼할 생각이오."

그녀의 얼굴에 놀라움의 빛으로 가득 찼다. 사팔눈이 딱 멈추더니 그를 보는 것도 같고 안 보는 것도 같았다.

"왜 그렇게까지 하지 않으면 안 되나요?"

그녀는 원망스러운 듯한 표정으로 눈살을 찌푸리며 말했다.

"하느님 앞에서 그렇게 해야 한다고 느꼈소."

"어머나, 어떤 하느님을 발견하셨어요? 공작님은 언제나 당치도 않은 말씀만 하세요. 하느님이라구요? 어떤 하느님이죠? 공작님은 그 때 하느님을 생각하셔야 했었어요."

라고 그녀는 말하고 입을 벌린 채 다음 할 말을 잃은 듯했다.

네흘류도프는 순간적으로 그녀 입에서 독한 술냄새가 풍기는 것을 느끼고 그녀의 마음이 흥분해 있는 까닭을 알았다.

"마음을 차분하게 해요."

하고 그는 말했다.

"차분하게 할래야 그럴 만한 건덕지도 없어요. 내 마음은 조용하니까요. 내가 취한 줄 아시나요? 네, 취했어요. 하지만 무슨 말을 하는지는 알고 있어요."

말이 갑자기 빨라지더니 얼굴이 새빨개졌다.

"나는 유형수라구요……. 당신은 귀한 공작님인데, 나 같은 것하고 함께 더러워질 필요는 없다구요. 공작 아가씨하구나 결혼하세요. 내 몸값은요……붉은 종이돈 한 장이면 된다구요."

"네가 아무리 잔인한 말을 하더라도……내 마음을 다 이해할 수 없을 거야."

네흘류도프는 온몸을 떨면서 조용히 말했다.

"너에 대해서 내가 얼마만큼 죄를 느끼고 있는지, 너는 상상도 못 할 거야!"

"죄를 느끼고 있어……."

그녀는 사납게 비웃었다.

"그 때는 느끼지 못하고 백 루블짜리 한 장 쑤셔 넣어 주고서. 그게……그게 당신이 흥정한 내 몸값이라구요……."

"알고 있어, 알고 있다구. 하지만, 이제 와서 어떻게 하면 좋을까?"

하고 네흘류도프는 말했다.

"이제 나는 당신과 헤어지지 않을 거야. 이 말은 꼭 실행하겠소."

"하지만 그렇게 하지는 못할 걸요."

라고 말하며 그녀는 시끄럽게 웃어젖혔다.

"카튜샤!"

하고 부르면서, 그는 그녀의 손을 잡으려 했다.

"만지지 말아요. 나는 유형수, 당신은 공작. 뭐 이런 데 찾아올 건 없잖아요."

그녀는 분노에 찬 표정으로 그의 손을 뿌리치며 외쳤다.

"당신은 나를 가지고 구원을 받겠다는 건가요?"

그녀는 마음속에서 솟구쳐 오른 것을 모두 털어놓을 작정인 듯 떠들어댔다.

"이 세상에서 나를 가지고 용서를 받고 싶다, 이 말인가요! 당신은 꼴도 보기 싫어요! 그 안경, 유들유들한 얄미운 얼굴, 돌아가, 돌아가라니까!"

거칠게 일어서면서 그녀는 소리쳐 댔다.

간수가 뛰어왔다.

"왜 이리 떠들어! 이래서야 되나⋯⋯."

"제발, 가만히 두십시오."

하고 네흘류도프가 말했다.

"분수를 알아라."

하고 간수는 말했다.

"괜찮습니다. 조금만 더 기다려 주십시오, 제발."

하고 네흘류도프는 말했다.

간수는 다시 창가로 갔다.

카튜샤는 다시 앉았다. 그리고 눈을 내리깔고는 팔짱을 낀 채 손가락으로 팔꿈치를 움켜쥐었다.

네흘류도프는 어떻게 하면 좋을지 몰라 그 앞에 가만히 서 있었다.

"나를 믿어 주지 않는군."

"당신이 결혼하고 싶다는 거?──사양하겠어요. 차라리 목을 매 죽는 편이 나을 거야! 이것이 내 대답이에요."

"그래도 난 당신을 위해서 힘을 다하겠어."

"글쎄요. 그건 당신 뜻대로지 뭐. 다만 나는 당신한테 아무것도 바라지 않아요. 이것만은 똑똑히 말해 두겠어요."

하고 그녀는 말했다.

"그 때 왜 죽어 버리지 않았는지 몰라."

그녀는 이렇게 덧붙이고는 원망스러운 듯이 울기 시작했다.

네흘류도프는 아무 말도 할 수가 없었다. 그녀의 눈물이 그에게로 옮겨지는 듯했다. 그녀는 얼굴을 들고 깜짝 놀란 듯이 그를 바라보았다. 그리고 머릿수건으로 볼에 흘러내리는 눈물을 닦기 시작했다.

간수가 다시 다가와서 시간이 되었다는 것을 알렸다. 카튜샤는 일어섰다.

"당신은 오늘 흥분하고 있어. 될 수 있으면, 내일 다시 올 테니 잘 생각해 봐요."

하고 네흘류도프는 말했다.

그녀는 아무런 말도 하지 않았다. 그리고 그에게 눈길조차 보내지 않고 간수를 따라 나갔다.

"이제 너도 얼마 안 가서 바깥세상을 구경할 수 있게 돼."

그녀가 감방으로 돌아오자 콜라브료바가 말했다.

"아마 너한테 홀딱 반한 모양이지. 찾아오는 동안 빈틈없이 해 둬. 반드시 여기서 꺼내 줄 거야. 부자는 무슨 짓이라도 할 수 있거든."

"정말 그래."

건널목지기가 노래하는 듯한 소리로 말했다.

"가난뱅이는 결혼하자면 힘들지만, 부자는 마음만 먹으면 뭐든지 원하는 대로 할 수 있다구. 우리 마을에 돈많은 사람이 있었는데 그이가 말이야……."

"어때, 내가 부탁한 것 말해 봤어?"

하고 노파가 끼어들었다.

그러나 카튜샤는 동료들에게 대답도 하지 않고 드러눕더니 사팔눈으로 구석만 쳐다보며 밤까지 움직이지 않았다. 그녀의 내부에서는 괴로운 싸움이 벌어지고 있었다. 네흘류도프가 한 말이, 그녀가 괴로워하고 잘 알지도 못한 채 미워하며 피해 왔던 그 세계 속으로 그녀를 다시 끌어들인 것이다. 그녀는 이제 지금까지 살아 온 모든 기억을 망각 속에 지워 버렸다. 과거에 있었던 일의 또렷한 기억을 안고 산다는 것은 너무나 괴로운 일이었다. 그 날 밤, 그녀는 다시 술을 사서 동료들과 함께 밤을 지샜다.

49

'그래, 이렇게 되는 것이 당연한 일이지.'

네흘류도프는 감옥을 나오면서 생각했다. 그리고 비로소 자기 죄의 모든 것을 낱낱이 꺼내 본 듯한 느낌이 들었다. 만약 그가 자기 행위의 속죄를 하려고 시도하지 않았던들, 그는 그 행위가 얼마나 죄많은 것인지 영원히 몰랐을 것이다. 그뿐이겠는가, 그녀 역시 자기에게 가해진 악이 얼마만큼 큰 것인지 모르고 지났을 것이다. 이제 비로소 그 모든 것이 무서운 전모를 드러냈다.

이제야 비로소 그는 자기가 이 여자의 영혼에 어떤 짓을 했는지를 생생하게 보았고, 그녀도 자기가 어떤 짓을 당했는지를 깨달았던 것이다. 네흘류도프는 여태까지의 자기 자신을, 스스로의 회한을 넋을 잃고 바라보면서 혼자 도취되어 좋아하고 있었다. 그는 이제 그녀를 버린다는 것은 생각할 수 없었다. 그는 그것을 느끼고 있었다. 그러나 또 한 가지 그녀와의 관계에서 어떤 결과가 생길 것인지 그는 상상할 수 없었다.

문에서 훈장과 메달을 잔뜩 단 간수가 네흘류도프 앞으로 다가와 불쾌한 웃음을 보이면서 살그머니 편지 한 통을 건넸다.

"이걸 공작님에게 전해 달라고 어떤 여자한테서 부탁을 받았습니다……."
하고 간수는 말했다.

"어떤 여자?"

"읽어 보시면 아십니다. 여기 갇혀 있는 정치범입니다. 제가 그 감방 간수를 하고 있습죠. 그래서 부탁받았습니다. 이런 일은 금지되어 있습니다만 인정상……."
하고 간수는 꾸민 듯한 목소리로 말했다.

정치범 담당의 간수가 감옥 안에서, 더군다나 거의 모든 사람들의 눈이 번들거리고 있다 해도 과언이 아닌 이런 곳에서 편지를 건네 주다니 이거 무슨 일인가 하고 네흘류도프는 깜짝 놀랐다. 그는 그 때는 아직 이 남자가 가장한 스파이라는 것을 알지 못했다. 그는 편지를 받아 들고 밖에 나가서 읽었다. 편지에는 연필로 다음과 같이 흘려 씌어 있었다.

공작님이 어떤 형사범에게 깊은 관심을 가지시고 가끔 찾아오시는 것을 알고 만나 뵙고 싶어졌습니다. 저에게 면회를 신청해 주십시오. 공작님이라면 허락될 것입니다. 공작님이 돌보고 계시는 분에게도, 우리의 동료들에게도 중대한 정보를 알려 드리고 싶습니다.

베라 보고두호프스카야 올림

베라 보고두호프스카야는 언젠가 네흘류도프가 친구들과 함께 곰 사냥을 간 적이 있는 노브고로드 현(縣)의 한 벽촌에서 여교사를 했었다. 그 때 이 여교사는 대학에 가고 싶으니 학비를 조달해 달라고 네흘류도프에게 부탁했다. 네흘류도프는 그녀에게 돈을 주었으며, 그 뒤 잊어버리고 있었다. 그런데 지금 그 여인이 정치범으로 투옥되어 있다가 여기서 그의 이야기를 들었는지, 이렇게 은혜를 갚으려고 면회를 부탁해 온 모양이었다. 그 무렵에는 모든 일이 마음 편하고 간단했다. 그에 비하여 지금은 얼마나 모든 것이 어렵고 복잡한가.

네흘류도프는 그 때의 일과 보고두호프스카야와 알게 된 동기 같은 것을 생생하게 떠올리고 흐뭇한 기분이 되었다. 그것은 사육제를 앞두고 철도에서 60킬로미터나 떨어진 깊은 산골에서 일어난 일이었다. 사냥은 성과가 좋아서 곰을 두 마리나 잡고 식사를 끝낸 뒤 막 돌아가려고 하는데, 그들이 묵었던 농가의 주인이 들어와서 네흘류도프 공작님을 뵙겠다면서 부사제의 딸이 찾아왔다고 알렸다.

"미인인가?"

하고 누군가가 물었다.

"그만둬!"

하고 네흘류도프는 진지한 얼굴로 식탁에서 일어났다. 그리고 입술을 닦고는 부사제의 딸이 대관절 무슨 일로 찾아왔을까 하고 의아해하면서 안채로 갔다.

방에는 펠트 모자를 쓰고 털외투를 입은 한 처녀가 있었다. 전체적으로 깡마른 느낌이 들고 볼이 홀쭉하여 볼품없는 생김새였지만, 치켜 올라간 눈썹 아래 눈만은 무척 아름다웠다.

"자, 베라 예플레모브나, 부탁해 봐요."

하고 주인 노파가 말했다.

"이분이 바로 그 공작님이시다. 그럼, 난 가 보겠다."

"무슨 일이신지?"

하고 네흘류도프가 물었다.

"저는…… 저는…… 저, 공작님은 부자이시니까 사냥 같은 그런 사소한 일에 돈을 마구 써 버리고 계십니다. 저는 잘 알고 있습니다."

처녀는 당황해하며 말을 꺼냈다.

"저는 다만 사람들에게 꼭 필요한 사람이 되고 싶어 그것만 바라고 있지만, 아무것도 몰라서 어떤 일도 할 수가 없습니다."

맑은 눈에 성의가 넘치고 결심과 망설임의 표정이 세차게 가슴을 쳐서, 네흘류도프는 전에도 가끔 있었지만 저도 모르게 상대방의 입장이 되어 그 깊은 마음을 이해하고 동정하게 되었다.

"내가 해 줄 수 있는 일이라면?"

"저는 여교사예요. 대학 강습소에 다니고 싶지만 갈 수가 없어요. 다니지 말라는 것이 아니에요. 다니라고는 하지만 학비가 없습니다. 돈을 좀 빌려 주실 수 없을까요? 졸업하면 갚아 드리겠어요. 돈많은 사람들은 곰을 잡거나 농부들에게 술을 먹이거나 하지요——이런 행동은 좋지 못한 일이라고 생각합니다. 왜 좀더 나은 일을 하시지 않을까요? 제가 필요한 것은 겨우 80루블이에요. 싫으시다면, 괜찮습니다."

하고 그녀는 뭔가 성난 듯이 말했다.

"천만에요. 당신이 이런 기회를 주셔서 얼마나 기쁜지 모릅니다."

그가 승낙해 준 것을 알고 그녀는 얼굴이 빨개지면서 입을 다물었다.

"잠깐 기다리십시오. 곧 가져오겠습니다."

하고 네흘류도프는 말했다.

그는 밖으로 나가자 곧 엿보고 있던 친구와 마주쳤다.

그는 친구의 비꼬는 말에는 대답도 하지 않고 가방에서 돈을 꺼내어 그녀에게 갖다 주었다.

"자, 어서 받으십시오. 인사는 필요없습니다. 도리어 내가 감사를 해야 할 테니까요."

네흘류도프는 지금 이러한 여러 가지 기억을 떠올리고는 매우 흐뭇했다. 그는 절로 미소가 떠오르는 뿌듯한 기분으로 호의를 잘못 짐작하고 놀리려던 장교와 하마터면 다툴 뻔한 일이며, 다른 한 친구가 그를 편들어 주었는데 그것이 실마리가 되어 두 사람이 더 한층 친해진 일이며, 전체적으로 사냥 성적이 좋아 밤이 늦어서야 즐겁게 철도역으로 돌아올 때 참으로 상쾌했던 일들이 기억났다. 두 마리의 말이 끄는 썰매의 행렬이 소리도 없이 달리고, 오솔길을, 깊고 가파른 숲을 빠져 나가 온통 눈송이로 치장한 전나무의 수빙(樹氷) 사이를 누볐다. 어둠 속에 빨간 불빛을 남기며 누군가가 향기로운 담배를 피웠다. 몰이꾼 오시프가 무릎까지 눈에 빠지면서 이 썰매에서 저 썰매로 돌아다니며 시중을 들고, 지금쯤 깊은 눈 속을 헤치고 고리버들 껍질을 벗겨 먹고 있을 큰 사슴의 얘기랑, 겨울잠 자는 굴 속에 누워 숨구멍으로 따뜻한 숨결을 토해 내고 있는 곰 이야기를 해 주었다.

이런 여러 가지 추억이 떠올랐으나 무엇보다도 네흘류도프를 즐겁게 만든 것은 건강과 젊은 힘과 아무런 근심 걱정 없는 홀가분한 자기를 깨닫는 그 행복감이었다. 가슴은 털외투를 밀어 올리면서 얼음 같은 공기를 빨아들이고 말 멍에에 걸린 나뭇가지에서 가루 같은 눈이 얼굴에 떨어지고, 몸은 훈훈하게 따뜻하고, 얼굴은 짜릿하게 상쾌하고 마음에는 근심 걱정도 불안도 두려움도 욕망도 없었다.

'얼마나 아름다운 추억인가! 그런데 지금은? 아, 모든 것임에 어쩌면 이렇게도 괴롭고 힘이 드는가! 아마 베라 예플레모브나는 혁명가가 되어 혁명 운동을 하다가 지금 투옥되어 있는 것이 틀림없다. 꼭 만나야 한다. 특히 카튜샤의 문제에 도움을 주겠다고 약속하고 있지 않은가.'

50

이튿날 아침 눈을 뜬 네흘류도프는 어제 있었던 일을 모두 곰곰이 생각해 보았다. 그러자 그는 불안해졌다.

그러자 그 불안감에도 불구하고 그는 지금까지보다 더 한층 굳게, 한번 시작한 일은 무슨 일이 있더라도 밀고 나가야 한다고 결심했다.

이렇게 자기 의무를 다짐하면서 그는 집을 나와 마차로 부지사 마슬레니코프의 집으로 향했다. 카튜샤에게 부탁받은 노파 및 그 아들과의 면회를 허가받기 위해서였다. 그 밖에 카튜샤를 구하는 데 도움이 될지도 모르는 보고두호프스카야와의 면회도 부탁해 볼 생각이었다.

네흘류도프는 마슬레니코프와 오래 전 군대에 있을 무렵부터 아는 사이였다. 마슬레니코프는 그 무렵 군대의 재무관을 지내고 있었다. 그는 군대와 황실말고는 아무것도 몰랐고, 알려고도 하지 않는 한길밖에 모르는 순진한 장교였다. 지금 네흘류도프가 만나려는 그는 군대를 현(縣)과 현정(縣政)으로 바꾼 행정관이 되어 있었다. 그는 돈많은 집의 말괄량이 딸과 결혼했는데, 이 아내가 그를 군무에서 관리직으로 옮기게 해 주었다.

그녀는 길들인 애완용 동물처럼 그를 데리고 놀기도 하고 귀여워하기도 했다. 지난 해 겨울 네흘류도프가 한 번 그를 찾아간 일이 있었으나 이 부부가 몹시 불쾌하게 여겨졌으므로 그 뒤로는 그들을 멀리하고 있었다.

마슬레니코프는 네흘류도프를 보자 얼굴 가득 환한 웃음을 담았다. 기름진 붉은 얼굴도, 뚱뚱하게 살이 찐 몸도, 군대에 있을 때처럼 사치스런 차림새도 역시 그대로였다. 군대에 있을 때에는 늘 어깨와 가슴에 꼭 맞는 최신 유행의 번들거리는 제복이나 사복을 입고 있었다. 그런데 지금도 역시 최신 유행에 맞춰 지은 문관복이, 역시 뚱뚱한 몸과 불룩하게 솟은 넓은 가슴을 꼭 맞게 감싸고

236

있었다. 그는 약식 옷차림이었다. 나이는 다르지만 (마슬레니코프는 40살에 가까웠다) 두 사람은 서로 허물 없이 지내는 사이였다.

"어이, 잘 왔네. 집사람한테 가세. 회의에 나갈 때까지 꼭 10분이 남았군. 지사가 부재중이라 내가 현의 일을 맡고 있지."

그는 만족스러움을 감출 수 없다는 태도로 말했다.

"자네한테 볼일이 있어서 왔어."

"무슨 일인데?"

갑자기 경계하듯 깜짝 놀라면서, 어느 정도 굳어진 목소리로 마슬레니코프는 물었다.

"이 곳 감옥에 내가 매우 관심을 갖고 있는 죄수가 한 사람 있는데——감옥이라는 말을 듣고 마슬레니코프의 얼굴은 더 굳어졌다——일반 면회실이 아니라 사무실에서 그것도 정해진 면회일만 아니라 좀더 자주 그 죄수를 만나고 싶어서 그래. 그러려면 자네의 허가가 있어야 한다는군."

"물론, 자네 부탁이라면 뭐든지 해 줄 생각이야."

그는 자기의 위엄을 누그러뜨리려고 두 손으로 네흘류도프의 팔꿈치를 누르면서 프랑스 어로 말했다.

"그야 상관없지, 나야 임시 두목에 지나지 않지만 말이야."

"그럼, 허가증을 줄 수 있겠군, 그 여자와 면회를 할 수 있는?"

"뭐, 여자야?"

"그래."

"뭘 했는데?"

"독살이야. 하지만 잘못된 판결이었어."

"그렇다니까. 이게 그들이 주장하는 올바른 재판이라는 거야. 배심원들이 하는 짓이라니."

하고 그는 무엇 때문인지 프랑스 어로 말했다.

"자네가 동의하지 않는 것은 알지만 하는 수 없어. 이것이 나의 신념이니까."

그는 1년 동안 반동적인 보수계 신문에 여러 가지 형태로 실린 의견을 그대로 늘어놓으면서 이렇게 덧붙였다.

"자네가 자유주의자라는 건 나도 알고 있어."

"내가 자유주의자인지 아닌지는 모르겠네만."

네흘류도프는 웃으면서 말했다. 그는 늘 사람을 판단할 경우 먼저 그 사람의 말을 잘 들어 볼 필요가 있다든가, 법 앞에서는 모든 인간이 평등하다든가, 원칙적으로 사람을 괴롭히거나 때려서는 안 되지만 특히 아직 유죄가 확정되지 않은 사람에게 그래서는 안 된다고 말하고 있기 때문에, 단지 그 까닭만으로 사람들이 그를 어떤 종류의 무리와 결부시켜 자유주의자니 어쩌니 하고 부르는 것을 그는 언제나 이상하게 생각하고 있었다.

"내가 자유주의자인지 아닌지는 모르지만, 현행 재판 제도가 아무리 제 구실을 못 한다 하더라도 역시 구제도보다 낫다는 것만은 나도 알고 있어."

"그래, 변호사는 누구한테 부탁했나?"

"파나린이야."

"뭐, 파나린!"

마슬레니코프는 못마땅한 듯 불쾌한 얼굴로 말했다. 그는 지난 해에 파나린에 의해 증인으로서 법정에 불려나가 30분에 걸쳐 그의 아주 무례한 태도로 웃음거리가 되었던 일이 생각났다.

"나 같으면 그런 녀석을 자네한테 권하고 싶지 않아. 그 녀석은――평판이 좋지 못한 녀석이야."

"또 한 가지 부탁이 있어."

네흘류도프는 그 말에는 대꾸하지 않고 말했다.

"벌써 오래 전 일이지만 내가 어떤 처녀와 알게 되었는데――여교사야. 아주 가엾은 여자야. 그 여자도 감옥에 수감되어 있는데, 나를 만나고 싶다는군. 그 면회 허가증도 내줄 수 없겠나?"

"그 여자는 정치범이겠지?"

"응, 그런 모양이야."

"실은 정치범의 면회는 친척에게만 가능하지. 그렇지만 좋아. 공통된 허가증을 내주지. 자네가 나쁜 데 쓸 일은 없을 테니까. 그래, 이름은? 보고두호프스카야? 미인인가?"

"아니, 못생겼어."

마슬레니코프는 의심스럽다는 듯이 머리를 젓고, 책상으로 가서 허가증이라고 인쇄되어 있는 정식 용지에 시원스럽게 다음과 같이 썼다. '본 증명서 지참자 공작 드미트리 이바노비치 네흘류도프에게 수감중인 평민 마슬로바 및 병원 잡역부 보고두호프스카야와의 옥내 사무실에서의 면회를 허가함.'이라고 쓰고 꼬불꼬불한 글씨체로 서명했다.

"자, 이것으로 거기 질서가 어떤 것인가 자네도 정확히 볼 수 있을 거야. 하지만 그 질서를 지킨다는 건 매우 어려운 일이야. 이송 죄수가 있기 때문에 초만원이거든. 그러나 역시 나는 엄중히 감독하고 있지. 어쨌든 이 일이 마음에 드네. 자네도 보면 알겠지만, 지내기에 편하고 깨끗해서 죄수들이 모두 만족해하고 있다구. 다만 그들을 다룰 줄 알아야 해. 며칠 전에도 재미 없는 사건이 일어났었지. 명령 거부야. 다른 사람 같았으면 폭동으로 생각하고 많은 처벌자를 냈겠지만, 거기서는 다행히 대단한 일 없이 마무리졌지. 그만하면 잘 마무리된 셈이야. 한쪽으로는 세심한 배려, 다른 쪽으로는 단호한 힘, 이것이 필요하다구."

그는 금 커프스 단추가 달린 희고 빳빳한 소매 끝에 나와 있는, 터키 옥반지를 낀 두툼한 흰 주먹을 불끈 쥐어 보이면서 말했다.

"배려와 단호한 힘!"

"글쎄, 그건 모르겠는데."

하고 네흘류도프는 말했다. "난 두 번이나 가 봤지만, 뭐라고 표현할 수 없는 무거운 느낌이 들더군."

"옳지! 자네는 파세크 백작 부인과 사귈 필요가 있어." 홍이 나기 시작한 마슬레니코프가 말을 이었다.

"부인은 이 일에 온몸을 다 바치고 있어. 그 희생은 대단한 거야. 어쨌거나,

쓸데없는 겸손은 빼고 말하지만, 내가 모든 면에 걸쳐서 좀더 나은 환경으로 변화 줄 수 있었던 것도 그 부인 도움이라고 할 수 있을 거야. 그전의 끔찍한 상태를 없애고, 죄수들이 참으로 기분 좋게 지낼 수 있도록 바꾸었지. 가 보면 알 거야. 그런데 파나린 말인데, 나는 개인적으로는 알지도 못하고 또 나의 사회적 지위를 보더라도 서로의 길이 같을 수도 없지만, 아무튼 그자는 좋지 못한 사람이야. 더구나 법정에서 뻔뻔스럽게도 괘씸한 소리를 하거든. 참으로 괘씸한 소리를……."

"그럼, 고맙네."

네흘류도프는 허가증을 집어 넣고는, 그의 말을 끝까지 듣지 않고 옛친구에게 작별 인사를 했다.

"아니, 집사람은 만나지 않겠나?"

"용서하게. 지금은 그럴 시간적인 여유가 없어."

"어쩐다, 집사람이 나를 가만두지 않을걸."

마슬레니코프는 계단 중턱까지 옛친구를 따라 나오면서 말했다. 그는 가장 중요한 손님이 아니라 2급 정도의 손님일 경우 여기까지 배웅하기로 하고 있었다. 네흘류도프는 그 2급 순위였다.

"안 돼. 자네, 잠깐만이라도 만나고 가게."

그러나 네흘류도프는 끝내 머물지 않았다. 그리고 하인과 문지기가 외투와 단장을 내주고 밖에 경관 한 사람이 현관문을 열었을 때, 그는 거듭 지금은 아무래도 만날 수가 없다고 말했다.

"그럼, 목요일에 꼭 와 주게. 그 날은 아내가 손님을 초대하는 날이야. 그렇게 말해 둘 테니까!"

하고 마슬레니코프는 계단 중턱에서 크게 외쳤다.

51

마슬레니코프의 집에서 곧장 감옥으로 간 그 날, 네흘류도프는 이미 가 본 적이 있는 소장 관사로 찾아갔다. 그 때처럼 또 조율이 좋지 못한 피아노 소리가 들렸으나, 오늘은 광시곡이 아니라 클레멘티의 연습곡으로 여전히 놀랄 만큼 힘차고 명확한 빠른 템포로 연주되고 있었다. 한쪽 눈에 안대를 한 하녀가 문을 열고, 소장님은 집에 계시다고 하면서 네흘류도프를 조금만 응접실로 안내했다. 소파가 하나 놓여 있고, 테이블 위에는 털실로 짠 조그만 깔개 위에 장밋빛 종이 갓이 씌워진 한쪽이 누렇게 된 커다란 램프가 놓여 있었다. 소장은 힘들고 어두운 얼굴로 나왔다.

"앉으십시오. 무슨 볼일이신지?"

그는 제복의 가슴 단추를 채우면서 말했다.

"지금 부지사한테서 오는 길인데, 이것이 허가증입니다."

네흘류도프는 허가증을 건네면서 말했다.

"마슬로바를 만나 볼까 해서 그럽니다."

"마르코바?"

피아노 연주 소리 때문에 잘못 듣고 소장이 되물었다.

"마슬로바입니다."

"아, 참! 그랬었지요!"

소장은 일어나서 클레멘티의 빠른 연주음이 들려 오는 문으로 갔다.

"마르카, 잠깐만 멈추어라."

하고 그는 말했는데, 그 목소리에는 이 음악이 그의 삶에 드리워진 고난의 십자가라는 탄식이 스며 있는 것 같은 느낌이 들었다.

"이야기를 할 수가 없구나."

피아노 소리가 멎자, 이내 불만스러운 발소리가 들리기 시작했다. 그리고 누군가가 문틈으로 들여다보았다.

소장은 음악이 멎어 마음을 놓았다는 듯이, 그다지 독하지 않은 굵직한 엽궐련에 불을 붙이고 네흘류도프에게도 권했다. 네흘류도프는 정중하게 사양했다.

"아까 말씀드렸듯이 마슬로바를 면회하고 싶습니다만."

"마슬로바의 면회는 오늘은 어려운데요."

"왜요?"

"그것은 공작님의 잘못입니다."

약간 차가운 웃음을 보이면서 소장이 말했다.

"그 여자에게 직접 돈을 주지 마십시오. 주시려면 제게 맡기십시오. 그러면 그 여자에게 전해지게 되니까요. 그렇지 않으면, 어제도 돈을 주신 것 같은데, 그 여자는 술을 사서 마시죠──이런 나쁜 짓은 아무래도 뿌리 뽑지 못하고 있습니다만──오늘은 잔뜩 취해 마구 설쳐 대는 형편이랍니다."

"설마?"

"설마 하고 생각하시겠지만, 엄중한 처치를 하지 않으면 안 될 정도라서──지금 딴 감방으로 옮겨 놓았습니다. 평소에는 얌전한 여잔데. 그러니 제발 돈만은 주지 말아 주십시오. 본디 그런 사람들이라서……."

네흘류도프는 어제 일이 또렷하게 생각났다. 그리고 불안해졌다.

"그럼 정치범인 보고두호프스카야는 만나 볼 수 있을까요?"

네흘류도프는 잠깐 사이를 두었다가 물었다.

"아, 그건 괜찮습니다."

하고 소장은 말했다.

"아니, 왜 왔지?"

그는 마침 방에 들어온 대여섯 살 난 계집아이를 돌아보았다. 계집아이는 네흘류도프에게서 눈을 떼지 않고 걸음만 아버지에게로 옮겨 놓았다.

"이거, 넘어지겠네."

계집아이가 발 밑을 보지 않고 양탄자에 걸려 넘어질 듯하면서 자기 앞으로 달려오는 것을 보고 소장은 웃으면서 말했다.

"그럼, 괜찮으시다면 곧 가 보고 싶습니다만."

"네, 가 보십시오."

소장은 여전히 네흘류도프 쪽을 보고 있는 계집아이를 안아 올리면서 말했다. 그리고 가뿐이 계집아이를 옆에 내려놓고는 현관 쪽으로 걸어가기 시작했다.

안내를 한 하녀가 내주는 외투를 입은 소장이 아직 현관도 채 나서기 전에 다시 클레멘티의 곡이 재빠르게 울리기 시작했다.

"음악 학교에 다니고 있었습니다만, 학교 규율이 워낙 제멋대로라서요. 소질은 꽤 있는 편입니다."

소장은 층계를 내려가면서 말했다.

"연주회에 나가고 싶어한답니다."

소장과 네흘류도프는 감옥 문 쪽으로 향했다. 소장이 다가가자 작은 통용문이 활짝 열렸다. 수위들이 거수 경례를 하고 소장은 눈으로 답례했다. 머리를 반쯤 깎인 죄수 4명이 입구에서 무엇인지 들어 있는 통을 메고 오다가 소장을 보고 움찔하더니 걸음을 멈추었다. 한 사람은 특히 움츠리고 얼굴을 찡그리며 까만 눈을 반짝거렸다.

"물론 소질은 길러 주어야 합니다. 묻어 두어서만 되겠습니까? 하지만 보시다시피 집이 좁아서 견딜 수 없을 때가 많습니다."

소장은 죄수들은 거들떠보지도 않고 이야기를 계속했다. 그리고 피곤한 듯이 다리를 끌며 집회실로 들어갔다.

"누구를 만나시겠다고 하셨죠?"

"보고두호프스카야입니다."

"그 여자는 탑 쪽에 있을 텐데요. 좀 기다리셔야겠군요."

하고 그는 네흘류도프를 돌아보았다.

"그럼, 그 동안에 메니소프라는 죄수를 만날 수 없을까요? 어머니와 아들이 함께 방화죄로 들어와 있다는데요."

"아, 그건 21호 감방이군요. 좋습니다. 만나십시오."

"될 수 있으면, 감방에서 메니소프를 만나고 싶은데요."

"면회실이 더 조용할 텐데요."

"아니, 그게 더 흥미가 있습니다."

"흥미시라니, 놀라운데요."

그 때 옆문에서 멋쟁이 부소장이 나왔다.

"마침 잘 왔군. 공작님을 메니소프의 감방으로 모셔다 드려요. 21호 감방이야."

하고 소장은 부소장에게 말했다.

"그러고 나서 사무실로 모셔다 드리도록. 그 동안에 불러 두지요. 이름이 뭐라고 하셨습니까?"

"베라 보고두호프스카야입니다."

하고 네흘류도프는 말했다.

부소장은 콧수염을 물들인 금발의 젊은 장교로, 꽃향수의 향기를 풍기고 있었다.

"이리 오십시오."

그는 기분 좋은 미소를 띠고 네흘류도프를 안내했다.

"이런 곳에 흥미가 있으십니까?"

"네, 그리고 그 남자에게도 흥미를 가지고 있지요. 아무 죄도 없이 여기 갇혀 있다는 말을 들었기 때문에."

부소장은 어깨를 움츠렸다.

"네, 그런 일도 있지요."

악취가 물씬 풍기는 넓은 복도로 공손히 손님을 안내하면서 그는 아무렇지 않게 말했다.

"하지만 놈들이 거짓말하는 경우도 가끔 있습니다. 자, 이리 오시죠."

감방 문은 열려 있고, 몇 명인가의 죄수들이 복도에 나와 있었다. 간수들에게 눈짓으로 가볍게 인사하고 벽을 따라 몸을 웅크리고 자기 감방으로 돌아가는 죄수들과 문 옆에 버티고 서서 두 손을 바지 솔기에 바싹 대고 군대식으로 자기를 눈으로 좇는 죄수들을 곁눈으로 보면서, 부소장은 네흘류도프를 이끌고 복도를 빠져 나와 왼쪽으로 꼬부라져 철문이 있는 다음 복도로 들어갔다.

그 곳은 금방 나온 복도보다 좁고 어두웠으며, 악취가 한층 더 심했다. 복도를 향해 양쪽에 자물쇠가 달린 문이 이어져 있었다. 문에는 '눈'이라고 부르는, 직경 3센티미터 남짓의 구멍이 뚫려 있었다. 복도에는 주름지고 음침한 얼굴을 한 늙은 간수밖에는 아무도 보이지 않았다.

"메니소프가 있는 방은 어딘가?"

부소장이 간수에게 물었다.

"왼쪽으로 여덟 번째 방입니다."

"이 감방에는 모두 사람이 가득 차 있습니까?"

하고 네흘류도프는 물었다.

"네, 한 방만 빼고는 모두 차 있습니다."

52

"들여다봐도 되겠지요?"

하고 네흘류도프는 물었다.

"네, 보십시오."

부소장은 기분 좋은 미소를 띠면서 대답하고는 간수에게 무엇인가 묻기 시작했다. 네흘류도프는 '눈'이라 부르는 한구멍을 들여다보았다. 조그만 검은 턱수염을 기른 셔츠 차림의 젊은 남자가 부지런히 왔다갔다하고 있었다. 문간에 인기척을 느끼고 흘끗 쏘아보았으나 얼굴을 찌푸렸을 뿐 곧 그대로 계속 걸어다녔다.

네흘류도프는 다음 구멍을 들여다보았다. 그의 눈은 안에서 내다보는 크게 뜬 눈과 마주쳤다. 그는 깜짝 놀라 그 곳을 떠났다. 세 번째 구멍을 들여다보니 널빤지 침상 위에 매우 조그마한 사나이가 머리서부터 죄수복을 뒤집어쓴 채 쪼그리고 누워 있었다. 네 번째 감방에는 얼굴이 넓적한 사나이가 침상에 앉아 무릎에 팔꿈치를 대고 고개를 푹 숙이고 있었다. 그는 발소리에 얼굴을 들어 이 쪽을 쳐다보았다. 얼굴 가득히, 특히 커다란 눈에 절망적인 슬픔이 깃들여 있었다. 누가 들여다보건, 아무에게도 반가운 소식을 기대할 수 없다고 체념하고 있는 듯한 우수에 싸인 모습이었다.

네흘류도프는 와락 겁이 났다. 그는 방마다 들여다보는 것을 그만두고 메니소프가 있는 21호실로 갔다. 자물쇠를 꺼낸 간수가 문을 열어 주었다. 착해 보이는 둥그런 눈에 짧게 턱수염을 기른, 목이 길고 다부진 몸의 젊은 사나이가 침상 곁에 서서 급히 죄수복을 입으면서 깜짝 놀란 얼굴로 들어온 사람들을 바라보았다. 특히 네흘류도프를 놀라게 한 것은 의아심과 겁을 먹고 그와 간수와 부소장을 번갈아 쳐다보는 그 둥글고 맑은 눈이었다.

"이분께서 네 일에 대해서 여러 가지 물어 보고 싶어하신다."

"일부러 이렇게 찾아 주셔서 감사합니다."

"당신 사건에 대해 여러 가지 들은 말이 있어서요."

네흘류도프는 방 안쪽의 쇠창살이 박힌 지저분한 창 쪽으로 가면서 말했다.

"그래서 당신한테 직접 말을 들어 볼까 하고 찾아왔습니다."

메니소프도 창가로 와서 말을 하기 시작했다. 처음에는 부소장 쪽을 흘끔흘끔 곁눈질하면서 겁을 내고 있더니 차츰 겁이 사라지고, 부소장이 무엇인지 지시를 하기 위해 복도로 나가자 아주 대담해졌다. 이야기하는 그의 말씨와 태도는 아주 소박하고도 선량한 시골의 젊은이다웠다. 네흘류도프는 감방 안에서 혐오스러운 죄수복 차림의 죄수의 입에서 이런 말을 듣는 것이 뭐라 표현할 수 없는 야릇한 기분이 들었다.

네흘류도프는 젊은이의 이야기를 들으면서 짚이 깔린 침대며, 굵은 쇠창살이 박힌 창이며, 더럽고 끈적거리는 벽이며, 죄수 신에 죄수복 차림의 흉한 꼴의 불쌍한 농부의 비참한 얼굴과 모습을 보고 있으니 차츰 마음이 무겁고 우울해졌다. 그는 이 마음씨 착한 농사꾼이 말하고 있는 것이 진실이라고 믿고 싶지 않았다——사람들이 아무런 이유도 없이, 단지 욕을 보이기 위해 어떤 사람을 붙잡아다가 죄수복을 입혀서 이런 무서운 장소에 가둘 수 있다고 생각한다는 것은 너무나도 끔찍했기 때문이다. 그러나 이렇게 착해 보이는 얼굴로 말하는, 정말인 것 같은 이야기를 꾸며 낸 거짓말이라고 생각한다는 것은 더 끔찍한 일이었다. 그의 이야기는 이런 내용이었다.

그는 결혼한 지 얼마 안 되어 아내를 술집 주인에게 빼앗겼다. 그래서 그는 여기저기 하소연하여 재판을 걸었으나, 그 때마다 술집 주인이 관리를 매수해 그는 나쁜 사람이 되고 말았다. 한 번은 그가 강제로 아내를 데리고 왔으나 이튿날 아내가 도망치고 말았다. 그래서 그는 아내를 내놓으라고 담판을 하러 갔다. 그러나 술집 주인은 없으니까 돌아가라고 말했다. 그는 들어갈 때 아내를 보았기 때문에 그는 그 자리에서 움직이지 않으려고 했다. 술집 주인은 일꾼과 둘이서 그를 피투성이가 되도록 두들겨팼다. 그 이튿날 술집에서는 불이 났다. 그와 늙은 어머니가 불을 질렀다는 혐의를 받았으나, 그는 불을 지른 일이 없을 뿐만 아니라 그 화재가 발생한 시간에는 교부집에 가 있었다.

"그럼, 당신은 정말 불을 지르지 않았단 말이지?"

"그렇습니다, 나리. 그런 것은 생각해 본 적도 없습니다. 틀림없이 그 악당은 자기가 불을 질렀을 것입니다. 말을 들으니, 얼마 전 보험에 가입했다고 했으니까요. 그런데 저하고 어머니가 고함을 치며 불을 지르겠다고 협박했다고 소문을 퍼뜨렸습니다. 그건 사실입니다. 전 그 때 도저히 참을 수가 없어 그놈에게 마구 욕설을 퍼부었죠. 하지만, 정말로 불을 지르다니, 있을 수 없는 일입니다. 불이 났을 때, 저는 거기 있지 않았습니다. 저하고 어머니가 욕을 해대던 날을 노려서 그놈은 불을 지른 것입니다. 보험금을 타먹기 위해서 제놈이 불을 질러 놓고 저하고 어머니께 뒤집어씌운 것입니다."

"설마?"

"정말입니다. 하느님께 맹세합니다, 나리. 제발 도와 주십시오!"

그는 바닥에 엎드리려고 했다. 네흘류도프는 한사코 말렸다.

"제발 부탁입니다. 아무 잘못도 하지 않았는데 이렇게 일생을 이 곳에서 망쳐야 하다니요."

그는 계속 매달렸다. 그리고 갑자기 볼을 실룩거리더니 울음을 터뜨렸다. 그리고 죄수복 소매를 걷고 더러운 셔츠 소매로 눈물을 닦기 시작했다.

"끝났습니까?"

하고 부소장이 물었다.

"네. 너무 비관하지 마시오. 될 수 있는 대로 힘써 봐 줄 테니."

네흘류도프는 감방을 나왔다. 메니소프는 옆에 서 있었으므로 간수가 닫는 문에 몸을 부딪혔다. 간수가 자물쇠를 채우는 동안 메니소프는 문구멍을 통해 밖을 내다보고 있었다.

53

긴 복도를 돌아오면서──점심 시간이라 감방 문을 열려 있었다──그를 뚫어지게 보고 있는 옅은 노란색 죄수복을 입고 헐렁한 짧은 바지에 죄수화를 신은 사람들 사이를 빠져 나가는 동안, 네흘류도프는 야릇한 감정이 들었다. 그것은 이 곳에 갇혀 있는 사람들에 대한 동정과, 그들을 여기에 가두어 둔 사람들에 대한 두려움과 의혹 그리고 왠지 이것을 무표정하게 바라보고 있는 자기 자신에 대한 부끄러움이었다.

어떤 장소에 이르니 죄수 하나가 죄수화를 철떡거리면서 감방문 안으로 달려 들어갔다. 그러자 거기서 죄수들이 우르르 몰려나와서 허리를 굽실거리며 네흘류도프 앞을 막아섰다.

"존함은 모릅니다만, 장관님, 제발 저희들 문제를 빨리 해결하도록 명령해 주십시오."

"나는 장관도 아니고 아무것도 모릅니다."

"어쨌든 누구든지 높은 분에게 말씀해 주십시오."

그는 간절하게 애타는 목소리로 말했다.

"아무 죄도 없는데 벌써 두 달 가까이나 이 곳에 갇혀 있습니다."

"아니, 왜요?"

하고 네흘류도프는 물었다.

"다짜고짜 갇혀 버렸습니다. 벌써 두 달 가까이 됩니다만 무슨 죄인지도 저희들은 모릅니다."

"아니, 이건 우연한 일입니다."

하고 부소장이 말했다.

"이 사람들은 여권이 없어서 붙잡혔는데 소속 현으로 되돌려 보내야 합니다만, 공교롭게도 그 곳 감옥에 불이 나서 현 당국에서 얼마 동안만 이 곳에 구치해 달라는 통지가 왔습니다. 다른 현의 사람들은 모두 되돌려 보냈습니다만, 이 사람들만은 보낼 곳이 없습니다."

"뭐라구요, 단지 그런 이유 때문입니까?"

하고 네흘류도프는 문간에서 걸음을 멈추고는 물었다.

죄수복을 입은 40명 정도 되는 사람들이 네흘류도프와 부소장을 에워쌌다. 몇 사람의 목소리가 한꺼번에 들려 왔다. 부소장은 걸음을 멈추었다.

키가 크고 얼굴이 잘생긴 50세 가량의 농부가 앞으로 나섰다. 그들은 여권을 갖고 있지 않았기 때문에 붙들려 옥에 갇힌 것이라고 그는 네흘류도프에게 설명했다. 사실은 여권을 지니고 있었지만 기한이 2주일쯤 지나 있었는데, 해마다 기한이 지나도 아무 문제가 없던 것이 올해에는 붙들려 벌써 두 달 가까이나 감옥에 갇혀서 범죄자 취급을 당하고 있다는 것이었다.

"우리는 모두 석공인데, 같은 조합원입니다. 현의 감옥이 타 버렸다고 하지만 그런 것은 우리들이 알 바가 아닙니다. 제발 도와 주십시오."

네흘류도프는 듣고 있었지만, 체구가 좋고 얼굴이 잘생긴 노인의 말은 통 머리에 들어오지 않았다. 그의 모든 관심은 노인의 구레나룻 사이를 기어다니고 있는, 발이 많이 달린 커다랗고 거무죽죽한 이에 집중되고 있었기 때문이다.

"그런 일이 가능한 일입니까? 정말 단지 그 이유 때문입니까?"

하고 네흘류도프는 부소장을 돌아보며 말했다.

"그렇습니다. 윗사람들의 근무 태만에서 생긴 일이지요. 이 사람들은 모두 송환해서 거주지에서 머물도록 해줬어야 합니다."

부소장이 말을 끝내자마자, 사람들 속에서 역시 죄수복을 입은 자그마한 사나이가 뛰어나와 괴상하게 입을 실룩거리며 여기서 쓸데없이 고생하고 있다고 외치기 시작했다.

"개보다도 더 심한 취급이라……."

"이봐, 쓸데없는 소리 그만두고 잠자코 있어. 그렇지 않으면……."

"어쩌겠다는 거요?"

하고 몸집이 작은 사나이는 될 대로 되라는 말투로 외쳤다.

"우리한테 무슨 죄가 있단 말이야?"

"닥쳐!"

하고 부소장이 꽥 소리를 질렀다. 작은 사나이는 조용해졌다.

"대체 어떻게 된 셈일까?"

감방 안에서 내다보는 죄수들과 오는 길에 만나는 죄수들의 수백 개나 되는 눈에 쫓겨 채찍의 행렬 사이를 지나치는 느낌으로 네흘류도프는 감방에서 나와 혼자 중얼거렸다.

"정말로 아무 잘못도 없는 사람들을 저렇게 가두어도 됩니까?"

하고 복도에서 나오며 네흘류도프는 부소장에게 물었다.

"하지만, 어떻게 하라는 말씀입니까? 첫째, 저 친구들이 하는 말은 모두가 거짓말입니다. 듣고 있으면 죄 지은 자는 하나도 없어요."

하고 부소장은 말했다.

"그러나 방금 그 사람들은 아무 죄도 없지 않습니까?"

"글쎄요, 그 친구들은 그렇지요. 하지만 바탕이 비뚤어진 놈들뿐이라서……. 엄격히 하지 않으면 당할 수가 없습니다. 어제도 하는 수 없이 두 명이나 처벌을 했습니다만."

"처벌이라니요?"

하고 네흘류도프가 물었다.

"명령에 의해서 채찍으로 때렸지요……."

"그러나 태형은 폐지되었을 텐데요?"

"그것은 권리를 박탈당하지 않은 자에 한해서지요. 저놈들은 다릅니다."

네흘류도프는 어제 대기실에서 기다리고 있을 때 본 장면들이 환히 생각났다. 그리고 마침 그 때 태형이 집행되고 있었다는 것을 깨달았다. 그러자 호기심과 환멸과 회의와 구토증이 뒤섞인, 그 야릇한 감정이 세찬 힘으로 그를 짓눌렀다. 이런 감정은 예전에도 있었던 일이지만, 이런 커다란 힘으로 그를 사로잡은 적은 일찍이 없었다.

부소장의 말에는 귀도 기울이지 않고 급히 복도에서 나와 사무실로 갔다. 소장은 사무실 앞 복도에 있었으나 다른 일에 바빠서 보고두호프스카야를 부르는 것을 깜박 잊고 있었다. 그는 네흘류도프를 보고 비로소 약속한 일이 생각났다.

"곧 불러 보낼 테니, 거기 좀 앉으십시오."

하고 그는 말했다.

54

사무실은 방이 두 개로 나뉘어 있었다. 첫번째 방에는 칠이 벗겨진 커다란 벽난로가 튀어나와 있고, 더러운 창문이 두 개 달려 있었으며, 한쪽 구석에는 죄수의 키를 재는 까맣게 때가 묻은 기둥이 세워져 있고, 반대편 구석에는——대개 사람을 괴롭히는 장소에는 반드시 있는 것으로서 마치 그 가르침을 비웃기나 하는 듯이——커다란 그리스도의 초상이 걸려 있었다. 이 방에는 몇 명의 간수들이 있었다. 단둘이 마주 보고 벽 가장자리 앞에 앉아 나지막한 목소리로 이야기를 나누고 있었고, 창가에는 책상이 하나 놓여 있었다.

소장은 책상 앞에 가 앉더니, 네흘류도프에게 옆에 있는 의자를 권했다. 네흘류도프는 앉아서 방 안에 있는 사람들을 관찰하기 시작했다.

가장 먼저 그의 눈길을 끈 것은 짧은 재킷을 입은 아름다운 얼굴을 한 젊은이였는데, 눈썹이 검은 중년 부인 앞에 서서 손짓을 섞어 가며 무언지 열심히 이야기를 하고 있었다. 그 옆에는 파란 안경을 낀 노인이 앉아 죄수복 차림의 젊은 여자의 손을 맞잡고, 여자가 지껄이는 말을 미동도 않고 듣고 있었다. 겁먹은 표정의 중학생인 듯한 소년이 얼어붙은 얼굴로 빤히 노인을 쳐다보고 있었다. 그 바로 앞 한쪽 구석에는 연인인 듯한 남녀 한쌍이 앉아 있었다. 여자는 금발을 짧게 자르고 고집이 세어 보이는 아름다운 생김새였으며, 아직 소녀티가 가시지 않은 젊은 처녀로 유행하는 옷차림을 하고 있었다. 남자는——물결치는 머리칼이 우아한 얼굴의 청년으로 방수복 재킷을 입고 있었다. 그들은 한쪽 구석에 앉아서 사랑에 깊이 빠졌는지 정신없이 속삭이고 있었다.

그리고 머리가 희끗희끗한 어머니인 듯한 부인은 점잖게 검은 옷을 입고 다른 사람들보다도 책상에 더 가깝게 앉아 있었다. 그녀는 눈을 크게 뜨고 자기와 같은 재킷을 입은 폐병 환자인 듯한 청년을 물끄러미 바라보며 무언지 말을 하려 하지만 눈물 때문인지 말이 되지 않아, 말을 꺼내려다가는 입술을 깨물곤 했다. 청년은 종이 조각을 손에 쥔 채 어찌할 바를 모르는지 성이 난 얼굴을 하고는 손으로는 종이를 접었다 구겼다 하고 있었다. 그 옆에는 회색빛 옷을 입고 장갑을 낀 무척 큰 눈에 토실토실 살이 찌고 혈색이 좋은 아름다운 처녀가 앉아 있었다. 그녀는 울고 있는 어머니 곁에서 다정하게 어깨를 어루만져 주고 있었다.

그녀의 크고 흰 손, 깨끗하게 손질한 탐스러운 머리칼, 선이 굵은 코, 입술 모두가 아름다웠지만, 그녀의 가장 큰 매력은 양의 눈같이 선량하고 정직해 보이는 갈색 눈이었다. 그 아름다운 눈이, 네흘류도프가 방 안에 들어섰을 때 어머니의 얼굴에서 떠나 그의 눈길과 마주쳤다. 그러나 곧 그녀는 눈길을 돌려 어머니에게 다시 무엇인지 속삭이기 시작했다.

한 쌍의 연인들이 앉은 곳에서 그리 떨어지지 않은 곳에, 우울한 얼굴을 한 피부가 가무잡잡한 사나이가 거세파 신도 같은 수염 없는 면회자에게 화가 난 듯이 무엇인지 지껄이고 있었다. 네흘류도프는 소장과 나란히 앉아 호기심에 찬 눈으로 사방을 둘러보았다. 머리를 짧게 깎은 한 소년이 가까이 와서 말을 거는 바람에 그는 깜짝 놀라 제정신으로 돌아왔다.

"아저씨는 누구를 기다리는 거야?"

네흘류도프는 깜짝 놀랐으나 소년의 조심성 있고 반짝이는 눈빛을 하고, 생각이 깊어 보이는 순진한 얼굴을 보자 어떤 부인을 기다리고 있다고 얼굴빛을 바로 하고 대답했다.

"그 아줌마, 아저씨 누이동생이야?"

하고 소년이 다시 물었다.

"아니, 누이가 아니란다."

네흘류도프는 어리둥절해하며 대답했다.

"그래, 넌 누구하고 여기 왔니?"

하고 그는 소년에게 물었다.

"엄마하고요. 엄마는 정치범이에요."

소년은 자랑스레 대답했다.

"마리아 파블로브나 코라를 저리 데려가요."

네흘류도프와 소년의 이야기를 불법으로 간주했는지 소장이 주의를 주었다.

마리아 파블로브나는 아까 네흘류도프와 눈길이 마주친 그 양 같은 눈을 가진 아름다운 여자였다. 그녀는 늘씬한 몸을 쭉 펴고 일어나더니, 남자처럼 힘찬 걸음걸이로 성큼성큼 네흘류도프와 소년 쪽으로 다가왔다.

"이 아이가 무슨 말을 물었죠? 선생님은 누구세요?"

그녀는 희미한 미소를 머금고 신뢰하는 눈으로 네흘류도프를 보면서 물었다. 그것은 그녀가 누구하고나 다정하고 상냥한 형제 같은 관계를 유지해 왔으며, 현재에도 그러하고, 앞으로도 틀림없이 그럴 것이라는 것을 조금도 의심나지 않게 하는 정직한 눈이었다.

"이 아이는 뭐든지 궁금한 것은 못 참는 성격이에요."

하며 그녀는 소년을 보고 환한 미소를 지었다. 그 웃음이 너무나 선량하고 상냥했으므로 소년도 네흘류도프도 저도 모르게 따라 웃었다.

"네, 누구를 만나러 왔느냐고 묻더군요."

"마리아 파블로브나, 상관없는 분과 이야기해서는 안 돼요. 잘 알잖아."

하고 소장이 말했다.

"네, 네."

그녀는 아직도 그녀의 얼굴에서 눈을 떼지 않은 소년의 조그만 손을, 크고 흰 손으로 잡고 폐병 환자 청년의 어머니한테로 돌아갔다.

"누구의 아들입니까?"

네흘류도프가 소장에게 물었다.

"어느 정치범 여죄수의 아들인데, 이 감옥에서 태어났지요."

하고, 자기 감옥의 특이한 경우처럼 이야기하듯 소장은 약간 자랑스러운 듯이 말했다.

"정말입니까?"

"그럼은요. 머지않아 어머니랑 시베리아로 떠날 겁니다."

"그럼, 저 처녀는?"

"말할 수 없는데요."

소장은 어깨를 움츠리면서 말했다.

"아, 보고두호프스카야가 왔군요."

55

안쪽 문에서 머리를 짧게 자른, 여위고 누렇게 뜬 얼굴을 한 베라 보고두호프스카야가 선량해 보이는 반짝이는 눈을 빛내며 종종걸음으로 들어왔다.

"정말 와 주셨군요. 고맙습니다."

네흘류도프의 손을 잡으며 그녀는 말했다.

"저를 아시겠어요? 자, 앉으시죠."

"당신을 이렇게 만날 줄은 몰랐습니다."

"당신을 만나니 무척 기쁘고 반가워요. 얼마나 기쁘고 반가운지 더 바랄 것이 없을 정도예요."

하고, 그녀는 예전의 그 버릇대로 착해 보이는 크고 둥근 눈으로 깜짝 놀란 듯이 네흘류도프를 쳐다보며 말했다. 구겨진 꾀죄죄하고 초라한 웃옷 깃에서 내다보이는 가느다란, 정말로 가느다랗고 뼈뿐인 파리한 목을 흔들어 보였다.

네흘류도프는 무엇 때문에 이렇게 되었는가 물었다. 이 말에 그녀는 아주 활기를 띠고 자기의 운동에 대해 이야기하기 시작했다. 그녀의 이야기에는 선전이니, 계급 타파, 단체, 본부, 지부라는 많은 외국어가 섞여 있었다. 그런 말을 누구든지 다 알고 있는 줄 그녀는 아는 모양이었지만, 네흘류도프는 이제까지 한 번도 들어 본 적이 없는 말들이었다.

그녀는 네흘류도프가 '인민 의지파'의 활동에 큰 관심을 갖고 그 비밀을 알고 싶어하는 줄 믿고 있는 태도로 이야기했다. 그러나 네흘류도프는 그녀의 가느다란 목과 숱이 적은 헝클어진 머리카락을 보면서 왜 이런 짓을 하고 또 이야기하는가 하고 속으로 의아해하고 있었다. 그는 그녀를 불쌍하게 생각했지만, 그것은 아무 죄도 없이 악취에 가득 찬 감방에 갇혀 있는 농부 메니소프를 불쌍히 여기는 마음과는 전혀 다른 느낌이었다. 무엇보다도 그녀가 불쌍한 것은, 그 머리를 꽉 채우고 있는 뚜렷한 사상의 혼란 때문이었다. 그녀는 틀림없이 자기가 하고 있는 일의 성공을 위해 생명도 아까워하지 않고 내던질 영웅이라고 생각하고 있는 듯했지만, 그 운동의 본질이 무엇이고 그 성공이 어떤 것인지 정확하게 알고 있는 것 같지 않았다.

네흘류도프에게 그녀가 말하고 싶었던 것은 다음과 같은 것이었다. 그녀의 말에 의하면 그녀들 무리에 가담하지도 않았던 슈스토바라는 여자 친구가 보관을 부탁받았던 책과 서류가 그녀 방에서 발견되었다는 이유만으로, 다섯 달 전에 그녀와 함께 붙잡혀 파트파블로프스크 요새 감옥에 수감되었다. 그녀는 슈스토바가 감금된 책임의 일부가 자기에게 있다고 생각하여, 연줄이 있는 네흘류도프에게 그녀의 석방을 위해 힘써 달라고 간곡히 부탁했다. 또 하나의 부탁은, 파트파블로프스크 요새 감옥에 갇혀 있는 구르게비치라는 남자가 부모와의 면회 및 연구에 필요한 학문적인 서적 반입에 대한 허가를 받아 낼 수 있도록 수고해 달라는 것이었다.

네흘류도프는 페테르부르그에 가면 가능한 대로 힘써 보겠다고 약속했다.

그녀는 자기 이야기를 하기 시작했다. 그녀는 산파 학교를 졸업하자 '인민 의 지파' 사람들과 알게 되어 함께 활동에 뛰어들었다. 처음 얼마 동안은 모든 것이 순탄하게 진행되어 선언서를 쓰기도 하고, 공장에서 선전을 하기도 했으나 그러는 동안 간부 한 사람이 붙잡혀 서류를 몽땅 빼앗기는 바람에 모두 다 붙들리기 시작했다.

"저도 그 때 붙잡혔어요. 이번에 시베리아로 가게 됩니다."

하고 그녀는 자기 이야기를 끝맺었다.

"하지만 이런 것은 아무것도 아니에요. 올림푸스의 영웅이라도 된 것처럼 마음이 편안해요."

하며 그녀는 쓸쓸하게 웃었다.

네흘류도프는 양 같은 눈을 가진 처녀에 대해서 물었다. 그녀의 말에 따르면, 그녀는 어떤 장군의 딸로 오래 전부터 혁명당에 소속해 있다가 헌병을 총으로 쏜 죄를 뒤집어쓰고 옥에 갇혀 있다는 것이었다. 그녀는 인쇄기를 장치해 놓은 비밀 아지트에 살고 있었는데, 한밤중에 가택 수색을 하러 경관들이 들이닥쳤다. 그 때 아지트의 동지들이 몸을 지키려고 불을 끄고 증거물을 없애기 시작했다. 경관들이 집 안으로 들어오자 동지 한 사람이 권총을 쏘아 헌병에게 총상을 입혔다. 총을 쏜 범인에 대한 추궁이 시작되자 그녀는 스스로 자기가 쏘았다고 나섰다. 사실은 권총을 만져 본 일도 없을 뿐더러 거미 한 마리 죽여 본 일도 없었지만 결국 그녀가 죽인 것으로 되어 버렸다. 그리하여 머지 않아 시베리아로 끌려갈 것이라고 했다.

"남을 위하고 지키는 것밖에 모르는 훌륭한 여자예요……."

하고 그녀는 고개를 끄덕이며 말했다.

그녀가 말하고 싶었던 세 번째 부탁은 카튜사에 관한 것이었다.

감옥 안에 소문이 퍼져서 그녀도 카튜샤에 관한 것이라든가, 카튜샤와 네흘류도프와의 관계에 관한 것을 알고 있다며 그녀를 정치범 감방으로 옮기든가, 아니면 마침 지금 환자가 많아 일손을 필요로 하고 있으니 어떻게 해서라도 부속병원의 잡역부가 되도록 힘쓸 것을 권했다.

네흘류도프는 도움말에 감사하고 꼭 그렇게 하도록 해 보겠디고 대답했다.

56

두 사람의 이야기는 소장에 의해 중단되었다. 소장이 일어나 면회 시간이 끝났으니 돌아가 달라고 말했기 대문이다. 네흘류도프는 일어서서 베라 보고두호프스카야와 헤어지고, 문 쪽으로 가 그 곳에 서서 눈앞에 벌어지고 있는 정경을 살펴보았다.

"여러분, 시간이 다 되었습니다. 이제 돌아가셔야겠습니다."

하고 소장이 앉았다섰다하면서 말했다.

소장의 재촉은 방 안에 있는 죄수와 면회자들을 한층 더 흥분시켰을 뿐, 누구 하나 헤어질 생각을 하지 않았다. 일어나기는 했으나 선 채로 이야기하는 사람도 있었다. 헤어지게 되자 울고 있는 사람도 있었다. 특히 감동을 준 이별의 장면은 어머니와 폐병을 앓고 있는 아들이었다. 청년은 처음부터 끝까지 종이 쪽지를 구기고 있었지만, 얼굴은 차츰 더 험해질 뿐이었다──어머니의 감정에 끌려 들어가지 않으려고 자기에게 자제하려는 노력이 힘에 부치는 큰 부담이었던 모양이다. 어머니는 헤어질 시간이 되었다는 말을 듣더니 청년의 어깨에 얼굴을 파묻고 코를 홀짝거리며 흐느껴 울었다.

양같이 순한 눈을 가진 처녀는──네흘류도프는 자신도 모르게 그녀의 모습을 눈으로 좇고 있었다──흐느껴 우는 어머니 앞에 서서, 무언지 말을 하며 달래고 있었다. 파란 안경을 쓴 노인은 딸의 손을 잡고 서서, 딸이 하는 말에 고개를 끄덕이고 있었다. 젊은 연인들은 일어나서 손을 마주 잡은 채 잠자코 서로의 눈을 들여다보고 있었다.

"저 두 사람뿐이군요, 행복해하는 모습은."

네흘류도프의 곁에 서서, 역시 헤어짐을 슬퍼하는 사람들을 바라보고 있던 짧은 재킷을 입은 청년이 연인들을 눈으로 가리키며 말했다.

네흘류도프와 청년의 눈길을 느낀 연인들은——방수복 재킷을 입은 청년과 금발의 귀여운 처녀——서로 꽉 잡은 손을 앞으로 뻗어 윗몸을 뒤로 젖히고 웃으면서 빙글빙글 돌기 시작했다.

"오늘 밤, 이 감옥 안에서 결혼식을 올립니다. 그리고 저 처녀도 함께 시베리아로 간답니다."

하고 청년이 말했다.

"저 청년은 어떤 사람인데요?"

"유형수입니다. 하다못해 저 두 사람만이라도 싱글벙글 즐거워야지요. 나머지 사람들은 너무 우울하거든요."

하고 폐병을 앓고 있는 청년 어머니의 울음소리에 귀를 기울이며 청년은 덧붙였다.

"여러분! 자 어서, 어서! 내가 강제 수단을 쓰지 않게 해 주시오."

하고 소장은 몇 번이나 같을 말을 되풀이했다.

"제발, 자 어서요!"

그는 목소리를 높이지도 않고 망설이면서 말했다

"왜들 이러십니까? 자 벌써 시간이 지나지 않았습니까? 이래서는 난처한데요. 이제 이것이 마지막 경고입니다."

소장은 매릴랜드 담배를 피워 물었다가 재떨이에 비벼 껐다가 하면서 안타까운 듯이 그 말을 되풀이했다.

스스로 책임을 느끼는 일 없이 남에게 악을 행할 수 있는 논거가 아무리 교묘하게 만들어졌고, 오래 전부터 존재했으며 이제는 모두 관례가 되어 버렸다고는 하나, 소장은 역시 자기가 이 방을 가득 채운 이 슬픔의 책임자의 한 사람이라는 것을 깨닫지 않을 수 없었다.

마침내 죄수와 면회자가 한쪽은 안쪽 문으로, 한쪽은 바깥쪽 문으로 각기 헤어지기 시작했다. 남자들——방수복 재킷을 입은 청년, 폐병을 앓는 청년, 그리고 가무잡잡한 털북숭이 남자가 바깥으로 사라졌다. 마리아 파블로브나도 감옥에서 만난 소년의 손을 이끌고 문 안으로 사라졌다.

면회를 온 사람들도 떠나기 시작했다. 파란 안경을 쓴 노인이 무거운 발걸음으로 나갔다. 그 뒤에서 네홀류도프도 걷기 시작했다.

"정말 놀라운 제도입니다."

이야기를 좋아하는 청년은 네홀류도프와 나란히 층계를 내려가면서 하다 만 이야기를 계속해서 말했다.

"그 소장이라서 그나마 괜찮습니다. 마음이 착해 규칙대로 할 수가 없는 거죠. 실컷 할 말을 하고 나면——마음이 안정되니까요."

"그럼 다른 감옥에서는 이런 면회가 허락되지 않나요?"

"전혀 안 됩니다. 한 사람씩, 그것도 철망을 사이에 두고 할 수 있는 정도지요."

말하기를 좋아하는 청년은 메딘체프라고 자기 소개를 했다. 네홀류도프가 이 청년과 이야기를 나누며 현관으로 나가고 있는데 피로에 지친 소장이 쫓아나왔다.

"마슬로바와의 면회를 원하신다면, 내일 오십시오."

하고 네홀류도프에게 호감을 보이고 싶은 마음을 감추지 않고 소장은 말했다.

"고맙습니다."

네홀류도프는 얼른 인사하고 문을 나섰다.

죄도 없는 메니소프가 받고 있는 고문은 틀림없이 무서운 형벌이었다. 그 육체적 고통도 고통이지만 그보다 더 무서운 것은, 까닭없이 그를 괴롭히는 사람들에게 그가 느끼게 되는 의혹과 선 및 신에 대한 불신의 증폭이었다. 여권에 씌어진 기한이 넘었다는 단지 그 까닭 하나만으로 아무 죄도 없는 백 명 남짓한 사람들에게 가해지고 있는 굴욕과 고통도 무서운 것이었다. 자기 동료들을 괴롭히는 데에 몰두하면서 훌륭하고 소중한 일을 하고 있다고 믿고 있는, 그 양심이 마비된 간수들도 무서웠다. 그러나 네흘류도프가 무엇보다고 무섭다고 느낀 것은 자기도 늙어 가는 약한 몸이면서 어머니와 아들을, 아버지와 딸을——마치 자기와 자기 자식들과 같은 사람들을 강제로 갈라 놓지 않으면 안 되는 그 마음 착한 소장의 입장이었다.

'이것은 대체 무슨 까닭일까?'

하고 네흘류도프는 감옥에 올 때면 언제나 느끼는, 그 육체적인 고통으로 옮아 가려는 마음의 구토증을 느끼면서 스스로에게 물어 보았다. 그러나 해답을 들을 수는 없었다.

57

이튿날, 변호사를 찾아간 네흘류도프는 메니소프와 그 어머니의 사건에 대해 서 자세히 이야기하고 변호를 맡아 달라고 부탁했다. 변호사는 이야기를 다 듣 고 나더니, 사건을 조사해 보고 네흘류도프의 말이 사실이라면, 얼마든지 있을 수 있는 일이니까 그럴 경우에는 보수를 한 푼도 받지 않고 변호를 맡겠노라고 말했다. 네흘류도프는 또 사소한 실수로 갇혀 있는 1백 30명이나 되는 사람들 의 이야기를 하고 이것은 누구의 책임이냐고 물었다. 변호사는 정확한 대답을 할 생각이었는지 잠깐 궁리하는 듯했다.

"누구에게 책임이 있느냐고요? 아무에게도 없습니다."

하고 그는 말했다.

"검사에게 물어 보십시오——현 지사의 책임이라고 하겠지요. 지사에게 물 으면——검사 책임이라고 말할 것입니다. 다시 말해서, 아무에게도 책임이 없 다는 이야기지요."

"지금이라도 마슬레니코프를 찾아가 말해 보지요.."

"아마 소용 없을 겁니다."

변호사는 빙그레 웃으면서 회의적으로 말했다.

"그자는──설마 친척이나 친구는 아니시겠지요?──그자는, 솔직이 말하면, 멍텅구리인데다가 교활한 작자입니다."

네흘류도프는 마슬레니코프가 변호사를 나쁘게 말한 것을 생각하고, 아무 대답도 없이 변호사에게 작별 인사를 하고는 마슬레니코프의 집으로 향했다.

네흘류도프는 마슬레니코프에게 부탁해야 할 것이 두 가지 있었다. 카튜샤를 병원으로 옮기는 일과 여권의 기한이 넘었다는 이유만으로 죄없이 감옥에 갇혀 있는 1백 30명이나 되는 사람들에 대한 일이었다. 존경도 하지 않는 사람에게 부탁한다는 것은 참을 수 없이 괴로운 일이기는 했으나, 달리 해결할 방법이 없었으므로 아무래도 이 곳에 부탁하지 않으면 안 되었다.

마슬레니코프의 집 근처에 다다랐을 때, 네흘류도프는 현관 앞에 사륜 마차, 포장 마차, 유개 마차 등 여러 대의 승용 마차가 세워져 있는 것을 보았다. 그리고 오늘이 마침 마슬레니코프가 꼭 와 달라고 그를 초대한 부인이 손님들을 청하는 날이라는 것을 깨달았다. 네흘류도프의 마차가 문 앞에 멈추었을 때 한 대의 유개 마차가 머물러 있었으며, 휘장 달린 모자를 쓰고 짧은 외투를 입은 하인이, 현관에 나타난 한 귀부인을 마차에 태우는 참이었다. 귀부인은 끌리는 옷자락을 살짝 들어올리고 작은 구두를 신은, 검은 양말에 싸인 가느다란 발목을 보이며 마차에 올라탔다.

그는 죽 늘어서 있는 여러 대의 마차에서 코르차킨 댁의 호화로운 사륜 마차가 있는 것을 보았다. 흰 머리의 혈색 좋은 마부가 그를 보고 특히 친분이 있는 분을 만났다는 듯이 공손하고 상냥하게 모자를 벗고 인사했다.

네흘류도프가 문지기에게 미하일 이바노비치 마슬레니코프는 어디 있느냐고 물어 보려 하는 찰나에, 본인이, 이번에는 계단 중턱까지가 아니라 밑에까지 배웅해야만 하는 순위에 속하는 매우 중요한 손님을 배웅하러 양탄자가 깔려 있는 층계에 모습을 드러냈다. 몹시 중요한 손님인 듯한 군인은 층계를 내려가면서 시가 주최하는 양육원 자금 모집을 위한 복권 추첨에 대해 프랑스 말로 이야기하며, 이것은 부인들에게 잘 맞는 사업이라는 의견을 늘어놓았다.

"부인들에게는 재미도 있고 돈도 생기니까요."

"재미도 보고 하느님의 축복도 받는 셈이지요……아, 네흘류도프, 잘 지냈는가! 오랜만일세."

하고 군인이 네흘류도프에게 말했다.

"자, 가서 부인께 경의를 표하게. 코르차킨 댁에서도 와 있더군. 그리고 나디네 부크스헤브덴도. 온 시의 미인들이 다 모였네."

금줄 두른 제복 차림의 현관지기가 내미는 외투를 약간 추켜올린 군복 어깨에 걸치면서 말했다.

"그럼, 이만!"

그는 다시 마슬레니코프와 악수했다.

"자 위로 가세, 잘 왔네!"

마슬레니코프는 네흘류도프의 팔을 붙들고, 뚱뚱한 몸에 어울리지 않는 가벼운 발걸음으로 그를 안내했다.

마슬레니코프는 보통 때보다 더 신이 나 있었다. 귀한 인물들이 관심을 가져 주었기 때문이다. 마슬레니코프는 황실에 가까운 근위 연대에 근무했으므로 황족과의 교제에 어지간히 익숙해질 법도 한데, 비굴한 근성은 이런 일의 되풀이로 차츰 더 강해지는 것인지, 이와 같은 관심은 마슬레니코프를 흥분하게 만들 뿐이었다. 그것은 마치 애완용 개가 주인이 어루만져 주거나, 토닥거려 주면, 좋아서 어쩔 줄 모르는 것과 같은 이치였다. 개는 꼬리를 흔들고 몸을 웅크렸다가 비비꼬았다 하면서, 귀를 찰싹 갖다 붙이고, 머리가 어떻게 된 것처럼 막 돌아다닌다. 이와 마찬가지 짓을 마슬레니코프도 해 보고 싶어하는 마음이었다. 그는 네흘류도프의 얼굴에 나타난 근심어린 표정도 눈치채지 못하고 그의 말도 들리지 않는지, 강제로 응접실 쪽으로 이끌고 가는 바람에 네흘류도프는 거절한 수가 없어 마지못해 끌려갔다.

"이야기는 나중에 하기로 하세. 자네가 원하는 일은 뭐든지 들어 줄 테니까."

마슬레니코프는 네흘류도프와 함께 홀을 지나가면서 말했다.

"장관 부인께 아뢰어라, 네흘류도프 공작님이 오셨다고."

그는 걸으면서 하인에게 말했다. 하인은 두 사람 옆을 빠져 나가 빠른 걸음으로 달려갔다.

"자네는 그저 이렇게 하라고 말만 해 주면 되네. 단, 아내를 만나 줘야 해. 지난번에는 자네를 그냥 보냈다고 야단법석을 떠는 바람에 아주 혼이 났다구."

벌써 하인이 알린 뒤여서 두 사람이 들어가자 자칭 장관 부인인 부지사 부인 안나 이그나치예브나가 환한 미소를 띠고, 소파에 앉은 그녀를 둘러싼 모자와 머리 사이로 네흘류도프에게 눈인사를 보냈다. 응접실 한 구석에 위치한 차 테이블 둘레에 부인들이 앉아 있고 문관, 무관들은 그냥 서 있었다. 이들 남녀의 목소리들이 들려 오고 있었다.

"드디어 오셨군요! 왜 저희들 집은 찾아오지 않으세요? 무슨 기분 상한 일이라도 계셨어요?"

실제로는 친분이 있지도 않으면서 네흘류도프와의 친밀함을 과시하려고, 이러한 말로 안나 니그나치예브나는 그를 맞이했다.

"아세요? 아시는지 몰라. 이분은 베라프스카 부인, 이 쪽은 미하일 이바노비치 체르노프. 자, 이리 와서 앉으세요."

"미시, 이 쪽 테이블로 오세요. 차를 이리로 가져오게 할 테니까……. 그리고 사관님도요……."

그녀는 미시와 이야기를 나누고 있는 장교의 이름이 생각이 안 났는지 이렇게 말을 건넸다.

"자, 어서 이리 오세요. 차를 드시겠어요. 공작님?"

"절대로, 절대로 그것은 아니에요. 그 여자는 단지 사랑하고 있지 않았을 뿐이에요."

어떤 여자의 목소리가 말하고 있었다.

"그럼은요, 고기 만두를 사랑하고 있었으니까요."

"항상 필요없는 농담만 하셔."

높은 모자를 쓰고, 비단옷에 금과 보석을 반짝이도록 주렁주렁 단 다른 부인이 웃으면서 말했다.

"이 와플(과자의 일종) 참 맛있어요. 산뜻한 맛이 나는군요. 좀더 주세요."

"그래, 곧 떠나시나요?"

"네, 오늘이 마지막 날이에요. 그래서 이 댁에 온 거죠."

"정말 멋있는 봄이에요. 지금쯤 시골은 멋질 거예요."

미시는 모자를 쓰고 수수한 줄무늬 옷을 입고 있었다. 마치 그 옷을 입은 채로 태어난 것처럼 날씬한 몸을 구김살 하나 없이 꼭 맞게 감싸고 있어 무어라 표현할 수 없이 아름다웠다. 네흘류도프를 본 그녀는 볼을 붉혔다.

"어머나, 저는 떠나신 줄만 알고 있었어요."

"떠날 뻔했습니다만, 일 때문에 발이 묶여서. 여기도 그 일 때문에 온 것입니다."

"어머니에게도 들러 주세요. 무척 뵙고 싶어하세요."

라고 그녀는 말했지만 그것이 거짓말이고, 또 그 거짓말을 그가 눈치채고 있다는 것을 느끼자 차츰 더 얼굴이 붉어졌다.

"글쎄, 틈이 있을는지요."

네흘류도프는 그녀가 얼굴을 붉힌 것을 짐짓 모르는 체하며 침울한 얼굴로 말했다.

미시는 화가 난 듯이 얼굴을 찡그리고 어깨를 움츠리더니 우아하게 생긴 장교 쪽으로 돌아앉았다. 장교는 그녀의 손에서 빈 술잔을 받아들고 군도를 안락 의자에 부딪치면서 활발하게 다른 테이블에 갖다 놓았다.

"당신도 양육원을 위해 돈을 기부하셔야 돼요."

"뭐, 거절은 않겠습니다만 복권 추첨을 할 때까지는 가만히 있겠습니다. 그 때 나의 후한 인심을 모두 보여 드리지요."

"어머, 그런 말씀하셔도 괜찮으세요?"

하고 억지로 가장한 듯한 목소리가 들렸다.

손님들을 초대한 일이 매우 좋은 성과를 거두었으므로 안나 이그나치예브나는 신이 나서 흥분해 있었다.

"미치카가 말했습니다만, 공작님은 감옥 일로 바쁘시다구요. 저는 잘 알고 있어요."

하고 네흘류도프에게 말했다.

"미치카는——이것은 그녀의 뚱뚱한 남편 마슬레니코프를 지칭하는 것이었다——여러 가지 결점도 있지만, 아시다시피 무척 마음이 선량하답니다. 불행한 죄수들을 모두 자기 친자식이나 다름없이 여기고 있어요. 그는 그런 생각밖에 할 수 없는 사람이랍니다. 그이는 정말 마음씨가 착해요……."

죄수들에게 매질을 하도록 명령한 장본인인 남편의 선량함을 표현하기에 어울리는 말을 찾지 못해 그녀는 잠깐 입을 다물었으나, 곧 미소를 지으면서 그 곳에 들어온 보랏빛 리본을 단 주름투성이의 노부인을 맞이했다.

예의에 벗어나지 않을 정도로 필요한 만큼 일상적인 무의미한 이야기를 나누고 난 네흘류도프는, 일어서서 마슬레니코프에게로 갔다.

"그럼 미안하지만, 내 말 좀 들어 주겠나?"

"아, 그렇군. 응, 좋아. 저 쪽에서 이야기하세."

그들은 조그마한 일본식 서재로 들어가서 창가에 앉았다.

58

"자, 무슨 얘긴가? 담배는? 잠깐만 기다리게. 재를 떨어뜨려서는 안 되니까."

하며 그는 재떨이를 끌어당겼다.

"자네한테 두 가지 부탁이 있어 왔네."

"그래?"

마슬레니코프의 그 들떠 있던 기분이 흔적도 없이 사라지고 얼굴이 흐려졌다.

응접실 쪽에서 떠들썩한 소리가 들려 왔다. 한 여자의 목소리가 프랑스 어로 들려 왔다.

"절대로, 절대로 나는 믿지 않아요."

그러자 반대쪽 구석에서 남자 목소리가 무슨 이야기를 하면서 '보론초프 백작 부인과 빅토르 아프라크신'을 되풀이했다. 다른 한쪽 구석에서는 사람들이 왁자지껄하게 떠드는 소리만 들려 왔다. 마슬레니코프는 응접실의 분위기를 둘러보면서 네흘류도프의 말을 듣고 있었다.

"또 그 여자에 관한 얘기인데."

하고 네흘류도프는 말했다.

"아, 그 죄없는 여자 말이지? 음 알고 있어."

"그 여자를 병원 잡역부로 옮겨 주었으면 하는데. 그렇게 할 수 있다고들 하더군."

마슬레니코프는 입을 꾹 다물고 뭔가를 생각했다.

"글쎄, 어떨는지."

하고 그는 말했다.

"여하튼 의논해 보고, 내일 자네한테 전보로 알려 주지."

"말을 들으니 환자가 많아서 일손이 모자란다더군."

"알았네. 자네에게 결과를 알려 주겠네."

"부탁하네."

하고 네흘류도프는 말했다.

응접실에서 여러 사람들이 자연스럽게 웃어대는 소리가 들려 왔다.

"아마 빅토르가 웃기고 있을 거야."

마슬레니코프는 히죽히죽 웃으면서 말했다.

"저자는 분위기에 취하면 아주 재미있는 재담을 하거든."

"그리고……."

네흘류도프는 말했다.

"지금 감옥에는 여권의 기한이 지났다는 이유만으로 1백 30명의 석공들이 감금되어 있는데 벌써 한 달이나 된다더군."

그리고 그들이 감옥에 갇힌 까닭을 말하기 시작했다.

"대관절 어디서 그런 말을 들었나?"

하고 마슬레니코프는 물었다. 그리고 그 얼굴에 갑자기 불안과 불만의 빛이 나타났다.

"어느 피고한테 면회를 갔더니, 그 사람들이 복도에서 나를 둘러싸고 하소연하더군……."

"피고라니, 누구 말인가?"

"죄없이 기소된 농민인데 내가 변호사를 대주었지. 하지만 그건 문제가 아니야. 아무 죄도 없이 여권 기한이 지났다는 이유만으로 감옥에 갇혀 있는 석공들인데 그것은……."

"그건 검사의 책임이야."

하고 마슬레니코프는 화가 나서 네흘류도프의 말을 가로막았다.

"빨리 올바른 재판을 하라고 자네는 말하겠지. 검사의 의무는 자주 감옥을 둘러보고 죄수가 올바른 대우를 받고 있는지 없는지 알아보아야 하는 거야. 그런데도 불구하고 아무것도 하지 않고, 트럼프놀이에만 빠져 있단 말이야."

"그럼, 자네는 어떻게 달리 해결할 수 없단 말인가?"

지사가 검사에게 책임을 회피할 것이라는 변호사의 말을 생각하면서 네흘류도프는 어두운 표정으로 말했다.

"아니 해 보지. 곧 해결 방안을 알아보겠네."

"저런, 그럼 그 여자가 점점 더 손해잖아요. 가여워라, 수난받는 여성이네요."

말은 이렇게 하고 있지만, 사실은 전혀 무관심한 조금도 가엾게 여기지 않는 듯한 여자 목소리가 응접실에서 들려 왔다.

"그거 참 점점 더 고맙군요. 그럼, 이것도 갖겠습니다."

하고 농담을 한 남자의 목소리와 무엇인지 주지 않으려는 여자의 장난기어린 웃음소리가 다른 쪽에서 들려 왔다.

"안 돼요. 안 돼요. 누가 드린댔어요?"

"잘 알았어. 내가 다 해 주지."

터키석 반지를 낀 하얀 손으로 담뱃불을 비벼 끄면서 마슬레니코프는 되풀이했다.

"자, 슬슬 부인들 쪽으로 가 보자구."

"참, 또 한 가지 있어."

네흘류도프는 응접실에 들어가지 않고 문턱에서 걸음을 멈추며 말했다.

"어제 감옥에서 태형을 했다는 소리를 들었는데 정말인가?"

마슬레니코프는 얼굴을 붉혔다.

"아니, 자네가 그런 것까지? 안 되겠어. 이제 절대로 자네를 감옥에 들어가지 못하게 해야겠군. 그렇게 모조리 캐려고 들어서야 당할 수가 있나? 자, 가자구, 아네트가 부르고 있어." 그는 네흘류도프의 팔을 잡고 다시 귀중한 인물의 관심의 대상이 된 듯한 흥분을 얼굴에 보이며 말했다. 그러나 이제 그것은 기뻐서가 아니라 불안 때문이었다.

네흘류도프는 그에게 잡힌 팔을 뿌리치고는 아무에게도 인사하지 않고 아무 말도 없이 우울한 표정으로 객실을 가로질러 응접실을 지나, 달려나온 하인들 앞을 빠져 현관으로 해서 밖으로 나갔다.

"왜 그러세요? 당신 무슨 말씀을 하셨어요?"

하고 자칭 장관 부인이 남편에게 물었다.

"저것이 '프랑스식' 인사라는 것입니다."

하고 누군가가 말했다.

"뭐가 '프랑스식'인가? 저건 '아프리카식'이야."

"뭐, 그 사람 언제나 그랬는걸요."

일어나는 사람도 있고, 새로 오는 사람도 있고 해서 지껄여대는 소리가 그치지 않았다. 네흘류도프에 대한 일이 이 날의 손님 초대에 적당한 얘깃거리가 되었다.

이튿날, 네흘류도프는 마슬레니코프에게서 편지를 받았다. 문장이 박힌 두껍고 매끄러운 종이에 여기저기 도장을 찍고, 훌륭한 글씨체로 마슬로바를 병원 근무로 옮기는 일에 대해서 의사에게 편지를 보내 두었으니 틀림없이 그가 희망 하는 대로 이루어질 것이라고 적어 보냈다. 그 밑에는 '자네를 사랑하는 옛벗' 이라고 씌어 있었으며, '마슬레니코프'라는 활자 밑에 놀랍도록 숙련된 큼직한 사인이 되어 있었다.

"멍청한 것!"

네흘류도프는 도저히 참을 수가 없어 저도 모르게 외쳤다. 이 '옛벗'이라는 말 속에 마슬레니코프가 대범한 점을 보여 자기를 그의 위치까지 끌어 내리고 있는 속셈이 엿보여서 특히 견딜 수 없었다. 이를테면, 도덕적으로 가장 더럽고 치사한 일을 하고 있는 주제에 그는 자기를 아주 중요한 인물로 자부하고 있어, 네흘류도프에게 겉치레 인사까지는 하지 않더라도 자기를 옛벗이라고 부름으로 써 자기의 훌륭함을 그다지 자랑으로 삼고 있지 않다는 것을 나타내려는 뱃속이 환히 들여다보였기 때문이다.

59

널리 믿어지고 있는 아주 흔한 미신의 하나는, 사람은 제각기 자기 고유의 성 질을 지니고 있어 선인, 악인, 영리한 자, 어리석은 자, 활동적인 자, 무기력한 자 등으로 나뉘어 있다는 생각이다. 그러나 사람은 그런 것이 아니다. 우리는 어떤 사람에 대해서 저 사람은 나쁠 때보다 선할 때가 많다든가, 어리석을 때보 다 영리할 때가 많다든가, 무기력할 때보다 활동적인 때가 많다는 식으로, 또는 그 반대로 말할 수는 있다. 그러나 어떤 사람은 선량하다든가 영리하다든가 또 어떤 사람은 악인이라든가 바보라는 식으로 단정하는 것은 커다란 잘못이다. 그 런데도 우리는 언제나 사람을 그런 식으로 나누어 평가하고 생각한다. 이것은 옳지 못한 생각이다.

사람이란 강물과 같은 것이다. 물은 어느 강이나 같고 변함없지만, 어느 강은 좁고 물살이 센 곳도 있고, 넓고 느린 곳도 있으며, 맑고 차가운 곳도 있고 탁하고 미지근한 곳도 있다. 사람도 역시 마찬가지다. 사람은 저마다 인간으로서의 모든 성질의 싹을 마음속에 지니고 있다. 그리하여 때로는 그것을 나타내고 때로는 이것을 나타낸다는 식이라 때때로 이것이 그 사람일까 하고 의심받는 일도 있지만, 그러나 본인임에는 틀림이 없다. 그 중에는 이러한 변화가 특히 심한 사람도 있다. 이런 종류의 사람들 속에 네홀류도프도 끼어 있었다. 그의 경우, 이러한 변화는 육체적인 까닭에서도, 정신적인 까닭에서도 일어났다. 그리고 이 같은 변화가 지금도 그에게 생겨났다.

그가 재판이 끝난 뒤 카튜샤와 처음으로 면회한 뒤에 느꼈던 그 엄숙한 기분과 갱생의 기쁨은 모두 사라지고, 마지막 면회를 한 뒤에는 그것이 두려움으로, 오히려 카튜샤에 대한 혐오로까지 변화하였다. 그는 그녀를 저버리지 말자, 만약 그녀가 바란다면 결혼하겠다는 자기의 결심을 바꾸지 말자고 마음먹었다. 그러나 그것은 가슴아프고 괴로운 일이었다.

마슬레니코프를 방문한 이튿날, 그는 다시 그녀를 만나기 위해 감옥으로 찾아갔다.

소장은 면회를 허락해 주었으나, 사무실도 변호사 면회실도 아닌 일반 여죄수 면회실이었다. 소장은 마음은 좋았지만 네홀류도프를 대하는 태도가 예전과는 달리 소극적이었다. 아마 마슬레니코프와의 대화의 결과가, 이 면회자에게는 충분히 조심을 하라는 명령으로 나타난 모양이었다.

"면회는 상관없습니다만." 하고 소장은 말했다.

"다만 전에도 한 번 부탁드렸습니다만, 돈에 대한 것만은 제발 틀림없도록 해 주십시오……그리고 지사께서 말씀하신, 그 여자를 병원으로 옮기는 일입니다만 아무래도 상관이 없고 의사도 승낙하고 있습니다만, 본인이 원하지 않는군요. '더러운 옴쟁이들의 변기를 갖다 나르다니 싫어요…….' 이런 형편입니다. 정말 그런 하찮은 인간들이지요, 공작님."

하고 소장은 덧붙여 말했다.

네흘류도프는 소장 말에는 대답하지 않고, 면회실로 가게 해 달라고 부탁했다. 소장은 간수에게 안내를 명령했다. 네흘류도프는 간수의 뒤를 따라 아무도 없는 면회실로 들어갔다.

카튜샤는 벌써 와 있다가, 철망 뒤에서 조용히 나왔다. 그녀는 네흘류도프 앞으로 다가와서 그의 얼굴을 보지도 않고 나직한 소리로 말했다.

"용서하세요. 드미트리 이바노비치, 그저께는 그런 말씀을 드려서."

"나한테 용서를 빌다니……."

하고 네흘류도프는 말하기 시작했다.

"하지만, 역시 저를 그냥 내버려 두세요."

하고 그녀는 덧붙였다. 네흘류도프는 그를 쳐다보는 그녀의 사팔눈에서 또 심한 적의를 느꼈다.

"어째서 내가 당신을 돌보아서는 안 되는 거지?"

"어째서고 뭐고 그저……."

"왜 그래야 돼?"

그녀는 다시, 그에게는 적의가 가득 차 있는 듯이 보이는 그 눈을 치켜 뜨고 그를 쳐다보았다.

"어쨌든, 그저 그러고 싶은 것뿐이에요."

하고 그녀는 말했다.

"저를 내버려 두세요. 전 진심으로 말하는 거예요. 전 참을 수 없어요. 이런 일은 이제 깨끗이 집어치워 주세요."

그녀는 떨리는 목소리로 말하고 잠시 입을 다물었다.

"정말이에요. 목을 매어 죽는 편이 차라리 낫겠어요."

네흘류도프는 이 냉담한 거절 속에 그에 대한 증오와 용서할 수 없는 원한이 서려 있는 것을 느꼈지만, 거기에는 무언가 다른 것──소중하고 선량한 그 무엇이 움트고 있는 것도 느낄 수 있었다. 이처럼 완전히 잔잔한 상태 속에서 그녀가 거듭 전날의 거절을 되풀이한 것이 네흘류도프의 마음속에 생겨났던 모든 의혹을 한순간에 지워 버림으로써 그를 그전의 진지하고 엄숙한 감동에 싸였던 마음으로 돌아가게 해 주었다.

"카튜샤, 나는 지난번에 한 말을 다시 되풀이할 뿐이야."

하고 그는 더 진지한 얼굴로 말했다.

"제발 나하고 결혼해 줘. 만약 네가 싫다고 한다면, 좋아질 때까지 나는 지금까지처럼 네 곁을 떠나지 않을 것이고, 어디든지 네가 가는 곳으로 따라갈 작정이야."

"그것은 당신 자유예요. 전 이제 더 이상 아무 말도 하지 않겠어요."

하고 그녀는 말하고 다시 입술을 파르르 떨기 시작했다.

그도 말할 힘이 없다는 것을 느끼고 입을 다물고 있었다.

"나는 일단 시골로 갔다가 페테르부르그로 갈 생각이야."

그는 겨우 마음을 가다듬고 말했다.

"그리고 너의, 아니 우리의 문제를 위해서 힘써 볼 생각이야. 반드시 판결이 뒤바뀌고 말 거야."

"뒤바뀌지 않더라도──마찬가지예요. 그 사건이 아니고 다른 일로라도, 제가 이만한 벌을 받는 것은 당연한 일이에요……."

하고 그녀는 말했다. 그녀가 울지 않으려고 얼마나 애쓰고 있는지 그녀의 표정을 통해 그는 알 수 있었다.

"메니소프를 면회하셨나요?"

마음의 동요를 숨기기 위해 그녀는 불쑥 이렇게 물었다.

"정말이죠? 죄가 없다는 거?"

"응, 나도 그렇게 생각해."

"정말 좋은 할머니예요."

그는 메니소프한테서 들은 말을 모두 그녀에게 해 주고, 무슨 필요한 것은 없느냐고 물었다. 그녀는 아무것도 없다고 말했다.

그리고 두 사람은 다시 한동안 잠자코 있었다.

"병원에 대한 일인데요."

사팔눈으로 흘깃 그를 쳐다보며 그녀가 갑자기 말했다.

"당신이 그 편이 좋다고 하신다면 저는 가겠어요. 그리고 이젠 술도 안 마시겠어요……."

네흘류도프는 찬찬히 그녀의 눈을 들여다보았다. 그 눈에는 미소가 어려 있었다.

"아주 좋은 생각이야."

라고밖에 그는 말할 수 없었다. 그리고 둘은 헤어졌다.

'그래, 그래, 이 사람은 이제 완전히 딴 사람이 되었어.' 조금 전까지의 의혹이 사라지고 사랑의 힘은 그 무엇에도 지지 않는다는 것을 확신하며, 지금까지 경험한 적이 없는 아주 새로운 느낌을 절실히 되새기면서 네흘류도프는 이렇게 생각했다.

여죄수 면회실에서 악취가 풍기는 감방으로 돌아온 카튜샤는 죄수복을 벗고 자기 침대에 걸터앉아 두 손을 힘없이 무릎 위에 놓았다. 감방 안에 있던 사람은 젖먹이를 안은 폐병 환자와 메니소프 할머니와 건널목지기와 두 아이뿐이었다. 교회 집사의 딸은 어제 정신 이상의 진단을 받고 병원으로 옮겨졌다. 다른 여죄수들은 모두 빨래터에 나가 있었다. 노파는 침상에 누워 잠을 자고 있었다. 폐병 환자는 아기를 안고, 건널목지기는 양말 뜨는 손을 부지런히 놀리면서 카튜샤 옆으로 다가왔다.

"어때? 만나고 왔어?"

하고 두 사람이 그녀에게 물었다.

카튜샤는 아무 대꾸 없이 높은 침대에 앉아 바닥에 닿지 않는 두 발을 흔들어대고 있었다.

"뭘 그리 우울해하고 있지?"

하고 건널목지기가 말했다.

"낙심하는 게 가장 나빠, 응, 카튜샤! 자!"

하고 그녀는 부지런히 손가락을 놀리면서 말했다.

카튜샤는 여전히 대답하지 않았다.

"모두들 빨래하러 갔어. 오늘은 상당한 차입이 있었나 봐. 잔뜩 가져왔다는 말을 들었어."

하고 폐병 환자가 말했다.

"피나쉬카!"

하고 건널목지기가 문 쪽을 보고 소리쳤다.

"총알처럼 어디로 뛰어갔지?"

그녀는 뜨개바늘을 하나 뽑아 실뭉치와 양말에 꽂고 나서 복도로 나갔다.

그 때 복도에서 어수선한 발소리와 여자들의 말소리가 시끄럽게 들리더니 맨발에 죄수화를 신은 여죄수들이 우르르 감방으로 돌아왔다. 모두 흰 빵을 하나씩 들고 있었고 두 개를 가진 사람도 있었다. 페도샤가 얼른 카튜샤 앞으로 다가왔다.

"왜 그래? 무슨 좋지 않은 일이라도 생겼어?"

맑고 푸른 눈으로 걱정스러운 듯이 카튜샤를 들여다보며 페도샤가 물었다.

"이건 차 마실 때 같이 먹어요."

이렇게 말하면서 그녀는 빵을 선반 위에 얹어 놓았다.

"왜 그래? 저 쪽에서 결혼을 망설였어?"

하고 콜라브료바가 물었다.

"아뇨. 그 사람은 그렇지 않지만, 내가 싫어요."

하고 카튜샤는 이렇게 말했다.

"내가 그렇게 말했어."

"이런 바보 같으니!"

콜라브료바는 굵고 걸걸한 목소리로 말했다.

"하지만, 어차피 같이 살 수 없을 바엔 결혼한다 해도 무슨 소용 있어요?"

하고 페도샤가 말했다.

"하지만 네 남편은 너랑 같이 가잖아?"

하고 건널목지기가 말했다.

"그야, 우리는 정식 부부거든요."

하고 페도샤는 말했다.

"같이 살 수도 없는데 왜 그 사람은 정식 결혼을 하려 하는 거지?"

"바보구나!⋯⋯왜냐구? 그야 결혼하면 이애를 편하게 해 줄 수 있으니까."

"그 사람은 말했어요, 내가 어디로 가든지 함께 가겠다고."

하고 카튜샤가 말했다.

"온다면 와도 좋고, 안 올 테면 안 와도 좋아. 난 부탁하지는 않겠어. 지금부터 페테르부르그로 운동을 하러 가 준대. 거기 가면 장관들이 모두 그 사람 친척이거든."

하고 그녀는 말을 계속했다.

"하지만, 난 역시 그 사람의 도움은 필요없어."

"그렇구말구!"

콜라브료바가 자기 배낭 속을 뒤적이면서, 아마 다른 무엇을 생각하고 있었던지 말했다.

"어때? 술이나 한잔 마시지 않겠어?"

"나는 마시지 않겠어요."

하고 카튜샤는 대답했다.

"당신들이나 마셔요."

■ 작가와 작품해설

• 작품 줄거리

카튜샤 마슬로바는 떠돌이 집시와 농노인 어머니 사이에서 여섯 번째 사생아로 태어난다. 3살 때 어머니가 죽고, 할머니조차도 외면하자 여지주 자매가 그녀를 맡았는데 반은 하녀처럼 반은 양딸처럼 키워져 카튜샤 카챠(비칭)라든가, 카체니카(애칭)가 아닌 그 중간의 카튜샤로 불려진다.

16살이 되던 해 카튜샤는 검은 눈에 아름답고 순진한 처녀가 되어 있었다. 그때 네홀류도프는 고모인 지주 자매를 방문하던 중에 카튜샤를 유혹하고, 돈을 준다. 그 뒤 카튜샤는 임신을 하고 저택을 나와 하녀생활을 전전하다 뚜쟁이 할멈의 주선으로 매춘의 길을 택하게 되고 살인사건에까지 휘말리게 된다.

어느날 네홀류도프는 지방 재판소의 배심원으로 법정에 출두한다. 법정에는 독살사건을 시작으로 피고인들이 등장하는데 네홀류도프는 그들 가운데에서 카튜샤를 발견하게 된다. 청년시절 고모의 저택에서 유혹한 뒤 돈을 주므로써 일을 마무리했다고 생각했는데 그 처녀가 자신으로 인해 타락의 길을 걷다가 매춘부가 되어 이번 독살사건으로 아무 죄 없이 징역 4년 형을 언도받고 시베리아로 보내지게 된것이었다. 이에 네홀류도프는 카튜샤에 대해 깊은 죄책감을 느끼고 그녀를 구해 보기로 결심한다. 그는 형무소로 가서 그녀에게 용서를 빌고, 변호사를 고용하고 유력인사에게 도움을 청하게 된다. 그러나 판결된 재판을 번복할 수는 없었다. 마침내 네홀류도프는 화려한 귀족 생활을 버리고 카튜샤를 따라 시베리아로 가게 된다.

시베리아에서 어렵게 판결 취소를 얻어낸 그는 카튜샤에게 그녀가 이제 자유의 몸이 된 것을 알리고 결혼을 청한다. 그러나 카튜샤는 정치범인 시몬손에게 감화되어 그와 결혼하기로 이미 정해 버렸다. 자신이 네홀류도프에게 방해가 될 것을 염려했기 때문이었다.

네홀류도프는 이제 더 이상 자신이 카튜사에게 필요없는 인간임을 느끼며 복잡한 심정이 된다. 우연히 집어든 성서를 읽고는 죄·악·벌·타락을 용서할 수 있는 것은 서로 동정하고 사랑하기 때문이라는 것을 알게 되고, 계율에 따라 살아갈 것을 결심한다.

• 〈부활〉에 대해

〈부활〉은 톨스토이의 3대 장편 중 하나이며 그의 나이 71세에 발표된 작품이다. 이 작품은 작자의 사상, 종교, 예술의 모든 것이 구현되고, 결정된 하나의 예술작품으로뿐 아니라, 이른바 톨스토이즘이란 현대의 새로운 믿음을 낳은 문호이자 사상가의 모든 면을 들여다볼 수 있는 가장 중요한 자료라고 할 수 있다. 또 어떤 의미에서는 톨스토이의 예술적 성경이며 그가 마지막으로 내뿜은 열정이었다. 그가 〈부활〉을 쓰게 된 직접적 동기는 친구인 A. F 코니라는 법률가의 이야기를 듣고 흥미를 느끼면서부터였다.

작품에서 카튜샤와 네흘류도프와의 상호관계는 당시 러시아의 상류계급과 하류계급의 유기적 형태를 잘 반영하고 있다. 특히, 하류계층의 가난한 농민생활이 농노해방 후에도 조금도 개선되는 조짐없이 오히려 더 빈곤해 가는 현실상을 그대로 보여주고 있다. 또한 재판과 형무소의 실태에서 '사람을 재판하지 말라'는 톨스토이식 복음서의 해석이 적나라하게 드러나고 있다.

• 작가에 대하여

19C 러시아의 작가이자 사상가인 레프 톨스토이는 명문 백작 집안에서 태어나 10세가 되기도 전에 부모를 여의고, 1844년 카잔 대학에 입학했으나 대학생활에 실망을 느끼고 고향으로 돌아온다. 1851년에 형의 권유로 사관후보생이 되어 군에 간 그는 처녀작 〈유년시절〉을 익명으로 발표, 문단의 시선을 끌었다.

1855년 군을 제대하고 돌아올 무렵, 그는 이미 청년작가의 지위를 확고히 하고 있었다. 톨스토이는 1862년 궁정의인 베르스의 딸과 결혼, 더욱 문학에 열중하여 나폴레옹의 모스크바 침입을 배경으로 한 〈전쟁과 평화〉를 구상하게 된다. 1869년 완성된 이 작품은 죽음의 공포와 삶의 무상함을 종교에 의존하여 정신적 안정을 찾으려 하고 있다.

1875년 《러시아 통보》에 발표한 〈안나 카레니나〉는 1877년 완성되었다. 당시 농노제 개혁 등 시대 격변에는 휩싸여 있어 사람들의 관심이 정치와 사회에 쏠리고 있을 때 그는 결혼 생활을 즐기고 있었고 이야말로 개인의 인간성의 충실함이 전체적인 조화를 이룬다고 보았다.

1880년 〈교의신학비판〉을 시작으로 〈요약복음서〉, 〈참회록〉, 〈교회와 국가〉, 1884년 〈나의 신앙〉을 발표함으로써 그의 사상은 체계화되어 갔다.

1882년 모스크바 빈민굴을 돌아본 후 톨스토이는 종교, 윤리적 문제에 대한 사상 번민을 사회제도로까지 확대, 사유재산을 부정하게 되었고, 이때부터 부인과 자주 불화를 일으켰다.

톨스토이는 러시아국교가 아닌 성령부정파교도와 친교하면서 미주할 비용 마련을 위해 작품 〈부활〉을 만들었다. 이 작품은 〈안나 카레니나〉를 발표한 지 20년 만의 대작이다.

톨스토이는 재산과 많은 책의 저작권을 포기하면서 부인과의 불화가 점점 심화되었는데, 이 문제로 두 사람 사이엔 분쟁이 끊이지 않았다. 그의 내면에 번민이 선명하게 부각되기 시작하였다.

이런 가정사의 모순 해결을 위해 가출을 결행했던 그는 1910년 가출한 그 해 병을 얻어 현재 페르 톨스토이 역이 되어 있는 아스타포보의 역사에서 82세로 사망했다.

1828		8월 28일, 톨스토이 백작 집안의 넷째 아들로 야스나야 폴랴나에서 태어나다.
1830	(2세)	8월 7일, 어머니 마리야 나콜라예브나가 여동생 마리야를 낳은 산욕으로 죽다.
1836	(8세)	톨스토이 집안이 모스크바로 이사하다.
1837	(9세)	6월 21일, 아버지 니콜라이 일리이치마저 툴라현의 거리에서 뇌일혈로 급사하다. 숙모인 오스텐 사켄 부인이 남은 아이들의 후견인이 되다.
1838	(10세)	할머니 펠랴게야 니콜라예브나 죽다.
1841	(13세)	가을에 후견인이던 숙모가 죽자 레프는 세 형들과 함께 카잔에 살고 있는 펠랴게야 일리이치나 유시코바 고모 댁으로 가다.
1844	(16세)	9월 20일, 카잔 대학에 입학하다.
1847	(19세)	4월 12일 카잔 대학의 중퇴, 고향인 야스나야 폴랴나로 돌아가 새로운 농업경영과 소작인의 계몽과 생활개선에 노력했으나 농노제도 사회에서 그의 이상은 실현되지 못했다. 후에 〈지주의 아침〉 속에서 그 시대의 일을 그리다.
1848	(20세)	페테르스부르크 대학의 학사시험에 합격, 법학사의 칭호를 받다. 이 해부터 23세까지 도박사 주색에 빠진 방탕생활을 계속하다.
1851	(23세)	3월, 〈어제 이야기〉. 5월 맏형 니콜라이가 있는 카프카스 (코카서스) 포병대에 사관후보생으로 입대하다.
1852	(24세)	군무에 종사하면서 3월 17일 단편 〈침입〉 쓰기 시작하다. 6월, 〈유년시절〉 탈고하다. 네크라소프의 인정을 받아 그가 주재하는 잡지 《현대인》에 익명으로 9월부터 연재, 작가로서 첫발을 내딛다. 9월, 중편 〈지주의 아침〉 쓰기 시작. 12월

〈침입〉완성. 중편〈카자크 사람들〉쓰기 시작하다.

1853 （25세） 각지로 다니며 전쟁.〈크리스마스의 밤〉,〈소년시절〉,〈나무를 베다〉,〈득점 계산자의 수기〉쓰기 시작하다.

1854 （26세） 1월, 장교로 승진하여 고향에 돌아가다. 3월 다뉴브 파견군에 종군하고, 크리미아군으로 옮겨 세바스토폴리 전투에 참가하다.〈소년시대〉,〈러시아 군인은 어떻게 죽는가〉발표하다.

1855 （27세） 3월,〈청년시절〉쓰기 시작하다. 8월, 흑하(黑河)의 전투에 참가하다. 11월 페테르스부르크로 돌아가 투르게네프, 네크라소프, 곤차로프, 오스트로프스키, 페트 등《현대인》동인들의 환영을 받다.〈득점 계산자의 수기〉,〈12월의 세바스토폴리 이야기〉,〈5월의 세바스토폴리 이야기〉,〈나무를 베다〉완성하다. 투르게네프와의 사이가 나빠지다.

1856 （28세） 3월, 셋째형 드미트리 죽다. 11월 제대하다.〈1855년 3월의 세바스토폴리〉,〈눈보라〉,〈두 경기병〉,〈지주의 아침〉완성하다.

1857 （29세） 1월 유럽으로 여행을 떠나 7월에 귀국, 야스나야 폴랴나에 살며 농사를 짓다.〈류체른〉,〈알베르트〉,〈청년 시대〉.

1858 （30세） 〈한 소녀 바니카가 별안간 어른이 된 이야기〉쓰다.

1859 （31세） 농민의 아이들을 위해 야스나야 폴랴나에 학교를 세우다.〈세 죽음〉,〈결혼의 행복〉쓰다.

1860 （32세） 교육문제에 깊은 관심을 갖고〈국민 교육론〉을 기초하다. 7월 외국 교육제도를 시찰할 목적으로 여행을 떠나다. 9월, 맏형 니콜라이가 죽어 몹시 슬퍼하다.〈폴리쿠시카〉쓰기 시작하다.

1861 （33세） 유럽 여러 나라의 교육시설을 시찰하고 4월에 귀국하다. 야스나야 폴랴나에 학교를 설립하고, 교육에 관한 많은 논문을 기초하다. 투르게네프와의 불화가 절정에 이르다.

1862　(34세)　교육 분야의 논문 〈국민교육에 관하여〉, 〈읽고 쓰기 교육방법
　　　　　　　에 관하여〉, 〈누가 누구에 관하여 쓰는 것을 배우는가〉 발표
　　　　　　　하다. 9월 시의(侍醫) 베르스의 둘째 딸 소피야 안드레예브
　　　　　　　나(당시 18세)와 결혼하다. 〈꿈〉, 〈목가〉 쓰다.

1863　(35세)　6월, 맏아들 세르게이 태어나다. 《야스나야 폴랴나》마지막
　　　　　　　호 발행하다. 〈진보와 교육의 정의〉, 〈카자크〉, 〈폴리쿠시
　　　　　　　카〉 발표하다. 〈12월당(黨)〉 쓰기 시작하다. 〈전쟁과 평
　　　　　　　화〉 집필을 위해 나폴레옹 전쟁시대의 연구를 시작하다.

1864　(36세)　9월, 맏딸 타치야나 태어나다. 사냥하다 말에서 떨어져 오른손
　　　　　　　을 다쳐 모스크바에서 수술을 받다. 회복됨과 동시에 〈전쟁과
　　　　　　　평화〉(당시엔 〈1850년〉이라는 제목을 붙였다) 착수하다.
　　　　　　　〈톨스토이 저작집〉 제 1, 2권 간행하다.

1865　(37세)　〈전쟁과 평화〉의 첫 부분(1～28)을 《러시아 통보》에 싣다.

1866　(38세)　〈니힐리스트〉, 〈전쟁과 평화〉 제 2편 발표하다. 5월, 둘째아
　　　　　　　들 일리야 태어나다. 샤프닌 사건을 변론하다.

1867　(39세)　가을 〈전쟁과 평화〉의 집필을 위해 모스크바로 가다. 브로지
　　　　　　　노의 옛 싸움터에 가보다. 〈전쟁과 평화〉 전 3권 초판 간행하
　　　　　　　다.

1868　(40세)　3월, 〈전쟁과 평화에 대하여〉를 《러시아 기록》에 발표하다.

1869　(41세)　셋째 아들 레프 태어나다. 쇼펜하우어, 칸트에 열중하다. 〈전
　　　　　　　쟁과 평화〉 완간하다.

1871　(43세)　〈초등교과서〉 쓰기 시작하다.

1872　(44세)　〈초등교과서〉, 〈카프카스의 포로〉, 〈신은 진실을 놓치지 않
　　　　　　　는다〉, 〈표트르 1세〉 쓰다. 농민 자녀들의 교육을 위한 사숙
　　　　　　　을 저택 안에 마련하다.

1873　(45세)　3월, 〈안나 카레니나〉 착수하다. 가족 모두를 데리고 사마라
　　　　　　　지방으로 가 빈민구제사업에 힘을 기울이다. 〈읽고 쓰기 교육

법에 관하여〉, 〈사마라 지방의 굶주림에 대하여〉를 《모스크바 신문》에 각각 싣다. 〈톨스토이 저작집〉제1권부터 제8권가지 출판하다. 아카데미 회원이 되다.

1874 （46세）〈국민교육론〉출판하다. 〈새 초등교과서〉쓰기 시작하다.

1875 （47세）〈안나 카레니나〉《러시아 통보》에 연재 시작하다.

1877 （49세）〈안나 카레니나〉완성하다.

1878 （50세）12월당 연구를 위해 모스크바와 페테르스부르크에 가다. 투르게네프와 화해하다. 5월 〈최초의 기억〉을 쓰기 시작하다. 투르게네프가 야스나야 폴랴나를 방문하다. 〈참회〉집필하다.

1879 （51세）〈참회〉의 첫 부분을 발표하여 러시아 내에서는 금지되었으나 계속 집필하다. 장편 〈12월당〉은 완성시키지 못한 채 단념하다.

1880 （52세）〈교의 신학 비판〉쓰다.

1881 （53세）〈사람은 무엇으로 사는가〉, 〈요약복음서〉간행하다.

1882 （54세）모스크바의 민세조사（民勢調査）에 참가하여 빈민들의 생활상을 보고 괴로워하다. 〈참회〉를 완성하여 《러시아 사상》에 발표, 발행이 금지되다. 〈모스크바의 민세조사에 대하여〉, 〈악을 악으로 갚지 말라〉, 〈교회와 국가〉를 발표하다.

1884 （56세）〈나의 종교〉를 발표했으나 발행금지되다. 〈광인의 수기〉, 〈그러면 우리는 무엇을 할 것인가〉쓰기 시작하다.

1885 （57세）헨리 조지의 〈토지 국유론〉을 읽고 깊은 감명을 받아 사유재산을 부정함으로써 아내와 의견 대립이 되다. 그 결과 모든 저작권을 아내에게 양도. 〈그러면 우리는 무엇을 할 것인가〉출판하다. 〈이반 일리이치의 죽음〉쓰기 시작하다. 아내의 힘으로 〈톨스토이 저작집〉12권 간행되다. 민화 〈악마의 행위는 아름답고 신의 행위는 견실하다〉, 〈두 형제와 황금〉, 〈소녀는 늙은이보다도 현명하다〉, 〈불을 소홀히 하면〉, 〈사랑이 있는

곳에 신이 있다〉, 〈양초〉, 〈두 노인〉, 〈바보 이반〉 쓰다.

1886 （58세） 작품을 쓰는 한편 두 딸（타치야나와 마리야）를 데리고 농사를 짓다. 달구지에서 떨어져 2개월 간 드러눕다. 〈인생론〉 쓰기 시작하다. 10월, 희곡 〈어둠의 힘〉이 발행 및 상연금지되었으나, 곧 금지가 취소되어 3일 동안 25만 부나 팔리다. 〈이반 일리이치의 죽음〉 출판하다. 민화 〈작은 악마가 빵을 갚은 이야기〉, 〈회개하는 죄인〉, 〈사람들에게는 얼마나 땅이 필요한가〉, 〈세 은둔자〉, 〈달걀만한 낟알〉.

1887 （59세） 〈어둠의 힘〉 저작권을 버리다. 3월부터 육식을 먹지 않다. 9월, 은혼식을 올리다. 〈인생론〉을 발간했으나 발행금지되다. 음주반대동맹운동을 일으키다. 〈빛이 있는 동안에 빛 속을 걸어라〉, 〈숲의 시작〉, 〈엉터리 사내 예멜리안과 빈 북〉, 〈세 아들〉.

1888 （60세） 담배를 끊다. 2월에 아들 일리야 결혼식 올리다. 막내아들 바니치가 태어나다. 〈고골리론〉 착수하다. 본다레프의 〈농민의 승리〉에 서문을 쓰다. 코롤렌코가 처음으로 찾아오다. 국민학교 교사가 되기 위해 원서를 제출했으나 당국으로부터 거절당하다.

1889 （61세） 논문 〈1월 12일의 기념제〉, 희극 〈문명의 열매〉, 〈예술이란 무엇인가〉 쓰기 시작하다. 〈크로이체르 소나타〉, 〈악마〉, 〈각성할 때이다〉, 〈신을 섬겨야 하는가, 혹은 황금을 섬겨야 하는가〉, 〈손의 노동과 지적（知的） 노동〉.

1890 （62세） 〈크로이체르 소나타 뒷이야기〉, 〈성욕론〉, 〈술과 담배〉, 〈지배계급의 이취（泥醉）〉, 〈빛은 어둠 속에서 빛난다〉, 〈빵가게 주인 표트르〉, 〈신부 세르게이〉 쓰기 시작하다.

1891 （63세） 아내 소피야가 발행금지되었던 〈크로이체르 소나타〉의 공표 허가를 얻어내다. 〈니콜라이 파르킨〉을 제노바에서 출판하다.

4월, 재산을 나누다. 〈첫째 단계〉 집필 시작하다. 이해 중앙
아시아와 동남 아시아에 걸쳐 기근이 일어나자 농민구제를 위
해 활약하다. 〈기근의 보고〉, 〈무서운 문제〉, 〈법원에 대하
여〉, 〈어머니 이야기의 예언〉, 〈어머니의 수기〉. 모든 저작
권을 버리다. 〈신의 왕국은 그대들 속에 있다〉 쓰기 시작하
다.

1892 (64세) 굶주림에 허덕이는 사람들을 구제하기 위해 많은 활약을 했으
나 당국의 방해를 받다.

1893 (65세) 〈무위〉를 《러시아 통보》에 발표하다, 〈종교와 국가〉 집필하
다. 노자의 번역에 몰두하다. 〈기독교와 애국심〉, 〈부끄러워
하라〉. 〈태형 반대론(笞刑反對論)〉, 〈노동자 여러분에게〉,
〈헤이그 만국 평화회의에 대하여〉 쓰다.

1891 (66세) 모스크바 심리학회의 명예회원으로 뽑히다. 알렉산드르 3세
죽다. 〈주인과 하인〉 쓰기 시작하다. 〈카르마〉, 〈불사에 대
한 마치니〉, 〈모파상 저작집의 서문〉, 〈신의 고찰〉, 〈젊은
황제〉 쓰다.

1895 (67세) 〈주인과 하인〉 탈고하다. 두호보르 교도와 친교를 맺고 있었
기 때문에 4천 명 교도의 병역거부운동이 일어나자 그 지도자
로 지목되어 당국의 박해를 받다. 체호프 찾아오다. 〈세 우
화〉, 〈12사도에 의하여 전해진 왕의 가르침〉 쓰다.

1896 (68세) 병역의무 거부운동을 찬양하는 〈종말이 가깝다〉를 국외에서
발표하다. 〈그리스도의 가르침〉, 〈복음서는 어떻게 읽는가〉,
〈현대의 사회조직에 대하여〉.

1897 (69세) 3월, 병상에 있는 모스크바의 체호프를 방문하다. 〈예술이란
무엇인가〉 출판. 〈하지 무라드〉, 〈헨리 조지의 사상〉, 〈국가
와의 관계〉 쓰다.

1898 (70세) 툴리스카야, 오를로프스카야 두 현의 빈민구제를 위해 활동하

다. 두호보르 교도를 돕기 위한 자금 마련을 위해 〈부활〉을 완성하기로 결심하다. 8월 26일 톨스토이 탄생 70주년 기념 축하회를 열다. 〈신부 세르게이〉 완성하다. 〈종교와 도덕〉, 〈톨스토이즘에 관하여〉, 〈기근이란 무엇인가〉, 〈두 전쟁〉, 〈카르타고를 파괴하지 말라〉, 〈러시아 통보의 편집자에게 부친다〉 쓰다.

1899 (71세) 3월, 〈부활〉을 발표하여 주목을 끌다.

1900 (72세) 1월, 아카데미 예술회원에 뽑히다. 고리키 찾아오다. 희곡 〈산 송장〉, 〈애국심과 정부〉, 〈죽이지 말라〉, 〈현대의 노예 제도〉, 〈자기 완성의 의의〉 쓰다.

1901 (73세) 그리스 정교에서 파문되다. 〈파문의 명령에 대한 종무원에의 회답〉 쓰기 시작하다. 9월, 크리미아에서 티푸스와 폐렴으로 중태에 빠지다. 〈황제와 그 보필자에게〉, 〈유일한 수단〉, 〈누가 옳은가〉, 〈신앙의 자유를 인정할 것〉 쓰다.

1902 (74세) 니콜라이 2세에게 러시아의 현상태를 호소하는 글을 올리다. 5월, 코롤렌코 찾아오다. 8월 6일, 문학활동 50주년 기념축하회가 열리다. 〈지옥의 부흥〉, 〈종교론〉 쓰다.

1903 (75세) 1월, 〈유년시절의 추억〉 쓰기 시작하다. 〈성현의 사상〉 편찬에 착수하다. 단편 〈무도회가 끝난 뒤〉 탈고하다. 8월 28일, 탄생 75주년 축하회 열다. 9월, 〈셰익스피어론〉 집필하다. 〈노동과 병과 죽음〉, 〈아시리아 왕 아살하돈〉, 〈세 가지 의문〉, 〈그것은 너다〉, 〈정신적 본원의 의의〉, 〈인생의 의의에 대하여〉 쓰다.

1904 (76세) 전쟁반대론 〈반성하라〉. 6월, 〈유년시절의 추억〉 탈고하다. 〈해리슨과 무저항〉, 〈과연 그렇지 않으면 안 되는가〉, 〈하지 무라드〉 출판하다.

1905 (77세) 국민의 폭동에 정부의 탄압이 가해지자 괴로워하다. 〈알료샤

고르쇼크〉, 〈코르네이 바실리예프〉, 〈표트르 쿠지미치의 수기〉, 〈기도〉, 〈딸기〉, 〈불타(佛陀)〉, 〈큰 죄악〉, 〈러시아의 사회운동〉, 〈세기의 종말〉, 〈가짜 수표〉, 〈푸른 지팡이〉 쓰다.

1906 (78세) 〈1일 1장 인생독본〉, 〈셰익스피어론〉을 《러시아의 말》에 싣다. 〈유년시절의 추억〉, 〈신의 행위와 사람의 행위〉, 〈러시아 혁명의 의의〉, 〈꿈에서 본 것〉, 〈라메네〉, 〈표트르 헬리치키이〉, 〈파스칼〉 쓰다.

1907 (79세) 야스나야 폴랴냐의 학교를 부응시키다. 〈참다운 자유를 인정하라〉, 〈우리의 인생관〉, 〈서로 사랑하라〉 쓰다.

1908 (80세) 탄생 80주년 축하회. 〈폭력의 법칙〉, 〈사형반대론〉, 〈그냥 둘 수 없다〉 쓰다. 〈어린이를 위하여 쓴 그리스도의 가르침〉, 〈보스니아와 헤르체고비나의 병합에 관하여〉 쓰다.

1909 (81세) 탄생 80주년 기념 톨스토이 박람회가 페테르스부르크에서 열리다. 〈피하기 어려운 대변혁〉, 〈세상에 죄인은 없다〉, 〈사형과 기독교〉, 〈시간의 1호〉, 〈유일한 장막〉, 〈고골리론〉, 〈유랑자와의 대화〉, 〈마을의 노래〉, 〈돌〉, 〈대웅성〉, 〈어린이의 지혜〉, 〈꿈〉 발행하다.

1910 (82세) 10월 28일 새벽, 아내에게 마지막 글을 써놓고 집을 나가다. 도중에 사형을 논한 〈효과 있는 수단〉을 집필하다. 10월 31일 여행중 병이 들어 랴잔 우랄선(線) 중간의 시골 조그만 역 아스타포프에서 내리다. 11월 3일 최후의 감상을 일기에 쓰다. 11월 7일 오전 6시 5분 역장 집에서 눈을 감다. 11월 9일 야스나야 폴랴나에 묻히다.

역자 장정희

이화여자대학교 졸업
전문번역가
현재 헝가리에서 수학중
역서로 〈아낌없이 주는 나무〉, 〈사람은 무엇으로 사는가〉 등 번역

BESTSELLERWORLDBOOK 59

부활(상)

펴낸날 | 1997년 7월 8일 초판 1쇄
      2003년 1월 5일   초판 8쇄

지은이 | 톨스토이
옮긴이 | 장정희
펴낸이 | 이태권
펴낸곳 | 소담출판사
       서울시 성북구 성북동 178-2 (우)136-020
       전화 | 745-8566~7 팩스 | 747-3238
       e-mail | sodam@dreamsodam.co.kr
       등록번호 | 제2-42호(1979년 11월 14일)

ISBN 89-7381-214-9 00890
     89-7381-213-0 (전2권)
● 책 가격은 뒤표지에 있습니다